미스터리
책 장

마녀의 은신처

존 딕슨 카 지음 | 이동윤 옮김

내 몸에 저주받은 살인자의 피가 흐르고 있을지도 모르죠.

엘릭시르

차례

태드 램폴
갓 대학을 졸업한 청년

기디언 펠
박사, 탐정

도러시 스타버스
스타버스 가문의 장녀

마틴 스타버스
스타버스 가문의 장남

허버트 스타버스
도러시와 마틴의 사촌

페인
스타버스 가문의 변호사

토머스 손더스
채터럼 교구 목사

벤저민 아널드
경찰서장

회색 옷을 입은 여인

늙은 사전편찬자의 서재는 그의 작은 집 이쪽 끝에서 저쪽 끝까지 뻗어 있었다. 서까래가 천장을 가로지르고, 바닥은 문에서 아래로 조금 내려앉은 방이다. 늦은 오후 햇살이 강하게 내리쬐고 있었지만, 바깥에 선 주목나무 덕에 방 뒤쪽에 난 격자무늬 창에는 그늘이 드리운 채였다.

잉글랜드 시골의 장중하고도 나른한 아름다움에는 어딘가 유령 같은 구석이 존재한다. 무성하게 자라난 짙은 풀, 상록수, 교회의 회색빛 뾰족지붕, 하얗게 구불구불 이어진 길 같은 것들. 붉은 칠을 한 주유소와 수많은 차량이 뿜어내는 매연으로 꽉 막힌 딱딱한 콘크리트 고속도로를 기억하는 미국인에게 이 지역은 특히 기분 좋은 곳이었다. 이곳에서는 두 발로 길을 걸어도, 심지어 길 한복판을 차지하고 활보해도 전혀 이상할 것이 없었다.

태드 램폴은 격자무늬 창 너머로 태양을, 또 주목나무에서 반짝이는 검붉은색 열매를 바라보며 오직 영국제도를 여행하는 사람만이 느낄 수 있는 감정에 휩싸였다. 이 세상은 낡았으면서도 매혹적이라는 느낌, 그리고 '술에 취해 알딸딸하다'라는 표현을 떠올린 순간 스쳐지나가는 모든 이미지가 생생하게 느껴졌다. 프랑스는 유행이 바뀌듯 획획 변하고 있는 중이라 차라리 지난 시즌에 유행했던 모자가 더 오래된 것 같아 보일 지경이었다. 그리고 독일은 어떤가 하면, 전설로 내려오는 이야기조차 뉘른베르크[1]에서 만든 활기찬 태엽장치만큼이나 신선하게 여겨질 정도였다. 하지만 여기 잉글랜드 땅은 (믿을 수 없게도) 담쟁이덩굴로 둘러싸인 탑들보다 훨씬 오래된 것 같았다. 황혼 녘에 울리는 종소리도 마치 몇 세기를 건너뛰어 들려오는 느낌이고, 길은 또 어찌나 적막한지 유령밖에 다니지 않는 듯했다. 어쩌면 로빈 후드도 아직 그들 사이에서 배회하고 있을 터였다.

태드 램폴은 방 저편에 있는 집주인을 흘끗 바라보았다. 기디언 펠 박사는 깊숙한 가죽 의자에 편안히 앉아 파이프에 담배를 채우고 있었는데, 마치 파이프가 건넨 말에 대해 다정스레 생각에 잠긴 듯한 모습이었다. 지나치게 나이를 먹었다고 할 수는 없지만, 펠 박사 또한 이 방의 일부라는 사실은 명백했다. 손님이 보기에 이 방은 흡사 찰스 디킨스 소설에 실린

[1] 16세기부터 시계를 비롯한 정밀 기계 공업으로 유명한 지역이다.

삽화 같았다. 떡갈나무 서까래 아래 온통 연기에 그을린 회반죽벽으로 둘러싸인 커다랗고 거무칙칙한 방. 고분처럼 우뚝 솟은 훌륭한 떡갈나무 책장들 위에 자리한 마름모꼴 창문들. 방 안을 메운 책들은 하나같이 친숙한 분위기를 자아냈다. 먼지투성이 가죽 냄새와 낡은 종이 냄새가 풍기는 것이, 마치 이 우아한 고서들이 이곳에 머무를 채비를 하느라 저마다 쓰고 온 실크해트를 벗어놓은 듯한 느낌이었다.

펠 박사는 파이프에 담배를 채우려 분투하는 와중에도 미약하게 씩씩대는 숨소리를 내고 있었다. 그는 굉장히 비대했으며, 걸음을 옮길 땐 두 개의 지팡이에 의지하곤 했다. 앞쪽 창문에서 비쳐 드는 햇살에, 희끗희끗하니 커다란 대걸레 같은 그의 짙은 머리칼이 전장에서 나부끼는 깃발처럼 흩날렸다. 평생에 걸쳐 그렇게 위풍당당한 모습으로 흩날렸을 터였다. 그의 커다랗고 둥그런 얼굴은 홍조를 띠었고, 몇 겹이나 접힌 턱 위쪽으로 씰룩거리는 듯한 미소가 떠올라 있었다. 무엇보다 두드러지는 것은 눈에 어린 광채였다. 그는 넓은 검정 띠로 고정한 안경을 쓰고 있었는데, 커다란 머리를 앞으로 숙일 때마다 안경 너머로 두 눈이 반짝였다. 펠 박사는 맹렬하게 전투를 벌일 수도, 장난스럽게 싱긋 웃을 수도 있는 사람이었고, 어떻게 그럴 수 있는지 그 두 가지 태도를 동시에 취하기도 했다.

"펠을 한번 찾아가보게." 멜슨 교수가 램폴에게 그런 말을 했었다. "그는 내 가장 오랜 친구이기도 하고, 또 잉글랜드에서 가장 유명한 인물 중 한 명이기도 하니까. 내가 지금껏 만나본 이들 중에서 그보다 더 모호하고 쓸모없으면서도 매혹적인 이야기들을 많이 알고 있는 사람은 없었어. 자네 머리가 핑핑 돌 때까지 음식과 위스키를 권해댈 걸세. 무슨 주제가 됐든 끝이 없을 정도로 이야기를 늘어놓을 텐데, 과거 잉글랜드의 영광스러운 스포츠에 대해 이야기할 때 특히 그렇지. 그는 밴드 음악이랑 멜로드라마, 맥주, 슬랩스틱코미디를 좋아한다네. 정말 멋진 친구이니 자네도 마음에 들 거야."

그 말을 부정할 수는 없었다. 펠 박사는 소박하면서도 쾌활한 사람이었고, 그런 모습에서 꾸민 듯한 기색은 전혀 찾아볼 수 없었다. 그리하여 램폴은 그를 만난 지 오 분 만에 마치 자신의 집에 돌아온 양 편안한 기분에 젖어 들었다. 아니, 사실을 인정하자면 오 분도 길었다. 멜슨 교수는 램폴이 배에 오르기도 전에 벌써 기디언 펠에게 편지를 써 보내곤 거의 알아볼 수 없는 글자들과 우스꽝스러운 그림 몇 개, 그리고 시 몇 구절로 마무리된 답장을 받은 터였다. 그리고 램폴은 채터럼에 도착하기도 전에 기차에서 우연히 그를 만나게 되었다.

링컨셔 주에 위치한 채터럼은 런던으로부터 대략 200킬로미터 정도 떨어져 있고 링컨에서는 지척인 곳이었다. 해 질 녘 기차에 올라탄 램폴은 꽤 의기소침해 있었다. 연기와 차량으로 가득한 회갈색의 대도시 런던은 충분히 외로운 곳이었다. 온통 먼지투성이에 엔진 쇳소리가 가득하고 서둘러 발걸음을 옮기는 통근 인파에 시야가 흐릿한 역사 안에도 고독한 분위기가 떠돌았다. 대합실은 우중충했고, 탑승 시간을 기다리며 물비린내가 풍기는 바에서 마실 것을 낚아채는 통근자들의 모습은 더 우중충했다. 그들만큼이나 멋대가리 없고 칙칙한 조명 아래 있는 사람들 모두 너덜너덜한 모습이었다.

태드 램폴은 대학을 막 졸업한 참이었고, 그래서 시골 마을에 체류해야 한다는 사실이 끔찍하게 두려웠다. 유럽 여행 경험이 제법 풍부했지만, 전부 부모의 세심한 관리하에 어디를 둘러봐야 할지 미리 정해놓고 그에 따라붙는 비용까지 사전에 치른 뒤에야 떠난 여행이었다. 요지경 상자를 들여다보고 엽서에 인쇄되어 있는 듯한 모습을 구경하며 그에 대한 설명을 듣는 꼴이나 다름없었달까. 그렇게 혼자서, 그는 당혹감과 우울과 분노에 휩싸인 자신을 발견했다. 안타깝게도 그는 이 역을 뉴욕의 그랜드센트럴 역과 비교하며 부정적인 생각들을 떠올리기 시작했다. 보다 훌륭한 미국 소설가들에 따르면, 그런 비교를 하는 짓은 죄악이 아닐 수 없었다.

아, 젠장!

그는 서점 가판대에서 스릴러소설 한 권을 사 들고 소리

없이 쓴웃음을 지으며 자신이 탈 기차가 있는 곳을 향해 천천히 걷기 시작했다. 돈을 헤아리는 일은 언제나 어려웠다. 당황스러울 정도로 다양한 단위의 동전들과 터무니없는 숫자의 연속이었다. 정확한 액수를 계산하기란 그림 퍼즐을 맞추는 것과 비슷했다. 서둘러서는 안 되었다. 계산하려 머리를 굴리다가 지체되기라도 하면 어색하고 촌뜨기가 된 기분이 들었고, 그래서 그는 으레 가장 소액인 지폐를 한 장 건네며 상대에게 머리 굴리는 일을 미루곤 했다. 그 결과 이젠 걸음을 옮길 때마다 주머니에 가득 든 잔돈을 절그럭거릴 수밖에 없었다.

그가 회색 옷차림의 여인과 부딪친 것은 바로 그때였다.

그는 말 그대로 여자와 부딪쳤다. 돌아다니는 금전등록기처럼 시끄러운 소리가 나는 호주머니에 신경이 온통 쏠려 있던 탓이었다. 두 손을 양쪽 호주머니에 넣고 동전들을 퍼 올리듯 움켜쥔 채 게가 걷는 듯한 동작으로 걸음을 옮기는 일에 정신이 팔린 나머지 자신이 어디로 가고 있는지 미처 신경을 쓰지 못했던 것이다. 그렇게 깜짝 놀랄 정도로 둔탁한 소리를 내며 누군가와 부딪치고 말았다. 그의 어깨 아래쪽에서 놀란 숨소리가 들리더니, 이윽고 "아!" 하는 외마디 비명이 이어졌다.

호주머니에서 동전들이 쏟아졌다. 나무로 된 승강장 바닥에 동전들이 떨어지며 울리는 쨍그랑 소리가 희미하게 들려왔다. 이 난처한 상황에 화가 치밀어 올랐고, 이내 그는 자신이 누군가의 가느다란 두 팔을 움켜쥔 채 상대의 얼굴을 내려다보고 있다는 사실을 알아차렸다. 만약 그가 무슨 말이라도 입 밖으로 낼 수 있었더라면 아마 "앗!" 하고 소리를 질렀을 것이다. 곧 그는 정신을 차리고 상대의 얼굴을 살펴보았다. 두 사람이 선 자리 옆에 있던 일등칸 차량에서 흘러나온 빛이 그 얼굴을 비추고 있었다.

다소 놀란 듯 두 눈썹을 치올린 작은 얼굴이었다. 마치 멀리서 그를 비웃듯 쳐다보는 듯한 표정이었지만, 불룩 내민 입술에는 연민이 어려 있었다. 모자는 아무렇게나 뒤로 넘어가 윤이 나는 검은색 긴 머리 위에 다소 우스꽝스러운 모습으로 비스듬히 걸려 있었고, 파란 눈동자는 어찌나 짙은지 그 또한 거의 검은색으로 보일 정도였다. 거친 재질로 된 회색 코트의 옷깃이 빳빳하게 세워져 있었지만, 여자의 입술에 떠오른 감정을 가릴 수는 없었다.

여자는 잠시 주저하다가 이윽고 웃음 섞인 말투로 입을 열었다. "이보세요! 부유하신 선생님…… 제 팔 좀 놓아주시겠어요?"

그는 땅에 흩어진 동전들을 의식하곤 허둥지둥 뒤로 물러났다.

"맙소사! 죄송합니다! 이 덜 떨어진 놈 같으니. 아, 그러니까…… 혹시 떨어뜨리신 건 없나요?"

"지갑을 떨어뜨린 것 같네요. 그리고 책 한 권도."

그는 허리를 굽혀 떨어진 물건들을 집어 들었다. 나중에, 기차가 선선한 한밤의 향기로운 어둠 속을 달려가고 있는 시점에 이를 때까지도, 그는 두 사람이 서로 어떻게 대화를 나누기 시작했는지 기억해낼 수 없었다. 그을음으로 뒤덮여 흐릿한데다 수하물 운반차들의 소음이 요란하게 메아리치는 어둑어둑한 승강장 지붕 아래가 아니었으면 얼마나 좋았을까? 하지만 어째서인지 그곳이 지극히 적절한 장소인 것 같기도 했다. 뭔가 멋진 말을 한 것은 아니었다. 차라리 그 반대에 가까웠다. 그곳에 선 채 여자와 몇 마디를 나누자 램폴의 머릿속에서 노랫소리가 울려 퍼지기 시작했다.

그는 자신이 조금 전에 산 책과 여자가 떨어뜨린 책이 같은 작가가 쓴 것이라는 사실을 알아차렸다. 흔히들 읽는 스릴러소설이니 다른 사람이 보면 그리 깊은 인상을 받지 못할 우연의 일치였지만, 램폴은 이를 최대한 활용하기로 마음먹었다. 그는 이 화제를 놓치지 않으려 필사적으로 애를 썼다. 매 순간 여자가 도망쳐버리는 건 아닐까 싶어 조바심이 났다. 잉글랜드 여자가 얼마나 냉담하고 접근하기 어려운지 익히 들어 알고 있었기에, 그녀가 그저 의례적으로 응대하고 있는 것은 아닌지 궁금하기도 했다. 하지만 그를 향해 찡그리고 있는 그녀의 검푸른 눈 속에는 아마도 무언가 다른 의미가 담겨 있는 것 같았다. 여자는 솜털이 보송보송한 회색 코트 주머니에 두 손을 쑤셔 넣은 채 남자들이 그러듯 무심한 태도로 객차 옆면에 기대어 서 있었다. 조그만 몸집에서 일종의 허세가 엿보였고, 얼굴에는 주름이 질 정도로 커다란 미소가 떠올라 있었다. 문득, 그는 그녀 또한 자신만큼이나 외로워하고 있다는 인상을 받았다.

자신의 목적지는 채터럼이라고 밝히며, 그는 여자에게 짐은 어디 있냐고 물어보았다. 여자는 자세를 바로잡고 섰다. 어딘지 모르게 그늘이 느껴지는 모습이었다. 가볍게 쉰 목소리와 분절되고 불분명한 억양에서 주저하는 기색이 점점 강하게 드러났다. 여자는 나지막한 목소리로 말했다.

"남동생이 가지고 있어요." 다시 머뭇머뭇. "그…… 그 애는 기차를 놓칠 것 같아요. 아, 경적이 울리네요. 이제 탑승하시는 게 좋겠어요."

경적 소리가 승강장 지붕을 가로지르며 희미하게 울렸다. 마치 뭔가 뜯겨 나가는 듯 공허한 소리였다. 장난감 같은 기차 엔진이 김을 내뿜으며 간헐적으로 소리를 내기 시작했다. 열차 차고 안이 불빛으로 깜빡거렸다.

"이것 보세요." 그는 큰 소리로 말했다. "혹시 다른 열차를 타시는 거라면……."

"어서 가세요!"

그 말을 듣자 램폴은 경적 소리만큼이나 공허한 기분에 빠지고 말았다. 그는 황급히 외쳤다. "기차 따위 될 대로 되라지! 다른 걸 타도 됩니다. 이대로 어디에도 가지 않을 겁니다. 저는……."

여자의 목소리가 높아졌다. 그는 얼핏 여자의 얼굴에서 미소를 본 것 같았다. 모험에 두근거리며 기뻐하는 듯 발랄한 미소였다. "바보 같은 짓 말아요! 저도 채터럼에 가요. 아마 거기서 뵐 수 있을 거예요. 어서 가세요!"

"정말입니까?"

"그렇다니까요."

"뭐, 그럼 좋습니다. 거기서……."

여자가 기차를 향해 손짓하자 그는 출발 직전의 기차에 재빨리 올라탔다. 그런 다음 그녀의 모습을 놓치지 않으려고 복도 창문 너머로 몸을 내밀었는데, 그때 여자가 그를 향해 약간 쉰 목소리로 뭐라고 말하는 소리가 굉장히 또렷하게 들려왔다. 정말이지, 뜻밖의 이야기였다. "만약 유령이라도 보게 된다면, 제가 볼 것도 좀 남겨두세요."

도대체 무슨 말인지! 램폴은 운행을 마친 객차들이 일렬로 늘어선 채 어둠 속에 잠겨 있는 모습을 바라보았다. 기차의 진동 탓에 흔들리는 것처럼 보이는 역사 조명들도 시야에 들어왔다. 그는 여자의 마지막 말을 이해해보려 머리를 쥐어짰다. 충격적이라고 할 정도는 아니지만 뭔가…… 비현실적인 얘기였다. 그래, 비현실적이라는 단어야말로 여자의 말을 설명할 만한 유일한 표현이었다. 혹시 이 일 전부가 장난질이었을까? 영국 특유의 방식으로 날 조롱한 건가? 아니면 무슨 고풍스럽고 미묘한 관용어 같은 건가? 한순간 그의 목 부근이 달아올랐다. 아, 젠장 늘 이런 식이라니까! 바로 그때 복도를 지나가던 어느 승무원이 그의 모습을 보고는 젊은 미국인 신사가 틀림없다고 생각했다. 무턱대고 창밖으로 고개를 내민 채 실린더가 허리케인처럼 뿜어내는 증기를 맞으며, 산 공기라도 마시는 양 심호흡을 하고 있으니 말이다.

우울한 감정은 곧 사라져버렸다. 승객들이 거의 없는 이 조그만 기차 안에서 흔들리고 있자니, 마치 모터보트를 탄 듯한 기분이었다. 이제 런던은 거대하고 강렬한 도시가 아니었고, 시골 역시 외로운 장소가 아니었다. 그동안 낯선 땅에서 독한 술만 들이마시며 지내왔는데, 이제 갑자기 누군가에게 친밀한 감정을 품게 되지 않았는가.

내 짐은? 그는 잠시 얼어붙었다가 짐꾼이 자신의 짐을 이 열차의 어느 객실에 넣어두었다는 사실을 기억해냈다. 그 문제는 해결이군. 그때 발밑으로 바닥의 진동이 느껴지더니 덜커덕거리는 굉음과 함께 바퀴가 회전하면서 기차가 움직이기 시작했다. 이어 기차는 속도를 높였고, 강렬한 기적 소리가 길게 이어지며 뒤쪽으로 찢어지듯 흘러갔다. "만약 유령이라도 보게 된다면, 제가 볼 것도 좀 남겨두세요." 한 남자를 기대감에 부풀게 한 이 쉰 목소리는 여전히 승강장 위를 떠돌고 있었다…….

만약 그녀가 미국인이었다면 이름이라도 물어볼 수 있었을 텐데. 그녀가 미국인이기만 했다면……. 하지만 그는 갑자기 자신이 그녀가 미국인이길 바라지 않는다는 사실을 깨달았다. 넓은 미간과 푸른색 눈, 완벽히 아름답다고 하기에는 살짝 각진 얼굴, 붉은 입술로 입가에 주름이 지도록 활짝 짓는 미소. 그 모두가 이국적이면서도 동시에 영국 정부 청사 건물의 벽돌만큼이나 견고한, 지극히 앵글로색슨인다운 모습이었다. 그는 그녀가 말을 할 때 반쯤 놀리는 듯한 태도로 발음하는 방식이 마음에 들었다. 시골을 활보하는 사람처럼 시원시원하고 순수해 보였다.

창가에서 몸을 돌리며, 램폴은 객실 문 위에 매달리고 싶은 강한 욕구를 느꼈다. 커다란 파이프를 든 채 뚱한 얼굴로 멍하니 창밖을 내다보고 있는 남자만 없었더라면 아마 분명히 그렇게 했을 것이다. 남자는 여행용 모자를 베레모처럼 한쪽 귀에 삐뚜름하게 걸치고 있었는데 그 모습이 만화책에 등장하는 전형적인 영국 남자와 판박이라, 램폴은 그가 당장이라도 '뭐, 뭐, 뭐, 뭡니까?'라고 말하며 담배 연기를 뻐끔거리고 쿵쿵대면서 복도를 지나가지 않을까 생각했다. 그런 식으로 과격하게 활보하는 사람을 이곳 영국에서 여러 번 보았던 것이다.

램폴은 머지않아 이 사람을 기억하게 될 터였다. 하지만 당장 그의 머릿속은 설렘과 허기로, 또 술을 한잔하고 싶다는 심정으로 가득 차 있었다. 기억에 따르면 식당 칸은 앞쪽이었다. 그는 자신의 짐이 흡연 객실에 놓여 있다는 사실을 확인한 다음, 요깃거리를 찾아 좁은 복도를 더듬어 나아갔다. 이제 기차는 덜커덕 소리를 내며 교외 지역을 지나갔다. 날카로운 기적 소리 아래, 삐걱삐걱 휘청휘청 요동치면서, 가로등 불빛을 받은 벽들이 양쪽 창밖을 빠르게 스치고 지나갔다.

램폴의 예상과 달리 식당 칸은 거의 만석이었다. 다소 비좁은 공간을 맥주와 샐러드 오일 냄새가 가득 채우고 있었다. 그는 어떤 사람의 맞은편 의자에 미끄러지듯 앉으며 음식 부스러기와 얼룩이 지나치게 많다고 생각했다가, 다시금 지방에 대한 편견을 발휘했다는 생각에 스스로에게 악담을 퍼부었다. 기차의 움직임에 맞추어 테이블이 들썩였고, 조명 또한 금속 장식이 된 목제 테이블 위에서 거칠게 흔들렸다.

맞은편에 앉은 남자는 기네스 맥주가 담긴 커다란 잔을

들어 콧수염에 닿지 않도록 솜씨 좋게 한 입 들이켜더니 잔을 내려놓으며 입을 열었다.

"안녕하신가." 그가 싹싹한 태도로 말했다. "혹시 자네가 램폴이라는 친구인가?"

만약 그 낯선 사람이 "보아하니 아프가니스탄에서 온 것 같은데"라고 덧붙였더라면 램폴은 아예 기절해버렸을 것이다. 남자가 만면에 미소를 머금자 몇 겹 접힌 그의 턱이 생동감 있게 흔들렸다. 그는 쾌활한 태도로 크게 웃었다. "허허허." 꼭 통속극에 등장하는 악당 같은 모습이었다. 넓은 검정 띠로 고정한 안경 너머로 이 미국인을 바라보는 그의 작은 눈도 미소 짓고 있었다. 커다란 얼굴에는 점점 더 혈색이 짙어졌고, 거대한 대걸레 같은 머리카락은 웃음소리에, 혹은 기차의 움직임에, 어쩌면 양쪽 모두에 호응하듯 이리저리 흔들렸다.

그가 한 손을 불쑥 내밀었다.

"나는 기디언 펠이라고 하네. 이제 알겠나? 밥 멜슨이 내게 자네 얘기를 써 보냈지. 자네가 식당 칸에 들어오자마자 바로 그 친구라는 걸 알겠더군. 자, 이렇게 만났으니 와인 한 병 따야 하지 않겠나? 아니, 두 병은 해치워야지. 한 병은 자네 몫, 한 병은 내 몫으로 말이야, 허허허. 웨이터!"

그는 봉건시대 귀족 같은 태도로 의자에 앉은 채 몸을 빙글 돌리며 거만하게 손짓했다.

"내 아내는 말이지," 엄청난 양의 주문을 마친 뒤 펠 박사가 말을 이었다. "만약 내가 자네를 놓쳤더라면 절대 용서하지 않았을 거야. 안 그래도 지금 상황이 완전 엉망이거든. 우리 집에서 제일 좋은 침실에서는 회반죽이 벗겨져 떨어지는데다, 잔디밭에 회전식 스프링클러를 새로 설치했는데 이게 그동안 도통 작동하질 않다가 하필 교구 목사가 방문했을 때 갑자기 터져서 그 사람을 물에 빠진 생쥐 꼴로 만들어버렸지 뭔가. 허허. 한잔 들게. 이게 무슨 와인인지는 모르겠고 차마 물어보고 싶지도 않지만 어쨌든 와인은 와인이니까. 내게는 그 정도로 충분하지."

"선생님의 건강을 위해 건배하죠."

"고맙네, 친구. 그런데 말이지……." 펠 박사가 말했다. 보아하니 미국에서 지내던 시절의 희미한 기억을 떠올리는 것 같았다. "아니, 쓸데없는 소린 집어치우지. 눙크 비벤둠 에스트.[1] 흠…… 자네는 밥 멜슨의 수제자라고? 영국사 전공이라고 들은 것 같은데. 박사 학위를 딴 다음엔 강의를 할 생각인가?"

박사의 정감 어린 눈빛에서 불구하고 램폴은 갑자기 어리석은 어린아이가 된 듯한 기분이 들었다. 그는 애매한 대답을 주워섬기며 웅얼거렸다.

1 "어서 한잔하세." 호라티우스 시의 한 구절이다.

"긴장 풀게." 박사가 말했다. "밥이 자네 칭찬을 많이 하던걸. 뭐, '쓸데없이 상상력이 풍부하긴 해도'라는 표현을 쓰긴 했지만. 정확히 그렇게 적었더군. 오, 내가 그들에게 영광을 주었나니![I] 자, 내가 그들에게 영광을 주었다니까. 자네가 다닌 해버퍼드 대학에서 강의하던 시절에 말이지. 솔직히 학생들은 영국사에 대해 그리 많이 배우지 못했을지도 몰라. 하지만 여보게, 내가 전투에 대해 자세히 묘사할 때마다 다들 환호성을 지르곤 했다고. 정말이지 기억이 선하군."

박사의 얼굴은 기쁜 듯 저녁노을처럼 붉게 물들었고, 그 너머 어딘가에서 쌕쌕거리는 숨소리가 들렸다.

"그 친구들에게 1187년 제1차 십자군 전쟁 때 고드프루아 드 부용[II]의 기사들이 부르던 권주가를 가르치던 기억이 아주 생생해. 내가 후렴구를 선창하자 모두 발을 구르며 노래를 불러댔지. 그러고 있는데 한 미치광이 수학 교수가 두 손으로 머리카락을 헝클어뜨리며 계단을 쿵쿵 올라오더니, 제발 부탁이니 아래층 교실 벽에 달린 칠판을 흔들어 떨어뜨리는 짓 좀 그만둘 수 없겠냐고 애원하지 뭔가. 정말이지 존경스러우리만치 자제력 있는 태도였다네. '부적절한 짓 아닙니까?' 라고 하더군. '꽥꽥꽥꽥, 흠흠, 굉장히 부적절한 짓이란 말입니

I 『요한복음』 17장 22절.

II 제1차 십자군 전쟁의 주요 지휘관이자 예루살렘왕국의 첫 번째 통치자.

다.' 그래서 나는 대답했지. '부적절한 짓이라니요, 라우스 비니 엑세르키투스 크루리스[III]인데요.' 그러자 그가 '말도 안 되는 소리 하지 마시죠'라고 하는 거야. '그 노래가 〈아침이 되기까지는 집에 돌아가지 않으리〉[IIII]라는 걸 내가 모를 줄 알았습니까?' 그래서 나는 그 노래의 고전적 기원을 설명해줄 수밖에 없었는데…… 여보게, 페인!" 그가 갑자기 통로 쪽을 향해 자신의 냅킨을 흔들며 굵은 목소리로 외쳤다.

그쪽을 보니, 극도로 무뚝뚝하고 융통성 없어 보이는 남자가 담배 파이프를 물고 있었다. 조금 전 램폴이 복도에서 본 사람이었다. 지금은 모자를 벗어 굉장히 짧게 깎은 백발과 기다란 갈색 얼굴이 드러난 채였다. 어딘가 자리 잡을 만한 곳을 찾아 통로를 비틀거리며 배회하고 있던 모양이었다. 그는 그리 예의 바르지 못한 태도로 툴툴거리더니 두 사람이 앉은 테이블 옆에서 걸음을 멈췄다.

"이쪽은 페인 씨, 그리고 이쪽은 램폴 씨." 펠 박사가 말했다. 이 미국인을 바라보는 페인의 두 눈에 놀란 기색이 떠올랐다. 뭔가 수상쩍어하는 눈빛 같기도 했다.

"페인 씨는 채터럼의 고문 변호사라네." 박사가 설명했다. "자, 페인, 자네가 돌보는 친구는 어디 있나? 스타버스 가문의

III 보병대의 와인 찬가.

IIII 20세기 초 널리 유행한 노래.

젊은 주인과 와인 한잔 나누고 싶은데 말이지."

페인은 여윈 손을 팔락거리며 얼굴 쪽으로 가져가더니 갈색 턱을 쓰다듬었다. 그의 목소리는 금방이라도 쇳소리가 날 것처럼 건조했고, 마치 태엽을 돌리듯 힘겹게 흘러나왔다.

"안 왔습니다." 그가 퉁명스럽게 대답했다.

"흐음. 안 왔다고?"

기차가 덜컹거리는 소리에 페인의 뼈가 마구 흐트러질 것 같다고 램폴은 생각했다. 변호사는 눈만 껌뻑거리며 연신 턱을 문질렀다.

"그래요. 그런 것 같습니다." 그러더니 그가 갑자기 와인병을 가리켰다. "이미 저걸 지나치게 마셔버려서 말이죠. 램폴 씨라고 했나, 이 신사분이 좀더 자세한 이야기를 해줄 수 있을 것 같군요. 그 친구가 마녀의 은신처에 한시도 머물고 싶어 하지 않으리라는 건 알지만, 그렇다고 교도소에 얽힌 미신 같은 이야기에 도망쳐버릴 사람도 아닐 테죠. 물론 아직 시간 여유는 있습니다."

램폴은 방금 들은 이야기야말로 지금까지 들어본 중 가장 어리둥절한 횡설수설이라고 생각했다. '마녀의 은신처'는 무엇이고, '교도소에 얽힌 미신'은 또 뭐란 말인가? 게다가 깊은 주름과 둥근 코, 그리고 헐거운 뼈마디를 가진 이 갈색 얼굴의 남자 역시 마찬가지였다. 그는 끊임없이 흰자위를 굴리며 창문을 바라보다가, 담청색의 무표정한 시선을 막 램폴에게 고정한 참이었다. 램폴의 얼굴은 와인 때문에 잔뜩 달아올라 있었다. 그건 그렇고, 도대체 이게 다 무슨 일이람?

램폴이 자신의 잔을 멀찍이 밀어놓으며 입을 열었다.

"저…… 무슨 말씀이신지?"

다시 한번 페인의 목에서 거친 바람 같은 음성이 흘러나왔다. "제가 실수를 한 것 같군요. 하지만 기차가 출발하기 전에 선생님께서 스타버스 씨의 누님 되시는 분과 대화를 나누는 모습을 본 것 같아서 말입니다. 제 생각에는……."

"스타버스 씨의 누님 되시는 분, 예, 맞습니다." 램폴은 목구멍이 턱 막히는 듯한 기분을 느끼며 침착하게 보이려 애를 썼다. "하지만 스타버스 씨와는 면식이 없습니다."

"저런." 페인은 혀를 찼다. "그러시군요. 뭐, 그렇다면……."

램폴은 펠 박사가 안경 너머 작고 영리해 보이는 눈으로 즐거운 듯 페인을 응시하고 있다는 사실을 알아차렸다.

"자, 페인." 박사가 끼어들었다. "그는 교수형에 처해질 사람과 만나는 걸 두려워하지 않을 테지?"

"그럼요." 변호사가 대답했다. "이만 실례하겠습니다. 가서 저녁 식사를 해야겠군요."

가끔씩 그 기차 여행의 나머지 부분을 떠올릴 때마다, 램폴은 시골 지역으로 깊숙이 빠져들어가는 것 같았다고 생각하곤 했다. 주변 마을 불빛이 점점 잦아들고 텅 빈 하늘을 배경으로 기관차 증기 소리가 희미하게 퍼져나가는 가운데 싸늘하면서도 비밀스러운 곳으로 들어가는 여정. 펠 박사는 딱 한 번 콧방귀를 뀌며 일축했을 뿐, 더이상 페인에 대해서는 언급하지 않았다.

"그가 한 말은 신경 쓰지 말게." 박사는 경멸 어린 태도로 쌕쌕거리며 말했다. "매사 까다로운 사람이라서 말이지. 무엇보다 나쁜 건, 그 친구가 수학자 기질을 가졌다는 거야. 쳇! 수학자라니까." 펠 박사는 같은 말을 반복하며, 마치 상추 속에 이항 문제가 숨어 있기라도 한 양 샐러드를 노려보았다. "쓸데없는 소리나 하고 말이야."

이 늙은 사전편찬자는 램폴이 이름도 모르는 스타버스의 누이와 면식이 있다는 사실에 놀란 기색을 전혀 내비치지 않았다. 그로서는 고마울 따름이었고, 그래서 답례로 그날 저녁 들었던 이상한 이야기들에 대해 묻지 않기로 했다. 램폴은 의자에 등을 기대고 앉아 기꺼이 와인으로 몸을 채우며 상대의 말에 귀를 기울였다. 그는 술을 섞어 마시는 것에 전혀 거리낌이 없었지만, 그럼에도 펠 박사가 흑맥주에 와인을 더하고 식사가 거의 끝나갈 무렵 맥주까지 곁들이는 방식에는 다소나마 간담이 서늘할 수밖에 없었다. 그래도 어찌 됐건 굴하지 않고 잔이 채워질 때마다 모조리 비워나갔다.

"이 술에 대해 말하자면 말이지," 박사는 열차가 울릴 정도로 쩌렁쩌렁한 목소리로 말했다. "「알비스가 말하기를」[1]에서 한 대목 인용해볼까? '인간들은 에일ale이라 부르고, 신들 사이에서는 비어beer로 통하는 음료라네.' 허허!"

불콰한 얼굴로 시가의 재를 넥타이 앞자락에 흘려가며, 박사는 자리에 앉아 몸을 흔들고 킬킬거렸다. 결국 테이블 근처를 맴돌며 사려 깊은 태도로 기침을 하던 웨이터가 이만 자리를 비워달라고 넌지시 설득하자, 그는 으르렁대면서 두 개의 지팡이에 의지한 채 램폴보다 앞서 느릿느릿한 걸음을 옮겼다.

두 사람은 이내 텅 빈 객실 구석에 서로 마주 보고 자리를 잡았다. 이 좁은 공간은 바깥에 펼쳐진 풍경보다 한층 어두웠

1 북유럽에 전하는 고대 시가 중 하나. 지식을 과시하기를 좋아하는 알비스라는 드워프가 토르의 딸을 아내로 맞이하기 위해 그를 찾아가 서로 문답을 주고받는 내용이다.

고, 희미한 조명 탓에 유령이 나올 것만 같았다. 어두어둑한 구석 자리에 파고들어 좌석 위쪽의 색 바랜 붉은 천과 무슨 내용인지 알아보기 어려운 그림들을 배경으로 자리를 잡은 펠 박사는 마치 거대한 도깨비 같은 모습이었다. 램폴은 입을 꾹 다물고 있었다. 이 또한 비현실적인 기분이었다. 북쪽에서 불어오는 서늘한 바람, 높이 뜬 달, 덜컥거리며 굴러가는 바퀴 소리. 이제는 싫증이 나 더 보기도 싫은 언덕 위에는 해묵은 수풀이 빼곡히 자라 있었고, 나무들은 장례식장에 놓인 조화 같은 모습이었다.

끝내 램폴이 입을 열었다. 더이상 궁금증을 억누를 수 없었던 것이다. 기차가 어느 마을 역에 잠시 정차했다 출발했을 때였다. 이제 엔진에서 흘러나오는 긴 증기 소리만 빼면 완전한 적막에 휩싸여 있었다.

"혹시 괜찮으시다면 말입니다만," 램폴이 말했다. "페인 씨가 하신 '마녀의 은신처에 머문다'는 말이 무슨 뜻인지 여쭤봐도 될까요? 그리고 다른 내용도 말입니다."

펠 박사는 몽상에서 깨어났다. 놀란 듯 보였다. 그가 몸을 앞으로 굽히자 안경에 달의 모습이 반사되었다. 적막 속에서 엔진이 목쉰 소리로 헐떡거렸고, 곤충들이 윙윙거리는 소리도 가늘게 들렸다. 열차 어딘가에서 뭔가 덜컥거리는가 싶더니 랜턴 하나가 흔들리며 깜빡거렸다.

"응? 저런, 세상에, 맙소사! 자네가 도러시 스타버스와 아는 사이인 줄 알았는데. 나는 질문을 좋아하는 사람이 아니라서 말이야."

분명히 누이의 이름일 테지. 조심스럽게 접근해야겠군. 램폴은 이렇게 생각하며 말했다.

"오늘 처음 만났습니다. 거의 모르는 사이나 다름없죠."

"그러면 채터럼 교도소에 대해 한 번도 들어본 적이 없는 건가?"

"없습니다."

박사는 혀를 찼다. "그러면 페인의 말이 정말 이상하다고 생각했겠군. 오랜 친구와 대화하듯 자네를 대했으니……. 이제 채터럼 교도소는 없네. 1837년부터는 사용되지 않아서 폐허가 되어가는 중이지."

수하물을 실은 수레 한 대가 소리를 내며 복도를 지나갔다. 어둠 속에서 빛이 짧게 반짝거렸다. 램폴은 박사의 커다란 얼굴에 흥미롭다는 표정이 살짝 나타났다가 사라지는 걸 보았다.

"어째서 교도소 건물을 방치해두었는지 짐작이 가나? 물론 콜레라도 돌았지. 콜레라, 혹은 그 비슷한 전염병 말이야. 하지만 그보다 심각한 문제가 있었다더군."

램폴은 담배 한 개비를 꺼내 불을 붙였다. 이유는 알 수 없으나, 그는 예민하면서도 위축된 상태였다. 잠시 뒤에는 폐에 무슨 문제가 생긴 듯한 기분마저 들었다. 그는 어둠 속에서 차갑고 축축한 공기를 한껏 들이마셨다.

"교도소는 말이지," 박사가 말을 이었다. "특히 그 시절 교도소들은 그야말로 지독히 섬뜩한 존재였지. 그 교도소도 마녀의 은신처 부근에 지어진 거야."

"마녀의 은신처요?"

"마녀를 교수형에 처하던 곳이었다네. 물론 평범한 악당들도 죄다 그곳에서 처형당했고. 흠흠." 펠 박사는 오랫동안 헛기침을 했다. "내가 마녀를 언급한 건, 그들을 교수형에 처했다는 사실이 일반 민심에 무엇보다 큰 인상을 심어주었기 때문이야…….

링컨셔는 작은 늪지와 못이 많은 지역이라네. 고대 영국에서는 링컨을 '린-둔'이라 불렀는데, 이는 늪지대 마을이라는 뜻이지. 로마인들은 '린둠-콜로니아'라고 했고. 채터럼은 링컨에서 그리 멀리 떨어진 곳이 아니지만, 오늘날 링컨이 현대적으로 탈바꿈한 것에 반해 우리는 전혀 그렇지 않지. 우리가 가진 것이라고는 비옥한 토양, 늪지와 습지, 물새, 부드러운 안개가 자욱하게 내려앉은 공기 같은 것들뿐이야. 해가 진 뒤에는 환각이 보이는 곳이지. 알겠나?"

기차가 또다시 덜커덕 소리를 냈다. 램폴은 간신히 웃음을 지어 보였다. 식당 칸에 있었을 때만 해도 연신 키득거리는 이 뚱뚱한 남자는 열을 가하지 않은 소고기처럼 생생해 보였건만, 이제는 우울하고 불길함마저 느껴지는 모습이었다.

"환각이 보인다고요?" 램폴이 그의 말을 반복했다.

"사람들이 교도소를 지었어." 펠은 말을 이었다. "교수대 근처에……. 스타버스 가문에서 두 세대에 걸쳐 그곳을 다스렸다네. 자네 나라에서는 그런 사람들을 교도소장이라고 부르겠지. 스타버스 가문 사람들은 전통적으로 목이 부러져 죽곤 했어. 즐거운 마음으로 고대할 일은 결코 아니지."

펠이 시가에 불을 붙이려고 성냥을 그었다. 램폴은 그가 미소를 짓고 있다는 사실을 알아차렸다.

"유령 이야기로 자네를 겁주려는 건 아니야." 그는 쌕쌕거리며 잠시 시가 연기를 빨아들인 다음 이렇게 덧붙였다. "그저 대비를 시켜주려는 것뿐이네. 우리는 자네 같은 미국인처럼 이성적으로 사고하지 않아. 시골 지역은 미신에 휩싸여 있지. 마치 공기처럼 말이야. 그러니 등불을 든 페기[1]나 링컨 대성당의 작은 악마, 특히 그 교도소에 얽힌 이야기를 듣게 되더라도 비웃지 말게."

다시 침묵이 흘렀다. 이윽고 램폴이 입을 열었다.

1 호박 머리에 눈, 코, 입 구멍이 뚫려 있는 유령.

"저는 뭘 비웃는 사람이 아닙니다. 그리고 유령 들린 집을 보는 게 제 평생소원이었죠. 물론 유령의 존재를 믿지는 않지만, 그렇다고 흥미가 줄어드는 것은 아니니까요. 그 교도소엔 어떤 이야기가 얽혀 있습니까?"

"쓸데없이 상상력이 풍부하군그래." 박사는 시가에 생긴 재를 바라보며 투덜거렸다. "밥 멜슨이 말한 대로야. 뭐, 내일이면 모든 이야기를 알게 될 걸세. 내게 관련 서류의 복사본이 있으니까. 말하자면, 마틴이라는 젊은이가 교도소장실에서 시간을 보내고 금고를 열어 그 안에 무엇이 있는지 확인할 의무를 지고 있다는 내용이야. 채터럼 교도소가 지어진 그 땅은 대략 200년 동안 스타버스 가문의 소유였네. 지금도 마찬가지고. 자치구에서 단 한 번도 소유권을 인수하려 하지 않았지. 그 땅은 변호사 친구들이 '장자상속'이라 부르는 것에 묶여 있거든. 그러니까 팔 수 없다는 뜻이야. 그리고 스타버스 가문의 장남은 스물다섯 살이 되는 날 밤에 그 교도소로 가서 교도소장실 안에 있는 금고를 열고 자신의 운을 시험해야 하지."

"무슨 이유로 말입니까?"

"그야 모르지. 금고 안에 무엇이 있는지 아는 사람은 아무도 없네. 상속자 본인이 그에 대해 언급해서도 안 되고. 나중에 아들에게 열쇠를 물려줄 때까지는 말이야."

램폴은 자세를 바꿨다. 그의 머릿속에 회색빛 폐허가 떠올랐다. 철문, 그리고 한 손에 램프를 든 채 녹슨 열쇠를 돌리는 한 남자.

"맙소사! 그 이야기는 마치……." 하지만 그는 적당한 표현을 찾지 못한 채 그저 쓴웃음을 지을 뿐이었다.

"여기는 잉글랜드야. 뭐가 문젠가?"

"만약 미국이었다면 기자들과 뉴스영화 카메라는 물론, 군중들까지 몰려들어 무슨 일이 일어나는지 확인하느라 교도소 주위를 열 겹으로 둘러쌀 거라는 생각밖에 들지 않는군요."

그는 자신이 뭔가 실언을 했다는 사실을 깨달았다. 늘 이런 식이었다. 영국인을 상대한다는 건 자신이 잘 안다고 생각하는 친구와 악수를 나누다가 갑자기 그 손이 한낱 연기처럼 사라져버렸다는 사실을 깨닫는 것이나 다름없었다. 영국인과 미국인 사이에는 결코 건널 수 없는 강이 있었고, 언어의 유사성이 그 차이를 메울 수는 없는 노릇이었다. 펠 박사가 안경 너머 두 눈을 찡그린 채 그를 바라보고 있었다. 그러다가, 다행스럽게도 사전편찬자는 웃음을 터뜨렸다.

"이곳은 잉글랜드라니까." 그가 말했다. "그 상속자를 귀찮게 구는 사람은 아무도 없을 테지. 스타버스 가문 사람은 목이 부러져 죽는다는 믿음에 지나칠 정도로 사로잡혀 있으니까.”

“그렇습니까?”

“그게 이곳의 이상한 일면이야.” 펠 박사가 커다란 머리를 한쪽으로 기울이며 대답했다.

“이곳 사람들은 대개 그렇더군요.”

그 주제에 대한 대화는 그걸로 끝이었다. 저녁 식사 때 마신 와인이 박사의 머리를 둔하게 만들어버린 것 같았다. 그게 아니면, 구석에서 꾸준히 밝아졌다가 어두워지기를 반복하는 저 시가 불빛으로 보건대, 그는 일종의 사색에 빠진 것일지도 몰랐다. 박사가 닳아빠진 격자무늬 숄을 어깨 위로 끌어당겼다. 커다란 대걸레 같은 머리카락이 앞으로 흘러내렸다. 눈꺼풀 아래서 어슴푸레하게 빛나는 눈만 아니었다면 램폴은 그가 잠이 들었다고 생각했을 것이다. 검정 띠로 고정한 안경 너머 저 밝고 흔들림 없는 지성의 눈빛…….

램폴의 비현실적인 감각은 그들이 채터럼에 도착할 즈음 완전히 누그러들어 있었다. 기차의 붉은빛들은 이제 선로 아래로 가라앉았고, 증기가 빠져나가는 소리 역시 가볍게 흔들리다가 이내 잦아들었다. 승강장의 공기는 싸늘했다. 저 멀리 기차가 향하는 쪽에서 개 한 마리가 짖어대는가 싶더니, 이내 여러 마리의 합창이 이어지다가 침울하게 사그라들었다. 램폴은 펠 박사를 따라 승강장을 나섰는데, 자갈밭을 걷는 그들의 발소리가 깜짝 놀랄 정도로 크게 울려 퍼졌다.

나무들과 평평한 목초지 사이로 흰색 길이 구불구불 뻗어 있었다. 안개 자욱한 습지. 시커먼 물에 반짝이는 달빛. 이어서 산사나무 향기가 나는 산울타리. 개간한 밭에서 옅은 녹색으로 자라나는 옥수수들. 귀뚜라미의 규칙적인 울음소리. 풀 위에 맺힌 이슬의 향기. 이곳에서, 챙이 늘어진 모자를 쓰고 격자무늬 숄을 어깨에 걸친 펠 박사가 두 개의 지팡이에 의지한 채 쿵쿵대며 걷고 있었다. 그는 겨우 하루 일정으로 런던에 다녀오는 길이라 따로 짐은 없다고 설명했다. 램폴은 무거운 여행 가방을 앞뒤로 흔들며 그의 곁에서 성큼성큼 걸음을 옮겼다.

그는 문득 전방에서 어떤 사람의 형체를 보고 소스라치게 놀랐다. 특징 없는 코트 차림에 여행용 모자를 쓴 누군가가 담배 파이프 불똥을 뒤로 흩날리며 길을 따라 나아가고 있었다. 그제야 그는 그 사람이 페인이라는 사실을 깨달았다. 변호사는 비틀거리면서도 걸음에 속도를 내는 중이었다. 꼭 무뚝뚝한 개 같군! 하지만 페인에게 관심이 쏠린 것도 한순간이었고, 이제 그는 이 광활한 이국 하늘 아래, 심지어 별자리마저 친숙하지 않은 이 땅에서 모험을 벌이며 노래를 부르고 있었다. 그는 이곳 고대 잉글랜드에서 길을 잃은 하찮은 존재에 불과했다.

"저기가 그 교도소라네." 펠 박사가 말했다.

두 사람은 살짝 발돋움을 하느라 잠시 걸음을 멈추었다. 길은 내리막으로 이어지다가 산울타리와 교차하는 개활지를 향해 뻗어 있었다. 그로부터 조금 떨어진 곳에, 나무로 둘러싸인 마을 교회의 첨탑이 보였고, 그 주변에는 은빛 창문이 달린 농가들이 밤에 피어오르는 강한 흙냄새에 젖은 채 잠들어 있었다. 농가 왼편에 붉은색 벽돌로 지은 높은 건물 한 채가 서 있었는데, 창틀은 흰색이었고, 떡갈나무가 우거진 진입로 너머 잘 다듬어놓은 소박한 정원도 보였다.

"스타버스 저택이지."

펠 박사가 어깨 너머로 말했다. 하지만 램폴의 시선은 오른쪽의 곳에 쏠려 있었다. 이런 장소에는 어울리지 않게도, 다소 조악하지만 스톤헨지처럼 강렬한 채터럼 교도소의 돌담이 하늘을 배경으로 혹처럼 튀어나와 있었다.

달빛에 왜곡된 탓에 실제보다 훨씬 크게 보인다는 점을 감안해도 그 담장은 충분히 거대했다. '혹처럼 튀어나와 있다'는 말이 꼭 어울린다고 램폴은 생각했다. 마치 벽이 언덕 꼭대기를 향해 급격히 휘어지며 솟아오른 것처럼 보였다. 석조 구조물의 갈라진 틈으로 덩굴식물이 자라나 달을 향해 손가락을 구부리고 있었다. 담장 위에 톱니처럼 줄지어 박아놓은 쇠꼬챙이들과 다 허물어져가는 굴뚝들도 눈에 들어왔다. 도마뱀들이 점령한 듯 축축하고 미끄덩해 보이는 건물이었다. 꼭 습지가 안쪽으로 기어들어가 그 자리에 고여버린 듯했다.

램폴이 갑자기 입을 열었다. "벌레들이 날아와 제 얼굴에 부딪치는 기분입니다. 혹시 이런 표현이 실례가 될까요?"

그의 목소리가 굉장히 크게 울려 퍼지는 것 같았다. 어디선가 개구리들이 불평 많은 환자들처럼 시끄럽게 울어대고 있었다. 펠 박사는 지팡이를 들어 한쪽을 가리켰다.

"저기 보이나?" 이어 그는 램폴이 생각했던 것과 같은 표현을, 하지만 사뭇 괴상한 방식으로 입 밖에 내었다. "저기 혹처럼 튀어나온 곳, 스코틀랜드 전나무가 늘어선 곳 옆쪽 말이야. 도랑 위에 증축해놓은 저기가 바로 마녀의 은신처라네. 옛날, 그러니까 교수대가 저 언덕 벼랑 쪽에 세워져 있던 시절에는 구경꾼들에게 볼거리를 제공해주려고 사형수의 목에 굉장히 긴 밧줄을 매달아 벼랑 끝에서 던져버리곤 했지. 그렇게 하면 머리가 떨어져 나갈 가능성이 반반쯤 됐으니까. 자네도 알겠지만, 당시에는 발판이 떨어지는 교수대 같은 게 없었거든."

머릿속을 가득 채우는 광경에 램폴은 몸을 떨었다. 무성한 수풀이 녹색으로 타오르는 무더운 날. 아지랑이가 피어오르는 하얀 길과 가장자리에 만발한 양귀비들. 머리를 땋고 무릎 부분을 홀친 반바지를 입은 사람들 한 무리가 웅성거리고, 어두운 복장을 한 이들을 태운 마차가 삐걱거리는 소리를 내며 언덕을 올라가는 모습. 그러다가 누군가가 불경스러운 진자처럼 마녀의 은신처 위에서 흔들리고……. 이 시골 지역이 그렇게 웅성거리는 목소리로 가득 찬 것은 실로 그때가 처음이었으리라. 그는 몸을 돌리다가 박사의 두 눈이 자신에게 못 박혀 있다는 사실을 알아차렸다.

"교도소를 지은 다음에는 사형을 어떻게 집행했습니까?"

"계속 같은 방식을 고수했지. 하지만 당시 사람들은 죄수들이 교도소를 탈출하기가 너무 쉽다고 생각했네. 담장이 낮기도 했고 문도 여러 개 있었으니까. 그래서 그들은 교수대 밑에 우물 같은 구덩이를 팠어. 바닥이 습지라, 그 속에 물을 채워 넣는 것도 어렵지 않았지. 만약 사형수가 도망가려고 뛰어내리기라도 했다가는 거기 처박히게 되는 거야. 그들은 그를 건져주지 않을 테고. 그런 곳에 가라앉아 죽는 건 그리 유쾌한 일이 아니었겠지."

박사는 다시 다리를 움직여 걸음을 옮기기 시작했고, 램폴 역시 여행 가방을 집어 들어 그를 따랐다. 대화를 나누기에 썩 괜찮은 장소는 아니었다. 목소리가 지나칠 정도로 시끄럽게 울리는데다 누군가 엿듣고 있다는 불쾌한 느낌도 들었기 때문이다.

"그들은," 펠 박사는 쌕쌕거리며 몇 걸음 옮기더니 이렇게 덧붙였다. "그렇게 사형수를 처리했네."

"어떻게 말입니까?"

"교수형을 마친 다음 목에 맨 밧줄을 잘랐지. 사형수가 우물 속으로 가라앉도록 말이야. 그러다가 어느 순간 콜레라가 창궐하기 시작했는데……."

램폴은 속이 턱 막히는 듯한 기분이었다. 실제로 욕지기가 치밀어 오를 정도였다. 차가운 공기에도 불구하고 몸에서는 열이 끓고 있었다. 나무들 사이로 박사가 속삭이는 소리가 들려왔다. 대수롭지 않다는 듯한 가벼운 말투였다.

"이제 얼마 안 가면 우리 집이네." 박사는 말을 이었다. 이상한 이야기는 전혀 한 적이 없다는 듯한 태도였다. 심지어 이 지역의 아름다움에 대해 이야기하는 사람처럼 편안해 보이기까지 했다. "마을 외곽 지역이지. 그쪽에서는 교수대들이 놓여 있는 곳이 잘 보인다네. 교도소장실도 그렇고."

두 사람은 1킬로미터쯤 더 걸어가다가 큰길에서 벗어나 좁은 오솔길로 접어들었다. 뒤틀리고 생기 없는 낡은 집이 한 채 등장했다. 회칠한 벽에 떡갈나무 기둥을 올리고, 아래쪽으로는 담쟁이덩굴이 뒤덮인 석재가 깔린 집이었다. 마름모꼴 창문이 달빛을 희미하게 반사하고 있었다. 문 옆에는 상록수가 몇 그루 솟아 있었고, 텁수룩하게 자란 잔디밭 군데군데 흰색 데이지꽃도 보였다. 이름 모를 밤새들이 잠자리를 방해받았다는 듯 담쟁이덩굴 속에서 지저귀기 시작했다.

"아내는 깨우지 말자고. 주방에 차게 먹을 수 있는 저녁 식사를 준비해놓았을 거야. 맥주도 잔뜩 말이지. 내가…… 무슨 일이지?"

박사가 흠칫 놀라며 물었다. 동시에 젖은 풀 위를 스치는 지팡이 소리가 들려온 것으로 보아, 쌕쌕거리다 못해 거의 발작적으로 뛰어오른 듯했다. 램폴의 시선은 목초지 너머로 채 500미터도 떨어지지 않은 곳에 꽂혀 있었다. 거기엔 마녀의 은신처를 둘러싼 스코틀랜드 전나무 위로 채터럼 교도소가 측면을 드러낸 채 솟아 있었다.

축축한 열기가 램폴의 전신을 훑고 지나갔다.

"아무것도 아닌데요." 그는 큰 소리로 내뱉었다. 그러고는 원기 왕성하게 이야기를 하기 시작했다. "그런데 말입니다, 박사님. 폐를 끼치고 싶지는 않습니다. 시간만 맞았어도 아마 다른 기차를 탔을 거고요. 채터럼 읍내에 가서 호텔이나 여관을 잡는 건 그리 어려운 일도……."

늙은 사전편찬자가 키득거렸다. 이런 곳에서 그 소리를 들으니 사뭇 안심이 되었다. 그는 우렁찬 목소리로 말했다. "말도 안 되는 소리!" 그러고는 램폴의 어깨를 세게 두드렸다. 램폴의 머릿속에는 이런 생각이 떠올랐다. 내가 겁을 먹었다고 생각하겠지. 그래서 서둘러 박사의 뜻을 따를 수밖에 없었다. 펠 박사가 현관 열쇠를 찾는 사이, 그는 다시 한번 교도소를 바라보았다.

조금 전 들은 마녀 이야기가 그의 마음가짐에 영향을 끼쳤던 걸까? 하지만 지금 이 순간, 그는 채터럼 교도소 담 위쪽에서 무언가를 보았다고 맹세할 수도 있었다. 무언가에 흠뻑 젖어 있는 듯한 소름 끼치는 형체였다.

주목나무관에서 보내는 첫날 오후, 램폴은 펠 박사의 서재에 앉아 공상의 영역에 속하는 것이라면 무엇이든지 가리지 않고 질문을 던졌다. 이 작고 견고한 집에서는 아직도 석유램프를 사용하고 있었고 배수 시설 또한 원시시대에나 썼을 법할 것이어서, 그는 마치 미국 애디론댁 산맥에 자리한 사냥꾼의 오두막에서 휴가를 즐기는 듯한 기분이었다. 말하자면 머지않아 뉴욕으로, 즉 다들 자동차 문을 쾅쾅 닫고 수위가 문을 열어줘야 자신의 아파트에 들어갈 수 있는 곳으로 돌아가리라는 뜻이었다.

하지만 지금은 햇살 만발한 정원에 자리 잡은 해시계와 새집 주변으로 벌들이 윙윙거리며 날아다니고, 오래된 나무 냄새와 갓 세탁한 커튼 냄새가 함께 풍겨 오는 이곳에 있었다. 잉글랜드 외에는 어디서도 찾아볼 수 없는 곳. 전에는 베이컨과 달걀을 먹으며 그다지 만족을 느낀 적이 없었지만, 이곳에서는 그 풍미를 충분히 만끽할 수 있었다. 심지어 그는 파이프 담배까지 피웠다.

이곳 시골에서 인위적인 것이라고는 찾아볼 수 없었다. 시골에는 여름을 보내봐야만 알 수 있는 특유의 풍경이 있기 마련이다. 펜트하우스 옥상에 심어놓은 관목과는 완전히 다른 풍경 말이다.

펠 박사는 챙이 넓은 흰색 모자를 쓴 채 졸린 듯 정감 어린 모습으로, 철두철미하게 정신을 집중해야 하는 일은 무엇 하나 건드리지 않은 채 자신의 영토에서 빈둥거렸다. 펠 부인은 굉장히 작은 체구에 움직임이 부산하고 쾌활한 여인으로, 늘 물건을 넘어뜨리고 다녔다. 이날 아침만 해도 스무 번은 족히 뭔가 부서지는 소리에 이어 그녀의 고함 소리가 들려오곤 했다. "아, 짜증나!" 그런 다음엔 재빨리 사고 현장을 치우는데, 그러다 또 다른 사고를 터뜨리기 마련이었다.

게다가 그녀는 집의 모든 창문 밖으로 연신 고개를 내밀고 남편에게 이런저런 질문을 던지는 습관이 있었다. 바로 조금 전 집 앞에 있는 모습을 봤다 싶으면 이내 뒤쪽 창문 밖으로 뻐꾸기시계처럼 몸을 불쑥 내밀어 램폴에게 쾌활하게 손을 흔들곤 남편에게 무엇이 어디에 있는지 물어보는 식이었다. 그때마다 펠 박사는 놀란 표정만 지어 보일 뿐 아내의 질문에 아무 대답도 돌려주지 못했다. 라임나무 아래 접이의자를 놓고 느긋하게 앉아 파이프 담배를 피우던 램폴은 그 모습을 보며 오두막 모양을 한 스위스제 기압계를 떠올렸다. 빙글

빙글 돌아가는 인형이 날씨를 알리느라 끊임없이 들어갔다가 나오기를 반복하는 모습이 그녀와 꼭 닮아 있었다.

펠 박사는 오전 전체와 오후 일부를 할애해 자신의 대업 『잉글랜드의 음주 관습에 대한 통사』를 집필하는 데 쏟아부었다. 이는 그가 지난 육 년에 걸쳐 지속해온 기념비적인 노동의 결정체였다.

그는 특히 다음과 같은 표현의 기원을 추적하기를 좋아했다. 손톱에 술잔 털기[I], 사냥꾼의 고리를 세며 마시다[II], 네덜란드인처럼 죽도록 마시자[III]. 이를 비롯하여 건강 단지, 장갑, 구걸 깡통, 장난감 상자 등등 커다란 금속 맥주잔을 지칭하는 여러 특이한 표현들도 마찬가지였다. 심지어 그는 램폴에게 『무일푼 피어스』를 쓴 톰 내시[IIII]나 『미식가와 술고래를 위한 우아한 식습관: 고주망태가 되도록 술을 퍼마시는 천박한 행위가 만연한 상황을 통렬히 비판하며』를 쓴 조지 개스코인[IIIII]의 논문들을 신랄하게 비판하기도 했다.

목초지에서 찌르레기들이 지저귀고 나른한 햇살이 채터

I 술잔을 비운 뒤 손톱 위에 술잔을 뒤집어 한 방울이라도 떨어지면 한 잔 더 마셔야 하는 벌칙.

II '사냥꾼의 고리'는 술잔을 내려놓았을 때 젖은 술잔 바닥에 둥그렇게 찍힌 자국을 의미한다.

III 유럽 대륙의 맥주가 영국에 전파된 시기에 생긴 표현.

IIII 16세기 후반 영국의 극작가. 영국성공회의 입장을 대변하는 여러 소논문으로 유명하다. 앞서 등장한 술에 대한 다양한 표현은 『무일푼 피어스』에서 그대로 따온 것이다.

IIIII 16세기 중후반 영국에서 활동했던 시인.

럼 교도소에서 풍기는 사악한 기운을 모조리 빨아들이는 가운데 오전이 지나갔다. 이어 오후의 달콤한 기운이 그를 박사의 서재로 이끌었다. 그곳에서 박사는 파이프에 담배를 채우고 있었다. 낡은 수렵 재킷 차림이었고, 그가 쓰고 있던 흰색 모자는 이제 석재 벽난로 선반 한쪽 구석에 걸려 있었다. 앞에 놓인 테이블에 서류 뭉치가 쌓여 있었는데, 그는 연신 슬쩍슬쩍 그 서류들에 시선을 던지고 있었다.

"차를 마시러 손님들이 올 거야." 박사가 말했다. "교구 목사가 오기로 했네. 마틴 스타버스와 그의 누이도. 두 사람은 어제 본 그 대저택에 살고 있지. 오늘 오전에 그들이 도착했다고 우체부가 알려주더군. 어쩌면 스타버스의 사촌도 함께 왔을 수 있겠군. 자네 눈에는 좀 침울한 녀석으로 보일지 몰라. 그나저나, 자네는 그 교도소에 대해 더 알고 싶어 하는 것 같은데?"

"뭐, 그렇긴 합니다. 혹시……."

"무슨 비밀을 누설하는 짓 아니냐는 거지? 아, 아니야. 교도소에 대해서는 다들 알고 있네. 하지만 그 이야기를 하는 것보다는 마틴을 만나는 게 더 재미있을 것 같아서 말이야. 그는 미국에 이 년째 체류하고 있거든. 두 사람의 부친이 사망한 후에는 누이 쪽이 저택을 꾸려나가는 중이지. 참 대단한 여자라니까. 고 티머시 스타버스는 좀 기묘한 방식으로 사망했네.”

“목이 부러져서 말입니까?” 박사가 잠시 주저하며 말을 멈춘 사이 램폴이 물었다.

박사는 끙 하는 소리를 냈다. “목이 부러졌다뿐인가, 나머지 뼈마디도 대부분 성치 않았지. 그야말로 끔찍할 정도로 박살이 났네. 일몰 직후 말을 타러 나갔다가 그만 낙마하고 말았지 뭔가. 마녀의 은신처 근처에 있는 채터럼 교도소 언덕을 내려오던 중에 그리된 것 같더군. 그날 밤늦게 덤불 속에 처박힌 채 발견되었어. 말은 근처에 있었는데, 무언가에 겁을 먹었는지 끊임없이 울어대더군. 그 집안 소작인 중 한 명인 젱킨스 노인이 그를 발견했지. 젱킨스 말로는 그 말이 우는 소리가 지금까지 들어본 것 중 가장 끔찍했다는 거야. 어쨌든 티머시는 다음 날 죽고 말았네. 마지막 가는 순간까지 정신이 또렷했지.”

여기 머무르는 동안, 램폴은 박사가 자신을 미국인이라 얕잡아 보고 조롱하는 것은 아닐까 하는 의심을 수차례 품기도 했다. 하지만 지금은 달랐다. 펠 박사가 끔찍한 일들을 묵묵히 되새기는 건, 뭔가 걱정되는 것이 있어서였다. 스스로를 진정시키기 위해 저런 이야기들을 하는 것이리라. 의자에 앉은 채 어색하게 몸을 뒤척이며 두 눈을 이리저리 굴리는 모습에서 무언가 의문스러운, 아니 수상쩍다는 표현이 더 어울릴 법한 분위기가 느껴졌다. 심지어 아주 무서운 일이 숨어 있는 것 같기도 했다. 천식 환자 같은 그의 숨소리가 조용한 방 안에 커다랗게 울려 퍼졌다.

"해묵은 미신이 되살아났겠군요." 램폴이 말했다.

"그래. 하지만 어차피 이 근방 사람들은 지금까지 줄곧 미신을 믿어왔어. 이 사건은 단순한 미신이라고 하기엔 뭐랄까, 보다 심각한 일이라네."

"그 말씀은……."

"살인 말이야."

박사가 몸을 앞으로 굽혔다. 안경 너머 두 눈은 커다랗게 뜬 채였고, 불그스름한 얼굴은 딱딱하게 굳어 있었다. 그는 빠른 말로 이야기를 이어갔다.

"명심하게! 나는 아무 말도 하지 않은 거야! 어쩌면 그저 공상일지도 모르고, 굳이 내가 걱정할 문제가 아닐 수도 있으니까. 하지만 검시관 마클리 박사의 말에 따르면 티머시는 두개저에 충격을 받았는데, 이는 낙마하면서 입은 상처일 수도 있지만 그렇지 않을 수도 있다더군. 내 보기에, 그는 낙마했다기보다 누군가에게 짓밟혔다는 쪽이 더 말이 되는 것 같아. 아, 말이 짓밟았다는 건 아니고. 무언가 다른 게 있었어. 10월의 눅눅한 저녁이었고 또 그가 습지 위에 누워 있기도 했지만, 그것으로 그의 몸이 축축하게 젖어 있었다는 사실을 완전히 설명할 수는 없거든."

램폴은 펠 박사에게서 시선을 뗄 수가 없었다. 그러다 문득 정신을 차려보니 양손으로 의자 팔걸이를 꽉 틀어쥐고 있었다.

"하지만 다음 날까지 정신이 또렷했다고 하시지 않았나요? 그는 아무 말도 하지 않았습니까?"

"물론 나는 그 자리에 없었네. 교구 목사에게서 전해 들었을 뿐이지. 물론 페인에게서도. 페인이란 친구 기억하지? 그래, 그는 무슨 말을 했네. 말을 했다뿐인가, 귀신이라도 들린 사람처럼 기운이 팔팔했지. 사람들이 그가 죽어가고 있다는 사실을 알아차린 건 새벽녘이나 되어서였네. 마클리 박사 말로는, 그가 침상에 판자를 걸쳐놓고 뭔가 계속 적었다는 거야. 사람들이 말리려 들자 굉장히 화를 냈다더군. '내 아들에게 설명을 남겨야 해. 통과해야 할 시련이 있다고'라면서 말이야. 아까 말했듯이, 당시 마틴은 미국에 체류중이었으니까."

펠 박사는 파이프에 불을 붙이느라 잠시 말을 멈췄다. 그는 맹렬한 기세로 파이프 머리에 불을 댕겼다. 그렇게 하면 기억이 더 명료하게 떠오르기라도 한다는 듯한 태도였다.

"사람들은 손더스 씨, 그러니까 교구 목사를 부를까 말까 망설였네. 티머시는 오래된 배덕자이자 교회를 열렬히 증오하는 사람이었거든. 하지만 평소 서로 이야기를 나누는 사이는 아닐지언정, 언제나 손더스는 정직한 인물이라고 말하곤 했지. 그래서 사람들은 혹시 그 노인이 임종 전 기도를 받아들일지 모른다는 기대를 품고 새벽에 목사를 불러왔네.

교구 목사는 혼자서 티머시 노인을 보러 들어갔다가 잠시 후 이마에 맺힌 땀을 훔치며 밖으로 나와서는 '하느님 맙소사!' 하고 기도라도 하는 양 신을 부르더니 이렇게 말했다더군. '그는 지금 제정신이 아닙니다. 누가 들어가서 함께 있어주세요.' 그러자 티머시의 조카가 좀 기묘해 보이는 태도로 '숙부님께서 하느님에 대한 책무를 들으려 하시던가요?'라고 물었어. 교구 목사가 대답했지. '그래요, 그래. 하지만 내 말은 그에 대한 것이 아닙니다. 그가 말하는 방식에 대한 이야기였죠.' 조카가 다시 물었지. '숙부님께서 뭐라고 하셨는데요?' 그러자 교구 목사가 그랬다더군. '남에게 말해줄 수는 없어요. 정말이지 그러고 싶지만 말입니다.'"

사람들은 침실로 들어가 티머시가 꺽꺽거리는 소리를 내며 무언가 말하는 것을 들었다. 부목을 댄 탓에 움직일 수 없었지만 그는 시종 유쾌한 모습이었다. 티머시는 도러시를 불러 따로 이야기를 나누고 싶다고 말했고, 그다음 차례는 그의 변호사인 페인이었다. 이어 페인이 그의 상태가 나빠지고 있다며 고함을 쳤고, 그리하여 창밖에 햇빛이 비치기 시작할 무렵 모두 떡갈나무 판자를 덧댄 커다란 방 안으로 들어가 그의 캐노피 침대로 향했다. 티머시는 이제 거의 말을 할 수 없는 상태였지만, 딱 하나 분명하게 들리는 한마디를 내뱉었는데, 이는 다름 아닌 '손수건'이라는 단어였다. 그는 그 말을 하며 씩 웃는 듯 보였다. 교구 목사가 기도를 하는 동안 나머지 사람들은 무릎을 꿇었다. 손더스가 성호를 긋는 순간 티머시의 입에서 다시 뭔가 의미 없는 몇 마디가 튀어나왔고, 이어 그는 한차례 경련을 일으키다 사망했다.

긴 침묵이 흐르는 사이 찌르레기 지저귀는 소리가 밖에서 들려왔다.

"굉장히 이상하군요." 램폴이 마침내 입을 열었다. "하지만 그가 아무 말도 하지 않았다면 살인을 의심할 근거는 없다고 할 수 있지 않을까요?"

"근거가 없다고?" 펠 박사는 생각에 잠긴 채 말을 이었다. "뭐, 그럴지도 모르지만…… 같은 날 밤에, 그러니까 그가 죽은 날 밤에 말이지, 교도소장실 창문에서 불빛이 보였다네."

"누가 살펴보러 갔습니까?"

"아니. 마을 사람들 중에 백 파운드를 준다 해도 해가 진 뒤에 그 근처에 얼씬거릴 사람은 없을걸."

"아, 이제 알겠습니다! 미신 탓에 헛것을 보고서……."

"미신 탓에 헛것을 본 게 아냐." 박사는 고개를 저으며 단언했다. "적어도 나는 그렇게 생각하지 않네. 내 눈으로 직접 그 불빛을 보았으니까."

램폴은 다시 입을 열어 느릿느릿 말을 이었다. "그러니까…… 오늘밤 그 교도소장실에서 마틴 스타버스가 한 시간을 보낸다고요."

"그래. 만약 그 친구가 꽁무니를 빼지 않는다면 말이지. 언제나 겁을 잘 집어먹는 녀석이었으니까. 공상에 잘 빠지는 부류라고 해야 할까. 게다가 늘 그 교도소에 대해 다소 껄끄러운 감정을 내비치곤 했지. 일 년쯤 전이었나, 그가 마지막으로 채터럼에 온 건 티머시가 남긴 유언장을 확인하기 위해서였지. 유산상속에 대한 상세한 내용 중 하나는 당연하게도 관례대로 '시련'을 통과해야 한다는 것이었는데, 그러자 그 친구는 저택 관리를 누이와 사촌 허버트에게 맡겨버린 채 미국으로 돌아가버렸어. 이번에 잉글랜드에 온 것도 딱 하나 그 유쾌한 축제 때문이지."

램폴은 고개를 저었다 "굉장히 많은 이야기를 해주셨지만 기원만큼은 빼놓으셨군요. 그런 전통의 이유에 대해서는 전혀 파악하지 못하겠습니다."

펠 박사는 안경을 벗더니 꼭 올빼미 눈처럼 생긴 돋보기로 바꿔 썼다. 그는 양손을 관자놀이 부근에 가져다 댄 채 잠시 책상 위에 놓인 서류 뭉치 위로 몸을 굽혔다.

"여기 공식 일지의 복사본이 있네. 항해일지처럼 매일같이 작성된 문서지. 앤서니 스타버스, 향사[I], 1797년부터 1820년까지 채터럼 교도소장 역임. 그리고 마틴 스타버스, 향사, 1821년부터 1837년까지 교도소장 역임. 원본은 스타버스 저택에 보관되어 있네. 내가 티머시의 허락을 받아 이 서류를 복사했지. 언젠가 이 서류들도 책으로 묶여 나와야 할 텐데. 당시의 형벌 방식을 조사한 기록물에 딸린 부수적인 자료로서 말이야."

그는 고개를 숙인 채로 잠시 움직임을 멈추더니, 천천히 파이프를 빨아들이며 음울한 시선으로 책상 한쪽에 놓인 잉크통을 응시했다.

"자네도 알다시피, 18세기 후반 이전까지만 해도 유럽에 교도소라 부를 만한 곳은 몇 군데 없었지. 범죄자들이 생기면 즉석에서 교수형에 처하거나, 혹은 낙인을 찍고 불구로 만든 다음 풀어주거나, 그것도 아니면 식민지로 강제 추방하곤 했으니까. 채무불이행자처럼 예외적으로 처리하는 경우도 있기는 했지만, 일반적으로 판결을 받은 자들과 재판을 기다리는 자들 사이에는 아무런 차이가 없었네. 좋든 싫든 모두 잔인한 시스템 아래 던져지는 거야.

그러다 존 하워드[II]라는 남자가 교도소 제도를 요구하는

I 중세 영국에서 기사 다음 가는 봉건 계급.

II 18세기 영국의 자선활동가로, 영국 베드퍼드셔 주 장관을 역임하며 범죄자 격리 수용의 필요성을 주장했다.

시위를 시작했네. 사실 채터럼 교도소는 가장 오래된 형무소로 꼽히곤 하는 밀뱅크 교도소[III]보다도 훨씬 이전에 지어졌어. 교도소 건물은 그곳에 수감될 예정이었던 예비 재소자들이 지었네. 석재는 스타버스 영지에서 캐내 조달했고, 조지 3세가 그런 활동을 목적으로 임명한 영국군 소총 부대에서 작업을 감시했지. 채찍질이 횡행했고, 동작이 굼뜬 자들은 엄지손가락만으로 매달리는 형벌에 처해지거나 다른 방식으로 고문을 당했네. 교도소를 떠받치는 돌 하나하나에 피가 맺혀 있는 셈이지."

그가 잠시 말을 멈춘 사이, 뜻하지 않게 램폴의 머릿속에 기묘한 표현이 떠올랐다. 그는 그 말을 소리 내어 말해보았다.

"이 땅에는 대성통곡이 서려 있군요……."

"그래. 비통한 대성통곡이었지. 물론 교도소를 다스릴 권한은 앤서니 스타버스에게 주어졌네. 그의 가문은 오랫동안 그러한 이권을 적극적으로 행사해왔지. 앤서니의 부친은 링컨 자치구 행정장관의 보좌였던 것 같아. 그 역시 기록으로 남아 있더군." 펠 박사는 이렇게 말하며 큰 소리로 한참 동안 코를 훌쩍거렸다. "앤서니는 그 건물을 짓는 동안 매일같이, 해가 뜨든 지든, 날이 맑든 진눈깨비가 내리든, 얼룩덜룩한 암

III 1816년에 런던 웨스트민스터에 설립된 세계 최초의 범죄자 격리 시설.

말을 타고 작업을 감시하러 다녔네. 재소자들은 점차 그의 얼굴을 익혔고, 곧 그를 증오하게 되었지. 하늘 아래 습지가 그려낸 검은 선을 배경으로 삼각 모자에 파란색 낙타털 망토를 걸치고 말 위에 앉아 있는 그의 모습이 언제고 보였을 테니까.

앤서니는 과거 결투를 통해 한쪽 눈을 잃은 사람이었어. 제 나름 멋쟁이로 통하기도 했지만, 자기 인신이 얽히지 않은 곳에서는 수전노처럼 굴었지. 쩨쩨할 뿐만 아니라 잔혹하기도 했네. 그는 매 시간 끔찍한 시를 쓰곤 했는데, 그 시를 비웃었다는 이유로 자기 가족들까지 증오했어. 듣자 하니, 자신의 시를 놀린 대가를 치르게 될 거라는 말을 입버릇처럼 주워섬겼던 모양이야.

1797년에 교도소 건물이 완공되자 앤서니는 그곳으로 거처를 옮겼지. 장자가 교도소장실 금고 안에 남겨둔 물건을 확인해야 한다는 규칙을 처음으로 만든 사람이 바로 그였네. 굳이 말할 필요도 없겠지만, 그의 통치 방식은 그야말로 지옥보다 끔찍했어. 지금 나는 굉장히 길고 끔찍한 이야기를 최대한 순화해서 들려주고 있는 거야. 그의 외눈과 밧줄 올가미는 정말이지 대단했네."

펠 박사는 마치 그 안에 적혀 있는 내용을 가리려는 듯 한 손을 펼쳐 서류 더미 위에 내려놓았다.

"참으로 대단했지. 그가 죽을 때를 대비해 준비한 것도 말이야."

"그에게 무슨 일이 일어난 겁니까?"

"기디언!" 어디선가 책망 섞인 고함 소리가 크게 울려 퍼지더니, 이어 서재 문을 연달아 두드리는 소리가 들렸다. 그 바람에 램폴은 펄쩍 뛰고 말았다. "기디언! 차!"

"응?" 펠 박사가 멍하니 고개를 들었다.

펠 부인은 불평을 늘어놓기 시작했다. "차 준비됐다고, 기디언! 그리고 버터케이크도 버터케이크지만, 일단 그 끔찍한 맥주부터 좀 내려놓으면 좋겠어. 아, 방 환기도 좀 시키고. 지금 보니까 목사님이랑 스타버스 댁 아가씨가 길을 따라 올라오고 있던데." 그녀는 소리 내어 심호흡을 한 뒤, 다시금 용건을 전했다. "차 준비 다 됐다니까!"

박사는 한숨을 쉬며 자리에서 일어났다. 아래쪽 복도에서 "아, 귀찮아! 진짜 귀찮아죽겠네!"라고 반복해서 외치는 펠 부인의 목소리가 가볍게 떨리는 것이, 마치 자동차 배기음처럼 들렸다.

"다음에 계속 이야기하지." 펠 박사가 말했다.

도러시 스타버스가 길을 따라 올라오는 중이었다. 모자를 벗어 부채질을 하고 있는 덩치가 크고 머리가 벗어진 남자 옆에서, 그녀는 편안한 발걸음으로 성큼성큼 걷고 있었다. 램폴은 순간적으로 심장이 내려앉는 것 같았다. 진정해요! 어린애처럼 굴지 말고! 경쾌하면서도 놀리는 듯한 그녀의 목소리가 들리는 듯했다. 도러시는 목이 길게 올라오는 노란색 스웨터와 갈색 치마 위에 코트를 걸치고 주머니에 두 손을 찔러 넣은 모습이었다. 햇빛을 받아 희미하게 빛나는 검고 풍성한 머리칼이 얼굴 주변에서 태평하게 흩날렸다. 고개를 좌우로 돌릴 때마다 옆얼굴이 뚜렷하게 드러났는데, 어째서인지 그런 모습이 새의 날개처럼 파드득거리는 듯 보였다. 이윽고 두 사람은 잔디밭을 지나기 시작했고, 이제 그녀의 길다란 속눈썹 아래 보이는 검푸른 두 눈은 그에게 못 박혀 있었다.

"스타버스 양과는 구면일 테고." 펠 박사가 말했다. "손더스 씨, 이쪽은 미국에서 온 램폴이라고 합니다. 우리 집에서 머무르고 있지요."

정신을 차려보니 램폴의 손은 덩치 크고 머리가 벗어진 성직자의 떡 벌어진 근육에서 나오는 강한 힘에 붙들려 있었다. 토머스 손더스가 매끄럽게 면도한 턱을 빛내며 직업적인 미소를 머금었다. 그는 여느 성직자들과는 전혀 다른 사람이라는 말을 칭찬으로 받아들이는 부류의 성직자였다. 그의 이마에서 김이 무럭무럭 피어오르고 있었지만, 특징 없는 푸른색 눈은 마치 보이스카우트 대장의 것처럼 기민했다. 손더스는 마흔 살이었는데 외모는 그보다 훨씬 젊어 보였다. 그가 교리를 섬기는 태도는 이튼 스쿨에 다니던 시절(해로나 윈체스터 등 어떤 명문 사립학교에 다녔든 마찬가지일 터였다) 학교를 대표해 운동경기에 나설 때와 별반 다를 바 없이, 고민할 여지가 없는 명확하고도 알기 쉬운 방식이었다. 매끈한 분홍빛 이마 가장자리에 솜털처럼 난 금빛 타래는 잘 빗어 다듬었고, 옷에는 굉장히 커다란 시곗줄을 매달고 있었다.

"당신 같은 분을 알게 되다니 기쁘기 그지없군요." 교구 목사는 열정 넘치는 목소리로 우렁차게 말을 이었다. "어…… 그러니까 전쟁중에 당신네 나라 사람들을 많이 알게 되어 얼마나 좋았는지 모릅니다. 우리는 바다 건너 사는 친척 사이 아닙니까! 바다 건너 사는 친척요."

이어 그는 소리 내어 웃었다. 형식적이고 직업적인 웃음이었다. 램폴은 꾸며낸 듯한 이 친근하고 편안한 분위기가 못내 거슬려 몇 마디 대충 중얼거린 다음 도러스 스타버스에게로 몸을 돌렸다.

"안녕하세요?" 그녀가 차가운 손을 내밀었다. "다시 뵙게 되어 정말 반가워요! 우리 친구 해리스의 집에서는 잘 지내다 오셨나요?"

'누구라고요?'라고 반문하려는 찰나, 램폴은 자신을 바라보는 그녀의 눈빛에서 어딘지 기대에 찬 순진함과 생기 어린 희미한 미소를 알아차렸다.

"아, 해리스 가족 말이죠." 램폴이 말했다. "굉장히 좋았습니다. 물어봐주셔서 감사합니다. 정말 좋았죠." 그는 스스로도 깜짝 놀랄 만한 영감이 터져 나와 이렇게 덧붙였다. "뮤리얼은 이가 나기 시작했더군요."

이토록 기민한 대처에 관심을 갖는 이가 아무도 없는 것 같았기에, 그는 자신이 추가한 이야기에 과연 진정성이 담겨 있었는지 살짝 불안해졌다. 그래서 해리스 가족에 대해 보다 사적이고 상세한 이야기를 덧붙이려는 순간, 갑자기 펠 부인이 다시 한번 뻐꾸기 같은 모습으로 정문을 열고 등장해서 그들 모두의 접대를 떠맡았다. 부인은 도무지 맥락에 맞지 않는 이야기를 이것저것 다양하게 늘어놓았다. 맥주나 버터케이크에 대해 떠드는가 싶더니, 어느새 존경하는 교구 목사를 극진하게 살피는 식이었다. 지난번에 왔을 때 끔찍한 스프링클러에서 나온 물을 뒤집어쓰고 홀딱 젖어버렸는데 이제는 몸이 괜찮아지셨어요? 폐렴에 걸리지 않은 게 확실한가요? 손더스는 몇 차례 기침을 한 다음 괜찮다고 대답했다.

"아, 이런…… 짜증나죽겠네!" 펠 부인이 수풀 사이로 걸음을 옮기며 말했다 "근시가 심해서 박쥐나 다름없는 형편이라니까요, 손더스 씨……. 참, 도러시." 그녀가 여자 쪽으로 몸을 빙글 돌리곤 물었다. "동생분은 어디 있죠? 같이 올 거라고 했잖아요."

도러시 스타버스의 얼굴에 다시 그늘이 졌다. 지난밤 램폴이 보았던 바로 그 얼굴이었다. 그녀는 머뭇머뭇 한쪽 손을 허리춤으로 가져갔다. 시계를 꺼내 시간을 확인하고 싶은 듯했지만, 이내 손을 떼더니 입을 열었다.

“아, 곧 올 거예요. 지금 읍내에 있어요. 뭣 좀 사느라고요. 금방 따라올 거예요.”

뒤뜰에 티 테이블이 차려졌다. 커다란 라임나무가 그늘을 드리웠고, 몇 미터 떨어진 곳에는 시냇물이 노래하듯 소리 내며 흐르고 있었다. 램폴과 도러시는 다른 세 사람들에게서 뒤처진 채 뒤뜰을 향해 걸음을 옮겼다.

“이드위그, 그 갓난아이는 볼거리에 걸렸다더군요.” 램폴이 말했다.

“볼거리가 아니라 천연두라던데요. 세상에, 이 능글맞은 분! 제 얘기에 그렇게 말을 맞춰주실 줄은 몰랐어요. 시골 마을이란 참……. 우리가 만난 적이 있다는 사실을 다들 어떻게 알죠?”

“변호사라고 했나, 하여튼 어떤 멍청한 노인네가 승강장에서 우리가 대화를 나누는 모습을 본 모양입니다. 하지만 저야말로 당신이 제 얘기에 말을 맞춰주실 거라고는 생각도 못 했는데요.”

이처럼 죽이 잘 맞는다는 사실에 두 사람은 동시에 고개를 돌려 서로를 바라보았다. 그녀의 눈이 다시 반짝이고 있었다. 램폴은 마음이 들뜨면서도 왠지 꺼림칙한 기분이 들었다. “허허.” 꼭 펠 박사 같은 투로 입을 열던 그는 문득 풀 위에 얼룩덜룩한 그림자가 드리워 있다는 사실을 알아차렸다. 이윽고 두 사람은 동시에 웃음을 터뜨렸고, 도러시가 낮은 목소리로 말을 이었다.

“뭐라고 말하면 좋을까…… 지난밤에는 정말 지독하게 기분이 가라앉아 있었어요. 이런저런 일들 때문에 말이죠. 게다가 런던은 지나치게 큰 도시라 모든 게 잘못된 것만 같았고요. 정말이지 다른 누군가와 이야기를 나누고 싶었죠. 그러다가 당신이랑 부딪쳤는데 꽤 멋져 보이지 뭐예요. 그래서 말을 걸어본 거죠.”

램폴은 장난 삼아 누군가의 턱을 콕콕 찌르고 싶다는 욕망에 휩싸였다. 그는 상상 속에서 의기양양하게 날뛰기 시작했다. 마치 누가 그의 가슴에 공기를 불어넣는 듯한 기분이었다.

그는 입을 열었다. 재치 있는 얘기는 아니었지만, 이 글을 읽는 독자 여러분께 솔직히 고하자면 지극히 자연스러운 말이었다.

“말을 걸어주셔서 기쁩니다.”

“저도요.”

“기쁘시다고요?”

“기뻐요.”

"아하!" 램폴은 의기양양하게 숨을 내쉬었다.

앞서 가던 사람들 사이에서 펠 부인의 목소리가 솟아올랐다. "철쭉에 피튜니아, 제라늄, 접시꽃, 인동초, 들장미까지 피었다니까요!" 기차라도 불러 세우려는 듯 높고 날카로운 목소리였다. "지독한 근시라 볼 수는 없지만요. 그래도 저기 있다는 건 알고 있다고요." 환한 웃음이라 하기에는 다소 애매모호한 미소를 지으며, 부인은 새로 온 손님들을 단호히 붙잡아 의자에 앉혔다. "오, 기디언, 당신 설마 그 끔찍한 맥주를 마시려는 건 아니지?"

펠 박사는 진작에 시냇물 위로 몸을 굽힌 참이었다. 그는 숨을 헐떡이며 물방울이 송골송골 맺힌 병을 여러 개 꺼낸 뒤 지팡이 하나에 의지한 채 힘겹게 몸을 일으켰다.

"들어보시죠, 램폴 씨." 교구 목사가 편안하고 관대한 분위기로 입을 열었다. "나는 종종 이런 생각을 합니다." 격렬한 비난을 가하면서도 교활한 미소로 충격을 누그러뜨리려는 듯한 태도였다. "저 훌륭한 박사님은 절대로 잉글랜드인 아닐 거라는 생각 말입니다. 티타임에 맥주를 마시는 상스러운 습관을 봐요! 절대 영국적인 방식이 아니라니까!"

펠 박사가 벌겋게 달아오른 얼굴을 들었다.

"목사님, 차야말로 영국적이지 못한 거요. 내 알려드리지. 내 책의 부록 9장 중 86번 주석을 보도록 해요. 차나 코코아,

또는 크림소다라는 이름으로 알려진 말도 못할 정도로 끔찍한 음료를 다룬 대목이오. 그 부분을 읽으면 차는 1666년에 네덜란드에서 잉글랜드로 전래되었다는 사실을 알게 될 거요. 잉글랜드의 철천지원수 네덜란드 말이오. 그리고 네덜란드에서는 차를 두고 '지푸라기 물'이라는 경멸적인 표현을 쓰지요. 심지어 프랑스인조차 차를 참고 마실 수 없었지. 파탱은 차를 두고 '한 세기에 하나 나올까 말까 한 천박한 신제품'이라 평했을 정도였고, 거기다 덩컨 박사의 『인기 있는 술에 대한 논문』에 주목해보면……."

"그리고 당신은 목사님 앞이라는 사실에 주목해야 해!" 펠 부인이 큰 소리로 내뱉었다.

박사가 모호한 말을 몇 마디 중얼거리다 연설을 중단했는데 펠 부인은 그 말이 욕설이라고 생각했던 것이다. "참, 무슨 이야기를 하던 중이었지, 여보?"

"맥주." 펠 부인이 대답했다.

"아, 이런 젠장!" 박사가 난폭하게 말했다. "미안하군, 미안해." 그는 램폴에게 몸을 돌렸다. "나와 함께 맥주 한잔할 텐가?"

"예, 물론입니다." 램폴은 고마운 마음으로 대답했다. "감사히 마시겠습니다."

"차가운 물에 넣어두었던 걸 마셨다가는 두 사람 다 폐렴에 걸릴지도 몰라." 펠 부인이 험악한 태도로 을러댔다. 폐렴이라는 주제에 무슨 강박이라도 있는 사람 같았다. "앞으로 어떻게 되든 나는 모르는 일이야. 차 좀 더 드세요, 손더스 씨. 옆에 있는 케이크도 드시고요. 폐렴에 걸리는 사람들은 죄다 자업자득이지. 그리고 오늘 밤엔 그 불쌍한 젊은이가 외풍이 심한 교도소장실에 앉아 있어야 하니, 그도 아마 폐렴에……."

갑작스럽게 침묵이 흘렀다. 곧 손더스가 대단히 유창하면서도 편안한 화법으로 제라늄밭을 가리키며 꽃에 대한 이야기를 늘어놓기 시작했는데, 그렇게 해서 사람들의 신경을 다른 곳으로 쏠리게 하려고 애를 쓰는 듯했다. 펠 박사는 대화에 참여하며 아내를 노려보았다. 부인은 자신이 금지된 화제를 언급했다는 사실을 전혀 모르는 눈치였다. 그러나 라임나무 아래서 열린 이 티파티에는 일종의 제약이 생겨버렸고, 그 제약은 이후로도 사라지지 않을 터였다.

부드러운 분홍빛 잔광이 정원 위를 천천히 훑고 사라졌지만, 완전히 어두워질 때까지는 아직 몇 시간쯤 남아 있었다. 나뭇가지 사이로 쏟아지는 은빛 조각들 속에서 티끌 하나 없는 서쪽 하늘이 따뜻하게 빛났다. 그들 모두, 심지어 펠 부인조차 아무 말 없이 채 찻잔을 응시했다. 고리버들 의자가 삐걱거렸다. 멀리서 종 여러 개가 짤랑거리는 소리가 들려왔다. 램폴은 소떼의 모습을 떠올렸다. 광활한 목초지 위에서 외롭게 거닐다가 그들로서는 이해할 수 없는 황혼 속에서 집으로 향하는 소떼의 모습.

도러시 스타버스가 갑자기 자리에서 일어섰다.

"이런 바보 같으니!" 그녀가 말했다. "깜빡 잊고 있었어요. 가게 문 닫기 전에 읍내에 가서 담배를 사야 하는데 말이에요." 그러곤 아무도 속지 않을 태연함을 가장하며 다른 사람에게 미소를 지어 보였다. 가면이라도 쓴 듯한 미소였다. 이어 도러시는 공들여 꾸며낸 무사태평한 태도로 자신의 시계를 흘끗 바라보았다.

"정말 성령이 충만한 시간이었어요, 펠 부인. 조만간 저희 집에 꼭 한번 와주세요. 아, 그리고……." 갑자기 떠오른 것처럼 그녀가 램폴에게 말했다. "저와 함께 산보 어떠세요? 아직 마을을 돌아보지 못하셨죠? 손더스 목사님께서 말씀해주실 테지만, 우리 마을엔 꽤 훌륭한 전기 고딕 양식 교회가 있답니다."

"아, 그렇고말고요." 교구 목사는 잠시 머뭇대다가 이내 아버지 같은 엄격한 시선으로 두 사람을 바라보며 손을 흔들었다. "가서 보도록 해요. 펠 부인께서 괜찮으시다면 나는 차를 한 잔 더 마시려고요. 이곳에 있으니 참으로 편안하군요." 그가 펠 부인을 향해 미소를 지어 보였다. "너무 게으름을 피우게 되어 부끄러워질 정도예요."

그러곤 거드름 피우듯 의자에 등을 기대더니 혼잣말을 중얼거리기 시작했다. "아, 나도 한때는 젊은 시절이 있었지!" 하지만 램폴이 보기에 그는 이 상황이 전혀 마음에 들지 않는 것 같았다. 혹시 윗사람 행세나 하는 이 늙다리 대머리(램폴의 격양된 머릿속에 떠오른 표현 그대로이다)가 도러시 스타버스에 대해 성직자로서의 관심 이상의 감정을 품고 있는 게 아닐까 하는 생각이 퍼뜩 들었다. 아니, 이 빌어먹을 자식이! 그러고 보면 두 사람이 길을 따라 올라올 때 그녀의 어깨에 슬쩍 손을 올리던 꼴이…….

"저기서 빠져나와야 했어요." 도러시가 숨을 약간 헐떡이며 말했다. 두 사람은 잽싼 걸음으로 바스락거리며 잔디 위를 걸었다. "좀 걷고 싶더라고요. 빠른 걸음으로 말이죠."

"이해합니다."

"내 발로 걷고 있으면 자유로운 기분이 느껴지거든요." 그녀는 줄곧 헐떡이는 목소리로 설명했다. "저글링을 하는 사람처럼 공중에 뭘 자꾸 던지면서 무엇 하나 떨어뜨리면 안 된다는 생각에 신경을 곤두세울 필요도 없고…… 아!"

그들은 어둠이 내려앉은 작은 길을 걸어 내려가던 중이었다. 두 사람의 발소리는 잔디 탓에 잘 들리지 않았다. 큰길과 만나는 교차로는 생울타리에 가려진 채였지만, 두 사람은 그곳에서 나는 분주한 발놀림과 웅얼거리며 대화를 나누는 소리를 들을 수 있었다. 문득 한 사람이 언성을 높였다. 부드러운 공기 속에서 경련하듯 울린 그 목소리는 감정이 넘치다 못해 이내 험악해졌다.

"너도 무슨 단어인지 똑똑히 알 거 아냐." 그런 이야기가 들렸다. "그 단어는 바로 교수대라고. 그래, 너도 나처럼 잘 알고 있으면서."

그러더니 목소리가 웃음으로 바뀌었다. 도러시는 갑자기 입을 다물었다. 암녹색 산울타리를 배경으로 선명하게 보이는 그녀의 얼굴은 공포에 질려 있었다.

"담배 가게가 문을 닫기 전에 서둘러야겠어요." 도러시가 입을 열었다. 이어, 꼭 누가 들으라는 것처럼 그 작은 목소리가 순간적으로 커졌다. "세상에! 벌써 6시가 지났잖아! 주인아저씨는 매일 제가 피우는 브랜드를 한 상자씩 빼두거든요. 그러니 제가 가지 않으면…… 이게 누구야! 안녕, 마틴."

그녀는 램폴에게 따라오라고 손짓하며 큰길로 나섰다. 낮은 목소리로 이어지던 대화가 얼어붙은 듯 딱 끊겼다. 호리호리한 체격의 젊은 남자 하나가 길 한가운데 서 있다가 몸을 틀어 그녀를 마주 보았다. 여자들에게 제멋대로 구는 남자에게서 종종 볼 수 있는 버릇없고 자의식 강한 표정에, 짙은 머리카락과 남을 업신여기는 듯한 입매까지 겸비한 얼굴이었다. 다소 취한 상태인지 몸이 약간 흔들렸다. 남자의 뒤에 찍힌 발자국이 램폴에 시야에 들어왔다. 새하얗게 내려앉은 흙먼지 위에 비뚤비뚤 찍힌 발자국이 그가 어디서 왔는지 보여주고 있었다.

"안녕, 도러시!" 그가 퉁명스럽게 말했다. "몰래 접근하는 재주가 있네. 왜 이런 짓을 하는 거야?"

그는 미국식 억양으로 말을 하려 무진 애를 썼다. 동시에 위엄 있는 태도로 자신과 동행한 사람의 팔에 한 손을 얹었는데, 보아하니 이 동행은 그의 친척인 듯했다. 마틴 스타버스와 달리 이목구비는 그리 섬세하지 않았지만 옷차림만큼은 썩 그럴싸하게 어울렸다. 모자를 쓰고 있는 방식도 챙이 구부러지든 말든 개의치 않는 마틴 스타버스와 전혀 달랐는데, 그럼에도 두 사람 사이에는 부정할 수 없는 유사함이 엿보였다. 그는 당황한 기색이었고, 두 손은 지나치게 커다래 보였다.

"아…… 티타임에 다녀오는 길이야, 도러시?" 그가 머뭇거리며 물었다. "미안, 우리가 늦었네. 일이 좀 생겨서 말이야."

"아, 그렇겠지." 그녀는 냉정하게 대답했다. "서로 인사들 나눠. 이쪽은 램폴 씨, 그리고 이쪽은 마틴 스타버스랑 허버트 스타버스. 램폴 씨는 너와 같은 나라에서 오셨어, 마틴."

"미국인이십니까?" 마틴이 사무적인 태도로 물었다. "그거 잘됐군요. 어디 출신이시죠? 뉴욕? 그거 잘됐군요. 저도 거기서 막 온 참입니다. 출판업에 종사하고 있지요. 지금은 어디 머무르고 계십니까? 펠 박사 댁요? 그 영감탱이랑 지내시는군요. 함께 가시죠. 제가 한잔 대접하겠습니다."

"우린 지금 티타임에 가는 중이잖아, 마틴." 허버트가 말했다. 일종의 무신경한 인내심이 느껴지는 태도였다.

"아, 그 티타임 나부랭이 말이지. 자, 너는 어서 가서……."

"티타임에는 빠지는 게 좋겠어, 마틴." 그의 누이가 말했다. "그리고 제발 술 좀 그만 마셔. 나야 상관할 바 아니지만, 왜 그래야 하는지 너도 잘 알 거 아냐."

마틴은 누이를 바라보았다. "티타임에 갈 거야." 그러곤 목을 쭉 뻗으며 말을 이었다. "그뿐인 줄 알아? 술도 더 마실 거라고. 가자, 허버트."

램폴로서는 고맙게도 마틴은 그의 존재를 까맣게 잊은 채였다. 그는 모자를 고쳐 쓴 뒤 먼지 한 톨 내려앉지 않은 자신의 팔과 어깨를 가볍게 털더니 자세를 바로하며 목청을 가다듬었다. 허버트가 심드렁한 태도로 그를 이끌자 도러시가 속삭였다. "거기 못 가게 해. 그리고 저녁 식사 때까지 괜찮은지 지켜보고. 내 말 듣고 있지?"

마틴도 그 말을 듣고 말았다. 그는 몸을 돌리더니 고개를 한쪽으로 기울이며 팔짱을 꼈다.

"내가 취한 것 같아? 응?" 그가 누이를 빤히 쳐다보며 물었다.

"제발, 마틴!"

"자, 취했는지 아닌지 확실히 보여주지! 가자, 허 버트."

그들이 반대편으로 사라지는 사이 램폴은 재빨리 걸음을

놀려 그녀 곁에 다가섰다. 길모퉁이를 도는 순간 두 사촌이 말다툼을 벌이는 소리가 들려왔다. 허버트는 낮은 목소리였고, 마틴은 모자를 눈썹 아래까지 눌러쓴 채 큰 소리로 외치고 있었다.

잠시 램폴과 도러시는 말없이 걸었다. 그 잠깐의 만남 동안 은은하게 그들을 감싸던 산울타리의 향기는 목초지 너머에서 불어온 바람 탓에 멀리 날아가버리고 말았다. 서쪽 면을 따라 촉촉한 노란색으로 물든 하늘이 유리처럼 선명하게 반짝거렸다. 그 하늘을 배경으로 전나무들이 검은 그림자를 드리웠고, 습지에 고인 물은 금빛으로 빛났다. 고원을 향해 경사를 이룬 이곳 저지대에서 보니, 저 멀리 흰색 얼굴의 양떼 무리가 마치 아이들이 가지고 노는 노아의 방주 모형에서 꺼낸 장난감 같았다.

"늘 저렇지는 않아요." 도러시가 정면을 똑바로 응시한 채 굉장히 작은 목소리로 말했다. "항상 저러고 다니지는 않는다고요. 그런 애는 아니에요. 방금 모습은…… 심란한 마음을 술로 애써 감추려다 나온 행동이에요. 일종의 허세죠."

"이해합니다. 마음이 굉장히 심란하겠죠. 그를 탓할 생각은 없어요."

"펠 박사님께서 말씀해주시던가요?"

"조금요. 비밀은 아니라고 하시더군요."

그녀는 두 주먹을 불끈 쥐었다. "맙소사, 그게 가장 끔찍한 점이에요. 비밀도 아니라는 거 말예요. 모두가 알고, 그래서 다들 고개를 돌려버리죠. 내 앞에서 그 이야기를 꺼낸 사람이 당신 하나뿐이라는 거 알아요? 다른 사람들은 그런 얘기 못 해요. 무례한 짓이니까요. 절대 내 앞에서 말하지 않죠. 나도 마찬가지고요."

그녀는 말을 멈추더니 거의 험악하다 할 만한 태도로 그에게 몸을 돌렸다.

"이해한다고 말씀해주시니 정말 고마워요. 하지만 당신은 전혀 이해 못 해요! 그런 환경에서 자란다는 건……. 마틴이랑 제가 아주 어렸을 때가 기억나요. 어머니가 창가에서 우리 둘을 한꺼번에 안아 올려 그 교도소를 보여주셨죠. 아시겠지만 어머니는 돌아가셨어요. 아버지도요."

그는 조심스럽게 입을 열었다. "전설로 내려오는 이야기를 너무 심각하게 여기고 계시는 건 아닐까요?"

"그것 봐요. 이해 못 하시죠."

건조하고 단조로운 그 목소리를 듣자 그는 칼에 찔린 듯한 기분이었다. 램폴은 할 말을 찾으려 필사적으로 노력했다. 간신히 하나 떠올릴 때마다 자신의 무능함을 실감할 뿐이었지만, 그래도 유령이 나오는 방 안에서 램프를 찾아 헤매듯 그녀와의 접점을 찾아 계속해서 더듬어 나아갔다.

"제가 현실적인 문제에 그리 밝지 못합니다." 마침내 그가 멍하니 입을 열었다. "책이나 축구 같은 것에서 시선을 돌려 현실 세계와 마주치는 순간, 머릿속이 엉망진창이 되고 말죠. 하지만 저에게 무슨 말씀을 하시든, 저는 아마 이해할 수 있을 겁니다. 그게 당신에 대한 일이라면 말이죠."

저지대 저편에서 땡그랑하고 종이 울렸다. 태곳적부터 들려온 듯한 소리가 느릿하고 서글프게 허공을 맴돌았다. 마치 공기의 일부인 것만 같았다. 저 멀리 떡갈나무 사이, 마지막 석양이 머무는 자리에 교회 첨탑에 솟아 있었다. 쇠가 서로 부딪치며 내는 나른한 종소리에 새들이 종탑에서 날아오르며 지저귀기 시작했고, 까마귀 한 마리도 까악까악 울어댔다. 두 사람은 넓은 개울 위에 놓인 돌다리 위에서 걸음을 멈췄다. 도러시 스타버스가 몸을 돌려 그를 바라보았다.

"그렇게 말씀하시니 저로서는 더이상 할 말이 없네요."

그녀는 입술을 굉장히 천천히 움직였는데, 그 입술엔 희미한 미소가 떠올라 있었다. 산들바람이 불어와 그녀의 짙은 머리카락을 어루만졌다.

"저는 현실적이라는 말을 증오해요." 도러시가 갑자기 격렬한 태도로 말을 이었다. "아버지가 돌아가신 다음부터는 쭉 현실적으로 살아야 했거든요. 허버트는 그저 적당히 의지할 만한 늙은 말 같은 사람이라 저기 있는 건초 더미만큼이나 상상력이 없을 거예요. 그랜비 대령 부인도, 레티샤 마클리도, 위저 보드[I]를 하는 페인 부인도, 대부분의 시간을 신간 서적을 읽는 데 할애하는 포터슨 씨도 별반 다르지 않고요. 윌프리드 데님이라는 사람도 있는데, 매주 목요일 밤 9시 정각이면 저에게 구혼하러 왔다가 9시 5분쯤 되면 새로 준비한 화젯거리가 떨어져 삼 년 전에 런던에서 본 연극 이야기나 늘어놓거나, 신경성 무도병에 단단히 걸렸나 싶을 정도로 테니스 스윙 동작만 계속 보여주곤 해요. 아, 그래요. 손더스 씨도 있죠. '아름다운 잉글랜드의 성 조지'[II] 같은 분이에요. 만약 올해 이튼이 해로에 지면 나라가 망할 거라나요. 맙소사!"

도러시는 숨이 차서 입을 다물더니 다시 한번 격렬하게 고개를 저었다. 이어 헝클어진 머리를 정리한 다음, 상당히 겸연쩍은 미소를 지어 보였다. "이런 얘기까지 해버렸으니 저를 어떻게 생각하실지 모르겠네요."

"당신 말이 절대적으로 옳다고 생각합니다!" 램폴은 몸을 돌려 열정적으로 말했다. 그는 손더스에 대한 험담을 듣는 게 특히 즐거웠다. "위저 보드를 타도하라! 아 바 르 테니스![III] 해

I 19세기 중반 심령주의의 영향을 받아 영혼과 소통하기 위해 만들어진 도구. 평평한 나무판자에 알파벳과 숫자, '예'와 '아니요' 등이 표시되어 있다.

II 동명의 영국 동화에 등장하는 기독교의 성인. 마녀에게서 자란 성 조지가 영국을 떠나 모험을 떠났다가 용을 무찌르고 귀환했다는 이야기가 전한다.

III 테니스를 타도하라!

로가 이튼을 죽을 때까지 박살 내면 좋겠군요. 으흠! 그러니까 제 말은, 당신이 절대적으로 옳다는 겁니다."

문득 머릿속에 또 다른 생각이 떠올라, 그는 의심 어린 말투로 질문을 던졌다. "목요일 밤마다 당신을 찾아온다는 윌프리드라는 남자는 누굽니까? 그런데 윌프리드라니, 이름 참 형편없군요. 꼭 곱슬머리한테나 붙일 법할 이름인데요."

그녀는 다리 갓돌 위에서 미끄러져 내려왔다. 작은 몸에서 힘을 짜내 어찌어찌 속박에서 탈출하는 듯한 모습이었다. 어딘지 허세 넘치는 그녀의 진짜배기 웃음소리 또한 자유롭게 울려 퍼졌다. 전날 밤에 들었던 바로 그 웃음소리였다.

"세상에! 서두르지 않으면 담배를 못 사겠네……. 내 생각도 당신과 같아요. 좀 달려볼까요? 너무 긴장할 필요는 없어요. 500미터도 안 되니까요."

"아니, 누가 긴장한다고 그래요?"

이어 두 사람은 얼굴에 불어오는 바람을 맞으며 재빨리 발을 놀려 건초 더미를 지나쳤다. 도러시 스타버스는 여전히 웃고 있었다.

"당신도 그랜비 대령 부인을 만나보면 좋을 텐데요." 그녀가 숨을 헐떡이며 말했다. 그러곤 이것이 다소 짓궂은 생각이라 여겼는지 고개를 돌려 어깨 너머로 그를 바라보았다. 그녀의 두 눈이 춤을 추고 있었다. "재밌네요, 정말 재밌어…….

아앗! 굽이 낮은 신발을 신어서 다행이에요."

"속도를 더 낼까요?"

"이런 짐승 같은 분! 저는 이미 몸이 충분히 데워졌다고요. 혹시 육상 선수라도 되세요?"

"흠. 비슷해요."

비슷하다니. 그의 머릿속에는 대학 캠퍼스의 어느 어두침침한 방 칠판에 적혀 있던 흰색 글자들이 가득 떠올랐다. 그곳에는 유리 상자 안에 보관한 은색 우승컵들과 시합 날짜를 적고 방부 처리를 한 미식축구 공들도 놓여 있었다. 그렇게 날아가듯 길을 내달리다 보니, 지금만큼이나 기분이 들떴던 또 다른 기억도 떠오르기 시작했다. 파도치는 듯한 함성과 거친 숨소리가 들리는 가운데 쿼터백이 과장스레 열변을 토하며 작전을 지시하던 어느 11월의 모습이었다.

심한 두통이 몰려왔었다. 양다리의 가느다란 신경줄이 팽팽해져 걸음이 무거워졌고, 손가락은 너무나 차가운 나머지 감각이 없을 정도였다. 그렇게 숨을 쌕쌕거리면서 대열을 유지한 채 둔탁한 소리와 함께 부딪쳤다. 갑자기 얼굴에 밀려들던 차가운 공기, 꼭두각시처럼 줄에 매여 있는 듯한 다리를 놀려 흰색 선을 뛰어넘을 때의 감각, 골대 바로 앞 허공에서 기를 쓰고 낚아채던 진흙투성이 공……. 온몸을 마비시킬 듯한 함성, 물이 끓는 주전자에서 나는 것만 같은 함성을 들으며 그는 배 속이 뻥 뚫렸다 닫히는 듯한 기분을 느꼈다.

겨우 지난가을에 일어난 일이지만, 돌이켜보니 천 년은 족히 지난 것 같았다. 이제 그는 황혼 속에서 한 여인과 함께 그보다 훨씬 기묘한 모험을 벌이는 중이었다. 그녀는 어느덧 사라져버린 천 년 전의 함성이 주는 얼얼함과 꼭 닮아 있었다.

"비슷하죠." 그는 갑자기 깊게 심호흡하며 같은 말을 되풀이했다.

두 사람은 마을 변두리에 접어들었다. 줄기가 굵은 나무들이 흰색 상점들 앞에 그림자를 드리웠고, 보도에 깔린 벽돌은 어린아이가 연습 삼아 쓴 글씨처럼 비뚤비뚤한 무늬를 이루고 있었다. 한 여자가 걸음을 멈추더니 두 사람을 바라보았다. 자전거를 탄 어떤 남자도 눈이 휘둥그레져서 그들을 살펴보다가 배수로에 빠지는 바람에 욕설을 퍼부었다.

도러시는 얼굴이 빨갛게 달아오른 채 숨을 헐떡이며 나무줄기에 몸을 기대더니 웃음을 터뜨렸다.

"유치한 놀이는 이쯤 하죠." 그녀가 눈을 환히 빛내며 말했다. "그래도, 세상에! 기분이 훨씬 나아졌어요!"

격렬한 흥분이 사그라지자, 두 사람 모두 이유는 몰랐지만 깊은 만족감을 느끼며 조심스럽게 예의 바른 태도를 취하기 시작했다. 두 사람은 폐점 시간이 지나고도 문을 닫지 않고 기다렸다는 담배 가게 주인의 말을 들으며 담배를 샀고, 더하여 램폴은 장죽 파이프를 구매하면서 오랫동안 염원했던 소망을 이루었다. 이어 약국에 들른 그는 빨간색 및 녹색 물질이 담긴 커다란 유리통과 의약품이 인상적인 방식에 따라 배치되어 있는 모습을 보며 큰 흥미를 느꼈다. 마치 중세 설화에서 튀어나온 것 같은 모습이었다. '터크 수사'[1]라는 이름의 여관과 '염소와 포도송이'라는 선술집도 있었다. 이유는 모르겠지만 그녀가 자신과 함께 술집에 들어가기를 거부했다는 사실만으로, 램폴은 선선히 발길을 돌렸다. 어쨌든 이 마을의 모든 것이 그에겐 인상적이었다.

"담배 가게에서 면도나 이발도 할 수 있네." 그는 연신 혼잣말을 중얼거렸다. "어쨌든 미국과 크게 다르지는 않군."

램폴은 기분이 너무 좋아진 나머지 여기 오는 동안 겪은 일들도 아무렇지 않게 여겨졌다. 두 사람은 변호사의 아내인 시어도시아 페인 부인과 우연히 마주쳤다. 위저 보드를 옆구리에 낀 채 험악한 표정으로 읍내 번화가를 의기양양하게 걷고 있던 그녀는 어마어마하게 커다란 모자를 쓰고 복화술사의 인형처럼 쉴 새 없이 턱을 움직이는데, 그 입에서 나오는 말은 영락없이 군대 선임 부사관의 말투였다. 그럼에도, 그녀가 루셔스의 변덕스러움에 대해 설명하는 동안 램폴은 귀족

[1] 로빈 후드 전설에 등장하는 로빈 후드의 동료 수사.

처럼 품위 있고 공손한 태도로 귀를 기울였다. 루셔스라는 자는 영혼 세계에 속하는 변덕스럽고 방탕한 인물로, 페인 부인의 통제하에 위저 보드 위를 온통 헤집고 다니다가 강한 런던 억양으로 철자를 불러준다는 모양이었다. 도러시는 자신의 동행인이 금방이라도 졸도할 듯 위태로운 표정을 짓고 있다는 사실을 알아차렸고, 그래서 둘 다 웃음을 터뜨려버리기 전에 얼른 페인 부인에게서 그를 구출했다.

두 사람이 길을 되짚어 돌아갈 즈음에는 8시가 다 되어 있었다. 가스를 굉장히 많이 소모하는 유리 왕관 모양의 가로등이 보였고, 동물 모양에 금박 장식을 한 진저브레드나 까마득히 잊고 지냈던 노벨티 송[1] 악보 같은 것들을 파는, 문 위에 종이 하나 달려 있는 조그만 가게도 있었다. 모든 것들이 그들에게 즐거움을 안겨주었다. 램폴은 언제나 불필요한 잡동사니를 잔뜩 사들이곤 했는데, 이는 사려는 것이 굳이 필요한 물건이 아니며 낭비할 돈도 충분하다는 두 가지 건전한 철칙이 충족될 때의 습관이었다. 이제 그런 행동을 유치하다고 생각하지 않는 동류의 인간을 만나자, 그는 눈치 보지 않고 마음껏 욕심을 채웠다.

빛나는 석양 속에서 발걸음을 돌리며, 두 사람은 찬송가집

1 1920~1930년대에 유행한 노래 양식. 익살스러운 효과를 노리는 용도로 사용되었다.

을 함께 보는 이들처럼 나란히 악보를 펼쳐 들고 〈해리, 지난 공휴일에 어디 갔었니?〉라는 제목의 애가를 진지하게 불렀다. 애처로운 대목에 이르렀을 때 도러시는 익살스러운 태도를 억누르라는 엄격한 지시를 받기도 했다.

"엄청나게 즐거웠어요." 펠 박사의 집으로 이어지는 작은 길에 거의 다다르자 그녀가 말했다. "채터럼에 재미있는 일이 있을 거라는 생각은 한 번도 해본 적이 없는데 말이에요. 집에 가야 해서 유감이네요."

"저도 그런 생각은 전혀 못 했습니다." 그가 멍하니 대답했다. "오늘 오후까지만 해도 딱 그런 기분이었죠."

두 사람은 속에 담은 말을 꺼낼 순간을 노리며 서로를 마주 보았다.

"한 곡 더 부를 시간은 있습니다." 그는 그 일이 세상에서 가장 중요한 사안이라는 듯 제안했다. "〈블룸즈버리 광장에 핀 장미〉를 불러보고 싶지 않나요?

"아, 안 돼요! 펠 박사님은 관대한 분이지만 저도 조금은 품위를 지켜야죠. 우리가 읍내에 있는 동안 그랜비 대령 부인이 커튼 사이로 내내 염탐하고 있는 걸 봤어요. 게다가 시간도 늦었고요."

"뭐, 그렇다면……."

"네, 그럼……."

두 사람 모두 주저했다. 약간 비현실적인 느낌이 들면서, 램폴의 심장이 어마어마하게 큰 소리를 내며 울리기 시작했다. 그사이 노란빛이 맴돌던 하늘은 가장자리가 보라색으로 물든 어스레한 빛으로 바뀌었다. 산울타리 향기가 주변을 압도할 정도로 강하게 풍겼다. 도러시의 두 눈은 굉장히 강인하고 활기가 넘쳤지만, 아직은 시야를 가리고 있는 고통이 사라지지 않은 듯 보였다. 그런 눈으로, 그녀는 무언가를 찾는 것처럼 필사적으로 그의 얼굴을 살펴보았다. 그는 제자리에 선 채 그저 바라보고만 있는데도 어째서인지 그녀의 두 손이 자신에게로 뻗어 오는 것 같다는 생각이 들었다.

램폴은 그녀의 두 손을 잡았다. "제가 댁까지 바래다드리겠습니다." 그리고 힘주어 말했다. "제가……."

"어이, 여보게!" 길 위쪽에서 커다란 목소리가 울려 퍼졌다. "잠깐! 잠시만 기다리게."

램폴은 그야말로 심장이 떨어지는 기분이었다. 그는 몸을 떨며, 그녀의 따뜻한 손을 통해 그녀 역시 떨고 있다는 것을 의식한 참이었다. 그렇게 갈피를 못 잡고 선 둘 사이의 감정적인 긴장 상태가 그 목소리에 의해 깨져버리자 도러시는 웃음을 터뜨리기 시작했다.

펠 박사가 숨을 헐떡거리며 길 위에 불쑥 등장했다. 램폴은 그의 뒤에 서 있는 낯익은 형체를 알아보았다. 구부러진 담배 파이프를 입에 물고 있는 페인이었다. 그는 파이프 끄트머리를 질겅질겅 씹고 있는 것 같았다.

짧게만 느껴졌던 몇 시간이 어느새 훌쩍 지나가버리고, 이제 다시 두려움이 밀려오기 시작했다.

박사는 깊은 근심이 어린 표정이었다. 그가 걸음을 멈추고 숨을 가다듬으며 짚고 있던 지팡이를 한쪽 다리에 기대어 놓았다.

"자네를 불안하게 만들고 싶지는 않아, 도러시." 박사가 입을 열었다. "그리고 이 이야기가 금기라는 것도 알고 있지만, 그래도 이제는 터놓고 말해야 할 때가……."

"아니!" 페인이 경고하듯 거친 목소리로 끼어들었다. "저기…… 손님이 계신데?"

"저 친구도 알고 있네. 자, 도러시. 이건 내가 상관할 문제가 아니라는 거 알지만……."

"괜찮으니 얘기해주세요!" 그녀는 두 주먹을 불끈 쥐었다.

"자네 동생이 우리 집에 왔었네. 보아하니 상태가 좀 걱정스럽더군. 술에 취해 있었다는 이야기가 아니야. 어쨌든 술은 시간이 지나면 깰 테니까. 그는 정상이 아니네. 우리 집에서 떠날 즈음엔 거의 냉정할 정도로 정신이 든 상태였지만 무척 겁에 질려 있더군. 자네도 그 거칠고 반항적인 모습을 보고 알아차렸을 테지. 우리로선 그를 흥분시켜서 이 바보 같은 일을 망쳐버리게 하고 싶지 않아. 이해하겠나?”

“그래서요? 계속 말씀해보세요!”

“교구 목사와 자네 사촌이 그를 집으로 데려갔어. 손더스는 이 일 때문에 극도로 화가 났지. 이봐, 내 허심탄회하게 털어놓도록 하지. 물론 자네도 부친께서 작고하시기 전에 고해성사의 비밀 유지 원칙하에 손더스에게 무슨 말씀을 하셨다는 건 알고 있을 거야. 그 말을 들었을 때 손더스는 그저 그분께서 제정신이 아닌 모양이라고 생각했다더군. 하지만 점점 의문을 가지기 시작했지. 지금은 아무 의미도 없을 수 있지만, 만일을 대비해서 우리는 계속 경계하고 있을 작정이네. 이곳에서는 교도소장실의 창문이 똑바로 보일 뿐 아니라 거리도 300미터가 채 되지 않으니까. 무슨 뜻인지 알겠나?”

“예!”

“손더스와 나, 그리고 여기 있는 램폴이 수락한다면 그도 함께 내내 감시를 할 작정이네. 오늘은 달이 뜰 테니 그가 소장실 안으로 들어가는 모습이 보일 테지. 자네가 할 일은 그저 잔디밭 앞쪽으로 가서 교도소 정문이 잘 보이는 곳에 자리를 잡는 것뿐이야. 무슨 소리가 나거나 소동이 벌어지면, 그게 아니더라도 뭔가 수상쩍은 기미가 보이면, 그 유령이 사라지기 전에 손더스와 여기 이 젊은이가 목초지를 가로질러 달려갈 걸세.”

그는 미소를 지으며 그녀의 어깨 위에 한 손을 올렸다.

“이게 죄다 터무니없는 소리고, 나도 한낱 미친 노인네일 뿐이라는 거 알아. 하지만 나는 자네들과 오랫동안 알고 지내온 사이 아닌가? 자, 그러면⋯⋯ 교도소장실 철야 임무는 몇 시부터 시작이지?”

“11시 정각부터예요.”

“아, 나도 그럴 거라고 생각했지. 그렇다면 그가 저택을 나서자마자 우리에게 전화해주게. 그때부터 감시를 시작하겠네. 당연한 말이지만, 그에겐 이 일에 대해 입도 벙긋하지 말게. 절대 그런 일이 일어나서는 안 돼. 만약 그 사실을 알면, 괜한 긴장감에 허세를 발휘해 다른 길로 가버리는 바람에 우리 일을 훼방놓게 될지도 모르니까. 하지만 불을 켜놓고 어디든 좋으니 창가 가까이 앉아 있으라는 말 정도는 해도 좋을 거야.”

도러시는 깊은 한숨을 쉬며 침울하게 말했다. “그 일에 뭔가 있다는 건 알고 있었어요. 다들 저에게 뭔가 감추고 있다는 것도 알았고요⋯⋯. 맙소사! 애초에 그 애가 거기 가야만 하는 이유가 뭐죠? 어째서 그런 멍청한 관습 따위 깨지 못하는 건가요? 그리고⋯⋯.”

“대대로 내려오는 재산을 잃고 싶다면 마음대로 하렴.” 페인이 무뚝뚝하게 말했다. “미안하구나. 하지만 그게 정해진 방식인 걸 어떡하겠니. 그리고 내게는 그 일을 진행시켜야 할 의무가 있단다. 상속인에게 열쇠 몇 개를 전달하는 일이지. 그 임무를 수행하기 위해서는 열어야 할 문이 한둘이 아니니까. 그리고 그는 열쇠를 반환하면서 교도소장실의 금고에 들어 있던 특정한 물건을 내게 보여줘야 해. 그게 무엇인지는 중요하지 않아. 그가 정말로 금고를 열었다는 사실을 증명하는 데 의미가 있는 거지."

변호사는 다시 한번 파이프 끄트머리를 강하게 깨물었다. 두 눈의 흰자위가 어둠 속에서 선명하게 빛났다.

"여러분, 다른 분들이야 어떻든 여기 스타버스 양은 이 모든 일에 대해 잘 알고 있습니다." 그가 딱 잘라 말했다. "우리 모두 솔직해지도록 하죠. 좋습니다. 이제 교회 첨탑에 가서 맡은 임무를 수행하도록 허락해주시겠습니까? 제가 맡기 전에는 제 부친께서 스타버스 가문으로부터 신탁 책임을 위임받으셨죠. 제 조부님과 증조부님도 마찬가지셨고요. 여러분, 지금 이렇게 자세한 이야기까지 늘어놓는 건 제가 바보라서 세세한 절차에 집착하는 게 아니라는 사실을 알려드리고 싶어서입니다. 나 자신도 규칙을 깨고 싶은 심정이지만, 단도직입적으로 말해 그렇게 책임을 저버리는 짓은 하지 않을 겁니다."

"뭐, 그냥 마틴에게서 유산을 몰수하면 되지 않나요? 우리가 눈썹 하나 까딱할 거라고 생각하신다면……."

페인이 짜증을 내며 대번에 그녀의 말을 잘랐다.

"너랑 허버트라면 몰라도 그는 그 정도로 바보가 아니야. 맙소사, 얘야! 가난뱅이가 되는 것도 모자라 웃음거리마저 되고 싶은 거냐? 이런 절차가 멍청해 보일 수 있겠지. 그래, 맞아. 하지만 이건 규칙이자 책임의 문제란 말이다." 그가 두 손바닥을 맞부딪쳐 공허한 울림을 냈다. "더 어리석은 게 무엇인지 말해줄까? 바로 네가 겁을 집어먹었다는 거야. 1837년 이래 스타버스 가문 사람이 해코지를 당한 적은 단 한 번도 없었어. 그저 네 아버지가 마녀의 은신처 근처에서 낙마했다는 이유만으로……."

"그만하세요!" 도러시가 진저리를 치며 말을 끊었다.

그녀의 손이 떨리는 모습을 보고 램폴은 한 걸음 앞으로 나섰다. 그러나 아무 말도 할 수 없었다. 목구멍이 뜨겁게 달아오르다 못해 분노로 꽉 막혀버렸기 때문이다. 하지만 그의 머릿속은 '한마디라도 더 지껄여봐! 내가 저놈의 턱을 박살내고 말 테니까'라는 생각으로 가득 차 있었다.

"그만하면 된 것 같은데, 페인." 펠 박사가 툴툴거렸다.

"아, 말씀하신 대롭니다." 페인이 말했다.

허공에 분노가 맴돌고 있었다. 페인이 거칠어진 아랫입술을 꽉 깨문 채 조그맣게 혀를 차는 소리가 들렸다. 그는 같은 말을 반복했다. "말씀하신 대롭니다!" 낮고 건조한 음성이었지만, 그가 불꽃을 삼키는 심정이라는 건 누구라도 알 수 있었다.

지극히 냉정한 태도로 변호사가 다시 입을 열었다. "여러분, 죄송하지만, 저는 스타버스 양과 함께…… 아니, 안 됩니다, 선생님." 그가 램폴의 움직임을 제지하며 말을 이었다. "이번에는 곤란합니다. 나는 기밀 사안을 몇 건 전달해야 해요. 아무쪼록 방해하지 말아주셨으면 좋겠군요. 열쇠 꾸러미를 마틴 스타버스 씨에게 전달하면서 내 임무의 일부를 마친 상태입니다만, 아직 남은 일이 더 있어서요. 제발 부탁드립니다. 그리고…… 다른 분들보다 여기 연세 지긋하신 벗에게 특히 더 부탁드리고 싶은데," 그의 메마른 목소리는 점점 더 높고 거칠어졌다. "일부 사안에 대해서는 부디 비밀을 지켜주셨으면 합니다."

램폴은 화가 치민 나머지 숨이 턱 막힐 지경이었다. "지금 당신 뭐라고 했습니까?"

"진정하게." 펠 박사가 말했다.

"가시죠, 스타버스 양."

변호사는 커프스단추를 끼운 소매를 휘두르면서 절뚝이는 걸음으로 나섰다. 어깨 너머를 돌아보는 그의 눈빛이 하얗게 번쩍거렸다. 램폴은 그녀의 손을 꼭 잡았지만, 이내 두 사람은 가버리고 말았다.

"쯧쯧!" 잠시 침묵이 흐른 후 박사가 불평하듯 혀를 찼다. "너무 욕하지 말게. 그는 그저 저 가문의 고문 변호사로서 자신의 지위가 위태로워질지도 모른다는 생각에 신경이 날카로워져 있을 뿐이야. 사실 난 워낙 걱정이 큰 나머지 욕설을 퍼부을 기분도 나지 않는군. 내가 가설을 하나 세워봤는데…… 아니, 잘 모르겠군. 모든 게 잘못됐어. 전부 다……. 일단 저녁 식사나 하지."

그는 혼잣말을 중얼거리며 길을 따라 올라갔다. 램폴의 가슴속에서 무언가 울부짖더니, 이제 온통 유령 같은 어둠이 내려앉았다.

달음박질을 할 때 그녀의 머리카락을 휘날리던 바람이, 그리고 자유롭게 풀려나 즐겁게 웃던 그녀의 모습이 잠시 떠올랐다. 다리 위에서 쓴웃음을 짓고 있던 그녀의 살짝 각진 얼굴에 떠오른 아쉬움의 표정도 기억났다. 현실적인 문제, 가벼운 조롱, 사소한 농담 같은 것들도 생각났다. 그러다가 갑자기 산울타리 옆에서 그녀의 얼굴이 파리하게 질리던 모습이, 공포가 밀려든 순간 잠시 숨을 멈추던 모습이 떠올랐다. 그녀에게 어떤 일도 일어나게 해서는 안 돼. 제대로 감시해야 해. 어떤 해악도 그녀에게 접근할 수 없도록. 제대로 감시를 해야 해. 그녀의 남동생이…….

두 사람의 발걸음이 잔디 위를 스치고 지나갔다. 곤충이 윙윙대는 소리가 날카롭게 진동했다. 저 멀리 서쪽 하늘의 짙은 공기 속에서 조그맣게 천둥소리가 울려 퍼졌다.

열기가 들끓었다. 마치 오븐에서 김이 오르듯 두터운 열기를 머금은 산들바람이 나무 사이에 돌풍을 일으켰다가 이내 잦아들었다. 만약 이 작은 시골집이 스위스제 기압계였다면, 지금 수치가 미친 듯이 오락가락하고 있었으리라.

그들은 떡갈나무 널빤지를 벽에 덧대고 그 위에 고대 백랍 접시들을 걸어놓은 작은 방에서 촛불을 켜두고 저녁 식사를 했다. 방 안은 음식만큼이나 온기가 돌았고, 와인은 그보다 더 따뜻했다. 펠 박사가 자신의 잔에 연신 와인을 채우는 사이, 그의 얼굴은 점점 붉게 달아올랐다. 하지만 쌕쌕거리는 숨소리를 내거나 툭하면 웅변을 늘어놓던 모습은 더이상 찾아볼 수 없었다. 펠 부인마저 안절부절못하기는 했지만 침묵을 지켰다.

저녁 식사 후에는 커피와 담배, 포트와인을 천천히 즐기는 것이 박사의 습관이었지만, 오늘만큼은 다들 식당에서 미적거리지 않았다. 잠시 후 램폴은 자신의 방으로 올라가 석유램프에 불을 붙이고 옷을 갈아입기 시작했다. 플란넬로 지은 낡고 때 묻은 바지와 편한 셔츠, 테니스화 차림이었다. 그가 머무는 방은 처마 밑에 딸려 있어 천장이 한쪽으로 기울어져 있었는데, 하나뿐인 창문 밖으로는 채터럼 교도소와 마녀의 은신처 측면이 똑바로 내다보였다. 딱정벌레 같은 곤충들이 창에 쳐놓은 방충망에 탁탁 소리를 내며 부딪쳐 그를 깜짝깜짝 놀라게 했고, 나방 한 마리는 램프 주위에서 퍼덕이고 있었다.

무엇이라도 해야 마음이 가라앉을 것이다. 그는 옷을 다 갈아입고 몇 걸음 성큼성큼 걸어보았다. 끓어오르는 듯한 열기와 함께 다락방 특유의 바짝 마른 목재 냄새가 강하게 풍겼다. 꽃무늬 벽지에 바른 풀에서도 숨 막히는 냄새가 나는 것 같았다. 하지만 그중에서도 최악은 램프의 기름이 타는 냄새였다. 그는 창문에 쳐놓은 방충망에 머리를 바싹 붙인 채 밖을 살폈다.

달이 떠오르고 있었다. 노란 달무리가 끼어 선명하지는 않았다. 10시가 지난 시각이었다. 이런 불확실한 상황이라니! 네 모서리에 기둥이 달린 커다란 침대 옆 테이블에서 여행용 시계가 무서울 정도로 냉정하게 째깍거리고 있었다. 시계 상자 아래쪽에 자리한 달력에는 숫자 12와 빨간색으로 표기된 7월이라는 글자가 유독 두드러져 보였다. 그는 지난 7월 12일에 어디 있었는지 생각해내려 애를 썼지만, 끝내 기억나지 않았다. 또다시 돌풍이 불어와 소리를 내며 나무 사이를 스치고 지나갔다. 축축한 열기가 그의 몸을 찌르듯 밀려오더니 머릿속에서 아찔할 정도의 파고를 그리며 물결쳤다. 이놈의 열기……. 그는 입김을 불어 램프를 꺼버렸다.

그는 담배 파이프와 방수포로 만든 파우치를 주머니에 쑤셔 넣으며 아래층으로 내려갔다. 응접실에서 지칠 줄 모르고 삐걱대는 흔들의자 소리가 들려왔다. 펠 부인이 거기 앉아 커다란 사진이 가득 들어찬 신문을 읽고 있었다. 램폴은 어둠 속을 더듬어가며 잔디밭을 지났다. 박사가 집 측면 방향에 교도소를 바라보도록 고리버들 의자를 두 개 놓아둔 상태였다. 그 자리는 무척 어두웠지만 다른 곳에 비하면 상당히 시원한 편이었다. 박사가 물고 있는 파이프의 체임버가 빨갛게 빛나고 있었다. 자리에 앉은 램폴의 손에는 어느새 차가운 유리잔이 들려 있었다.

"아직 아무것도 할 일이 없네." 펠 박사가 말했다. "기다리는 것 말고는."

서쪽 방향으로 굉장히 먼 곳에서 번개가 위치를 바꿔가며 번쩍거렸다. 천둥소리는 마치 볼링공이 곡선을 그리며 굴러가다가 핀 하나 건드리지 못하고 옆으로 굴러떨어지며 내는 소리 같았다. 램폴은 차가운 맥주를 크게 한 모금 들이켰다. 한

결 났군! 달이 그리 밝지는 않았지만, 목초지는 달빛에 씻겨 나가 탈지유 같은 색채를 띠고 있었다. 이제 달빛이 슬금슬금 벽을 기어오르기 시작한 참이었다.

"어느 쪽이 교도소장실 창문입니까?" 램폴이 낮은 목소리로 물었다.

빨갛게 빛나는 파이프 단지가 한쪽을 가리켰다. "저기, 딱 하나 있는 커다란 창문이야. 여기서 거의 정면에 있는 것 말이야. 보이나? 저 창문 바로 옆에 작은 석재 발코니로 이어지는 강철 문이 하나 나 있네. 교도소장이 그리로 나와 교수형을 감독하곤 했지."

램폴은 고개를 끄덕였다. 석재의 무게에 눌려 움푹 꺼진 언덕 위로 솟은 교도소 건물의 이쪽 면은 온통 담쟁이넝쿨로 덮여 있었다. 탈지유 같은 달빛이 무거운 창살에 매달려 있는 덩굴손을 비추었다. 발코니 바로 아래, 그리 멀리 떨어지지 않은 자리에 또 하나의 철문이 보였고, 그 문 바로 앞에는 석회암 언덕이 마녀의 은신처에서 뾰족하게 자라난 전나무들 쪽으로 깎아지르듯 경사를 이루고 있었다.

"저 아래쪽 문 말입니다." 램폴이 말했다. "사형수를 끌어내는 통로 같은데, 맞습니까?"

"그래. 석재 구조물도 세 개 보일 거야. 구조물에는 구멍이 여러 개 뚫려 있지. 교수대 틀을 고정하는 용도였어……. 교수대 밑에 파놓은 우물 가장자리에 쌓아 올린 갓돌은 나무에 가려 보이지 않는군. 물론 우물을 실제로 사용하던 시절에는 갓돌이 없었지."

"사형당한 시체들을 모두 그곳에 투기한 겁니까?"

"그랬지. 그것 때문에 온 동네가 오염된 건 아닐까 생각하는 모양이군. 백 년이나 지났는데도 말이야. 아닌 게 아니라 벌레나 유해 조수가 꼬이기에 좋은 곳이긴 하지. 지난 십오 년 동안 마클리 박사가 그에 대한 우려의 목소리를 높여왔지만, 자치구나 자문 위원회는 꼼짝도 하지 않았다네. 저곳은 스타버스 가문의 땅이니까."

"우물을 메우려는 생각도 없고요?"

"뭐, 저 우물은 오래된 전설의 일부이기도 하니까. 앤서니 스타버스가 남긴 유물인 셈이지. 나는 앤서니의 일지를 다시금 살펴보고 있네. 그가 죽은 방식을, 그리고 일지에 언급된 수수께끼 같은 대목을 떠올릴 때마다 나는……."

"그가 어떻게 죽었는지는 말씀해주시지 않았는데요." 램폴은 조용히 말했다.

그 말을 입 밖에 내는 순간, 한 가지 의문이 그의 머리를 스쳤다. 자신이 정말 그 이야기를 알고 싶어 하는 걸까? 지난 밤 그는 교도소 담장에서 어떤 존재가 푹 젖은 채 아래를 내려다보고 있다고 확신했다. 그리고 낮 시간에는 미처 알아차리지 못했지만 이제는 습지 냄새를 명확하게 인식할 수 있었다. 그 냄새는 목초지 너머 마녀의 은신처에서 불어오는 것 같았다.

"깜빡했군." 늙은 사전편찬자가 중얼거렸다. "아까 오후에 그 대목을 자네에게 읽어주려던 순간 아내가 우리를 방해하고 말았지. 자, 여기 있네." 무언가 바스락대는가 싶더니, 어느새 그의 손에 두꺼운 종이 뭉치가 들려 있었다. "자네 방으로 가지고 가게. 그걸 읽어보고 자네만의 의견을 말해주면 좋겠군."

개구리가 울고 있는 건가? 곤충들이 윙윙대는 소리 사이로 개구리 울음소리가 분명하게 들렸다. 그리고, 맙소사! 습지 냄새가 훨씬 강해졌다. 절대 환상이 아니었다. 이런 현상을 자연스럽게 설명할 수 있는 방법도 분명 있겠지. 밤이 되자 지면에서 대낮의 열기가 풀려났다든지 하는 식으로. 자연에 대해 아는 것이 많으면 좋으련만. 나무들이 다시 한번 불안스레 속삭이기 시작했다. 집 안에서 시계가 딱 한 번 종을 울렸다.

"10시 30분이군." 박사가 툴툴거렸다. "저기, 교구 목사의 자동차가 길을 따라 올라오는 것 같은데."

휘청거리는 전조등 불빛이 어슴푸레 빛나고 있었다. 낡은 포드 자동차가 덜컹대며 다가오더니 빙 돌아 멈추었다. 자동차에 올라앉아 있는 교구 목사는 덩치가 어마어마해 보였다.

그는 달빛을 받으며 서둘러 다가오더니 잔디밭 앞에 놓인 의자를 하나 집어 들었다. 예의 허세 섞인 편안한 분위기는 이제 거의 느껴지지 않았다. 혹시 그런 태도는 그가 강한 자의식을 감추려고 꾸며낸 것이 아니었을까 하는 생각이 불현듯 램폴의 머릿속에 떠올랐다. 어두워서 얼굴이 보이지 않았지만 그가 땀을 흘리고 있다는 사실은 알 수 있었다. 그는 헐떡거리며 자리에 앉았다.

"저녁 식사를 순식간에 해치우고 즉시 이리로 왔습니다. 준비는 다 끝났습니까?"

"전부 끝났습니다. 그가 집을 나서면 도러시가 전화로 알려줄 거예요. 자, 시가나 한 대 태우며 맥주 한잔하시죠. 그 친구를 마지막으로 봤을 때 상태가 어떻던가요?"

맥주병이 덜덜 떨리다가 유리잔에 부딪치며 둔탁한 소리를 냈다. "겁을 먹을 만큼 술이 깨긴 했습니다." 목사가 대답했다. "우리가 스타버스 저택에 도착하자, 그는 곧장 술이 놓여 있는 서빙 테이블로 향했습니다. 말려야 할지 말아야 할지 모르겠더군요. 그래도 허버트가 그를 잘 다루던데요. 제가 저택을 나설 즈음, 그는 자신의 방에 똑바로 앉아 마지막 남은 담배를 끝까지 피우고 있었습니다. 제가 그 집에 있는 동안 한 갑을 다 피웠을 겁니다. 에…… 그렇게 담배를 피우면 몸에 해롭다고 한마디 했는데, 말이 떨어지기 무섭게 제게 덤벼들 기세더군요. 아, 아니, 괜찮습니다. 저는 담배 생각 없습니다."

세 사람 모두 입을 다물었다. 램폴은 자신이 시계 소리에 귀를 기울이고 있다는 사실을 깨달았다. 마틴 스타버스 역시 다른 곳에서 시계를 바라보고 있으리라.

집 안에서 전화벨이 신경질적으로 울렸다.

"시작됐군. 자네가 전화 좀 받아주겠나?" 펠 박사가 다소 거칠게 숨을 쉬며 물었다. "나보다 발이 빠를 테니 말이야."

램폴은 서두르느라 정문 현관 계단에 발이 걸려 넘어질 뻔했다. 펠 부인이 이미 수화기를 들고 있다가 그에게 내밀었다.

"그가 집을 나섰어요." 도러시 스타버스의 목소리가 귀에 꽂혔다. 감탄스러울 정도로 침착한 목소리였다. "그가 가는 길을 지켜보고 있어요. 커다란 자전거용 램프를 들고 갔거든요."

"상태는 어떻습니까?"

"말이 조금 꼬이긴 하는데, 그래도 술은 충분히 깼어요." 그녀가 다소 사나운 태도로 덧붙였다. "그쪽은 다들 괜찮은 거죠?"

"그럼요. 부디 마음 놓고 있어요! 이제 우리가 맡을 테니. 그에게 위험한 일은 없을 겁니다. 안심해요, 내 소중한 사람."

집에서 나온 뒤에야 램폴은 자신이 무의식중에 전화기에 대고 마지막으로 남긴 표현을 떠올렸다. 혼란스러운 와중에도 놀라지 않을 수 없었다. 내가 무슨 말을 하고 있는지도 전혀 몰랐다니!

"저기, 램폴 씨?" 교구 목사가 어둠 속에서 큰 소리로 그를 불렀다.

"출발했답니다. 저택에서 교도소까지는 얼마나 되죠?"

"기차역 방향으로 400미터쯤 될 겁니다. 당신도 아마 어젯밤에 지나쳤을 텐데." 손더스는 멍하니 대꾸했다. 일단 일이 시작되자 아까보다 한결 편안한 모습이었다. 그는 박사와 함께 정문 현관 쪽으로 돌아와 몸을 돌렸다. 그의 거대한 몸이 달빛을 받아 선명하게 빛났다.

"하루 종일 이런저런 생각을⋯⋯ 끔찍한 생각을 했습니다. 사실 일이 목전에 닥치기 전만 하더라도 이 모든 걸 비웃고 있었어요. 하지만 이렇게 되고 보니⋯⋯. 그러니까 고인인 티머시 스타버스는⋯⋯."

무엇인가 이 선량한 교구 목사이자 이튼 졸업생의 마음에 걱정거리를 던지고 있는 모양이었다. 그는 손수건으로 이마를 훔치며 한마디 덧붙였다. "그런데 램폴 씨, 허버트는 저택에 있답니까?"

"허버트에 대해선 왜 묻죠?" 박사가 날카롭게 물었다.

"그건⋯⋯ 어⋯⋯ 그저 그가 여기 있으면 좋았을 거라는 생각이 들어서요. 그 젊은이는 신뢰할 수 있으니까요. 견실하고 신뢰할 만한 친구입니다. 대담하기도 하고요. 훌륭하기 이를 데 없지요. 지극히 영국적인, 경탄할 만한 사람입니다."

다시 천둥소리가 울려 퍼졌다. 번개는 하늘을 따라 아주 낮은 지점에서 잠행하듯 돌아다니고 있었다. 상쾌한 산들바람이 소리를 내며 정원으로 들이닥치자 흰색 꽃송이가 춤을 추었고, 동시에 번개가 번쩍거렸다. 연극이 시작되기 전 바닥 조명에 사용하는 전기장치를 점검하기 위해 잠깐 스위치를 넣어볼 때처럼 지극히 순간적으로 지나간 불빛이었다.

"그가 무사히 들어가는지 확인할 때까지 계속 지켜보는 게 좋을 것 같군." 박사가 무뚝뚝하게 말했다. "술에 취해 있다면 심하게 넘어질지도 모르니까. 도러시는 뭐라던가? 그가 취해 있다고 하던가?"

"그렇게 심한 상태는 아니랍니다."

그들은 진입로를 따라 밖으로 나가보았다. 달이 반대편에 떠올라 있었기에 교도소의 이쪽 면에는 그늘이 진 상태였지만, 펠 박사는 교도소 입구가 있는 지점을 거의 정확하게 가리켰다. "물론 교도소 입구에는 문이 없어." 그가 설명했다.

입구로 이어지는 바위 언덕은 달빛을 상당히 잘 받아서, 그 위로 교도소 그늘 안쪽까지 구불구불 뻗어 있는 오솔길까지 볼 수 있었다. 아무도 입을 열지 않은 지 거의 십 분 가까이 지난 듯했다. 램폴은 줄곧 귀뚜라미의 울음에 귀를 기울이며 시간을 헤아리려 애를 쓰다가 그 거친 소리의 틈바구니에서 방향을 잃고 말았다. 고맙게도 산들바람이 셔츠를 흔들어 땀을 식혀주었다.

"저기 있군요." 손더스가 불쑥 말했다.

별안간 흰색 빛줄기 하나가 언덕 위에 어른거리는가 싶더니, 곧 느릿느릿하지만 꾸준히 움직이는 사람의 형체가 마치 땅에서 솟아난 듯 기묘한 느낌으로 언덕 꼭대기에 모습을 드러냈다. 그 형체는 팔을 경쾌하게 흔들며 나아가려는 것 같았으나, 빛줄기는 연신 깜빡거리며 이리저리 방향을 바꾸었다. 조그마한 소리라도 들린다 싶으면 매번 그쪽 방향으로 불빛을 비춰보는 모양이었다.

그 모습을 지켜보면서, 램폴은 저 가냘프고 보잘것없고 다소 술에 취한 사람의 몸 안에 공포가 흐르고 있음을 느꼈다. 거리가 워낙 멀어 굉장히 조그맣게 보이는데도 그가 입구에서 주저하는 모습은 충분히 알아볼 수 있었다. 빛줄기는 아무런 움직임 없이 입을 떡 벌린 아치형 입구를 비추고 있었다. 그러다가 어느 순간 그의 모습이 안쪽으로 완전히 사라졌다.

감시자들은 제자리로 돌아가 아까 앉았던 의자에 깊숙이 몸을 묻었다.

집 안의 시계가 11시 정각을 알리기 시작했다.

교구 목사가 아까부터 계속해서 무슨 말을 하고 있었는

데, 램폴은 이제야 그의 말을 알아들을 수 있었다. "……도러시가 그에게 창가 근처에 앉아 있으라고 말해줬으면 좋을 텐데!" 그는 두 손을 쭉 내밀었다. "하지만 결국 우리가 분별 있게 굴어야…… 반드시 그래야……. 아, 그에게 무슨 일이 일어나게 될까요? 여러분들도 나 못지않게……."

뎅그렁. 시계가 천천히 울리고 있었다. 뎅그렁, 세 번, 네 번, 다섯 번…….

"맥주나 더 드시죠." 펠 박사가 말했다. 교구 목사가 매끄럽고 번지르르한 목소리를 귀가 아플 정도로 높이자 짜증이 난 듯했다.

세 사람은 다시 기다리기 시작했다. 잔뜩 긴장한 램폴의 상상 속에서 교도소를 오가는 발소리가 메아리치는 것만 같았다. 이리저리 움직이는 불빛을 피해 달아나는 쥐떼와 도마뱀들도 보이는 듯했다. 찰스 디킨스의 작품 속 몇 구절이 떠올랐다. 아찔할 정도로 폭우가 쏟아지는 밤 뉴게이트 교도소를 돌아다니던 디킨스가 잠긴 창문을 통해 불을 쬐며 앉아 있는 간수들의 모습과 회칠을 한 벽 위에 맺힌 그들의 그림자를 보게 되는 대목이었다.[1]

교도소장실에서 어슴푸레한 빛이 갑자기 나타났다. 그 빛

1 찰스 디킨스의 「뉴게이트 교도소 방문기」 중 한 대목.

은 불안하게 흔들리지 않았다. 자전거 램프의 강렬한 불빛이 창문 가로대에 똑바로 부딪쳐 수평으로 나뉘었다. 보아하니 램프를 테이블에 올려둔 게 분명했다. 빛은 더이상 아무런 움직임 없이 방 한쪽 구석에 빛줄기를 쏘아 보내고 있다. 담쟁이덩굴로 뒤덮인 거대한 교도소에서 나오는 불빛이라곤 역시 담쟁이덩굴이 얽혀 있는 창살 뒤편으로 조그맣게 보이는 저 빛줄기가 유일했다. 그곳에서 한 남자의 그림자가 어른거렸다가 이내 사라졌다.

믿기 어려울 정도로 기다란 목을 가진 그림자였다.

문득 램폴은 자신의 심장이 크게 뛰고 있다는 사실을 알아차렸다. 뭔가 해야 해. 정신을 집중하고 있어야 해…….

"괜찮으시다면……." 그가 펠 박사를 향해 입을 열었다. "저는 방으로 올라가 두 교도소장이 남긴 일지를 살펴볼까 합니다. 거기서도 창문을 지켜볼 수 있으니까요. 알아보고 싶은 게 있습니다."

갑자기 든 생각이지만, 그들이 어떻게 죽었는지 확인하는 것이야말로 가장 중요한 일인 것 같았다. 램폴은 자신의 손에서 배어 나온 땀 때문에 축축해진 서류 뭉치를 어루만졌다. 기억하건대 그는 단 한 번도 이 서류를 손에서 떼어놓은 적이 없었다. 심지어 같은 손으로 수화기를 들고 있을 때도 말이다. 펠 박사는 그의 말을 듣지 못한 듯 몇 마디 툴툴거릴 뿐이었다.

계단을 올라가고 있는데 천둥이 울리더니 무거운 수레라도 부딪친 양 창문이 소리를 내며 거세게 흔들렸다. 그의 방은 강한 바람이 한차례 휩쓸고 지나간 뒤에도 여전히 열기를 내뿜고 있었다. 그는 램프에 불을 붙인 다음 창가로 테이블을 끌고 와 그 위에 일지 사본을 내려놓았다. 이어 자리에 앉기 전에 주변을 한번 둘러보았다. 그날 오후에 산 노벨티 송 악보들과 장죽 파이프가 침대 위에 흩어져 있었다. 만약 저 파이프 담배를 피운다면, 그러니까 오후에 느꼈던 들뜬 기분의 유산 같은 물건을 사용한다면 도러스 스타버스에게 심정적으로 더 가까이 다가갈 수 있지 않을까 하는 기묘한 생각이 얼핏 떠올랐다. 하지만 파이프를 집어 드는 순간 바보가 된 듯한 기분이 들어 스스로에게 욕을 퍼부었다. 그러곤 그것을 제자리에 내려놓으려는데, 갑자기 무슨 소리가 들렸다. 점토 파이프가 손가락 사이로 빠져나가 바닥에 떨어져 박살이 난 것이었다.

마치 생명이 있는 존재를 박살 낸 양, 램폴은 큰 충격을 받았다. 그는 잠시 부서진 잔해를 바라보다가 서둘러 창문 앞에 마련해둔 자리로 가 앉았다. 벌레들이 소리를 내며 몰려와 방충망에 부딪치기 시작했다. 저 멀리 목초지 저편으로 교도소 창문에서 흔들림 없이 흘러나오는 조그만 불빛이 보였고, 바로 아래쪽에서는 교구 목사와 펠 박사가 나누는 대화 소리가 웅얼웅얼 들려왔다.

A. 스타버스 향사의 일지

(1797년 9월 8일. 링컨 주 채터럼 교도소에서 대의를 위한 업무를 시작한 첫 번째 해이자, 위대하신 조지 3세 국왕 폐하 치세 서른일곱 번째 해.)

콰이 인프라 노스 니힐 아드 노스.[1]

왠지 타자기로 새로 친 이 서류들이 누렇게 변한 원본보다 더 생생한 의견을 담고 있을 것 같다는 느낌이 들었다. 원본에 적혀 있을 손 글씨는 입을 굳게 다문 채 글을 써 내려간 작성자와 마찬가지로 조그맣고 날카로우며 꼼꼼한 인상을 풍길 게 뻔했다. 머리말 뒤로는 악행을 저지른 자를 처벌하는 정의와 고결함의 위엄에 대해 당대 최고의 기교를 자랑하는 문체로 화려하게 서술하는 대목이 이어졌는데, 그러다가 갑자기 문서가 사무적인 내용으로 바뀌었다.

10일, 목요일, 사형 예정자 명단은 다음과 같다.

1 "우리 아래 있는 것들은 우리와 아무 상관이 없나니." 에라스무스의 『격언집』 중 "우리 위에 있는 것들은 우리와 아무 상관이 없나니"를 패러디한 문구.

존 헵디치. 노상강도 혐의.

루이스 마튼스. 2파운드 상당의 위조지폐 유통 혐의.

교수대 제작에 필요한 목재 비용 2실링 4페니. 교구 목사에게 지불하는 수수료 10페니. 목사 접견은 할 수만 있다면 기꺼이 불허하고 싶지만, 이는 바탕이 천하여 영적인 위안이 거의 필요치 않은 자들에게도 법률로 보장된 사항인 만큼 어쩔 수 없다.

오늘 상당한 규모, 즉 깊이 약 7.5미터, 최대 지름 약 5.5미터에 이르는 우물을 파는 일을 감독했다. 엄밀한 의미에서 우물보다는 해자라고 하는 편이 옳을 듯하다. 이는 악당들의 유골을 수용하기 위해 고안되었으니, 매장 작업에 소요되는 불필요한 비용을 절약하는 동시에 그 무엇보다 훌륭한 안전장치가 될 수 있을 것이다. 나의 명령에 따라 우물 가장자리에 뾰족한 쇠꼬챙이를 쭉 둘러 세워 보강해두었기 때문이다.

육 주 전에 새로 주문한 진홍색 정장과 레이스 달린 모자가 아직까지 우편 마차로 도착하지 않아 굉장히 짜증이 난다. 판사처럼 진홍색 정장 차림의 멋진 모습을 보여주겠노라 다짐했건만. 교수형이 집행되는 자리에서 인상적인 모습으로(당연히 인상적일 테지) 나타날 생각이었고, 발코니에 서서 할 말도 미리 준비해놓은 상태였다. 존 헵디치라는 자는 천한 태생에도 불구하고 연설에 꽤 탁월한 재주가 있다고 하니, 그자가 나보다 더 나아 보이지 않도록 각별히 주의를 기울여야 할 것이다.

간수장으로부터 지하층 감방에서 약간의 불평 및 한 건의 소요 사태가 발생했다는 보고를 받았다. 커다란 회색 들쥐 무리가 재소자들의 빵을 먹어치웠다는데, 놈들은 사람을 봐도 쉽사리 놀라 달아나지 않는다고 한다. 나아가 죄수들은 지하 공간이 어둡다는 지극히 당연한 이유로 쥐들이 팔 위로 기어 올라와 음식을 낚아챌 때까지 그 존재를 알아차릴 수 없다고 불평을 늘어놓았다. 닉 트렌로 간수장이 내게 물었다. "어떻게 조치할까요?" 나는 이렇게 대답했다. "죄수들은 타고난 사악한 습성 때문에 이곳에 들어왔고, 또 그런 습성 탓에 선동을 벌이는 걸세. 그러니 자기들이 알아서 감수해야겠지." 더하여 부당한 불평을 늘어놓는 자에게는 태형을 가해 올바르고 유순한 태도를 유지하게 하라는 조언을 내렸다.

저녁에는 프랑스 양식에 따라 새 시가를 쓰기 시작했다. 내가 보기엔 꽤 훌륭한 것 같다.

램폴은 앉은 자세를 고치며 뒤숭숭한 마음으로 고개를 들어 목초지 저편에서 비치는 불빛을 마주 바라보았다. 아래쪽 잔디밭에서 잉글랜드의 음주 습관에 관한 몇 가지 요점을 자세히 설명하는 펠 박사의 목소리와 교구 목사가 큰 소리로 이의를 제기하는 소리가 올라왔다. 곧 그는 다시 페이지를 넘겨가며 서류를 훑어보기 시작했다. 완벽함과는 거리가 먼 일지였다. 여러 해 동안의 기록이 통째로 누락되어 있었고, 그나마 기록된 내용도 그저 대충 끼적거린 메모 정도에 불과했다. 대신 고 앤서니 스타버스가 끼적인 자작시와 함께 그의 끔찍하고 잔인한 성품, 거창한 설교, 푼돈을 절약하면서 낄낄거리는 수전노 같은 모습이 줄줄이 등장했는데, 알고 보니 이는 그저 서두에 불과했다.

그러다 작성자에게 어떤 변화가 일어난 모양이었다. 그는 일지에 대고 비명을 지르기 시작했다. 1812년 기록이었다.

> 놈들이 나를 절름발이 헤릭이라고 부른다고? 여자 같은 목소리로 앵앵대는 드라이든[1]이라고도? 하지만 나는 계획을 하나 세우기 시작했다. 불행히도 나와 혈통이란 것으로 묶여버린 모든 이들을 나는 진심으로 혐오하고 저주한다. 놈들을 괴롭히기 위해 돈으로 살 수 있는 것들, 할 수 있는 일들이 있을 것이다. 최근 쥐떼가 더욱 창궐하고 있다는 사실이 떠오른다. 놈들은 내 방에 들어와, 내가 이 글을 쓰고 있는 와중에도 램프 불빛 저편에서 모습을 드러내고 있다.

해가 지남에 따라 그는 새로운 문체를 확립해갔지만, 그의

[1] 로버트 헤릭과 존 드라이든 모두 17세기 영국의 시인이다.

분노 또한 미치광이처럼 커지고 있었다. 1814년 일지에 기록된 내용은 하나뿐이었다.

천천히 사들여야 한다. 한 해 한 해 천천히. 쥐떼들은 이제 나를 알아보는 것 같다.

모든 기록을 통틀어 램폴에게 가장 큰 충격을 안겨준 건 바로 다음과 같은 대목이었다.

6월 23일. 나는 시간을 허비하고 있다. 잠을 이루기도 어렵다. 방 발코니로 통하는 철문 밖에서 문을 두드리는 소리를 들은 것이 한두 번이 아니다. 하지만 문을 열면 그곳에는 아무도 없다. 램프에서 나는 연기는 더욱 심해져 침대에 누워서도 느낄 수 있을 지경이다. 하지만 나는 그 아름다운 것들을 안전하게 보관하고 있다. 내 팔 힘이 강해서 다행이다.

바람이 창문을 통해 거세게 밀려 들어와 램폴은 손에 든 서류 뭉치를 자칫 놓쳐버릴 뻔했다. 꼭 그에게서 서류를 빼앗으려는 것 같아 갑자기 섬뜩한 느낌에 휩싸였다. 밖에서는 벌레들이 소리를 내며 앞다투어 날아다니는 바람에 도무지 마음을 진정시킬 수가 없었다. 램프 불꽃이 살짝 튀어올랐다가 다시 잦아들며 흔들림 없는 노란색 빛을 발했다. 번개가 교도소를 밝게 비추는가 싶더니 곧바로 지축을 뒤흔드는 듯한 천둥소리가 뒤따랐다.

또 다른 스타버스의 일기가 남아 있었지만, 그는 아직 앤서니의 일지도 다 읽지 못한 상태였다. 하지만 그 내용에 어찌나 몰입했는지 도무지 빨리 읽어 내려갈 수가 없었다. 그는 외눈의 나이 든 교도소장이 세월이 지나며 쪼글쪼글하게 늙어가는 과정을 지켜보았다. 이제 그는 실크해트와 딱 붙는 조끼 차림에, 그가 종종 언급했던 손잡이를 금으로 장식한 지팡이를 들고 등장했다. 그리고 갑자기, 끈덕지게 고요함을 유지하던 일기장이 침묵을 깨뜨렸다!

7월 9일. 주 예수여, 무력한 자에게 달콤한 자비를 베풀어주시옵소서. 저를 굽어살피시고, 구원을 내려주시옵소서! 저는 아무런 영문도 모른 채 잠 못 이루는 나날을 보내고 있나이다. 몸이 비쩍 말라 갈비뼈 사이로 손가락을 찔러 넣을 수 있을 정도입니다. 정녕 그자들이 내 소중한 것들을 먹어치우게 되는 겁니까?

이미 공표한 바에 따라, 어제 우리는 살인을 저지른 남자를 교수형에 처했다. 그는 파란색과 흰색 줄무늬 조끼 차림으로 교수대로 향했다. 군중은 내게 야유를 퍼부었다.

나는 골풀 양초를 두 개 켜놓은 채 잠자리에 든다. 방문 앞에는 병사 한 명이 경비를 서고 있다. 하지만 지난밤 사형 집행에 대한 보고서를 작성하던 중, 방 안에서 빗방울 떨어지는 듯한 소리가 들렸다. 나는 그 소리에 신경을 쓰지 않으려 애를 썼다. 곧 침대에 놓아둔 양초의 찌꺼기를 정리하고 수면 모자를 쓴 뒤 읽을거리를 준비하는데, 이부자리 사이에서 뭔가 움직이는 모습이 눈에 띄었다. 그 즉시 나는 장전해놓은 권총을 집어 들고 병사를 불러 이부자리를 걷어보라고 했다. 그는 명령에 따랐지만 내가 미쳤다고 생각하는 게 분명했다. 침대에서는 커다란 회색 쥐 한 마리가 나를 올려다보고 있었다. 놈은 몸이 푹 젖은 채였고, 그 주변에는 시커먼 물이 커다란 원을 그리며 고여 있었다. 배가 터지도록 먹은 듯 토실토실한 놈이었다. 그놈은 제 이빨에 걸린, 파란색과 흰색 줄무늬가 있는 얇은 천을 떼어내려 애를 쓰고 있었다.

쥐는 바닥을 지나 달아나려 했지만 뜻을 이루지 못했다. 병사가 소총의 개머리판으로 놈을 죽여버렸다. 나는 그 침대에서 잠을 이룰 수 없었다. 그래서 불을 크게 지피라고 지시한 다음, 그 앞에 의자를 놓고 앉아 럼주를 마시다가 깜빡 잠이 들었다. 그렇게 잠든 지 얼마 안 돼서였을 것이다. 방 발코니로 통하는 철문 밖에서 수많은 사람들이 속삭이는 듯한 소리가 들렸다. 이는 불가능한 일이었지만, 바닥을 울리는 수많은 발소리와 열쇠 구멍에 대고 속삭이는 낮은 목소리를 나는 분명히 들었다. "소장님, 이리 나오셔서 우리와 이야기 좀 나누시겠습니까?" 나는 문 쪽을 바라보았는데, 그 아래로 물이 흐르고 있는 것 같았다.

램폴은 목구멍이 바싹 조여드는 기분을 느끼며 의자에 등을 기댔다. 손바닥은 양쪽 모두 축축하게 젖어 있었다. 그는 폭풍이 몰아치기 시작했을 때도 전혀 놀라지 않았다. 빗방울이 어두운 잔디밭을 온통 뒤덮고, 나무 사이를 스치며 솨솨 소리를 냈다. 펠 박사의 고함 소리가 들렸다. "의자를 안으로 들입시다! 감시는 식당에서도 할 수 있으니!" 그러자 교구 목사가 알아들을 수 없는 말로 대답했다. 램폴의 두 눈은 일지 마지막 장, 수기로 작성한 주석에 못 박혀 있었다. "G. F."라는 서명으로 보아 펠 박사가 쓴 글인 듯했다.

그는 1820년 9월 10일 오전에 시체로 발견되었다. 전날 밤에는 거센 바람을 동반한 폭풍우가 몰아쳤기 때문에, 그가 비명을 질렀다 한들 간수나 병사들이 그 소리를 들었을 것 같지는 않다. 그는 우물 둘레에 쌓은 갓돌 위에 목이 부러진 채 쓰러져 있었다. 갓돌 위에 꽂아둔 두 개의 쇠꼬챙이에 몸이 관통되었고, 머리는 우물 안쪽으로 떨군 모습이었다.

살인 사건이라고 주장하는 의견도 일부 존재했다. 하지만 몸싸움을 벌인 흔적도 눈에 띄지 않고, 만약 그가 공격을 받았다면 여러 명이 한꺼번에 습격했다 해도 결코 수월하지 않았으리라는 사실을 지적할 수 있다. 그는 고령에도 불구하고 팔과 어깨가 떡 벌어졌고, 거의 믿을 수 없을 정도의 괴력을 내는 사람으로 널리 알려져 있었기 때문이다. 이 점은 흥미로운 사실이다. 교도소 통치권을 장악한 이후 그는 육체적인 힘을 꾸준히 연마하여 세월이 지남에 따라 그 괴력을 꾸준히 키워왔다. 교도소 통치 후기에는 늘 교도소에 머물렀으며, 저택에 살고 있는 가족을 방문하는 경우는 굉장히 뜸했다. 그가 말년에 벌인 기이한 행동은 검시 배심원의 판결에도 영향을 끼쳐서 '정신이상을 겪는 와중에 발생한 사고사'라는 결론이 내려졌다.

주목나무관에서, G. F.

램폴은 종이가 날아가지 않도록 담배 파이프 주머니를 펄럭거리는 서류 뭉치 위에 올려놓은 뒤 다시 의자에 등을 기댔다. 그러곤 창 너머 거세게 내리는 빗줄기를 바라보며 당시 상황을 머릿속에 그려보았다. 무의식적으로 그의 시선이 교도소장실 창문을 향했다. 그런 채로 가만히 앉아 있는데…….

교도소장실에서 흘러나오던 불빛이 꺼졌다.

이제 눈앞에 보이는 거라곤 어둠 속에서 반짝이며 쏟아지는 빗줄기뿐이었다. 그는 발작적으로 자리에서 일어나, 의자 하나 제대로 밀어내지 못하는 자신에게 무력감을 느끼며 고개를 돌려 여행용 시계를 바라보았다.

자정까지는 아직 십 분쯤 남아 있었다. 소름 끼치는 비현실감, 그리고 의자가 다리에 얽혀 떨어지지 않는 듯한 느낌이 엄습했다. 이윽고 아래층 어디선가 펠 박사의 고함 소리가 들렸다. 역시 불이 꺼지는 모습을 본 것이다. 불이 꺼지고 그 목소리가 들리기까지는 일 초도 채 걸리지 않았으니까. 시계 문자판이 빙빙 도는 것 같았다. 그는 차분하게 움직이는 조그만 시곗바늘에서 눈을 뗄 수가 없었다. 이제 적막 속에서 무심하게 째깍거리는 시계 소리 외에는 아무것도 들리지 않았다.

이윽고 그는 손잡이를 비틀어 문을 벌컥 연 다음 굴러떨어지듯 아래층으로 내려갔다. 속에서 욕지기가 치밀고 순간적으로 머리가 핑 돌았다. 펠 박사와 교구 목사가 머리에 아무것도 쓰지 않은 채 비를 맞으며 교도소를 바라보고 있는 모습이 희미하게 눈에 들어왔다. 박사는 여전히 한쪽 겨드랑이에 의자를 하나 낀 채였다.

그가 램폴의 팔을 잡았다.

"잠깐! 무슨 일이지?" 펠 박사가 따지듯 물었다. "자네 얼굴이 유령처럼 하얗게 질렸군. 대체 무슨……."

"저기 가봐야 합니다! 불이 꺼졌어요! 저……."

그들 모두 얼굴에 떨어지는 빗방울 따위는 아랑곳없이 조금씩 헐떡이고 있었다. 빗물이 눈에 들어와 순간적으로 앞이 보이지 않았다.

"이렇게 일찍 가서는 안 됩니다." 손더스가 말했다. "당신은 지금 그 끔찍한 일지 때문에 이러는 겁니다. 그 내용을 믿지 말아요. 어쩌면 그가 시간을 잘못 헤아렸을 수도…… 어이! 기다려요! 길도 모르면서!"

램폴은 박사의 손을 뿌리치고 질척거리는 잔디밭을 지나 목초지 쪽으로 달리기 시작했다. 남은 두 사람의 귀에 "그녀에게 약속했단 말입니다!"라고 외치는 그의 목소리가 들렸다. 이윽고 교구 목사가 쿵쿵거리며 그를 쫓기 시작했다. 그는 커다란 덩치에도 불구하고 발이 빨랐다. 두 사람은 함께 진흙투성이 경사지를 미끄러지듯 내려갔다. 테니스화 속으로 물이 왈칵 밀려 들어온다고 생각하는 순간, 램폴은 울타리 가로대에 부딪쳤다. 그는 그대로 울타리를 뛰어넘은 뒤 목초지에 길게 자란 수풀을 헤치고 경사지를 오르락내리락하며 계속 나아갔다.

거세게 쏟아지는 비 때문에 앞이 거의 보이지 않았지만, 자신이 좌측, 그러니까 마녀의 은신처 방향으로 가고 있다는 사실을 무의식적으로 알 수 있었다. 이곳은 잘못된 방향, 틀린 길이었다. 하지만 앤서니 스타버스의 일지가 그의 머릿속에서 너무나 생생하게 타오르고 있었다. 그의 뒤에서 손더스가 뭐라고 외쳤지만 그 소리는 갑작스럽게 울려 퍼진 천둥소리에 묻혀 사라지고 말았다. 뒤이어 번개가 번쩍였고, 그 불빛 속에서 그를 향해 손짓하며 우측 방향, 즉 교도소 입구 쪽으로 멀어지는 손더스의 모습이 보였지만, 그는 가던 길을 계속 나아갔다.

자신이 어떻게 마녀의 은신처 중심부에 도착했는지, 램폴은 나중이 되어서도 전혀 기억할 수 없었다. 이곳은 경사가 가파르고 바닥이 미끄러운 목초지였다. 발에 밟히는 풀은 철사처럼 뒤틀려 있었고, 블랙베리 나무를 비롯한 덤불들이 그의 셔츠를 찢으며 파고들었다. 전방에 불쑥 솟은 절벽과 몇 그루의 전나무 말고는 아무것도 보이지 않았다. 숨을 들이마시니 폐가 찢어질 듯 아팠다. 그는 눈에 들어간 빗물을 닦으려다가 흠뻑 젖은 나무껍질에 걸려 비틀거렸다. 하지만 그는 자신이 그곳에 와 있다는 사실을 알 수 있었다. 사방이 어둠에 잠긴 가운데 불경스레 마음을 뒤흔들며 수군거리는 듯한 느낌, 둔탁하게 들리는 물 튀기는 소리, 무엇인가가 기어 다니거나 살금살금 움직이는 것 같은 감각 따위로 가득했다. 그중에서도 최악은 바로 악취였다.

그의 얼굴 앞에 어떤 형체가 희미하게 떠올랐다. 손을 뻗어보니 거친 돌을 쌓아 만든 낮은 담장과 녹슨 쇠꼬챙이가 잡혔다. 이런 곳에 있자니 머리가 지끈거리고 피가 묽게 희석되는 듯한 기분이었다. 다리에 힘도 들어가지 않았다. 그런 느낌에는 분명히 무슨 까닭이 있을 터였다. 그때 번개가 치며 나무들 사이로 불완전한 빛을 비추었다. 그는 입구가 넓은 우물 한쪽에서 건너편을 바라보고 있었다. 우물 입구는 그의 가슴 높이까지 올라왔다. 아래서 물이 튀는 소리가 들렸다.

그곳에는 아무것도 없었다.

쇠꼬챙이에 관통당한 몸으로 우물 가장자리에 매달린 채 그 속으로 고개를 떨구고 있는 시체 같은 건 보이지 않았다. 그는 어둠 속을 더듬어가며 우물을 따라 빙 돌기 시작했다. 알고 싶다는 광적인 욕망에 휩싸여, 쇠꼬챙이를 움켜쥐고 한 걸음씩 나아갔다. 그러다가 절벽 가장자리에 채 못 미쳐 안도의 숨을 내쉬고 있는데, 무엇인가 부드러운 것이 발에 차였다.

그는 그것을 더듬기 시작했다. 손에 감각이 거의 없었기에 죽도록 신중을 기해야 했다. 차가운 얼굴과 부릅뜬 두 눈, 흠뻑 젖은 머리카락이 느껴졌다. 하지만 목은 마치 고무처럼 제멋대로 움직였다. 목이 부러져 있었던 것이다. 그가 마틴 스타버스라는 사실을 확인하기 위해 굳이 번개의 섬광을 기다릴 필요도 없었다.

그는 다리에 힘이 풀려 뒷걸음질 치다가 절벽에 부딪쳤다.

그 지점에서 십오 미터쯤 위에 교도소장실 발코니가 튀어나와 있었다. 조금 전 번개가 쳤을 때 그늘이 져 어둡게 보이던 곳이었다. 그는 온몸이 흠뻑 젖은 채 어찌할 바를 몰라 몸서리를 쳤다. 메스꺼울 정도로 그의 머릿속을 꽉 채우고 있는 생각은 단 하나, 바로 도러시 스타버스와의 약속을 지키지 못했다는 것이었다.

사방에서 빗줄기가 쏟아져 그가 손을 짚은 자리의 진흙이 걸쭉해졌다. 빗소리가 한층 더 커졌다. 멍한 눈을 들어 올리자, 불현듯 목초지 너머 저 멀리 펠 박사의 오두막과 자신의 방 창가에 놓아둔 램프에서 흘러나오는 노란색 불빛이 보였다. 전나무 줄기 사이로 분명히 드러난 그 모습을 보자 침대 위에 흩어진 악보, 그리고 바닥에 떨어져 박살이 난 점토 파이프의 잔해가 그의 머릿속으로 거세게 밀려 들어왔다. 그것이 그 순간 그가 떠올린 유일한 장면이었다.

스타버스 저택의 집사이자 존경받는 독신자인 버지는, 언제나처럼 침실로 물러가기에 앞서 창문이 모두 잠겼는지 순찰을 돌고 있었다. 물론 창문은 모두 잠겨 있을 것이다. 그가 집사 업무를 수행한 지난 십오 년 동안 매일 밤 그러했으며, 빨간 벽돌로 지은 커다란 이 저택이 무너져버리거나 아니면 가정부 번들 부인이 끔찍한 유령 이야기라도 늘어놓듯이 불길한 목소리로 노상 떠들어대듯이 "미국인이 저택을 사버리거나" 하는 일이 일어나지 않는 한 앞으로도 쭉 그럴 터였다.

그럼에도 불구하고, 버지는 하녀들에 대한 비관적인 의심을 누그러뜨리지 않았다. 자신이 고개를 돌리기만 하면, 하녀들은 너나없이 살금살금 창문을 열어 부랑자들을 안에 끌어들이려 할 거라고 그는 생각했다. 하지만 그 놀라운 상상력도 결코 도둑이 들지도 모른다는 생각에는 이르지 못했는데, 사실 그에겐 오히려 그편이 차라리 더 다행스러운 일이었을 것이다.

그는 한 손에 램프를 든 채 위층의 긴 통로를 횡단하면서 특별히 주의 깊게 살펴보는 중이었다. 곧 비가 내릴 것 같아 신경이 쓰였다. 젊은 주인 나리가 교도소장실에서 수행해야 하는 철야 임무에 대해서는 걱정하지 않았다. 이는 집안의 전통이자 오래전부터 정해져 있던 일이요, 따라서 전시에 조국을 위해 복무하는 것과 마찬가지로 엄숙히 받아들여야 하는 사안이었다. 전쟁과 마찬가지로 이 일에도 위험은 따르지만, 상황이 상황인 만큼 어쩔 수 없지 않은가.

버지는 합리적인 사람이었다. 그는 두꺼비나 박쥐 및 기타 불쾌한 것들이 존재한다는 사실을 아는 것과 마찬가지로, 사악한 영혼 같은 것들도 존재한다는 사실 역시 잘 알고 있었다. 하지만 요즘은 하녀들에게 휴식 시간을 지나치게 많이 보장해주어야 하는 타락한 시대인 만큼, 유령들조차 보다 온화해지고 목소리도 약해진 것은 아닐까 싶었다. 그의 아버지가 집사 일을 하던 예전과는 완전히 다른 시대였다. 이 순간 그가 무엇보다 신경을 쓰고 있는 일은, 서재 벽난로에 군불을 지핀 다음 젊은 주인 나리가 돌아오면 샌드위치 한 접시와 위스키를 담은 디캔터를 차질 없이 내가는 것이었다.

아니, 그가 마음속으로 좀더 진지하게 관심을 갖고 있는 것이 있었다. 떡갈나무 판자를 덧댄 긴 통로의 중간쯤, 초상화들이 걸려 있는 자리에 이르자, 그는 평소처럼 걸음을 멈추고 램프를 들어 고 앤서니 스타버스의 초상화를 잠시 비춰보았다. 18세기의 어느 화가가 온통 새카맣게 차려입은 앤서니를 묘사한 그림으로, 그는 가슴 부분에 장식이 된 옷을 입고 테이블 옆에 앉아 거기 놓인 해골에 한 손을 얹고 있었다. 줄곧 침착한 태도를 유지해온 버지는 멋진 신사다운 모습이었다. 앤서니의 행적에도 불구하고, 그는 초대 교도소장의 창백하고 무표정하며 사무적인 얼굴과 자신의 얼굴을 비교하고 닮은 구석을 상상하며 즐거워하곤 했다. 그 초상화를 지켜보다가 자리를 뜰 때마다 그의 걸음엔 한층 위엄이 실렸다.

그가 다소 부끄러운 비밀을 품고 있으리라 의심하는 이는 전혀 없을 것이다. 사실 버지는 영화를 보다가도 슬픈 장면이 나오면 눈물을 흘리는 사람이었다. 한번은 링컨에서 상영하는 미국 영화를 보면서 그렇게 눈물을 흘리다가, 그 모습을 마을 약사의 아내 타펀 부인에게 들켰다는 생각에 끔찍할 정도로 겁을 집어먹어 여러 날 밤을 지새웠던 적도 있었다.

버지는 그 기억을 다시 떠올리며 위층을 전부 돌아본 뒤, 근위병 처럼 위엄 있는 걸음걸이로 중앙 계단을 통해 아래층으로 내려갔다. 이 저택의 주인인 마틴 스타버스는 늘 제멋대로 구는 사람이었지만, 이해할 수 없는 이야기를 큰 소리로 횡설수설 늘어놓기 전까지는 그래도 진정한 신사라 할 수 있었다. 그가 늘어놓는 이야기는 주로 해적의 이름을 딴 술집이나 술에 대한 것들이었다. 그중에는 노파나 술고래, 아니면 총잡이나 마실 법한 칵테일도 포함되어 있었다. '톰 콜린스'가 해적 이름을 딴 칵테일이었나? 그게 아니라 '존 실버'였던가? 그리고 '사이드카'라고 하는 칵테일도 있었던 것 같은데…….

사이드카. 그건 허버트가 가지고 있는 보조 좌석이 딸린 오토바이를 가리키는 말인데. 버지는 마음이 뒤숭숭해졌다.

"버지!" 서재에서 그를 부르는 목소리가 들렸다.

그는 얼굴 표정을 가다듬으며 습관적으로 머릿속까지 비워냈다. 복도 테이블에 램프를 내려놓은 뒤, 자신을 부르는 소리가 났는지 확실치 않다는 표정을 지으며 서재 안으로 들어갔다.

"부르셨습니까, 도러시 님?" 버지는 공적인 업무를 수행하는 태도로 물었다.

비록 그의 머릿속이 말끔하게 지운 칠판 같은 상태라 할지라도, 눈앞에 펼쳐진 놀라운—거의 충격적이기까지 한—광경을 알아차리지 않을 도리가 없었다. 벽에 장치된 금고가 열려 있었던 것이다. 선대 주인 나리인 티머시 스타버스의 초상화 뒤에 금고가 설치되어 있다는 사실은 알고 있었지만, 십오 년을 일하는 동안 금고가 그렇게 노골적으로 존재를 드러낸 채 활짝 열려 있는 모습은 그로서도 처음 보는 것이었다. 이를 보고서도 그는 무의식적으로 벽난로에 흘긋 시선을 던졌다.

장작이 잘 타고 있는지 확인하려는 행동이었다. 도러시는 양손으로 종이 한 장을 쥔 채 커다랗고 딱딱한 의자에 앉아 있었다.

"버지." 그녀가 입을 열었다. "허버트에게 아래층으로 좀 내려와 달라고 하겠어요?"

그는 잠시 주저하다 대답했다. "허버트 씨는 지금 방에 안 계십니다, 도러시 님."

"그러면 그를 좀 찾아줄래요?"

"그분은 지금 저택 안에 계시지 않은 것 같습니다." 마치 심사숙고한 끝에 그러한 결론에 도달했다는 듯한 태도였다.

도러시가 들고 있던 종이를 무릎으로 떨어뜨렸다.

"버지, 그게 대체 무슨 말이에요?"

"아…… 그렇다면 그분이…… 어디 가실 생각인지 일언반구도 없었던 모양이군요?"

"맙소사, 전혀요! 허버트가 어디 가기로 했나요?"

"도러시 님, 제가 이런 말씀을 드리는 건, 저녁 식사가 끝난 직후 볼일이 있어 그분 방에 들렀기 때문입니다. 그분은 작은 가방을 꾸리고 계셨습니다."

다시 한번 버지는 말을 멈추고 머뭇거렸다. 도러시의 얼굴에 떠오른 기묘한 표정을 보자 순간적으로 불안한 느낌이 들었던 것이다. 그녀는 자리에서 일어났다.

"그가 언제 집을 나섰죠?"

버지는 벽난로 선반 위에 놓인 시계를 흘끗 바라보았다. 시곗바늘은 11시 45분을 가리키고 있었다. "정확한 시간은 모르겠습니다, 도러시 님." 그가 대답했다. "저녁 식사 직후에…… 자신의 오토바이를 타고 나가신 것 같습니다. 마틴 님께서 제게 자전거용 전기 램프를 가져오라고 지시하셨는데, 어…… 그게 있어야 저 건너편에서 유숙하는 일이 한결 수월할 거라면서 말이지요. 그래서 제가 허버트 씨가 저택을 떠나셨다는 걸 알게 된 겁니다. 제가 자전거 한 대를 골라 램프를 떼어내려고 마구간으로 갔는데, 그분이 오토바이를 타고 저를 지나쳐 가셨거든요."

(도러시 님이 좀 이상하잖아! 물론 허버트가 누구에게도 일언반구 없이 집을 떠났다는 게 유별난 일인 건 사실이고, 따라서 도러시 님이 저렇게 화를 내는 것도 무리는 아니지만. 그런데 금고 문은 또 왜 저렇게 활짝 열려 있단 말인가. 보고 싶지 않은 광경이었다. 언젠가 열쇠 구멍을 통해 금고 안을 훔쳐봤을 때 느꼈던 감정이 다시 떠올랐다. 젊은 시절의 기억에 버지는 당황스러운 나머지 허둥지둥 생각을 다른 곳으로 돌렸다.)

"그가 나가는 모습을 왜 못 봤을까? 이상하네요." 그녀는 버지에게서 시선을 떼지 않은 채 말을 이었다. "저녁 식사를 마친 다음 잔디밭에 적어도 한 시간은 족히 앉아 있었는데."

버지는 헛기침을 했다. "도러시 님, 그분은 진입로를 통해 나가지 않으셨다는 말씀을 드리려던 참이었습니다. 목초지를 지나 슈터스 레인 방향으로 가셨습니다. 마틴 님께 가져다드릴 적당한 램프를 찾느라 마구간에서 시간을 허비한 탓에 그 사실을 알 수 있었습니다. 그분이 그 길을 따라 내려가는 모습을 보았습니다."

"마틴에게 그 이야기를 했나요?"

버지는 다소 충격을 받은 듯한 표정을 지어 보였다. "아니요, 도러시 님." 어쩐지 원망이 섞인 말투였다. "말씀드렸다시피 저는 그분께 램프를 가져다드렸지만 그런 일까지 알려드리는 것은 제 소관이 아니라고 생각……."

"고마워요, 버지. 마틴이 돌아올 때까지 기다릴 필요는 없어요."

그는 샌드위치와 위스키가 제자리에 놓여 있는지 곁눈질로 확인하며 고개를 숙여 인사한 다음 밖으로 나갔다. 이제 꽉 졸라맨 허리띠 같은, 격식을 차린 말투를 내려놓아도 좋을 시간이었다.

그는 집사가 아닌 버지 개인으로 돌아갔다. 저 젊은 마님은 참 이상한 사람이란 말이지. '버릇없는 계집애'라는 표현을 떠올릴 뻔했지만, 그건 무례한 행위가 될 터였다. 등을 똑바로 편 도러시의 모습에서는 완고한 기운이 느껴졌고, 차가운 눈은 광택제를 칠한 듯 번쩍거렸다. 감상적인 구석이라곤 조금도 찾아볼 수 없었다. 흉중에 무슨 생각을 품고 있는지 역시 드러나지 않았다. 그는 그녀가 자라는 모습을 줄곧 지켜봐온 터였다. 어디 보자. 지난 4월에 스물한 살이 됐으니, 여섯 살 때부터 본 셈이지. 마틴처럼 거들먹거리거나 순 제멋대로 행동하는 아이는 아니었어. 허버트처럼 배려를 받으면 조용히 감사할 줄도 알았고. 하지만 좀 특이한 사람이란 말이야…….

그는 이제 천둥이 좀더 빈번하게 치고 있다는 사실에 주목했다. 하지만 번갯불은 이 저택의 어두운 구석 자리까지 스며들지 못했다. 아, 좋아. 불이 제대로 지펴졌군! 복도에 있는 대형 괘종시계의 태엽을 감아야 하는데. 그 직무를 수행하는 내내, 그는 도러시 스타버스가 얼마나 이상한 아이였는지 줄곧 생각하고 있었다.

과거의 기억이 하나 떠올랐다. 선대 주인 부부가 살아 있던 시절, 자신이 시중을 들던 저녁 식사 자리였다. 마틴과 허버트는 올덤 과수원에서 다른 사내아이들과 함께 전쟁놀이를 하다 들어온 참이었다. 마틴이 식사 자리에서 그 이야기를 늘어놓다가, 망을 보기로 한 허버트가 가장 높은 단풍나무 가지에 오르지 못했다며 자신의 사촌 형제를 놀려댔다. 마틴이 언제나 대장 노릇을 하고 허버트는 초라하게 그의 뒤를 종종걸음으로 따라다니곤 했는데, 이번에는 그가 명령에 따르기를 거부한 것이다. "안 올라갈 거야!" 허버트는 테이블 앞에 앉아 되풀이해서 말했다. "그 가지는 썩었다니까." "네 말이 맞아, 허버트." 안주인이 온화한 말투로 말했다. "명심하렴. 전쟁이 벌어지는 와중이라 해도 늘 신중해야 한다는 걸." 그러자 저녁 내내 아무 말도 않던 조그만 도러시가 갑자기 맹렬한 태도로 이런 말을 뱉어내 모두를 놀라게 했다. "내가 다 크면, 절대 샌님처럼 신중하게 구는 법이 없는 남자와 결혼할 거야." 그때 그녀의 표정은 굉장히 험악해 보였다. 마님은 딸을 나무랐고, 주인 나리는 특유의 건조하면서도 역겨운 태도로 키득거릴 뿐이었다. 이제 와서 그런 기억이 떠오르다니 이상하군…….

비가 내리고 있었다. 그가 태엽을 다 감자마자 시계 종이 울리기 시작했다. 버지는 멍하니 시계를 바라보다가 그런 스스로에게 깜짝 놀라 내가 왜 이럴까 생각했다. 자정이 되었으니 시계가 종을 치는 거지. 뭐, 다 괜찮아…….

아니, 무언가 잘못된 게 분명했다. 무의식적으로 돌아가는 그의 머리 한구석에서 뭔가 딱딱거리며 부딪치고 있었다. 이거 불안한데. 그는 시계 문자판에 그려진 풍경을 향해 눈살을 찌푸렸다. 아, 이제 알겠어! 고작 몇 분 전에 도러시 님과 이야기를 나눴을 때 서재의 시계는 11시 45분을 가리키고 있었잖아. 그 시계가 잘못된 게 틀림없었다.

그는 몇 년 동안 한 번의 오차도 없었던 자신의 금시계를 꺼내 뚜껑을 열었다. 11시 50분이었다. 아니, 서재 시계가 맞는 것이었군. 저택의 다른 시계를 맞추는 하녀들이 이 낡은 대형 괘종시계의 시간을 정확히 십 분 삼십 초 빠르게 돌려놓은 것이었다. 버지는 터져 나오려는 신음을 목구멍 깊숙이 억눌렀다. 양심에 하등 거리낌 없이 하루 일과를 마치기에 앞서, 이제 그는 저택을 돌아다니며 모든 시계를 확인해야만 했다.

시계가 12시 정각을 알렸다.

그로부터 얼마 지나지 않아 전화벨이 울리기 시작했다. 버지는 전화를 받으러 가다가 서재 문가에 서 있는 도러시 스타버스의 창백한 얼굴을 보았다.

교도소장실 안에서

경찰서장 벤저민 아널드 경은 펠 박사의 서재에 있는 책상 앞에 앉아, 그 위에 사립학교 교사처럼 앙상한 두 손을 포개놓았다. 타오르는 듯한 낯빛과 말처럼 긴 두상만 아니었더라면, 그의 외모 또한 사립학교 교사와 닮은 구석이 있다고 할 수 있을 것이다. 숱이 풍성한 머리카락을 뒤로 빗어 넘긴 모습이며, 코안경 너머 날카로워 보이는 두 눈도 그랬다.

"이 사건과 관련해 개인적인 책임을 다하는 것이 최선이라고 생각했습니다." 그는 한창 이야기를 늘어놓는 중이었다. "링컨에서 수사관을 한 명 파견해달라고 요청하자는 얘기도 나왔죠. 하지만 나는 스타버스 가문과 오랫동안 알고 지낸데다 펠 박사님과도 막역한 사이이니, 직접 채터럼 경찰을 지휘, 감독하는 것이 최선일 것 같더군요. 그렇게 하면 무슨 추문이나, 아니면 조사 과정에서 반드시 드러날 수밖에 없는 것 이상의 정보가 새어 나가는 일도 방지할 수 있을 겁니다."

그는 헛기침을 하며 잠시 주저하다가 이내 다시 입을 열었다.

"여러분, 그러니까 박사님과 손더스 씨는 내가 살인 사건을 다뤄본 적이 한 번도 없다는 사실을 알고 있을 겁니다. 사실 나 역시 이 사건이 내 능력을 벗어나는 일이라고 거의 확신하고 있고요. 만약 모든 일이 어그러진다면, 우리는 런던 경찰청에 도움을 청해야 할 겁니다. 하지만 우리들 중 이 불행한 사건을 바로잡을 수 있는 사람이 있을지도 모르지요."

맑고 따뜻한 아침 하늘 위에 태양이 높이 떠 있었지만 서재 안에는 여전히 빛이 거의 들지 않았다. 긴 침묵 속에서, 그들은 바깥 복도를 오르락내리락하는 한 순경의 발소리에 귀를 기울였다. 손더스가 느릿한 동작으로 고개를 끄덕였다. 펠 박사는 줄곧 침울한 모습으로 얼굴을 찌푸린 채였고, 램폴은 지쳐빠진 나머지 대화에 도통 집중을 할 수가 없었다.

"음…… 그러니까 '살인 사건'이라고 하셨습니까, 벤저민 경?" 교구 목사가 물었다.

"물론 스타버스 가문의 전설은 알고 있습니다." 경찰서장이 고개를 끄덕이며 말을 이었다. "그리고 그에 대한 제 나름의 가설이 있다는 사실을 고백해야겠군요. 엄밀한 의미에서 보면 '살인 사건'이라는 말을 미리 꺼내지 말아야 했나 싶습니다만, 어쨌든 사고사의 가능성은 논의에서 제해도 좋을 겁니다. 이건 머지않아 명확해질 테니 일단은…… 자, 박사님."

서장은 어깨를 펴고 입술을 안쪽으로 말더니 앙상한 손마디를 꺾기 시작했다. 마치 중요한 주제에 대한 이야기를 시작하려는 교사가 보여줄 법한 미묘한 움직임이었다.

"박사님은 고맙게도 교도소장실에 불이 꺼졌을 때까지 일어난 모든 일을 말씀해주셨죠. 그러면 조사를 위해 그곳에 갔을 때는 무슨 일이 있었습니까?"

펠 박사는 우울한 듯 지팡이를 들어 책상 모서리를 쿡쿡 찌르다가 뭐라고 투덜거리며 자신의 콧수염을 물었다.

"나는 그곳에 가지 않았습니다. 칭찬은 감사하지만, 나는 여기 두 사람들처럼 움직일 수가 없어서 말이지요. 흠, 그래요, 두 사람에게 설명을 듣는 편이 낫겠군요."

"그렇군요……. 램폴 씨, 당신이 시체를 발견했다고요?"

이렇게 딱딱한 공식 절차가 램폴의 마음을 불편하게 했다. 도무지 자연스럽게 이야기를 할 수가 없었고, 무슨 말을 하든 자신에게 불리하게 적용될지 모른다는 기분도 들었다. 정의라니! 이는 거대하면서도 두려운 느낌을 주는 말이었다. 그는 자신이 알지도 못하는 일에 대한 일종의 죄책감을 느꼈다.

"그렇습니다."

"그렇다면 말해보시죠. 교도소 문을 지나 교도소장실로 올라가는 대신 곧장 그 우물로 향한 이유가 뭡니까? 무슨 일이 일어났을지 모른다고 생각할 만할 이유가 있었습니까?"

"저는…… 잘 모르겠습니다. 저도 왜 그랬는지 하루 종일 생각해봤는데, 그냥 무의식적으로 한 행동이었어요. 그 전까지 그 전설의 내력이 적혀 있는 저 일지를 읽은 게 다예요……." 그는 속절없이 예의 문서 사본을 가리켰다.

"그렇군요. 시체를 본 다음엔 어떻게 했습니까?"

"음, 정신이 멍한 나머지 뒤로 물러나다가 언덕에 부딪쳐 그 자리에 주저앉았습니다. 그러다가 제가 어디에 있는지 떠올리고 큰 소리로 손더스 씨를 불렀죠."

"그러면 손더스 씨는 어떻게 했죠?"

"제가 겪은 일 말씀이시죠, 벤저민 경?" 교구 목사는 귀족 칭호가 주는 효과를 충분히 활용하며 입을 열었다. "교도소 문에 거의 다 도착했을 때…… 램폴 씨의 목소리가 들렸습니다. 사실 그가 마녀의 은신처로 곧장 달려가는 모습을 보고 뭔가 이상하다고 생각했습니다. 그래서 그를 부르려고 손짓을 했었지만 시간이…… 충분히 생각할 시간이 없었죠." 그는 재판관 같은 태도로 얼굴을 찌푸렸다.

"그랬군요. 램폴 씨, 시체에 발이 걸렸을 때, 시체는 우물 가장자리에, 그러니까 발코니 바로 아래쪽에 쓰러져 있었다고요?"

"그렇습니다."

"어떻게 쓰러져 있었습니까? 그러니까 누워 있었습니까, 아니면 엎드린 채였습니까?"

램폴은 눈을 감고 기억을 더듬어보았다. 그가 떠올릴 수 있는 건 얼굴이 축축하게 젖어 있었다는 사실뿐이었다. "옆으로 누워 있었던 것 같습니다. 그래요, 확실합니다."

"왼쪽 아니면 오른쪽?"

"그건 잘…… 잠깐만요! 그래요, 기억납니다. 오른쪽으로 누워 있었습니다."

펠 박사가 갑자기 몸을 앞으로 굽히며 지팡이 끝으로 책상을 거세게 찔렀다. "확실한가?" 그가 따지듯 물었다. "확신하는 거지, 친구? 천천히 떠올려보게. 혼동하기 쉬우니까."

램폴은 고개를 끄덕였다. 그래, 맞아. 죽은 남자의 목이 구부러져 제 오른쪽 어깨를 온통 짓누르고 있었던 기억이 나는 것 같았다. 그 모습을 머릿속에서 떨쳐버리기 위해 그는 고개를 맹렬히 끄덕였다. "오른쪽이었습니다. 맹세할 수 있어요."

"틀림없습니다, 벤저민 경." 목사가 손가락 끝을 서로 맞대며 단언했다.

"아주 좋습니다. 그래서 그다음에는 어떻게 했습니까, 램폴 씨?"

"아. 손더스 씨가 도착했는데, 어떻게 해야 할지 확신이 서지 않더군요. 우리가 떠올린 거라곤 그가 더 젖지 않도록 어디로 옮겨야 한다는 것뿐이었습니다. 그래서 처음엔 이 집으로 그를 운반하려고 했는데, 그러다가 펠 부인을 놀라게 해서는 안 된다는 생각이 들었습니다. 그래서 그를 교도소 건물 안 첫 번째 방에 옮겨두었죠. 예, 그랬어요. 아, 그리고 그가 조명으로 사용하던 자전거 램프도 발견했습니다. 제가 길을 밝히기 위해 그걸 켜보려 했지만, 램프는 추락하면서 박살이 나 있더군요."

"램프는 정확히 어디서 발견했습니까? 그의 손에 쥐어져 있던가요?"

"아니요, 조금 떨어진 곳에 있었습니다. 마치 발코니에서 밖으로 내던진 것처럼요. 그러니까, 그가 들고 있었다고 하기에는 조금 먼 거리에서 발견했다는 뜻입니다."

경찰서장은 손가락으로 책상 위를 두드렸다. 고개를 옆으로 돌린 채 램폴을 응시하는 그의 거친 목을 따라 주름이 나선형으로 뻗어 있었다.

"그 점은…… 사고인지 자살인지 아니면 살인인지 밝혀낼 검시관의 판단에 가장 중요한 단서가 될지도 모르겠군요. 마클리 박사의 말에 따르면 마틴 스타버스는 두개골이 골절됐는데, 이는 추락에 의한 것일 수도, 또 우리가 보통 둔기라 부르는 도구에 의한 강한 타격으로 인한 것일 수도 있답니다. 그는 목이 부러졌고, 심한 추락에 의한 다른 타박상도 여럿 발견됐죠. 하지만 그 이야기는 나중에 하도록 하고…… 그다음에는 어떻게 했습니까, 램폴 씨?"

"손더스 씨가 내려가서 펠 박사에게 사정 설명을 한 다음 채터럼으로 차를 몰고 가 마클리 박사를 불러오는 동안, 저는 그의 곁에 머물렀습니다. 성냥개비를 그어대면서 마냥 기다렸죠. 그러니까 그냥 기다렸습니다."

그가 몸서리쳤다.

"고맙습니다. 손더스 씨?"

"덧붙일 내용이 조금 있습니다, 벤저민 경." 손더스가 세세한 내용을 떠올리며 다시 이야기를 시작했다. "저는 펠 박사에게 스타버스 저택에 전화를 걸어서 집사 버지에게 무슨 일이 일어났는지 전해달라고 말한 다음 채터럼으로 차를 몰았습니다."

"그 멍청한 놈……." 펠 박사가 갑자기 분노를 터뜨렸다. 그러곤 교구 목사가 깜짝 놀라 바라보자 이렇게 덧붙였다. "그러니까 버지 말입니다. 위기 상황에서는 아무짝에도 쓸모없는 친구죠. 내가 전화기에 대고 하는 말을 마냥 되풀이하지 뭡니까? 그러다가 누군가 비명을 지르는 소리가 들렸습니다. 다른 사람이 조심스럽게 이야기해줄 때까지 도러시에게는 사실을 감추어야 했는데, 그 친구가 연신 되풀이하는 통에 그녀도 그 순간 다 알아버린 겁니다."

"벤저민 경, 제 말 아직 안 끝났습니다. 아, 박사님, 물론 당신 말이 맞습니다. 나도 말했지만, 가장 안 좋은 때를 골라 알려준 셈이지요." 교구 목사는 모두의 기분을 맞춰주려 애쓰며 말을 이었다. "아무튼 저는 차를 몰고 마클리 박사를 데리러 갔습니다. 중간에 딱 한 번, 비옷을 꺼내느라 목사관에 들렀죠. 그런 다음 마클리 박사와 교도소로 가는 길에 펠 박사를 태웠고요. 마클리 박사가 짧게 살펴보더니, 경찰에 신고하는 것 외에 달리 할 일은 없다고 하더군요. 그런 다음 제 차로 그…… 시체를 운반했습니다. 저택으로요."

이야기할 내용이 더 남은 것 같았지만, 그가 갑자기 입을 꾹 다물고 말았다. 견디기 어려울 정도로 무거운 침묵이 흘렀다. 다들 입을 여는 행위 자체를 억누르고 있는 것 같기도 했다. 경찰서장이 커다란 접이식 칼의 날을 펼쳐 연필을 깎기 시작했다. 칼날을 빠르게 놀려 연필심을 조금씩 긁어내다가 소리가 지나치게 커지자 벤저민 경은 재빨리 고개를 들어 주변의 눈치를 살폈다.

"스타버스 저택 사람들과도 이야기해봤습니까?" 그가 물었다.

"했지요." 펠 박사가 말했다. "도러시는 감탄스러울 정도로 꿋꿋하게 견디고 있더군요. 우리는 그날 저녁에 일어난 모든 일에 대해 간략하고도 명확한 설명을 들었습니다. 도러시와 버지 양쪽 모두에게서 말입니다. 다른 하인들은 굳이 귀찮게 하지 않았고요."

"괜찮습니다. 다른 하인들과는 내가 직접 이야기를 나눠보는 게 좋겠군요. 허버트라는 젊은이와도 얘기해봤습니까?"

"못 했습니다." 박사는 잠시 침묵을 지키다가 입을 열었다. "버지의 말에 따르면, 그는 어젯밤 저녁 식사를 마친 직후 가방을 하나 꾸려 오토바이를 타고 저택을 떠났다더군요. 그후로 아직 돌아오지 않았습니다."

벤저민 경이 나이프와 연필을 책상 위에 내려놓고는 자리에 앉은 채 엄격한 표정으로 다른 사람들을 둘러보았다. 그러다가 쓰고 있던 코안경을 벗어 들고 낡은 손수건으로 안경알을 닦았다. 날카롭던 그의 두 눈이 갑자기 쇠약하고 퀭해 보였다.

벤저민 경이 마침내 입을 열었다. "그 말이 암시하는 바는…… 좀 터무니없어 보입니다만."

"그렇죠." 교구 목사는 정면을 똑바로 바라보며 그의 말에 동의를 표했다.

"암시 따위를 하려는 게 아닙니다. 맙소사!" 펠 박사는 노성을 지르며 덮개를 씌운 지팡이 끝으로 바닥을 내리찍었다. "사실관계를 알고 싶다고 하지 않았습니까? 하지만 당신은 정작 그 사실이란 것을 전혀 원하지 않는군요. 내가 이렇게 말하면 좋겠습니까? '허버트 스타버스가 영화도 보고 세탁소에 맡길 옷도 몇 벌 있어서 겸사겸사 링컨에 갔다가 극장에서 나와 보니 시간이 너무 늦어 친구네 집에서 하루 묵기로 한 게 분명하지만, 뭐 이런 이야기는 다 무의미하겠죠.' 이런 식으로 말하는 게 바로 암시라는 겁니다. 나는 솔직 담백한 사실 그대로 말했을 뿐입니다. 그걸 두고 암시라뇨?"

"어이쿠!" 교구 목사는 깊은 생각에 잠긴 채 입을 열었다. "그가 정말로 그랬을 수도 있지 않을까요?"

"아주 잘됐군." 펠 박사가 말했다. "이제 사람들에게 그의 행적을 정확히 말해줄 수 있겠어요. 하지만 그런 것을 두고 사실관계라고 하지는 맙시다. 이건 중요한 문제예요."

경찰서장은 짜증이 난 듯 손을 내저었다.

"그는 자신이 떠난다는 말을 아무에게도 하지 않았고요?"

"도러시나 버지 외에 다른 사람에게 했다면 모르겠지만, 일단은 그렇습니다."

"좋아요. 하인들과 이야기를 나눠봐야겠군요. 더이상 중요한 얘기는 안 나올 것 같지만……. 혹시 그와 마틴 사이에 악감정 같은 건 없었을 테죠?"

"만약 그런 게 있었다면, 그가 자기 감정을 굉장히 잘 숨겼다고 봐야 하겠죠."

손더스가 통통한 분홍빛 턱을 쓰다듬으며 말했다. "지금쯤 귀가했을 수도 있지 않을까요? 어젯밤 이후로 스타버스 저택에 가보지 못했으니까요."

펠 박사가 툴툴거렸다. 벤저민 경은 내키지 않는다는 기색을 노골적으로 드러내며 자리에서 일어나더니, 테이블보 위에 접이식 나이프 칼끝을 대고 밀어 접었다. 그러곤 다시 입을 꾹 다물며 사립학교 교사 같은 몸짓을 취했다.

"여러분께서 괜찮으시다면 다 함께 가서 교도소장실을 살펴보는 게 어떨까요? 어젯밤 거기까지 올라가신 분은 없는 걸로 알고 있는데……. 자, 그러니 편견을 싹 비우고 새로 시작해봅시다."

"과연 그럴 수 있을지." 펠 박사가 중얼거렸다.

그들이 서재를 나서는 순간, 누군가 "앗!" 하는 소리와 함께 펄쩍 뛰어올랐다. 이어 복도 저쪽으로 종종걸음을 치는 펠 부인의 모습이 보였다. 순경의 정신 산만한 표정으로 미루어 보아, 아마 그를 붙잡고 줄곧 이야기를 늘어놓고 있었던 모양이었다. 순경은 누가 봐도 난처한 기색으로 커다란 도넛을 하나 들고 있었다.

"그거 내려놓게, 위더스." 경찰서장이 거칠게 말했다. "자네도 우리와 같이 가지. 교도소에도 한 명 배치되어 있을 테지? 좋아, 따라오게."

그들은 밖으로 나가 큰길로 접어들었다. 벤저민 경이 낡은 모자를 기울여 쓰고 노퍽재킷 자락을 펄럭이며 선두에서 걷고 있었다. 교도소 입구로 이어지는 언덕 위에 올라설 때까지 아무도 입을 열지 않았다. 한때 정문을 가로지르던 쇠창살이 잔뜩 녹슨 채 축 늘어져 있었다. 램폴은 마틴 스타버스의 시체를 안쪽으로 운반했을 때 그 쇠창살이 삐걱거리는 소리를 냈던 것을 떠올렸다. 춥고 각다귀가 들끓는 어두운 통로가 뒤쪽으로 똑바로 뻗어 있었다. 햇빛이 비치는 장소에 있다가 이런 곳에 들어오니 마치 식료품 저장고에 있는 기분이었다.

"여기에 한두 번쯤 와본 적이 있습니다." 경찰서장이 주변을 유심히 살피며 입을 열었다. "하지만 구조는 기억이 나지 않는군요. 박사님, 앞장서시겠습니까? 이런! 교도소장실은 현재 잠겨 있는 상태 아닙니까? 마틴 스타버스가 안에 들어가 문을 잠갔을 것 같은데요. 이를 어쩐다……. 그가 입고 있던 옷에서 열쇠를 찾아볼걸 그랬군요."

"만약 누군가 발코니 밖으로 그를 던져버렸다면," 펠 박사가 툴툴거리듯 대꾸했다. "살인범도 교도소장실 밖으로 나가야 했겠지요. 창밖으로 몸을 던져 15미터 높이에서 뛰어내리지는 않았을 테니 문은 분명히 열려 있을 겁니다."

"이곳은 지독하게 어둡군요." 벤저민 경은 목을 길게 빼고 우측에 나 있는 문을 가리켰다. "저기가 어젯밤 당신이 마틴 스타버스를 옮긴 곳입니까?"

램폴이 고개를 끄덕이자, 경찰서장은 썩어가는 떡갈나무 문을 살짝 열고 안쪽을 살펴보았다.

"특별한 것은 없군요." 그는 딱 잘라 말했다. "웩! 빌어먹을 거미줄 같으니. 돌바닥, 창살이 있는 창문, 벽난로. 눈에 보이는 건 그 정도입니다. 여기는 빛이 별로 들어오지 않아서 말이죠." 그는 눈에 보이지 않지만 얼굴 앞에서 윙윙대고 있는 벌레들을 찰싹 후려쳤다.

"그곳은 간수 대기실이고, 거기서 더 가면 교도소 사무실이 나옵니다." 펠 박사가 자세히 설명했다. "새로 들어온 죄수들에게 감방을 배정하기 전에 교도소장이 죄수들과 면담을 하고 기록을 남기는 곳이죠."

"어쨌거나 쥐떼들이 가득하군요." 램폴이 말했다. 그가 갑작스럽게 입을 열었기에 모두가 그를 돌아보았다.

이곳의 흙냄새와 지하실 냄새가 어젯밤과 마찬가지로 여전히 그의 주변을 맴돌고 있는 것 같았다. "쥐떼들이 가득해요." 그는 같은 말을 반복했다.

"아, 정말 그렇네요." 교구 목사가 말했다. "자, 가실까요?"

그들은 통로를 따라 계속 나아갔다. 울퉁불퉁한 돌을 쌓아 올린 벽은 표면이 고르지 않았고, 갈라진 틈은 짙은 녹색의 이끼로 뒤덮여 있었다. 장티푸스가 창궐하기에 안성맞춤인 장소라고 램폴은 생각했다. 이제 눈앞이 거의 보이지 않아서, 그들은 서로의 어깨를 부여잡은 채 더듬거리며 앞으로 나아갔다.

"손전등을 가져올걸 그랬습니다." 벤저민 경이 투덜거렸다. "앞에 뭐가 있는데……."

무언가 잡초가 자란 돌바닥 위에 떨어지며 둔탁한 소리를 내자 그들은 무의식중에 펄쩍 뛰어올랐다.

"족쇄로군." 어둠 속에서 펠 박사의 목소리가 들렸다. "다리에 채우는 강철 족쇄 같아요. 여기 벽을 따라 쭉 걸려 있네요. 우리가 지금 감방 구역에 들어와 있는 모양입니다. 어서 나가는 문을 찾아봅시다."

첫 번째 문을 통과할 때만 하더라도 밖에서 약한 빛이 스며들고 있었지만, 이제 이렇게 복잡한 통로 안에서 똑바로 길을 잡는 것은 아무래도 불가능할 것 같았다. 어떤 곳에는 두께가 1.5미터나 되는 벽에 여러 개의 창살이 쳐진 창문이 나 있었는데, 그 밖으로 축축하고 그늘진 공터가 내다보였다. 한때 포장을 깔았으나 이젠 잡초와 쐐기풀이 발 디딜 틈 없이 자라나 있는 곳이었다. 공터 한쪽 면, 망가진 감옥 문이 마치 썩은 이처럼 줄지어 늘어선 광경이 보였다. 기묘하게도 이런 황량한 공터 한가운데 새하얀 꽃을 피운 커다란 사과나무가 한 그루 우뚝 서 있었다.

"사형수 감방 구역이군." 펠 박사가 말했다.

아무도 대꾸가 없었다. 그들은 자세히 살펴보려 하지도, 눈에 들어온 광경에 대한 설명을 요구하지도 않았다. 그러다 2층으로 통하는 계단 바로 앞, 공기가 통하지 않아 답답한 느낌이 드는 어느 방 안에서 그들은 성냥불에 비친 아이언 메이든[1]과 숯을 연료로쓰는 용광로의 모습을 보고 말았다. 아이언 메이든의 얼굴은 나른하면서도 과장된 미소를 띤 채였고, 입구멍에 쳐진 거미줄 위로는 거미들이 바삐 오가고 있었다. 천장에 박쥐들까지 매달려 있는 것을 보고 그들은 서둘러 방을 나갔다.

램폴은 줄곧 주먹을 단단히 틀어쥐고 있었다. 다른 것은 그리 신경 쓰이지 않았지만, 알 수 없는 것들이 잽싸게 움직이다가 잠깐씩 얼굴에 부딪치는 느낌이나 무언가 목덜미를 타고 기어오르는 듯한 감각은 도무지 참기가 어려웠다. 거기다 쥐떼 우는 소리까지 들렸다. 마침내 기다란 통로 한쪽, 강철로 보강된 커다란 문 앞에서 걸음을 멈추고 나서야 그는 그 진저리 나는 감각에서 벗어났다. 마치 개미집 위에 앉아 있다가 시원한 물속에 뛰어든 듯한 기분이었다.

"그 문은…… 열려 있습니까?" 교구 목사의 목소리는 깜짝 놀랄 정도로 컸다.

1 여성의 형태를 본떠 만든 관 안에 쇠못을 박아놓은 고문 기구.

펠 박사가 경찰서장의 도움을 받아 힘껏 떠밀자, 문이 삐걱거리며 비명을 질렀다. 뒤틀린 문짝이 바닥에 걸리는 바람에 쉽게 열리지 않았다. 주변에 자잘한 먼지가 일었다.

이내 그들은 교도소장실의 문지방을 밟고 선 채 안을 둘러보았다.

"이 안쪽으로 들어가서는 안 될 것 같은데요." 잠시 침묵이 흐른 뒤, 벤저민 경이 속삭이듯 입을 열었다. "그래도……. 혹시 여러분들 중 전에 이 방을 살펴보신 분 없습니까? ……없다고요? 그렇군요. 흠…… 가구 배치는 크게 달라지지 않았겠죠?"

"대부분의 가구는 고 앤서니 스타버스 시대의 것입니다." 펠 박사가 말했다. "나머지는, 그러니까…… 1837년에 사망할 때까지 이곳 교도소장을 역임한 그 아들 마틴이 들여놓은 것이고요. 두 사람 모두 이 방의 가구 배치를 바꾸지 말라는 지시를 내렸습니다."

낮은 천장에 비해 면적은 꽤 넓은 방이었다. 그들이 서 있는 문 바로 맞은편에 창문이 나 있었다. 교도소 건물의 그쪽 면으로는 해가 지나가지 않는데다 담쟁이덩굴이 무거운 창살을 휘감은 터라 창을 통해서는 빛이 그다지 들어오지 않았다. 창문 아래 울퉁불퉁한 돌바닥에는 빗물이 고여 웅덩이를 이루고 있었다. 그 왼쪽으로 2미터 정도 떨어진 곳에 발코니로 통하는 문이 보였다. 문은 거의 직각에 가까운 각도로 열려 있었다. 그 바람에 출입구로 늘어져 있던 덩굴식물이 너덜너덜하게 뜯긴 채였고, 그래서 창문보다는 그곳으로 빛이 조금 더 들어오고 있었다.

한때는 이 음울한 장소에 어떻게든 안락한 분위기를 내보려고 애를 썼던 게 분명했다. 지금은 썩어 문드러지고 있지만, 돌벽 위에 검은색 호두나무 판자를 덧대놓은 모습이 그랬다. 그들이 선 곳을 기준으로 왼쪽 벽에는 키 큰 옷장과 색 바랜 송아지 가죽 장정 책들로 가득한 책장 사이에 석재 벽난로가 자리 잡고 있었다. 선반 위에는 초가 꽂혀 있지 않은 촛대 한 쌍이 보였고 그 앞에는 흰 곰팡이가 핀 안락의자 하나가 놓여 있었다. 램폴은 기억을 더듬어보았다. 이글거리는 불길 앞에서 고 앤서니 스타버스가 수면 모자를 쓰고 앉아 있다가, 발코니 문을 두드리는 소리와 망자들의 대열에 합류하라고 초대하는 속삭임을 들었던 자리가 바로 저곳이었을 텐데…….

방 한가운데에는 낡은 책상 하나가 먼지와 쓰레기를 뒤집어 쓴 채 놓여 있었다. 그 옆에 일자로 뻗은 나무 의자도 하나 보였다. 램폴의 시선이 거기 붙박였다. 그래, 저기로군. 어젯밤 자전거용 램프를 내려놓았던 자리인지, 먼지 쌓인 표면에 좁은 직사각형 자국이 보였다. 나무 의자는 오른쪽 벽을 향해 있었다. 마틴 스타버스가 그 자리에 앉아 자신이 가져온 램프 불빛을 똑바로 비춘 곳은…….

그래. 금고인지 귀중품 보관함인지 명칭이야 어떻든, 오른쪽 벽 가운데 자리한 그것의 문을 불빛이 비추고 있었을 것이다. 2미터 가까운 높이에 그 절반쯤 되는 너비. 아무런 장식도 없이, 이제는 녹이 슬어 윤기가 사라진 철문이었다. 철제 문고리 바로 밑에 이런저런 장치들이 흥미롭게 배열되어 있는 납작한 상자 같은 장치가 보였다. 그 한쪽 끝에 커다란 열쇠 구멍이 나 있었고 반대쪽 끝에는 작은 손잡이 위로 금속 덮개처럼 보이는 구조물이 달려 있었다.

"역시 소문이 맞았군." 펠 박사가 불쑥 입을 열었다. "그럴 줄 알았지. 그렇지 않다면 너무 쉬웠을 테니."

"그게 무슨 뜻입니까?" 경찰서장이 짜증스럽게 물었다.

박사는 지팡이를 들어 한쪽을 가리켰다. "저 금고를 열고 싶어 하는 도둑이 있었다고 칩시다. 자, 열쇠 구멍이 저렇게 뻔히 보이는 곳에 있으니, 그자는 금고가 잠겨 있다고 생각해서 마스터키를 만들었겠죠? 열쇠 구멍을 보니 지독하게 클 수밖에 없었을 테지만……. 하지만 이런 구조라면 어림없죠. 다이너마이트로 벽 전체를 날려버릴 수도 없고."

"이런 구조라뇨?"

"문자 조합 방식 말입니다. 이런 게 있다는 이야기는 들은 적이 있습니다. 뭐, 그리 새로운 발상은 아니지만요. 메테르니히[I]가 하나 만든 적이 있고, 탈레랑[II]도 '내 방문은 알리바바 이야기처럼 말 한마디로 열리지'라고 한 적이 있으니까요. 저 손잡이랑 그 위쪽, 옆으로 움직이는 금속판 같은 것 보입니까? 금속 조각이 문자판을 덮고 있지요. 현대적인 금고와 비슷하지만, 숫자판 대신 알파벳 스물여섯 자가 배열되어 있다는 점에서 다릅니다. 손잡이를 돌리고 사전에 설정해둔 단어를 입력해야만 문이 열리는 구조예요. 그 단어를 모르면 열쇠를 백날 돌려봐야 무용지물입니다."

"저 빌어먹을 금고를 열고 싶은 자가 있었다면 말이지요." 벤저민 경이 덧붙였다.

다시 한번, 불편하기만 한 침묵이 내려앉았다. 교구 목사는 손수건을 꺼내 이마를 훔쳤다. 그보다 감정을 노골적으로 드러내는 행동도 없을 터였다. 그러면서 그는 오른쪽 벽에 맞닿아 있는 커다란 캐노피 침대를 바라보았는데, 그 위에는 아직도 나방에 갉아먹힌 채 썩어가는 옷가지와 베개가 널브러져 있고, 커튼 조각은 검게 녹슨 캐노피 고리에 매달려 있었다. 침대 옆 협탁에 놓인 촛대를 보자, 램폴의 머릿속에는 문득 앤서니가 작성한 문서 속 몇 구절이 떠올랐다. '침대에 놓

I 19세기에 활동한 오스트리아의 정치가.

II 샤를 모리스 드 탈레랑. 18~19세기에 활동한 프랑스의 정치가.

아둔 양초의 찌꺼기를 정리하고 수면 모자를 쓴 뒤 읽을거리를 준비하는데, 이부자리 사이에서 뭔가 움직이는 모습이 눈에 띄었다.'

그는 재빨리 시선을 돌렸다. 자, 앤서니가 죽은 이후 이 방에서 지내다가 목숨을 잃은 사람이 한 사람 더 생겼단 말이지. 금고 너머 저편으로 유리문이 달린 사무용 책상이 보였다. 그 위에는 아테나 여신의 흉상 하나와 커다란 성경책이 한 권 놓여 있었다. 펠 박사를 제외한 나머지 사람들은 무엇도 건드려선 안 될 위험한 장소에 와 있다는 사실을 의식하며 조심스레 걸음을 옮기기 시작했다. 경찰서장이 몸서리를 쳤다.

"자," 그가 험악한 태도로 입을 열었다. "일단 도착했습니다만, 이제 뭘 해야 할지 아무리 생각해도 전혀 모르겠군요. 그 불쌍한 친구는 저기 앉아 있었나 봅니다. 램프를 내려놓은 곳은 저 자리고요. 몸싸움을 벌인 흔적은 없군요. 아무것도 부서진 게 없으니."

"그런데," 펠 박사가 생각에 잠긴 채 끼어들었다. "나는 저 금고가 아직 열려 있는지 궁금하군요."

램폴은 목이 턱 막히는 기분이었다.

"친애하는 박사님," 손더스가 말했다. "설마 스타버스 가문에서 그런 짓을 허락할 거라고…… 아니, 이봐요!"

펠 박사는 이미 그를 지나쳐 두 지팡이 끝으로 바닥을 짚으며 느릿느릿 걸음을 옮기고 있었다. 벤저민 경이 손더스에게 날카롭게 고개를 돌리며 위엄 있게 입을 열었다.

"아시다시피 이건 살인 사건입니다. 확인해봐야죠. 하지만 기다려요! 잠깐만 기다리란 말입니다, 박사님!" 그는 말처럼 기다란 얼굴을 앞으로 내민 채 진지한 태도로 성큼성큼 걸음을 옮기며 낮게 한마디 덧붙였다. "이게 현명한 행동이라고 생각합니까?"

"궁금한 게 또 있습니다." 박사는 그의 말을 듣지 못한 듯 깊은 생각에 잠겨 말을 이었다. "저 금고 문을 열 수 있는 문자 조합이 무엇인지 말입니다. 잠시 옆으로 물러나주시겠습니까? 감사합니다. 자…… 어이쿠! 기름칠이 되어 있군!"

그가 금속 덮개를 위아래로 움직여보는 사이, 모두가 그의 곁으로 모여들었다.

"지금은 'S'가 눌려 있는 상태군요. 아마 조합의 마지막 문자일 겁니다. 물론 아닐 수도 있고. 어쨌든 시작해봅시다."

그는 나른한 미소를 지은 채 몸을 돌리더니 안경 너머 조롱하는 듯한 눈빛으로 다른 사람들을 바라보며 금고 손잡이를 붙들었다.

"다들 준비됐습니까? 자, 조심하시고!"

그가 손잡이를 비틀자, 문의 경첩에서 삐걱거리는 소리가 천천히 울렸다. 박사가 들고 있던 지팡이가 덜커덕 소리를 내며 바닥에 떨어졌다.

금고 안에는 아무것도 없었다.

램폴은 자신이 무엇을 기대하고 있었는지 알 수 없었다. 본능적으로 뒤로 물러난 다른 사람들과 달리, 그는 박사의 곁에서 자리를 지켰다. 잠깐 침묵이 내려앉은 사이 벽에 댄 판자 뒤에서 쥐떼가 휘젓고 다니는 소리가 들렸다.

"뭐가 있습니까?" 교구 목사가 목소리를 높여 물었다.

"아무것도 안 보이는군요." 펠 박사가 말했다. "자, 우리 젊은 친구가 성냥불을 좀 켜주겠나?"

램폴은 불을 켜다가 첫 번째 성냥을 부러뜨리곤 스스로에게 욕설을 퍼부었다. 다시 성냥을 그었지만, 금고 안쪽의 공기가 고인 채 묵은 탓에 손을 안쪽으로 가져가는 순간 불이 꺼지고 말았다. 그는 한 걸음 더 나아가 다시 한번 성냥불을 켰다. 안쪽은 축축하니 곰팡이가 피어 있었다. 거미줄 한 가닥이 목덜미를 스치고 지나갔다. 이제 조그마한 파란색 불꽃이 동그랗게 모아 쥔 손 안에서 타오르기 시작했다.

둘레가 돌로 막혀 있고 위로는 거의 2미터, 그리고 안쪽으로는 90에서 120센티미터쯤 파인 공간이 나타났다. 안쪽 벽에는 선반이 여러 개 달려 있는데 거기 놓인 채 썩어가는 책 같은 것들이 보였다. 그것뿐이었다. 현기증이 이는 느낌에, 램폴은 떨리는 손을 진정시켰다.

"아무것도 없습니다." 그가 말했다.

"누가 빼낸 것이 아니라면 말이지." 펠 박사가 낄낄 웃으며 덧붙였다.

"이 상황이 재미있습니까?" 벤저민 경이 따지듯 물었다. "이것 봐요, 악몽 같은 곳을 헤매면서까지 여기 오지 않았습니까? 나는 실리를 따지는 현실적이고 분별 있는 사람입니다. 하지만 여러분, 내 솔직히 털어놓자면, 이 빌어먹을 장소에 오니 잠시나마 겁이 나더군요. 정말 그랬단 말입니다."

손수건으로 턱 아래쪽을 문지르고 있던 손더스의 얼굴이 갑자기 상기되는가 싶더니, 이내 만면에 미소를 꾸미며 힘차게 공기를 들이마시곤 팔을 크게 벌려 번지르르한 손짓을 해 보였다.

"친애하는 벤저민 경," 그가 큰 소리로 말했다. "결코 그렇지 않습니다! 말씀하신 대로 모두들 현실적인 사람들 아닙니까? 저는 교단을 섬기는 종복으로서, 음…… 이런 종류의 문제에 대해 누구보다 더 현실적인 태도를 취해야 하고요. 겁이 난다니, 터무니없는 말씀이십니다! 말도 안 돼요!"

자신의 발언에 어찌나 만족스러워하는지, 당장이라도 벤저민 경의 손을 잡고 흔들 기세였다. 벤저민 경은 램폴을 돌아보며 얼굴을 찌푸렸다.

"정말 아무것도 없습니까?"

램폴은 고개를 끄덕인 뒤 들고 있던 성냥불을 바닥 가까이 내려 이리저리 움직여보았다. 두껍게 내려앉은 먼지 위에 윤곽선이 찍혀 있는 것으로 보아 뭔가 그 자리에 놓였던 게 분명했다. 가로 45센티미터에 세로 25센티미터쯤 되는 직사각 형태의 윤곽선이었다. 그게 무엇이든 이젠 사라지고 없었다. 하지만 지금 그는 금고 문을 닫으라는 경찰서장의 말이 거의 들리지 않았다. 금고 문을 여는 문자 조합의 마지막 글자는 'S'였다. 무엇인가 다시 그의 머릿속에 되살아났다. 의미심장하면서도 험악한 광경. 땅거미가 내려앉은 산울타리 너머로 들려오던 말……. 어제 오후 두 사촌 형제가 채터럼에서 펠 박사의 집으로 향하던 중, 술에 취한 마틴이 경멸스럽다는 태도로 허버트 스타버스에게 던진 말이 떠올랐다. "너도 무슨 단어인지 똑똑히 알 거 아냐." 마틴은 그렇게 말했다. "그 단어는 바로 교수대Gallows라고."

무릎을 꿇고 있던 램폴은 자리에서 일어나 먼지를 휘날리며 문을 도로 밀어 닫았다. 저 금고 안에 분명히 무엇인가 들어 있었다. 십중팔구 상자였을 텐데, 마틴 스타버스를 살해한 자가 그 물건을 훔쳐간 것이다.

"누가 가져간 겁니다……." 그는 자신도 모르게 입을 열었다.

"그래요." 벤저민 경이 말했다. "그건 꽤 확실한 것 같군요. 무슨 비밀스러운 물건 하나 없이 이렇게까지 정성을 들인 거창한 의식을 물려주었을 리는 없으니. 하지만 다른 것이 더 있을지도 모릅니다. 뭐 생각나는 거 없습니까, 박사님?"

펠 박사는 무슨 냄새라도 맡은 양, 진작에 방 한가운데 놓인 책상을 향해 느릿느릿 걸음을 옮기는 중이었다. 그가 지팡이를 들어 의자를 쿡쿡 찌르더니 몸을 숙였다. 그러곤 커다란 대걸레 같은 머리카락을 흩날리며 의자 아래쪽을 살펴보다가 멍하니 고개를 들었다.

"응?" 그가 중얼거렸다. "뭐라고요? 다른 데 정신이 팔려서 말입니다. 방금 뭐라고 했습니까?"

경찰서장은 턱을 바짝 당기고 입술을 굳게 다물며 다시 사립학교 교사 같은 태도를 취했다. 진지한 이야기를 시작할 거라는 신호였다. "이것 봐요. 그렇게 많은 스타버스 가문 사람들이 특정한 방식으로 사망하다니, 우연의 일치라고는 설명하기 힘들지 않겠습니까?"

펠 박사는 마치 코미디 영화에 등장하는, 곤봉으로 머리를 한 대 얻어맞은 남자 같은 표정으로 그를 올려다보았다.

"훌륭합니다!" 그가 말했다. "천재적이에요, 서장님! 아, 그렇구나. 나처럼 멍청한 놈이 또 있을지. 전 또 우연이란 놈이 참 주제넘게 구는구나 했지 뭡니까?"

벤저민 경은 전혀 재미있어하는 표정이 아니었다. 그는 팔짱을 꼈다.

"여러분, 제 생각에는 말입니다," 그가 연설이라도 하는 듯한 태도로 말을 이었다. "모두 어쨌든 제가 경찰서장이라는 사실을 인정한다면, 또 이 일을 진행하는 데 제가 상당한 어려움을 겪고 있다는 사실을 받아들인다면, 우리가 함께 조사를 좀더 진전시킬 수 있을 것 같습니다만……."

"나 참. 누가 그걸 모릅니까? 방금 얘기는 별 뜻 없이 한 말입니다." 펠 박사는 콧수염을 들썩거리며 웃음기를 싹 지웠다. "명백한 사실을 말하는 서장님의 태도가 지독할 정도로 엄숙하다는 의미였어요. 그뿐입니다. 자, 이제 서장님께 지휘를 맡기도록 하겠습니다. 부디 계속 진행하시죠."

"괜찮으시다면 그렇게 하겠습니다." 경찰서장은 마지못하는 척 받아들였다. 여전히 사립학교 교사 같은 태도를 유지하려 애를 썼지만, 얼룩덜룩한 그의 얼굴 위에는 벌써 미소가 번지고 있었다. 그는 부드럽게 자기 코를 문지르다가 진지한 태도로 말을 이었다.

"자, 여기서부터 짚어보죠. 여러분 모두 잔디밭에 앉아서 이 창문을 감시하고 있었죠? 그런데 정말 이곳에서 뭔가 뜻밖의 사건이 일어나는 걸 보지 못한 겁니까? 그러니까, 몸싸움이 일어났다든가 불이 꺼졌다든가 하는 것 말입니다. 예? 분명히 비명 소리라도 들었을 텐데요."

"비명을 질렀다면 그랬겠죠."

"그렇다면 몸싸움 같은 건 없었겠군요. 마틴 스타버스가 앉아 있던 자리를 봐주시죠. 그의 눈에 이 방으로 통하는 문은 단 하나였습니다. 그가 당신들 말처럼 신경이 곤두선 상태였다면, 그 문을 잠갔을 가능성이 굉장히 높고요. 만약 살인범이 그보다 먼저 방에 숨어들어왔다면, 그자가 숨어 있었을 만한 장소는…… 잠깐! 저 옷장뿐인데……."

그는 옷장을 향해 성큼성큼 다가가 두껍게 내려앉은 먼지를 흩뜨리며 옷장 문을 활짝 열었다.

"여긴 아니군. 먼지와 곰팡내 나는 옷가지 외에는 아무것도 없습니다. 칼라에 비버 모피를 대고 가슴에 줄 장식을 한 조지 4세 스타일 코트라…… 이런, 온통 거미투성이잖아!"

그가 옷장 문을 쾅 닫고 몸을 돌렸다.

"이 안에는 아무도 숨어 있지 않았다고 단언할 수 있습니다. 그리고 달리 몸을 숨길 수 있는 곳도 없지요. 다시 말해 마틴 스타버스가 아무것도 모르는 채로, 그러니까 몸싸움을 벌이거나 적어도 아우성을 치는 일 없이 순식간에 습격을 당하는 건 있을 수 없는 일인데…… 그렇다면 혹시 마틴 스타버스가 발코니에서 떨어진 다음에 살인범이 여기 들어온 것은 아니었을까요?"

"대체 무슨 말을 하는 겁니까?"

벤저민 경이 딱딱하면서도 비밀스러운 미소를 지었다.

"이렇게 설명해봅시다." 그가 힘주어 말을 이었다. "여러분은 살인범이 그를 밖으로 집어던지는 광경을 실제로 보셨습니까? 그가 떨어지는 모습을 보신 건가요?"

"아니, 보지 못했습니다, 벤저민 경." 교구 목사가 끼어들었다. 자신이 지나칠 정도로 무시당하고 있다는 느낌을 받은 모양이었다. 그는 생각에 잠겨 이야기를 계속했다. "하지만 그런 일이 일어났더라도 저희가 목격할 수는 없었을 겁니다. 어젯밤은 굉장히 어두웠고 비가 거세게 내린데다, 램프까지 꺼졌으니까요. 게다가 램프가 켜져 있던 동안에도 살인범은 그를 밖으로 던져버릴 수 있었을 겁니다. 보시다시피 램프는 이곳 책상 위에 놓여 있었죠. 램프의 긴 면이 이쪽을 향해 자국을 낸 것으로 보아, 빛은 저 금고를 똑바로 비추고 있었을 겁니다. 반대쪽으로 2미터도 떨어지지 않은 곳에 발코니로 통하는 문이 있으니, 그 칠흑 같은 어둠 속에 사람 하나 숨는 것이야 일도 아니었겠죠."

경찰서장은 어깨를 으쓱이더니 한쪽 손의 검지를 세워 다른 쪽 손바닥을 찔렀다.

"여러분, 내가 규명하고자 하는 것은 이런 겁니다. 살인범이 존재했을 가능성은 있다. 하지만 그 살인범이 이곳에 몰래 숨어들어 그의 머리를 박살 낸 다음 밖으로 떨어뜨려 죽여버렸다고 확실히 말할 수 있는 것은 아니다. 그러니까 내 말은, 발코니에 나간 것은 두 사람이 아닐 수도 있다는 뜻입니다. 죽음의 함정 같은 것은 어떻습니까?"

"아!" 펠 박사가 어깨를 움츠리며 중얼거렸다. "글쎄요……."

"여러분," 벤저민 경은 다른 이들에게로 몸을 돌리고는 보다 정확한 표현을 고르려 애를 쓰며 이야기를 이어갔다. "이번 사건이 일어나기 전에도 최소 두 명의 스타버스 가문 사람이 저 발코니에서 떨어져 목숨을 잃었습니다. 그러니 이젠 저 발코니에 무슨 비밀이…… 그러니까 기계장치 같은 게 있다고 생각해봐야 하지 않을까요?"

램폴은 발코니로 통하는 문을 향해 시선을 돌렸다. 늘어진 담쟁이덩굴 너머 난간 역할을 하는 낮은 돌벽이 보였다. 방 안에는 한층 어둡고 불길한 기운이 감도는 것 같았다.

"그런 이야기를 하나 압니다." 램폴이 고개를 끄덕였다. "어린 시절에 읽었던 기억이 나요. 제게 굉장히 강력한 인상을 심어준 이야기예요. 낡은 집 바닥에 의자가 하나 고정되어 있는데, 누구라도 거기 앉으면 그 무게에 의해 의자가 아래층 바닥으로 떨어져 앉은 사람을 살해하는 거죠. 하지만 이것 보시죠! 현실에서 그런 일은 일어나지 않아요. 혹시 그런 게 있다 해도, 누가 그런 장치를 만들었단 말입니까?"

"알 수 없죠. 어차피 그런 장치를 만든 '살인범'은 200년 전에 죽어버렸을 테니까요." 이어 벤저민 경의 눈이 한껏 커졌다가 가늘어졌다. "세상에! 조금씩 눈이 트이는 것 같군요! 방금 이런 생각이 떠올랐습니다. 마틴이 금고 문을 열어 상자를 하나 발견했다고 칩시다. 그런데 그 안에 발코니로 나가 특정 행위를 하라는 지시가 들어 있었다면? 자, 뭔가 그런 식으로 일어나지 않았을까요? 그 와중에 상자는 그의 손에서 빠져나가 우물 안으로 떨어지는 겁니다. 램프는 다른 방향으로, 나중에 당신이 발견한 장소로 떨어지고 말입니다."

이렇게 열정적인 가설을 들을 때면 램폴은 대개 마음이 움직이곤 했다. 다시 한번 그는 자신도 모르게 앤서니가 작성한 문서의 한 대목을 떠올렸다.

'하지만 나는 계획을 하나 세우기 시작했다. 불행히도 나는 혈통이란 것으로 묶여버린 모든 이들을 나는 진심으로 혐오하고 저주한다……. 최근 쥐떼가 더욱 창궐하고 있다는 사실이 떠오른다.'

아니, 이것으론 부족해. 흥분한 상태였음에도, 그는 이 매끄러운 가설 속에 의심스러운 점이 덜컹거리는 소리를 내고 있음을 알 수있었다.

"제 말 좀 들어보시죠." 램폴이 말했다. "앤서니가 후손들을 겨냥한 죽음의 함정을 설치하려 했다고 진지하게 생각하시는 건 아니겠죠? 설령 그가 원했더라도, 현실적으로 성공할 수는 없었을 겁니다. 뭐, 한 사람 정도는 함정에 빠뜨릴 수도 있었겠죠. 피해자가 상자를 꺼내, 종이나 뭐가 됐든 그 안에 있는 내용을 읽은 다음, 발코니 밖으로 추락합니다. 다 좋아요. 하지만 다음 날에는 사람들이 그 비밀을 발견하지 않았겠습니까?"

"반대예요. 아무도 그 비밀을 발견하지 못한 게 확실합니다. 그 지시가 이런 내용이었다면 어땠을까요? '지시를 이행하기 전에 이 쪽지를 다시 상자 안에 넣은 뒤 금고를 닫을 것.' 하지만 이번에는……" 벤저민 경은 점점 더 흥분에 휩싸여 긴 집게손가락으로 램폴의 가슴을 쿡쿡 찌르기 시작했다. "이번 피해자는, 그 이유가 무엇이든, 상자와 종이를 가져갔다가 우물 안에 떨어뜨린 겁니다."

"그렇다면 스타버스 가문의 다른 후계자들이 그런 방식으로 죽지 않은 이유는 어떻게 설명하죠? 1837년의 마틴과 현재의 마틴 사이에는 다른 후계자가 몇 명 있었습니다. 티머시 또한 마녀의 은신처에서 목이 부러지긴 했지만 어쩌다 그렇게 되었는지는 알 방도가……."

그때 경찰서장이 코안경을 좀더 단단히 고쳐 썼는데, 그러자 훨씬 인자해 보였다. 이제 그는 아끼는 제자에게 도움을 주는 교수가 되어 있었다.

"이봐요, 램폴 씨." 그가 강단에 선 양 헛기침을 하며 말을 시작했다.

"그 사람이 만든 기계장치가 후손들을 모조리 해치울 거라고 생각하다니, 지나치게 큰 기대를 하는 것 같군요. 아니, 아닙니다. 당연히 한두 가지 변수가 생긴 탓에 매번 걸려들지는 않았을 겁니다. 앤서니는 어쩌면 그 기계장치를 시험해보다가 죽은 것일지도 모르고……. 물론 내가 대충 설명한 첫 번째 가설이 마음에 든다면, 그걸 받아들여도 좋아요. 고백하자면 정작 나는 그 얘기를 하고서 금방 잊어버렸지만.

그러니까 내 말은, 금고에서 뭔가 훔치고 싶어 하는 살인범이 존재한다는 겁니다. 그 목적을 달성하기 위해 앤서니의 낡은 장치를 재활용해서 발코니에 이 죽음의 함정을 마련했고요. 그는 마틴이 금고를 열 때까지 기다립니다. 그런 다음 어떻게든 마틴을 발코니로 꼬여내 기계장치가 그를 덮치도록 합니다. 그 과정에서 램프가 떨어져 박살 나죠. 그렇게 살인범은 피해자의 몸에 손 하나 대지 않고 그를 처리한 다음, 전리품을 손에 넣고 떠납니다. 자, 이렇게 나는 두 가지 가설을 제시하는 바입니다. 양쪽 모두 과거 앤서니 스타버스가 창조한 죽음의 기계장치가 핵심이죠."

"이것 봐요!" 우레와 같은 목소리가 울려 퍼졌다.

논쟁을 벌이던 두 당사자는 내내 서로의 어깨를 툭툭 두드리거나 쟁점을 정리하며 각자의 주장을 강조하는 일에 지나치게 몰두한 나머지 다른 사람들의 존재를 깡그리 잊고 말았던 것이다. 펠 박사의 난폭한 노성에 두 사람은 깜짝 놀라 정신을 차렸다. 이어 지팡이로 바닥을 두드리는 육중한 소리가 울리기 시작했다. 램폴은 몸을 돌려 책상 옆 의자에 거대한 몸을 뻗고 앉은 펠 박사를 바라보았다. 그는 두 사람을 노려보며 다른 하나의 지팡이를 허공에 마구 흔드는 중이었다.

"당신들 둘 말인데……." 박사가 말했다. "지금까지 내가 만난 사람들 중 그 누구보다도 훌륭한 사고력을 갖추셨구먼. 당신들은 지금 수수께끼를 풀려고 하는 게 아닙니다. 그저 어떤 이야기가 가장 그럴듯하게 보이는지 말다툼을 하고 있을 뿐이라고요."

그는 전쟁터에서 함성을 지르듯 엄청나게 도발적인 소리를 내며 콧방귀를 뀌더니, 사뭇 부드러운 말투로 이야기를 이어나갔다.

"사실 나도 그런 이야기를 굉장히 좋아합니다. 지난 사십 년 동안 유혈이 낭자한 통속소설을 읽으며 정신을 갈고닦은 덕에 온갖 종류의 함정에 대해 잘 알기도 하고요. 사람을 미끄러뜨려 어둠 속으로 사라지게 하는 계단이라든지, 지붕이 내려가는 침대, 독을 바른 바늘이 숨겨진 가구, 총알을 발사하거나 나이프를 던지는 시계, 금고 안에 장치된 총, 천장에 숨겨둔 추, 사람에 체온에 의해 온도가 올라가면 독가스를 배출하는 침대, 그 밖에 실제로 있을 법한 것과 있을 법하지 않은 것들 전부 다 말입니다."

이제 그는 꽤나 즐거운 기색이었다.

"그리고 그런 장치가 실제로 있을 법하지 않을수록 더욱 마음에 든다는 사실을 고백하지 않을 수 없군요. 여러분, 나는 호들갑 떨기 좋아하는 단순한 성격이라 당신들 말을 믿고 싶어 미칠 지경입니다. 당신들 혹시 〈스위니 토드, 플리트 스트리트의 악마 이발사〉[1]를 본 적 있습니까? 꼭 봐야 합니다. 굉장히 독창적인 스릴러극인데, 18세기 초반에 아주 유명했지요. 악마 같은 이발사가 기계장치를 갖춘 의자에 손님을 앉혀 지하 저장고로 떨어뜨린 다음 상황을 봐서 목을 그어버리는 내용입니다. 특히……."

"잠깐만요!" 벤저민 경이 화를 내며 말을 끊었다. "그러니

1 손님을 살해해 그 시체로 파이를 만들어 파는 이발사의 이야기로, 손님을 아래층으로 떨어뜨리는 기계장치가 달린 의자가 등장한다.

까 기계장치라는 개념은 지나치게 허황됐다는 이야기를 하려는 것 아닙니까?

"특히 고딕소설에 그런 장치들이 많이 등장하는데…… 응? 뭐라고요?" 계속 이야기를 하고 있던 펠 박사가 갑자기 말을 멈추곤 두 눈을 치켜떴다.

"허황됐다고요? 맙소사! 아닙니다! 살인용 함정 중 가장 허황된 것처럼 보이는 장치들 중에서도 알고 보면 실제로 존재하는 게 많아요. 네로 황제의 침몰하는 배[1]나 샤를 7세를 살해한 독을 바른 장갑 같은 것들이 그렇죠. 아니, 아닙니다. 당신 주장이 얼마나 허황된 이야기인지는 신경 쓰지 않습니다.

중요한 건, 그 허황된 이야기를 뒷받침할 근거가 없다는 점이지요. 바로 그게 당신 주장이 여러 탐정소설에 턱없이 못 미치는 부분입니다. 탐정소설에서도 도무지 있을 법하지 않은 결론에 도달하곤 하지만, 훌륭하면서도 타당한, 그야말로 있을 법하지 않은 증거를 명확하게 제시하면서 그런 결론에 도달하지 않습니까? 당신은 금고 안에 그 '상자'라는 것이 있었는지 어떻게 확신합니까?"

"뭐, 그야 물론 모르지만……."

"바로 그렇습니다. 그리고 당신은 상자가 있다는 생각을

1 네로 황제는 전쟁 과정에서 어머니 율리아 아그리피나를 살해하기 위해 밑창에 쉽게 구멍을 낼 수 있는 배를 준비했다.

떠올리자마자 곧바로 그 안에 '종이'가 있을 거라는 영감에 사로잡히고 말죠. 그리고 종이를 떠올린 다음엔 그 종이에 '지시'가 적혀 있을 거라 생각하고요. 그렇게 해서 마틴 스타버스는 발코니 밖으로 떨어지게 되는 거죠. 이어 그 상자의 처치가 곤란해지자 당신은 그를 떨어뜨린 다음 상자까지 떨어뜨려요. 아주 훌륭합니다! 이제 당신은 상자와 종이를 창조했을 뿐 아니라, 그것들을 한꺼번에 없애버렸습니다. 그렇게 사건이 해결됐죠. 우리 미국 친구도 지적했지만, 그야말로 눈 가리고 아웅 하는 꼴 아닙니까! 말도 안 됩니다."

"잘 알겠습니다." 경찰서장은 뻣뻣한 태도로 대답했다. "원하신다면 발코니를 조사해보시죠. 나는 그럴 생각이 추호도 없으니 말입니다."

펠 박사가 자리에서 일어섰다. "아, 물론 조사해볼 작정입니다. 죽음의 함정이 없다고 하지는 않겠습니다. 당신 말이 맞을 수도 있지요." 이렇게 덧붙인 뒤 그는 뭔가 단단히 작정한 듯 벌건 얼굴을 하고 벤저민 경을 똑바로 응시했다. "하지만 우리가 전적으로 확신할 수 있는 사실은 딱 하나뿐이라는 점을 알려주고 싶군요. 스타버스 가문 사람이 목이 부러진 채 발코니 아래 쓰러져 있었다는 겁니다. 그게 전부예요."

벤저민 경은 딱딱한 미소를 지어 보였는데, 입꼬리가 위로 올라가 있다기보다는 오히려 아래로 축 처져 있었다. 그가 비꼬는 태도로 입을 열었다.

"제 의견에서 조금이나마 가능성 있는 지점을 지적해주시니 기쁘군요. 저는 함정이 존재한다는 점에 근거해 그 죽음에 대한 지극히 훌륭한 가설 두 가지를 제시했습니다만……."

"둘 다 말도 안 되는 헛소리죠." 펠 박사가 말했다. 진작부터 방 저편에 있는 발코니 문을 바라보고 있는 것이, 그의 정신은 이미 그곳에 가 있는 듯했다.

"그거 감사하군요."

"아, 천만에요." 펠 박사는 피곤한 듯 중얼거렸다. "원하신다면 내 보여드리지. 당신의 발상은 모두 마틴 스타버스가 무엇인가에 꾀여 발코니로 나갔다는 가정에 근거를 두고 있어요. 그가 금고에서 지시를 발견했거나, 또는 금고를 털고 싶은 누군가의 술수에 의해 말입니다. 그러니까 당신은, 누군가 발코니에서 악랄한 짓을 저지르려고 그를 그곳으로 내보냈다는 것 아닙니까?"

"바로 그렇습니다."

"자, 그렇다면 당신이 마틴 스타버스라고 가정해봅시다. 당신은 그가 앉았던 저 책상 앞에 앉아 있습니다. 자전거 램프는 곁에 두었고요. 그와 마찬가지로 신경이 날카로워진 상태입니다. 아니, 냉정한 상태라도 상관없습니다. 이해했습니까? 그 상황이 머릿속에 그려집니까?"

"충분히 그려지는군요. 감사합니다."

"목적이 무엇이든 간에, 당신은 자리에서 일어나 발코니 문으로 향합니다. 저 문이 열리지 않은 지 몇 해나 되었는지는 아무도 모를 겁니다. 어쨌든 꽉 막힌 문을 여느라 애를 썼는데, 막상 문을 열고 발코니로 나가보니 바깥이 칠흑같이 어두워요……. 당신이라면 어떻게 하겠습니까?"

"뭐, 당연히 램프를 들고……."

"정확합니다. 바로 그렇죠. 그게 사건의 전말입니다. 자, 이제 문을 연 상태에서 바깥에 발을 내딛기 전에 일단 램프를 들고 발코니를 비춰볼 텐데……. 하지만 우리 피해자는 그렇게 하지 않았죠. 만약 이 문 어느 부분에서 빛이 조금이라도 새어 나왔다면 정원에 있던 우리가 그 광경을 분명히 목격했을 겁니다. 그러나 우리는 문에서 새어 나온 빛을 못 봤어요."

침묵이 흘렀다. 벤저민 경은 모자를 비스듬히 눌러쓴 채 얼굴을 찌푸렸다.

"맙소사!" 그가 중얼거렸다. "그거 말이 되는군요. 하지만…… 아, 들어보시죠! 아직 문제가 남아 있습니다. 살인범이 이 방에 들어왔는데도 어째서 스타버스가 격렬한 반응을 보이지 않았는지, 전 아무리 생각해도 이해할 수가 없군요."

"그 점 때문에 혼란스러운 거라면…… 나도 마찬가지입니다. 나는……." 펠 박사가 갑자기 말을 멈췄다. 발코니를 향해 있던 그의 두 눈에 놀란 기색이 떠올랐다. "오, 맙소사! 디오니소스 신이시여! 내가 그렇게 멍청했다니. 이럴 수는 없어."

박사는 쿵쿵거리며 발코니 문으로 향하더니, 일단 무릎을 꿇고 지저분한 바닥을 조사하기 시작했다. 그곳에는 문이 열렸을 때 떨어진 흙과 돌조각들이 흩어져 있었다. 그는 흙먼지가 떨어진 자리를 따라 손을 쓸어본 뒤 자리에서 일어나 문의 바깥쪽 표면을 조사했고, 이어 문을 밀어 조금 닫은 다음 열쇠 구멍을 살펴보았다.

"열쇠로 문을 연 게 틀림없어." 펠 박사가 중얼거렸다 "열쇠를 끼웠다 빼면서 생긴 자국이 녹 위에 나 있으니……."

"그렇다면," 경찰서장이 그의 말을 잘랐다. "어쨌든 마틴 스타버스가 그 문을 열었다는 뜻이군요?"

"아니, 아닙니다. 내 생각은 달라요. 살인범이 한 짓입니다." 펠 박사는 뒤이어 뭐라고 말을 했지만, 담쟁이덩굴로 뒤덮인 발코니를 향해 걸음을 옮기던 참이라 무슨 내용인지 들리지 않았다.

그를 뺀 나머지는 안절부절못한 채 서로를 바라보았다. 램폴은 금고에 다가갔을 때보다 발코니를 바라보고 있는 지금 이 순간이 더 공포스러웠다. 하지만 그는 어느새 앞으로 걸음을 옮기고 있었다. 벤저민 경이 그의 곁에서 따라왔다. 고개를 돌려 뒤를 슬쩍 바라보니, 교구 목사는 벽난로 오른쪽 책장에 꽂혀 있는 송아지 가죽 장정 서적들의 제목을 살피느라 여념이 없는 듯했다. 그의 다리는 발코니 쪽으로 움직이려는 것 같아 보였지만 정작 다리의 주인은 그 자리를 떠나기를 주저하는 모습이었다.

램폴은 덩굴식물을 한쪽으로 젖히며 밖으로 나갔다. 발코니는 그다지 넓지 않았다. 문 아래 석재 선반이 하나 얹혀 있는 수준이랄까. 허리 높이의 난간이 발코니를 빙 두르고 있었다. 그와 벤저민 경이 밖으로 나가 박사의 양쪽에 자리를 잡고 보니, 세 사람 모두 편하게 서 있기에는 공간이 부족했다.

아무도 입을 열지 않았다. 아직까지도 교도소 건물 꼭대기에 아침 햇살이 미치지 못해 교도소 담장과 근처 언덕, 그리고 아래에 있는 마녀의 은신처는 여전히 그늘에 잠긴 채였다. 램폴은 6미터 정도 아래, 진흙과 잡초 사이로 절벽 가장자리가 돌출된 모습을 볼 수 있었다. 한때는 교수대를 지탱했을 석재 구조물들이 삼각형을 그리고 있는 모습도 보였다. 사형수들은 저 밑에 나 있는 작은 문을 통해 밖으로 끌려 나왔으리라. 그들이 교수대에서 떨어지기 전, 문 안쪽에 있는 작업실에서 대장장이가 강철 족쇄를 떼어냈겠지. 바로 이 자리에서 앤서니는 "새로 주문한 진홍색 정장과 레이스 달린 모자" 차림으로 그 광경을 지켜보았을 것이다. 램폴이 몸을 굽히자, 전나무 사이로 입을 떡 벌리고 있는 우물이 보였다. 그는 한참 아래 고인 물 위로 녹색 거품이 둥둥 떠 있는 모습을 볼 수 있을지 모른다고 생각했지만, 우물 안쪽은 짙은 어둠에 가려진 채였다.

발코니 아래로 15미터쯤 내려간 곳에는 쇠꼬챙이에 둘러싸여 입을 떡 벌리고 있는 구덩이만 보일 뿐이었다. 그 너머, 햇빛이 비치는 북쪽 목초지에 새하얀 꽃들이 만발했다. 산울타리 때문에 장기판을 펼쳐놓은 듯한 저지대 쪽으로는 흰색으로 뻗은 길과 반짝이며 흐르는 개울, 나무들 사이에 자리 잡은 하얀 집, 교회 첨탑 같은 것들이 보였다.

"충분히 튼튼한 것 같군요." 벤저민 경의 목소리가 들렸다. "우리 셋이 여기 올라와 있으니 무게가 꽤 될 텐데 말입니다. 이런 곳에서 빈둥대고 싶지는 않지만…… 잠깐만요! 뭘 하려는 겁니까?"

펠 박사가 검은색 난간 위를 뒤덮은 담쟁이덩굴 사이를 헤집고 있었다.

"진작부터 이곳을 조사해보고 싶었습니다." 그가 말했다. "하지만 그럴 기회가 생길 거라고는 꿈에도 생각지 못했죠. 흠…… 별로 시들시들하진 않은데?" 그는 혼잣말을 했다. 담쟁이덩굴을 잡아 뜯는 소리가 그 뒤를 이었다.

"내가 당신이라면 행동을 조심할 겁니다. 혹시라도……."

"하!" 박사가 거센 숨을 내쉬며 외마디 신음을 흘렸다. "세상에! 드링크 하일! 중세 색슨어로 '건배합시다'라는 뜻이죠. 건배! 이걸 찾아낼 수 있으리라고는 상상도 못 했는데. 자, 이걸 보시지요. 허허. 허허허." 그는 만면에 미소를 띤 채 고개를 돌렸다. "여기 좀 보세요. 난간 바깥쪽 모서리 말입니다. 내 엄지가 들어갈 정도로 움푹 팬 곳이 있습니다. 그리고 또 하나, 바깥쪽만큼 깊지는 않지만 우리 쪽을 향해 팬 자리도 있고요."

"흠, 그게 어떻다는 겁니까?" 벤저민 경이 따지듯 물었다. "이것 봐요. 그런 것 가지고 노닥거릴 수는 없습니다. 전혀 이해를 못 하시는군요."

"고고학적 조사를 좀 한 겁니다. 이런 걸 발견했으니 마땅히 축하해야죠. 자, 다들 들어갑시다. 이곳에서 더이상 뭐가 나올 것 같지는 않으니."

다시 교도소장실로 들어가는 사이 벤저민 경은 의심 어린 시선으로 그를 바라보다가 이내 이렇게 따져 묻기 시작했다. "당신이 알아차린 게 무엇이든, 나로서는 도무지 이해가 안 되는군요. 그게 살인 사건과 무슨 상관이란 말입니까?"

"별거 아닙니다!" 펠 박사가 말했다. "그저 간접적으로 관련이 있을 뿐이죠. 물론 난간에 팬 그 두 자리는……. 아니, 아직은 모르겠군요." 그는 두 손을 마주 비볐다. "자, 앤서니의 좌우명이 무엇이었는지 기억합니까? 그가 일지에 똑바로 적어놓았죠. 더하여 자신의 반지에도 새겨두었고요. 또 어디 적어두었을지 누가 알겠습니까? 그 좌우명을 본 적이 있습니까?"

"그러니까," 경찰서장이 눈을 가늘게 뜨며 말했다. "다시 앤서니 이야기로 돌아가는 겁니까? 아니, 나는 그의 좌우명이 무엇인지 모릅니다. 하지만 더이상 하실 말씀이 없다면 여기서 나가 스타버스 저택을 방문해보도록 하지요. 자, 어서 갑시다! 이게 다 무슨 짓인지, 원."

펠 박사는 마지막으로 이 음울한 방 안을 슬쩍 둘러보았다.

"좌우명이 무엇인가 하면……" 그가 입을 열었다. "바로 '옴니아 메아 메쿰 포르토'입니다. '내가 소유한 것들은 모두 내가 가져가노라'라는 뜻이죠. 어떻습니까? 그 의미를 한번 생각해보시죠. 자, 이제 맥주 한잔할까요?"

자갈 깔린 길이 구불구불하게 이어졌다. 느릅나무 아래에는 회색 비둘기들이 의아스럽다는 듯 뒤뚱거리며 돌아다니고 있었다. 잔디는 바짝 깎여 있었고, 하늘을 나는 새들이 햇빛을 받아 그 위에 그림자를 드리웠다. 은은한 붉은색 벽돌에, 흰색 외벽 장식, 금박을 입힌 풍향계가 꽂힌 둥그렇고 하얀 지붕. 18세기 초 앤 여왕 시대에 지어진 높다랗고 위풍당당한 저택이 우아하게 낡아가고 있었다. 어디선가 벌이 윙윙거리는 소리를 내며 날아다녔고, 공기 중에는 향긋한 건초 냄새가 맴돌았다.

전날 밤 램폴이 이곳에 왔을 때는 보지 못한 모습이었다. 교구 목사의 포드 자동차로 도착해 손더스와 함께 조명을 비춰가며 딱딱하게 굳은 시체를 들어 저 계단 위로 운반하는 내내 비가 내리고 있었기 때문이다. 긴 세월을 겪어 반들반들하게 빛나는 복도가 펼쳐지던 순간, 그는 그렇게 물이 뚝뚝 떨어지는 짐을 든 채 환한 조명이 내리비치고 천 명의 관객들이 지켜보는 무대 위로 갑자기 떠밀려 나간 듯한 기분이었다. 이제 다른 사람들과 함께 복도를 따라 걸어가는 지금, 램폴은 그녀를 다시 만나는 것이 썩 내키지 않았다. 어젯밤과 다를 바 없는 상황이었기 때문이다. 대사 한마디 없이 무대 위로 떠밀려 나와 멍청하게 서 있는 꼴. 때때로 꿈에서 그러듯 벌거벗고 서 있는 기분이었다. 어제 그녀는 복도에 나와 있지 않았다. 저택의 집사(이름이 뭐였더라?)만 나와 두 손을 맞잡고 몸을 앞으로 약간 기울인 채 그들을 맞이했다. 손님들을 위해 응접실 소파를 정리해두고서 말이다.

얼마 지나지 않아 그녀가 서재에서 밖으로 나왔다. 붉게 충혈된 눈을 보니 자포자기한 채 심한 발작 같은 것을 일으키며 울고 있었던 것 같았다. 하지만 서재 밖으로 나왔을 땐 다소 진정된 듯 멍한 표정을 지은 채 손수건만 꼭 틀어쥐고 있었다. 램폴은 아무 말도 하지 못했다. 대체 무슨 말을 할 수 있을까? 무슨 말을 한들, 무슨 동작을 취한들, 상스럽고 천박하게만 보일 거라고 그는 생각했다. 그 이유는 알 수 없는 노릇이지만 그냥 그럴 것 같았다. 그래서 그는 그저 흠뻑 젖은 플란넬 바지와 테니스 셔츠 차림으로 응접실 문 옆에 애처롭게 서 있다가 눈치를 봐서 재빨리 자리를 떴다.

그 집을 나서던 순간이 지금 그의 머릿속에 떠올랐다. 비는 막 그친 상태였고, 대형 괘종시계가 1시를 울리고 있었다.

이 비참한 사건의 와중에 그의 의식은 멍청하리만치 사소한 대목에 못 박혀 있었다. 바로 비는 새벽 1시에 그쳤다는 사실이었다. 비는 새벽 1시에 그쳤다. 그걸 기억해야 해. 어째서? 뭐, 어쨌든…….

그는 마틴 스타버스의 죽음을 애도할 수 있을 것 같지가 않았다. 심지어 그에게 호감을 갖고 있지도 않았다. 램폴에게 마틴은, 도러시가 죽은 동생을 보러 들어갔을 때 그녀의 얼굴에 떠오른 상실감과 절망감의 원인이자, 감당하기에는 지나치게 큰 고통 앞에서 얇은 손수건을 힘껏 움켜쥐고 짧은 순간 얼굴을 일그러뜨리게 만든 존재였다. 상처 하나 없는 깨끗한 얼굴로 죽어 있는 마틴의 모습은 기묘해 보였다. 고대로부터 내려온 것 같은 회색 플란넬 바지와 다 찢어진 트위드 코트 차림이었고……. 지금 도러시의 기분은 어떨까? 저택의 덧창이 전부 닫히고 문 위에는 상장喪章이 걸려 있는 모습에 그는 몸을 움찔했다.

집사 버지가 문을 열어 세 사람을 맞이했다. 경찰서장의 모습을 보고 안도하는 것 같았다.

"아, 서장님. 도러시 님을 모셔 올까요?"

벤저민 경은 아랫입술을 깨물었다. 마음이 불안해 보였다.

"괜찮네. 어쨌든 당장은 아니야. 그녀는 어디 있지?"

"위층에 계십니다."

"마틴 스타버스 씨는?"

"역시 위층에 모셨습니다. 장례업자들이 와 있습니다."

"또 다른 사람들도 있나?"

"페인 씨께서 오고 계십니다. 마클리 박사님도 들르실 예정이고요. 오전 진찰을 마치고 나면 곧바로 서장님과 이야기를 나누고 싶다고 하셨습니다."

"아, 그렇군. 알겠네. 그런데 버지, 장례업자들에게 전해줬으면 좋겠군. 어젯밤에 스타버스 씨가 입었던 옷과 주머니 속에 있던 물건들을 봤으면 하는데."

버지는 펠을 향해 납대대한 얼굴을 숙여 보였다. "어젯밤에 펠 박사님께서 그렇게 하라고 말씀하셨습니다. 그래서 실례를 무릅쓰고 주인 나리의 옷가지를 비롯한 물건들을 모두 보관해두었죠."

"잘했군. 지금 그것들을 서재로 가져오게. 아, 그리고 버지……."

"예, 서장님?"

"스타버스 양을 보게 되면 말이지," 벤저민 경은 초초하게 입을 였었다. "어…… 그러니까, 깊은 애도를 표한다는 말을…… 무슨 소린지 알겠지? 그래." 이 솔직 담백한 경찰 간부는 머뭇머뭇 말을 이어나갔다. 자신의 그런 모습이 가식으로 여겨질지 모른다고 생각했는지 그의 얼굴이 살짝 붉게 달아올랐다. "그리고 허버트 스타버스 씨만 괜찮다면, 그를 최대한 빨리 만나보고 싶군."

버지는 무표정하게 대답했다. "허버트 씨는 아직 귀가하지 않으셨습니다."

"아, 이런! 알겠네. 그러면 그 옷가지나 가져다주게."

그들은 어두컴컴한 서재 안으로 들어갔다. 사람이 죽은 집처럼 감정의 수위가 높아지는 공간에서 그 누구보다 효율적으로 행동하는 사람은 여성인 법이다. 남성이라면 여기 있는 네 남자들처럼 꿀 먹은 벙어리가 되어 무력하게 서 있을 뿐이다. 그나마 침착한 모습을 보여준 남자라고는 손더스 정도였다. 평소의 사근사근한 태도는 잠시 밀어둔 채, 그는 마치 앞에 기도서라도 펼쳐놓은 양 짐짓 엄숙한 말투로 대화를 주도했다.

"여러분, 양해해주신다면 도러시 스타버스 양이 저를 만나주실지 알아보는 게 좋을 것 같습니다." 그가 말했다. "아시다시피 힘든 시간일 테니까요. 정말 힘든 시간일 겁니다. 그러니 제가 조금이나마 도움이 될 수 있다면……."

"그러시죠." 경찰서장이 무뚝뚝하게 대답했다. 교구 목사가 자리를 뜨자, 그는 서재 안을 서성거리기 시작했다. "물론 힘든 시간일 테지. 그런데 그런 이야기를 늘어놓는 게 대체 무슨 의미란 말이지? 나는 이런 게 마음에 안 듭니다."

램폴은 그의 말에 전적으로 동의했다. 그들 모두 낡고 커다란 방 안에서 어찌할 바를 모른 채 서 있었다. 곧 벤저민 경이 창가로 가 덧문 몇 개를 열어젖혔다. 복도에 있는 대형 괘종시계가 부드럽고 우아하게 시간을 알렸다. 꼭 대성당의 지하 납골당을 통해 울리는 듯한 소리였다.

이 서재 안에 있는 것들 모두 오랜 세월을 보내온, 견실하고 전통적인 물건 같았다. 그 누구도 돌려보지 않았을 법한 지구본과 그 누구도 읽어보지 않았을 법한 저명한 작가들의 책들, 그리고 벽난로 선반 위에는 (확신컨대) 그 누구도 닦아보지 않았을 법한 커다란 황새치가 받침대에 고정되어 있었다. 한 창문 앞에는 수정 구슬이 하나 걸려 있었는데, 마녀를 퇴치하는 부적인 듯했다.

이내 버지가 세탁물 자루를 하나 들고 돌아왔다.

"이게 전부입니다." 그가 선언하듯 말했다. "속옷 정도만 제외하면 말이죠. 주머니에 들어 있던 물건들은 꺼내지 않고 그대로 두었습니다."

"고맙네. 여기 잠시 있어주게, 버지. 자네에게 물어볼 게 있으니 말이야."

벤저민 경이 테이블 한가운데 자루를 올려놓고 안에 있는 것들을 꺼내기 시작하자 펠 박사와 램폴은 자세히 살펴보기 위해 가까이 다가갔다. 가장 먼저 회색 재킷이 한 벌 나왔다.

옷에 묻은 진흙이 뻣뻣하게 굳어 있고, 안감은 해지고 군데군데 찢겨 있었으며, 단추도 몇 개 사라진 상태였다.

"어디 보자……." 경찰서장이 주머니에 손을 집어넣으며 중얼거렸다. "담배 케이스라…… 이것도 멋진 물건이군. 담배가 가득 들어 있는데…… 미국제인가? 맞아, 러키 스트라이크야. 성냥갑도 있고. 휴대용 술병에는 브랜디가 3분의 2 정도 남아 있구먼. 이게 전부인가?"

그는 다시 세탁물 주머니를 뒤지기 시작했다.

"낡은 셔츠, 주머니에는 아무것도 없고. 양말 한 켤레. 바지도 있는데, 이것 역시 낡아빠졌군. 그 교도소를 들쑤시고 다니면 먼지투성이가 되겠거니 생각했던 모양이지. 뒷주머니에 지갑이 들어 있군." 벤저민 경은 잠시 동작을 멈췄다. "지갑 안을 좀 보는 게 좋을 것 같군요. 흠. 10실링짜리 지폐 한 장, 1파운드짜리 지폐 두 장, 5파운드짜리 지폐 한 장. 그리고 편지가 몇 장인데, 미국 소인이 찍힌 것으로 봐서 모두 그가 미국에서 받은 편지인 것 같습니다. '마틴 스타버스 씨 앞. 뉴욕 시 웨스트 24번가 470번지.' 이것 좀 보시죠. 혹시 그를 증오하는 사람이 미국에서 그를 좇아 여기까지 온 건 아닐까요?"

"글쎄요. 그 가설은 일단 제쳐놓아도 좋을 것 같습니다." 펠 박사가 말했다.

"수첩이 한 권 있는데, 무슨 숫자 같은 것이 가득 적혀 있군요. A. & S., 25, 굿 로이스터, 10, 로링 캐러밴, 3, 오이디푸스 라이즈, 블루밍데일, 25, 굿…… 이게 다 뭘까요?"

"아마 주문 내역일 겁니다." 램폴이 말했다. "그는 출판업에 종사하고 있다는 말을 한 적이 있으니까요. 또 다른 건 없습니까?"

"명함이 몇 장 있군요. 전부 무슨 클럽 명함입니다. 지갑에 들어 있는 것은 이게 전부네요. 호주머니에도 다른 건 없고. 잠깐만! 맙소사! 시계 주머니에 시계가 들어 있어요. 아직 작동하고 있군요. 틀림없이 떨어지면서 큰 충격을 받았을 텐데, 이 시계는……."

"한번 봅시다." 펠 박사가 갑자기 끼어들었다. 그가 얇은 금시계를 뒤집자 째깍거리는 소리가 고요한 방 안에 크게 울렸다. "소설 속에서는 말입니다," 박사가 말을 이었다. "굉장히 편리하게도 죽은 사람의 시계는 언제나 부서지는 일이 일어나는 법이라, 살인자들이 시곗바늘을 돌려 사망 시각을 조작하면 탐정이 나서서 시각을 바로잡곤 하지요. 현실에서는 이렇게 예외가 생기지만요."

"그렇죠." 경찰서장이 대답했다. "하지만 그렇다면 박사님은 이 시계에 왜 그리 관심을 보이시는 겁니까? 게다가 이 사건에서 사망 시각은 전혀 중요하지 않은데요."

"아니, 중요합니다!" 펠 박사가 말했다. "서장님 생각보다 훨씬 중요하죠. 음…… 현재 이 시계는 10시 25분을 가리키고 있군요." 그는 벽난로 선반 위에 놓인 시계를 확인했다. "저기 놓인 시계 역시 10시 25분을 가리키고 있으니 오차는 없습니다. 버지, 저 시계는 정확한가?"

버지는 고개를 숙이며 대답했다. "그렇습니다. 정확합니다. 그 점에 대해서는 확실히 말씀드릴 수 있습니다."

박사는 날카로운 눈으로 집사를 응시하며 잠시 주저하다가 시계를 내려놓았다.

"자네는 지독하게 성실한 사람인 것 같군." 그가 말했다. "어떻게 그렇게 확신하지?"

"어젯밤에 평소와는 다른 일이 일어났기 때문입니다. 복도에 있는 대형 괘종시계 시간이 십 분 빨랐습니다. 전 그러니까…… 여기 있는 이 시계와 비교해서 그 사실을 알아차렸죠. 그래서 온 집 안을 돌면서 다른 모든 시계들을 확인해보았습니다. 저희는 보통 그 괘종시계를 기준으로 다른 시계들의 시간을 맞추거든요. 그러니 제 생각에는……."

"확인해보았다고?" 펠 박사가 따져 물었다. "다른 시계들을 전부 확인했다는 건가?"

"아…… 예, 그랬습니다." 버지는 다소 당황한 모습이었다.

"어떻던가? 다른 시계들은 모두 제대로 되어 있던가?"

"이런 말씀을 드려도 될지 모르겠지만, 좀 별난 일이었습니다. 다른 시계들은 모두 제대로 맞춰져 있었습니다. 저 괘종시계만 빼고 전부 말입니다. 어떻게 그 시계만 시간이 잘못됐는지 아무리 생각해도 모르겠습니다. 분명히 누군가 그렇게 시간을 맞춰놓았겠죠. 지금은 굉장히 정신없는 상황이라 다른 사람에게 물어볼 틈이……"

"이게 다 무슨 얘깁니까?" 경찰서장이 물었다. "박사님이 하신 말씀에 따르면, 마틴 스타버스는 11시 종이 칠 때 교도소장실에 도착한 것 아닙니까? 그렇다면 그의 시계는 정확합니다. 결국 전부 이상 없다는 뜻일 텐데요."

"그렇죠." 펠 박사가 말했다. "그래요. 그러니까 바로 그게 잘못됐다는 겁니다. 하나만 더 묻겠네, 버지. 마틴의 방에 시계가 있나?"

"그렇습니다. 커다란 벽시계가 하나 있습니다."

펠 박사는 몇 번이나 고개를 끄덕였다. 마치 자기 자신과 대화를 나누는 듯한 모습이었다. 그러다가 그는 의자가 있는 쪽으로 다가가 신음 소리를 내며 몸을 굽혔다.

"계속 진행하시죠, 서장님. 내가 이따금씩 멍청한 질문을 몇 개 던지는 것 같아 보일 겁니다. 당신네 증인 모두에게 일일이 그렇게 질문을 하려면 아마 하루 종일 걸릴지도 몰라요. 부디 인내심을 발휘해주면 좋겠군요. 그런데, 버지! 벤저민 경께서 자네와 용무를 다 마치시고 나면, 자네는 복도에 있는 저 시계의 시간을 바꾼 사람을 찾아와줬으면 좋겠군. 아주 중요한 일이네."

경찰서장은 조바심을 내며 손가락으로 테이블을 두드렸다. "이제 질문은 다 끝난 겁니까? 혹시 더……."

"아, 하나 더 있습니다." 박사는 한쪽 지팡이를 들어 옷가지가 놓여 있는 곳을 가리켰다. "살인범은 분명 저 옷가지에서 무엇인가를 훔쳐 갔습니다. 그게 뭘까요? 자, 당연히 열쇠겠죠! 그가 가지고 있어야 할 모든 열쇠 말입니다! 그 열쇠들은 아직 찾지 못했을 테죠?"

벤저민 경은 말없이 고개만 주억거렸다. 그러다가 버지에게 고개를 돌리며 단호하게 손짓을 했고, 두 사람은 지난밤에 했던 것과 마찬가지로 기본적인 사안을 다시 한번 정리하기 시작했다. 램폴은 그 말을 들을 생각이 없었다. 펠 박사가 이미 기본적인 이야기는 전부 털어놓게 한 터라 버지가 무슨 이야기를 할지는 뻔했다.

대신 그는 도러시 스타버스가 보고 싶었다. 지금쯤 교구 목사가 그녀 곁에 앉아, 무슨 이야기라도 대량으로 쏟아내면 위로가 될 거라는 생각에 성실한 기차 화부처럼 진부한 이야기나 퍼 올리고 있을 터였다. 언뜻 그럴싸하게 들릴 뿐 고리타분하기만 한 말들을 늘어놓는 손더스의 모습이 눈에 선했다.

그저 여성들로 하여금 "얼마나 큰 도움이 되는지 몰라요!" 같은 말이나 중얼거리게 하고, 그게 아니면 어쩌면 그렇게 멋지게 처신할 수 있냐고 한마디 건네지 않을 수 없게 만드는, 정말이지 사려 깊지 못한 태도가 아닐 수 없었다.

죽음이 찾아왔을 때 사람들은 어째서 침묵을 지키지 못하는 걸까? 어째서 다들 "관 속에 누운 모습이 정말 살아 있는 것 같지 않나요?" 같은 잔악하기만 한 말을 중얼거리거나, 그저 여성들에게서 또다시 눈물을 이끌어낼 뿐일 이야기만 늘어놓는 걸까? 아니, 사실 그건 아무래도 상관없었다. 그가 못마땅한 건, 손더스가 그녀와 함께 있는 자리에서 마치 큰오빠라도 되는 양—손더스 자신도 그런 역할을 즐기고 있으리라—더없이 사근사근하게 굴고 있으리라는 사실이었다.

버지의 사무적이고 냉정한 얼굴을 봐도 짜증이 솟구치기는 마찬가지였다. 게다가 버지가 세심하게 빚어내는 문장에는 마치 병에 뚜껑을 씌우듯 자동적으로 'h' 음이 끼어들었는데, 그런 방식이 흡사 단어를 쏟아내는 기계 같기도 했다. 예의고 뭐고, 램폴은 도무지 지금 이 자리에 앉아 있을 수가 없었다. 다른 사람들이 어떻게 생각하든 상관없이 어떻게든 그녀 곁으로 갈 작정이었다. 그는 방에서 슬쩍 빠져나왔다.

그런데 어디로 가야 하지? 분명 위층은 아니었다. 위층으로 올라가는 건 경솔한 행동일 터였다. 하지만 그렇다고 해서

가스계량기 같은 것을 찾아다니는 사람처럼 계속 복도에서 어슬렁거릴 수는 없는 노릇이었다. 영국에서도 가스계량기를 사용하던가? 아, 알 게 뭐야! 그는 어둑어둑한 복도를 되짚어 가다가 계단 옆에 살짝 열린 문을 발견했다. 어떤 사람이 조명을 가로막고 서 있었는데, 다름 아닌 도러시 스타버스였다. 그녀가 손짓으로 그를 부르고 있었다.

그는 계단 그림자 속에서 도러시를 만나 그녀의 두 손을 강하게 움켜쥐었다. 그녀의 손은 떨리고 있었다. 처음엔 그녀의 얼굴을 보기가 두려웠다. 탁하게 잠긴 목소리로 '당신에게 도움이 되지 못했습니다. 당신을 실망시키지 말았어야 했는데' 같은 말이 불쑥 튀어나올까 봐 겁이 났기 때문이다. 안 돼, 그렇게 말하면 절대 안 돼! 아니면 커다란 괘종시계의 유려한 똑딱 소리가 들리는 이곳 그늘에서 '당신을 사랑합니다'라는 말을 해버릴 수도 있었다. 그 말이 벌써 입 밖으로 나와버렸을지도 모른다는 생각이 가시가 돋친 상처처럼 그의 마음속 깊은 곳을 후벼팠다.

하지만 아무 말도 나오지 않았다. 대성당처럼 고요한 이곳에는 시계 소리의 속삭임뿐이었다. 그의 머릿속에서 무엇인가 울부짖듯 노래를 불렀다. 위대하신 주님이시여, 강인함과 자립심이라는 영광스러운 자질을 겸비한 그녀에게 어째서 이런 말도 안 되는 시련을 내리신단 말입니까? 나는 그녀가 그런 처지에 놓이기를 바라지 않으니 지금 잠시 내 팔에 안겨 있는 이 작은 육신을 내가 보호하고 지키리라. 그녀가 건네는 속삭임이 마치 한밤중에 울리는 돌격 함성처럼 들리는구나. 지옥문이 열린다 한들 내가 그녀를 위해 영원히 들고 있을 방패를 넘어설 수는 없으리.

하지만 그는 피붙이가 얽힌 깊은 고통이 이제 그녀의 목구멍까지 차올라 있다는 사실을 알고 있었다. 마음속에 떠오르는 거라곤 그저 말도 안 되는, 사람들에게 웃음거리가 될 만한 생각들뿐이었다. 혼란스러운 꿈속에서 한낱 미숙한 존재가 된 그는 간신히 입을 열었다.

"다 알아요……."

그렇게 바보 같은 말을 속삭이며 그녀의 손을 토닥거렸는데, 그러다 어째서인지 두 사람은 문 안쪽에 들어가 있었다. 블라인드가 드리운 작은 사무 공간이었다.

"당신이 왔다는 얘기 들었어요." 그녀가 낮은 목소리로 입을 열었다. "그리고 손더스 씨가 위층으로 올라오는 소리도 들었는데, 도저히 그분과 이야기를 나눌 수가 없겠더라고요. 그래서 번들 부인에게 목사님을 막아달라고 했죠. 아마 그분 귀가 떨어져 나갈 때까지 수다를 떨어주겠죠. 어쨌든 그러고서 뒤쪽 계단을 통해 이리로 내려온 거예요."

도러시는 말총을 엮어 만든 낡은 소파에 앉아 한쪽 손바닥으로 턱을 괴었다. 그녀의 눈은 생기 없이 칙칙했다. 침묵이 흘렀다. 문이 닫힌 어두컴컴한 방 안에 열기가 점점 쌓여갔다. 그녀가 경련하듯 손을 떨며 다시 무슨 이야기를 하려는 순간, 그가 그녀의 어깨에 손을 얹었다.

"혹시 말하고 싶지 않다면……."

"말해야만 해요. 잠을 못 이룬 지 며칠은 된 것 같아요. 그리고 이제 곧 다시 그곳에 가서 사람들과 함께 모든 일을 다시 한번 살펴봐야 하고요."

그의 손가락에 힘이 들어갔다. 그녀는 고개를 들었다.

"그런 표정으로 볼 거 없어요." 그녀가 부드럽게 말했다. "혹시…… 내가 마틴을 그렇게까지 좋아했던 적은 한 번도 없었다고 한다면 당신은 믿을 수 있겠어요? 그러니까, 그 애의 죽음은 못 견딜 일이 아니에요. 그 애는 우리 중 누구와도 그렇게 가까웠던 적이 없었으니까요. 사실 나는 지금 느끼는 것보다 훨씬 비통한 감정을 느껴야 하는 게 맞겠죠."

"음, 그렇다면……."

"둘 다 나쁘긴 마찬가지지만!" 그녀의 목소리가 높아졌다. "둘 다 마찬가지라고요. 우리가 뭘 어쩌겠어요, 유령에 사로잡혔는데. 저주를 받았다고요. 모두 다. 핏줄이 문제인 건지, 아니면 인과응보인 건지. 나는 절대 믿지 않았는데, 믿지 않을 생각이었는데. 아니면……."

"진정해요! 그런 생각 따위는 떨쳐버리고 기운을 내야 합니다."

"아니면…… 믿어야 했을까요? 자신의 피 속에 무엇이 흐르고 있는지 어떻게 알겠어요? 당신의 피 속에는? 내 피 속에는? 다른 사람의 피 속에는? 유령의 피처럼 살인자의 피도 흐르고 있을지 모르죠. 어쩌면 그보다 더한 것도요. 문은 닫혀 있나요?"

"그래요."

"우리 모두 말이에요. 정말이지……." 그녀의 목소리가 점점 희미해졌다. 지금 그들이 처한 상황을 모르겠다는 듯, 도러시는 두 손을 한데 모았다. "나는…… 당신을…… 죽일지도 몰라요. 저기 있는 책상 서랍에서 권총을 꺼내 들지도 모르죠. 단지 나 자신을 어떻게 할 수 없다는 이유만으로요. 그러곤 갑자기……." 그녀가 몸서리를 쳤다. "아, 우리 조상들 모두 자살해버리는 저주에 걸린 게 아니라면, 혹은 발코니 밖으로 떨어져야 하는 운명을 타고난 게 아니라면……. 그게 유령의 소행인지는 모르겠지만, 우리 집안의 누군가가 식구들을 죽이고 있다고요."

"그런 생각 따위 이제 그만둬요! 이것 봐요! 내 말 들어요!"

그녀는 부드럽게 끄덕이며 손끝을 눈두덩으로 가져갔다가 고개를 들어 그를 바라보았다. "허버트가 마틴을 죽였을까요?"

"아닙니다! 당연히 아니죠. 유령의 짓이라는 바보 같은 생각도 틀렸고요. 그리고 당신도 당신 사촌이 마틴을 죽일 수 없다는 사실을 알고 있지 않습니까? 그는 마틴을 존경했어요. 게다가 견실하고 신뢰할 수 있는 사람이니……."

"허버트가 혼잣말하는 것을 들었어요." 그녀가 멍하니 입을 열었다. "지금도 기억이 나요. 그는 혼잣말을 하고 있었죠. 내가 두려워하는 건 바로 조용한 사람이에요. 더럽혀진 피가 깨어나기 시작하면 그런 사람들은 미쳐버리고 마니까……. 그는 진한 저주의 피를 지니고 태어났어요. 손이 무척 붉고 커다랗죠. 아무리 기름칠을 하고 매만져도 머리카락이 얌전히 다듬어지지 않고요. 섬세한 사람이긴 해요. 그 점은 마틴과 비슷하지만, 손이 너무 크다고요. 그는 마틴처럼 보이려고 애를 썼어요. 나는 그가 마틴을 증오했는지 궁금해요."

도러시는 잠시 입을 다문 채 소파 가장자리를 쥐어뜯었다.

"그리고 그는 언제나 절대로 작동하지 않는 무언가를 발명하려 애를 쓰곤 했어요. 신형 교반기 같은 거요. 자신이 발명가라고 생각했죠. 마틴은 그런 그를 놀려대곤 했고요."

마틴과 허버트의 모습이 어둑어둑한 방 안을 가득 메웠다. 램폴은 땅거미가 내려앉은 새하얀 길 한가운데 서 있던 두 사람의 모습을 떠올렸다. 외모는 비슷하지만 지극히 다른 두 사람. 마틴은 술에 취해 담배를 한 개비 물고 있었다. 허버트는 흐느적거리는 걸음걸이에 이목구비가 날카롭지 못했고, 제대로 맞지도 않는 모자를 머리 위에 얹어놓은 채였다. 만약 허버트 역시 담배를 피우고 있었다면, 그 담배는 정확히 그의 입 한가운데서 불쑥 튀어나와 어색하게 흔들거리고 있었으리라.

"어젯밤에 누가 서재에 있는 붙박이 금고를 열었어요." 도러시가 말했다. "예삿일이 아니지만 펠 박사님께는 그 이야기를 하지 않았죠. 저는 그분께 중요한 이야기를 그리 많이 하지 않았어요. 저녁 식사 내내 허버트가 마틴보다 더 허둥거렸다는 이야기도……. 서재 금고를 연 사람은 아마 허버트였을 거예요."

"하지만……."

"마틴은 금고 비밀번호를 몰랐거든요. 지난 이 년 동안 집을 떠나 있었으니 그런 걸 알 기회가 없었죠. 비밀번호를 아는 사람은 저와 페인 씨, 그리고 허버트뿐이에요. 그리고 어젯밤 금고 문이 열려 있었고요."

"뭐가 없어졌던가요?"

"그런 것 같지는 않아요. 그 안에 값나가는 물건이 전혀 없기도 했고요. 아버지께서 이 사무실을 만든 뒤로는 그곳 금고를 사용하지 않으셨거든요. 몇 년 동안 금고를 여신 적이 없다는 건 확실해요. 그리고 우리들 중에서도 그걸 열어본 사람은 없었고요. 그 안에는 낡은 서류들만 가득 차 있었죠……. 어쨌든 사라진 건 없었어요. 적어도 제가 아는 한은 그래요. 제가 알아낸 유일한 사실이죠."

그녀가 히스테리를 일으키기 시작하는 건 아닌지 램폴은 걱정스러웠다. 도러시는 소파에서 일어나 목에 걸고 있던 열쇠를 꺼내 사무용 책상 서랍을 열더니 누런 종이 한 장을 꺼냈다. 그녀가 종이를 건네려는 순간, 그는 그녀를 와락 끌어안고 싶은 욕망을 억눌렀다.

"읽어보세요!" 도러시가 숨죽인 소리로 말했다. "당신을 믿어요. 다른 사람에게는 말하고 싶지 않은데, 이걸 누군가에게 털어놓지 않고는 못 견딜 것 같아요. 읽어보세요."

그는 어리둥절하여 종이를 훑어 내려갔다. 첫머리에 "1895년 2월 3일, 자작시 사본—티머시 스타버스"라는 글이 색 바랜 잉크로 적혀 있었다. 이어지는 내용은 다음과 같았다.

린둔의 거주자들을 어떻게 부르는가,
위대한 호메로스의 트로이 이야기?
또는 백야의 나라,
무엇이 모든 인간을 파멸시키는가?

발이 그것에 부딪치고 말았으니,

이 천사는 창을 한 자루 품었구나!
주께서 기도하신 정원 빈터에서,
무엇이 암흑성과 공포를 낳는가?

이 안에서 순백의 아르테미스가 떠오르리라!
여기 디도가 상실에 빠졌으니,
행운의 네 잎 식물이 자라는 곳,
동쪽, 서쪽, 남쪽, 남은 곳은 어디인가?

여기서 코르시카인이 정복당하니,
모든 죄를 짊어지신 태모시여!
녹색과 하나인 주도主都의 이름을 찾고,
뉴게이트 교도소를 찾아 승리하리라!

"음……." 램폴이 시구를 중얼거리다가 말했다. "굉장히 조악한 엉터리 시군요. 아무리 살펴봐도 그 의미를 조금이라도 파악할 수가 없습니다. 물론 제가 읽어본 수많은 시 또한 그렇긴 하지만……. 그런데 이게 뭡니까?"

그녀는 그에게서 시선을 떼지 않은 채 물었다. "날짜를 봤나요? 2월 3일은 아버지의 생일이에요. 1870년생이시니까 1895년에는……."

"스물다섯이 된 해군요." 램폴이 끼어들어 말을 맺었다.

두 사람 모두 더이상 말이 없었다. 수수께끼 같은 시구를 계속 들여다보자니 천천히 이해가 되는 것 같기도 했다. 그와 벤저민 경이 만들어왔고 펠 박사가 그토록 맹렬하게 조롱했던 그 모든 거친 가설들이, 이제 그의 앞에서 굳건히 자리 잡는 듯했다.

"제가 설명을 좀 해보겠습니다." 그가 입을 열었다. "만약 이게 진짜라면, 여기 '사본'이라고 적혀 있으니 원본은 아마 교도소장실 금고 안에 있겠죠. 그렇다면……."

"그게 바로 우리 가문의 장남들이 보려고 했던 거겠군요." 도러시는 분노가 치민 듯 그의 손에서 종이를 낚아채 한 손으로 구겨버릴 기세였지만 그가 조용히 고개를 저었다. "대체 그게 뭘지, 전 생각하고 또 생각해왔어요. 이제 이게 유일한 설명이네요. 제발 그랬으면 좋겠고요. 그동안 거기 있을지 모를 끔찍한 것들을 얼마나 상상했는지……. 하지만 이것 역시 그 못지않게 끔찍한 것이겠죠. 사람들이 여전히 죽어나가고 있으니까요."

램폴은 소파에 앉아 입을 열었다. "만약 원본이 있다면…… 그것은 현재 존재하지 않습니다."

이어 램폴은 교도소장실에 다녀온 이야기를 더디지만 무엇 하나 빠뜨리지 않고 들려주었다.

"그러니까 그 종이가 일종의 암호라는 겁니다. 그럴 수밖에 없어요. 단지…… 이 종이를 수중에 넣기 위해 마틴을 죽였을 사람은 과연 누구일까요?"

조심스럽게 문을 두드리는 소리에, 두 사람은 무언가 공모하던 이들처럼 화들짝 놀랐다. 도러시는 입술에 손가락을 올려 조용히 하라는 신호를 보낸 뒤, 서둘러 종이를 책상 서랍에 넣고 잠가버렸다.

"들어오세요." 그녀가 말했다.

문틈으로 버지의 사근사근한 얼굴이 나타났다. 램폴이 여기 있는 것을 보고 틀림없이 놀랐을 텐데, 얼굴만 봐서는 전혀 알 수 없었다.

"실례합니다, 도러시 님." 그가 말했다. "페인 씨께서 방금 도착하셨습니다. 그리고 벤저민 경은 모쪼록 서재에서 마님을 뵙고 싶다 요청하셨고요."

조금 전 서재에서 큰 언쟁이 일어난 모양이었다. 서로 말을 자제하는 긴장된 분위기와 다소 상기된 벤저민 경의 얼굴로 보아, 그 정도가 심했던 게 분명했다. 벤저민 경은 뒷짐을 지고 불을 지피지 않은 벽난로에 등을 돌린 채 서 있었다. 그리고 방 한가운데에는 램폴이 정말이지 보고 싶지 않은 사람, 바로 변호사 페인이 있었다.

"무슨 일을 해야 하는지 내가 알려주지요, 변호사 선생." 벤저민 경이 말했다. "분별 있는 사람답게 저기 앉아 있다가 요청을 받으면 증언이나 해요. 그전까지는 입 열지 말고."

페인의 목구멍에서 끓는 듯한 소리가 났다. 램폴은 그의 뒤통수에 자란 짧고 뻣뻣한 흰머리를 바라보았다.

"법은 좀 아십니까, 서장님?" 그가 거친 목소리로 물었다.

"그럼요, 알고말고요." 벤저민 경이 대답했다. "아시다시피 나는 치안판사이기도 하니까. 그럼 이제 지시에 따라주겠습니까?

그러지 않으면……."

펠 박사는 줄곧 졸린 듯 문을 향해 고개를 살짝 숙인 채로 앉아 있다가 도러시 스타버스가 서재 안으로 들어오는 순간 기침을 하며 일어섰다. 페인이 얼른 몸을 돌렸다.

"아, 어서 들어오렴." 그가 의자를 하나 밀어주었다. "여기 앉으렴. 편히 있도록 하고. 벤저민 경과 나는……." 그는 곁눈질로 경찰서장 쪽을 슬쩍 바라보았다. "이제 대화를 좀 나눠봐야겠구나."

그는 팔짱을 낀 채 마치 수호자라도 된 양 그녀의 의자 곁에 자리를 잡고 서서 조금도 움직이지 않았다. 벤저민 경은 심경이 불편한 듯했다.

"자, 당연한 말이지만 스타버스 양, 이 비극적인 사건에 대해 우리 모두 같은 심정일 겁니다. 당신과 당신 가족들을 알고 지내면서 이 말을 또 하게 될 줄은 몰랐군요." 나이가 드러나는 벤저민의 진심 어린 얼굴은 혼란스러우면서도 다정해 보였다. "이런 시기에 당신을 방해하고 싶지는 않습니다. 하지만 그래도 몇몇 질문에 대답할 기분이 난다면……."

"반드시 대답할 필요는 없단다." 페인이 말을 끊었다. "그 점 명심하렴, 애야."

"반드시 대답할 필요는 없습니다." 벤저민 경은 성질을 누그러뜨려 애쓰며 그의 말을 반복했다. "나는 그저 수사 과정에서 당신의 수고를 덜어주려는 것뿐입니다."

"그러시겠죠." 도러시가 대답했다. 그녀는 침착하게 자리에 앉아 두 손을 무릎 위에 얹은 채 어젯밤에 했던 이야기를 되풀이 했다.

그 이야기에 따르면, 그들은 9시가 되기 직전에 저녁 식사를 마쳤다. 그녀는 마틴의 긴장을 풀어주고 그의 신경을 다른 곳으로 돌리기 위해 애를 썼다. 하지만 그는 침울하고 예민해진 채로 식사를 마치자마자 곧장 자신의 방으로 올라가버렸다. 허버트는 어디 있었을까? 그녀는 그에 대해 알지 못했다. 잔디밭으로 나가보니 밖이 한층 시원하길래 그곳에 거의 한 시간 가까이 앉아 있었다. 그런 다음엔 그날 가계부를 정리하기 위해 사무실로 들어갔다.

복도에서 그녀는 버지와 마주쳤는데, 그는 마틴의 부탁을 받아 자전거용 램프를 그의 방으로 가져가는 길이라고 말했다. 이후 삼십 분 혹은 사십오 분에 걸쳐, 그녀는 몇 번이나 마틴의 방에 올라가보려 했다. 하지만 그는 혼자 있고 싶다는 의중을 강하게 표출할 뿐이었다. 워낙 침울한 상태였고 저녁 식사 자리에서도 내내 화를 냈던 터라 그녀는 더이상 그의 방을 찾아가지 않기로 했다. 그의 정신 상태가 어떤지 감시하는 사람이 주변에 없으면 상태가 좀더 나아질 것 같았다.

10시 40분쯤 되었을까, 마틴이 방을 나와 아래층으로 내려오더니 건물 옆에 난 쪽문을 통해 밖으로 나가는 소리가 들렸다. 그녀도 달려 나가, 그가 진입로를 따라 내려가려는 순간 쪽문에 도착해 그를 불렀다. 그가 지나치게 술을 마셨을지도 모른다는 생각에 불안했기 때문이다. 그러자 마틴이 몇 마디 쏘아붙였는데 그녀는 무슨 말인지 알아들을 수 없었다. 그의 목소리는 걸걸하게 잠겨 있었지만 걸음걸이는 그런대로 안정적인 듯했다. 이어 그녀는 전화기로 가서 펠 박사의 집으로 전화를 걸어 사람들에게 그가 출발했다고 전했다.

그게 전부였다. 그녀의 느릿하고 허스키한 목소리에 머뭇대는 기색이라곤 전혀 없었고, 두 눈은 벤저민 경에게 못 박힌 채 결코 흔들리지 않았다. 화장기 없는 진분홍빛 입술은 말을 하는 중에도 전혀 움직이지 않는 것만 같았다. 이야기를 마치자, 그녀는 의자에 등을 기대며 열린 덧창 틈새로 비치는 햇살을 바라보았다.

"스타버스 양." 잠시 침묵이 흐른 뒤, 펠 박사가 입을 열었다. "내가 질문 하나 해도 괜찮을지……. 고맙네. 버지 말로는 어젯밤 집 안의 다른 시계들은 모두 정확했는데 복도에 있는 괘종시계만 시간이 맞지 않았다더군. 아까 그가 10시 40분쯤 집을 나섰다고 했는데, 그게 복도 괘종시계 기준이었나, 아니면 오차가 없는 다른 시계 기준이었나?"

"아……." 그녀는 멍한 표정으로 그를 응시하다가, 자신의 손목시계를 내려다보더니 다시 고개를 들어 벽난로 선반 위에 놓인 시계를 확인했다. "오차가 없는 쪽이었어요! 확실해요. 복도에 있는 괘종시계에는 눈길도 주지 않았거든요. 그래요, 말씀드린 시간은 정확했어요."

그녀가 얼굴을 살짝 찡그린 채 펠 박사를 바라보자 박사는 다시 뒤로 물러났다. 벤저민 경은 어째서 이 이야기를 다시 끌어오는지 도통 이해가 안 된다는 태도로 난로 앞에 깔아놓은 양탄자 위를 서성거렸다. 용기를 내어 질문을 몇 개 던지려는 참이었는데 박사가 끼어들어 그의 생각을 죄다 흩뜨려놓았던 것이다. 그렇게 한참을 있다가 그가 마침내 돌아섰다.

"버지에게 들었습니다, 스타버스 양. 허버트가 사라졌는데 어디로 갔는지, 왜 사라졌는지 아무도 모른다고요."

그녀는 고개를 끄덕였다.

"아무쪼록 기억을 더듬어보시길 부탁드립니다! 그가 그렇게 갑자기 떠날 수도 있다는 이야기를 하지 않은 게 확실합니까? 음, 그러니까, 그가 그렇게 떠나버릴 이유에 대해 짐작 가는 것이 없습니까?"

"전혀요." 그녀가 대답하더니, 한층 낮은 목소리로 이렇게 덧붙였다. "그렇게 격식을 차려 에둘러 물어보실 필요 없어요, 벤저민 경. 무슨 말씀을 하고 싶으신지는 저도 잘 알고 있으니까요."

"뭐, 그러면 허심탄회하게 말씀드리죠. 허버트가 즉시 돌아오지 않는다면, 검시 배심원은 이 상황을 다소 끔찍한 방향으로 해석할 겁니다. 그러니까…… 무슨 뜻인지 아실 테죠? 혹시 과거 허버트와 마틴 사이에 악감정이 생겼던 적은 없습니까?

"한 번도요."

"그러면 비교적 최근에는?"

"최근에는 우리 둘 다 마틴과 만나지 못했어요." 그녀는 손가락을 배배 꼬며 대답했다. "아버지가 돌아가셨을 때 한 달가량 함께 지낸 이후로는, 그저께 사우샘프턴으로 그 애가 타고 온 배를 마중 나갔을 때 본 게 처음이었죠. 두 사람 사이에 악감정 같은 건 전혀 없었습니다."

벤저민 경은 어찌할 바를 모르는 기색이었다. 그가 무슨 말이라도 해보라는 듯 펠 박사를 돌아보았지만, 박사 역시 아무 말도 없었다.

"당장은 말입니다," 경찰서장은 헛기침을 하며 말을 이었다. "더 질문할 것이 생각나지 않는군요. 이 사건은…… 어, 갈피를 잡기가 굉장히 힘드네요. 참 곤혹스럽습니다. 물론 도러시 양이 필요 이상으로 시련을 겪는 건 원치 않으니, 이제 방으로 돌아가 쉬고 싶으시다면……."

"감사합니다. 하지만 괜찮다면 저도 여기 계속 있고 싶군요.” 그녀가 말했다. “그러니까, 더…… 좀더…… 음…… 여기 있고 싶어요.”

페인이 그녀의 어깨를 두드렸다. “나머지는 내가 처리하마.” 그는 만족스러운 듯 건조하면서도 잔인한 표정으로 경찰서장을 향해 고개를 끄덕여 보였다.

그때 무슨 일이 일어나 대화가 끊겼다. 바깥 복도에서 신경질적인 속삭임이 들리는가 싶더니, 갑자기 어떤 목소리가 거칠게 울려 퍼진 것이다. “헛소리하지 마!” 그 새된 목소리가 영락없는 까마귀 울음소리 같아서 사람들은 모두 흠칫 놀랐다. 곧 버지가 미끄러지듯 안으로 들어왔다.

“실례합니다, 서장님.” 그가 경찰서장에게 말했다. “번들 부인이 시계에 대해 뭔가 알고 있는 하녀를 데려왔는데, 어떻게 할까요?

“이제 썩 들어가!” 까마귀 같은 목소리가 다시 시끄럽게 울렸다. “어서 안으로 들어가서 말씀드리라니까. 마침 딱 좋을 때야. 딱 좋은 상황이라고. 이것 봐, 사실대로 이야기하면 쫓겨날 리 없다니까. 허!” 번들 부인은 병에서 코르크 마개가 빠지는 듯한 소리를 내며 말을 마쳤다.

곧 그녀가 겁에 잔뜩 질린 하녀 하나를 데리고 들어왔다. 번들 부인은 다소 호리호리한 체형에 걸음걸이는 뱃사람 같았고, 레이스 달린 모자를 반짝이는 눈 위까지 눌러쓴 모습이었다. 램폴이 보니, 얼굴에 보기 드물 정도로 강렬한 적의가 떠올라 있었다. 그 칙칙한 얼굴로 모두를 노려보는데, 그들을 비난한다기보다는 뭔가 단단히 오해를 한 듯한 눈빛이었다. 이윽고 적의 어린 시선이 멍하게 풀렸고, 그러자 그녀의 눈은 사시로 변해 기묘하게 보였다.

"자, 이 아이를 데리고 왔어요." 번들 부인이 말했다. "그리고 내가 먼저 한마디 하죠. 그것들을 우리가 어쩌겠어요? 그냥 다들 침대에서 잠든 채 살해당하거나 미국인들에게 팔려가는 편이 차라리 낫지. 어차피 오십보백보 아니겠어요? 내가 버지 씨에게 한두 번 얘기한 줄 알아요? 버지 씨, 내 말 잘 들어요. 그 귀신들이랑 어울려봐야 좋은 일은 절대 없어요. 우리 모두 언젠가는 다 썩어버릴 육신인데, 그런 몸으로 귀신들과 맞서 싸우려 애쓰는 건 어불성설이에요, 라고 말이죠. 허! 우리가 무슨 미국인이라도 돼요? 허! 그 귀신들은 이제……."

"물론입니다, 번들 부인. 그렇고말고요." 경찰서장은 그녀를 진정시킨 다음 조그만 하녀에게로 고개를 돌렸다. 하녀는 마녀의 함정에 빠진 여자처럼 번들 부인의 손아귀에 붙들린 채 떨고 있었다. "그 시계에 대해 알고 있는 게…… 아, 이름이?"

"마사입니다, 서장님. 예, 정말이에요."

"말해보렴, 마사."

"그놈들은 껌을 씹는다고요. 젠장!" 번들 부인이 맹렬한 악의를 내비치며 발을 굴렀다.

"예?" 경찰서장이 말했다. "누구 말입니까?"

"파이를 훔치고 사람들을 때린다니까요." 번들 부인이 말했다. "아아! 정말이지! 빌어먹을! 젠장!"

번들 부인은 이 주제에 대해 할 말이 많은 듯했다. 귀신이 아니라 그녀가 연신 "밀짚모자나 쓰고 다니는 형편없는 카우보이 놈들"이라 지칭하는 미국인에 대한 이야기 같기도 했다. 한 손으로는 열쇠 꾸러미를, 다른 손으로는 마사를 붙잡은 채 마구 흔들며 부인은 긴 독백을 늘어놓았다. 미국인에 대한 것인지 유령에 대한 것인지 도무지 구분할 수 없는 이야기였고, 그래서 사람들은 의미를 좀처럼 파악하지 못해 혼란스러워했다. 벤저민 경이 용기를 쥐어짜 말을 끊기 직전에야, 부인은 사이펀에서 탄산음료를 따라 마시며 사람 면전에 침을 튀기는 귀신들의 무례한 버릇에 대처하는 방법에 대한 강의를 마쳤다.

"자, 마사, 계속 말해보렴. 네가 그 시곗바늘을 돌려놓았니?"

"예, 서장님. 하지만 그분께서 시키신 일이었어요. 그래서……."

"누가 시켰다는 거지?"

"허버트 씨 말이에요. 정말이에요. 제가 복도를 지나가는데, 그분께서 손목시계를 보며 서재에서 나오셨어요. 그러더니 제게 이렇게 말씀하셨죠. '마사, 저 시계는 십 분 느리구나. 제대로 맞춰놔.' 굉장히 날카로운 말투였어요. 저는 얼마나 놀랐는지 아마 바람만 불어도 졸도해버렸을 거예요. 말투 말고도 전부 다 날카로워서……. 전에는 한 번도 그런 적이 없었는데 말이에요. 그러더니 그분이 또 이렇게 말씀하셨어요. '다른 시계들도 살펴보도록 해, 마사. 시간이 틀리면 제대로 맞춰놓고. 알았지!'"

벤저민 경이 펠 박사 쪽을 바라보았다.

"이건 박사님 전문 주제 아닙니까?" 경찰서장이 말했다. "어서 질문해보시죠."

"흠……." 펠 박사가 입을 열었다. 그가 구석 자리에서 목청을 가다듬자, 마사는 겁을 집어먹어 원래도 분홍색이었던 얼굴빛이 조금 더 짙어졌다. "그게 언제쯤이라고 했지?"

"그건 아직 말씀드리지 않았는데요. 정말이에요. 이제 말씀드릴게요. 그때 시계를 봤으니까요. 당연하잖아요. 그분께서 지시하신 대로 그 시계를 다시 맞춰놓았거든요. 저녁 식사를 시작하기 직전에 일어난 일이었어요. 그러니까 목사님께서 마틴 주인님을 집으로 데려오시고, 주인님께서 서재로 틀어박히신 바로 직후에 말이에요. 그렇게 그 시계의 시간을 다시 맞췄는데, 그때 시계는 8시 25분을 가리키고 있었거든요. 그 시계만요. 제가 시간을 십 분 빠르게 돌려놓았으니까요. 그러니까…….”

“그래, 물론 그랬겠지. 그러면 왜 다른 시계는 그대로 두었지?”

“바꾸려고 했어요. 하지만 서재로 들어가보니 마틴 님께서 거기 계셨어요. 그분께서 ‘뭐 하니?’라고 물어보시길래 사실대로 말씀드렸더니 이렇게 말씀하시더라고요. ‘시계는 내버려둬.’ 당연히 저는 그 지시에 따랐어요. 이 집의 주인님은 그분이시니까요. 이제 제가 알고 있는 것은 다 말씀드렸어요.”

“고맙구나, 마사……. 번들 부인, 부인이나 다른 하녀들 중 어젯밤에 허버트 씨가 집을 나서는 모습을 본 사람이 있습니까?”

번들 부인은 턱을 내밀며 이야기를 쏟아내기 시작했다. “우리가 홀던에서 열린 박람회에 갔을 때였어요.” 여전히 악의에 찬 태도였다. “애니 머피가 지갑을 소매치기당했죠. 그리고 사람들이 나를 빙빙 돌아가는 것 위에 올려놓았는데, 정말 빙빙 돌아가더라고요. 그런 다음엔 무슨 흔들리는 널빤지 위를 걸어가기도 하고 무너지는 계단을 오르기도 했고요. 게다가 어둠 속에서 머리핀까지 잃어버렸지 뭐예요. 숙녀를 대하는 방식이 그래서야? 어휴! 젠장!”

그녀는 고개를 맹렬히 흔들어대며 시끄럽게 이야기를 이어갔다. “그게 무슨 발, 명, 품이라나. 그래요, 빌어먹을 발, 명, 품. 발명품이란 건 다들 그런 식이죠. 내가 허버트 씨에게 그 이야기를 몇 번이나 했는지 몰라요. 어젯밤에 그분이 집에서 나와 마구간으로 가는 모습을 봤을 때도…….”

“허버트 씨가 집을 나서는 모습을 봤다고요?” 경찰서장이 물었다.

“마구간으로 가고 있었다니까요. 그분이 자기 발명품 나부랭이들을 보관하는 곳 말이에요. 그래도 그분 발명품 중에는 계단을 흔들어 내 머리핀을 잃어버리게 하는 건 확실히 없는 것 같은데. 아닌가? 혹시 그런 것도 있나?”

“무슨 발명품 말입니까?” 경찰서장이 하는 수 없이 물었다.

“됐어요, 벤저민 경.” 도러시가 말했다. “허버트는 늘 무언가를 뚝딱거리곤 하니까요. 뭘 제대로 만든 적은 없지만요. 마구간에 작업실이 있어요.”

이 이상 번들 부인에게서 끌어낼 수 있는 정보는 없었다. 그녀는 모든 발명품들이 홀던 박람회에서 어둠 속에 자기 머리핀을 던져버린 특정 기계장치와 관련이 있다고 확신했는데, 보아하니 유머 감각이 일천한 누군가가 이 선량한 숙녀를 유령의 집 같은 곳에 데리고 들어갔었던 듯했다. 기계장치 안에 붙잡힌 그녀는 그 사람을 우산으로 때리며 군중들이 몰려들 때까지 비명을 지르다가 마침내 경찰의 손에 이끌려 밖으로 나올 수 있었던 것이다. 번들 부인은 그 일에 대해 격정적으로 술회했지만 듣는 사람들을 전혀 이해시키지 못하고, 끝내 버지에게 붙들려 밖으로 나갔다.

"시간 낭비였습니다." 그녀가 사라지자 벤저민 경이 으르렁거리듯 말했다. "그 시계에 대해서는 답을 들은 것 같군요, 박사. 이제 다른 질문으로 넘어가도 되겠습니다."

"예, 그게 좋겠습니다." 페인이 갑작스레 끼어들었다.

그동안 이 변호사는 도러시가 앉은 의자 곁에서 꼼짝도 않던 터였다. 조그만 체구에 팔짱을 끼고 선 모습이 꼭 못생긴 중국 장식품 같았다.

"그게 좋겠어요." 그가 같은 말을 반복했다. "이런 의미 없는 질문을 이어가봐야 아무 소득도 없을 것 같으니, 아무래도 내가 상황 설명을 좀 해야겠군요. 나는 이 가문에서 특별한 책임을 맡고 있는 사람입니다. 지난 백 년 동안 스타버스 가문 사람들을 빼면 아무도 어떤 구실로든 교도소장실에 들어갈 수 없었습니다. 오늘 아침, 나는 완전한 타인인 당신을 포함한 여러분 모두가 그 규칙을 위반했다는 사실을 알게 되었습니다. 그 자체가 해명을 요하는 일입니다."

벤저민 경은 이를 꽉 깨물었다. "유감스럽게도 나는 그렇게 생각하지 않습니다만."

변호사의 목소리에 점점 더 분노가 깃들기 시작했다. "서장님, 지금 이 일을 대수롭게 생각하지 않는 것 같은데……."

그때 펠 박사가 그의 말을 잘랐다. 피곤한 듯 느릿느릿한 목소리였다. "페인, 자네는 얼간이야. 매번 문제나 일으키고 말이지. 그렇게 좀생이처럼 굴지 좀 말았으면 좋겠는데……. 그런 그렇고, 우리가 거기 갔었다는 사실을 어떻게 알았지?"

그가 부드럽게 던지는 훈계 속에는 어떤 경멸의 표현보다도 더 날이 서 있었다. 페인이 그를 노려보았다.

"나도 눈이 있습니다." 그가 으르렁거렸다. "당신네들이 집을 나서는 모습을 봤단 말입니다. 당신네들 오지랖이 이 일에 아무런 방해도 되지 않으리라는 사실을 확인할 때까지 뒤를 밟았죠."

"아! 그러면 자네도 규칙을 위반한 셈이 아닌가?"

"그건 아니죠, 박사님. 내게는 그럴 권한이 있으니까요. 금고 안에 무엇이 들어 있는지 난 안다고요." 그는 분노한 나머지 분별력을 잃고 이렇게 한마디 덧붙이고 말았다. "내가 그걸 보는 특권을 어디 한 번만 누렸을 것 같습니까?"

줄곧 멍한 표정으로 바닥을 내려다보던 펠 박사가 이제 사자 같은 그 거대한 머리를 들어 올리며, 그러나 여전히 멍한 표정으로 페인을 바라보기 시작했다.

“그거참 흥미롭군.” 그가 중얼거렸다 “자네라면 그랬겠거니 생각은 했지. 흠, 그래.”

“다시 한번 똑똑히 알려드리겠는데, 저는 이 가문에서 특별한 책임을…….”

“더이상은 아니야.” 펠 박사가 말을 잘랐다.

잠시 침묵이 흘렀다. 어째서인지 방 안의 공기까지 차가워지는 듯한 침묵이었다. 변호사가 두 눈을 크게 뜨며 펠 박사를 향해 고개를 돌렸다.

“‘더이상은 아니야’라고 말했네.” 박사가 다소 소리를 높여 같은 말을 반복했다. “마틴이 이 집안의 마지막 직계 후손이었지. 그러니 끝이야. 책임인지 저주인지, 자네가 뭐라고 부르든 간에, 그것도 이제 영원히 끝나고 말았네. 그 점만큼은 정말 다행이라고 하고 싶군……. 어쨌든 그 일은 더이상 수수께끼로 남을 필요가 없어. 오늘 아침 자네가 그곳에 갔었다면, 금고에서 뭔가 사라졌다는 사실을 알고 있을 테지.”

“박사님은 그걸 어떻게 압니까?” 페인이 목을 쭉 빼며 물었다.

“나는 약삭빠르게 굴지 않으려 애를 쓰는 중이네.” 박사는 녹초가 된 목소리로 대답했다. “그러니 자네 역시 그렇게 행동하지 않으려 노력해주면 좋겠군. 어쨌든 자네가 정의 구현에 이바지하고 싶다면, 자네가 맡은 그 책임이라는 것에 대해

빠짐없이 털어놓는 게 좋을 거야. 우리가 그에 대해 모르고서는 마틴의 죽음에 대한 진상 또한 영영 알 수 없을 테니까. 계속하시죠, 벤저민 경. 이런 식으로 참견하는 것도 신물이 날 지경이군."

"당신이 처한 상황에 대해 조언을 드리죠." 벤저민 경이 말했다. "더이상 증거를 숨기는 짓은 그만두시길 바랍니다. 중요 참고인으로 구류당하고 싶지 않다면 말입니다."

페인은 두 사람을 번갈아 바라보았다. 지금까지 그는 별 어려움 없이 비밀을 간직하고 있었을 터였다. 그를 닦달하거나 억압하는 사람이 없었을 테니까. 이제 이 변호사는 침착하게 품위를 지키려 미친 듯 애를 쓰고 있었다. 마치 강풍에 맞서 요트를 조종하려 분투하는 사람 같았다.

"내 기준에서 적당한 수준까지는 말씀드릴 수 있습니다." 그는 간신히 입을 열었다. "하지만 그 이상은 안 됩니다. 알고 싶은 게 뭡니까?"

"고맙습니다." 경찰서장이 건조하게 말을 이었다. "우선, 당신은 교도소장실로 이어지는 통로 열쇠들을 보관하고 있었습니까?"

"그렇습니다."

"열쇠는 총 몇 개입니까?"

"네 개입니다."

"이런, 빌어먹을." 벤저민 경이 쏘아붙였다. "지금 증인석에서 있는 게 아니에요! 좀더 구체적으로 이야기할 수 없습니까?"

"방 바깥문 열쇠 하나. 발코니 쪽 철문 열쇠 하나. 금고 열쇠 하나. 그리고 여러분들은 이미 금고 안을 보았으니……." 페인은 가시 돋친 어조로 말을 이었다. "남은 열쇠에 대해서도 말씀드릴 수 있겠군요. 금고 안에 들어 있는 작은 철제 상자 열쇠 하나입니다."

"상자라." 벤저민 경이 중얼거리며 고개를 돌려 펠 박사를 흘끗 바라보았다. 박사의 두 눈에는 예측했던 바를 확인했다는 기색이 어려 있었다. 더하여, 다 안다는 듯한, 조그맣지만 사악한 미소도 담겨 있었다. "그 상자는 사라졌습니다. 거긴 뭐가 들었습니까?"

페인은 깊은 생각에 잠겼다. 그는 팔짱을 풀지 않은 채 한쪽 손을 들어 손가락으로 팔뚝을 두드리기 시작했다.

"내가 모든 것을 알고 있는 건, 그게 내 의무이기 때문입니다." 잠시 침묵한 뒤 그가 입을 열었다. "그 안에는 카드가 여러 장 담겨 있습니다. 각각의 카드에는 18세기에 앤서니 스타버스가 남긴 서명이 적혀 있고요. 상속자는 카드를 꺼내 다음 날 유언집행인에게 제시하라는 지시를 받습니다. 실제로 상자를 열어보았다는 증거로서 말이죠. 그 외에 다른 것이 들어 있을 수도 있겠지만……." 그는 어깨를 으쓱였다.

"당신도 모른다는 뜻입니까?" 벤저민 경이 물었다.

"말하지 않는 게 좋겠다는 뜻입니다."

"그 이야기는 나중에 하도록 합시다." 경찰서장은 느릿느릿한 목소리로 말했다. "열쇠가 네 개라. 자, 금고를 열기 위해 입력해야 하는 단어 말인데……. 우리도 눈이 있습니다, 페인 씨. 그에 대해서도 위임을 받았으니, 그 단어가 무엇인지 역시 알고 있을 테죠?"

페인은 잠시 주저했다. "굳이 말하자면, 알고 있다고 할 수 있죠." 그리고 생각에 잠겼다가 말을 이었다. "그 단어는 금고 열쇠 자루에 새겨져 있습니다. 그러니 도둑이 금고를 열기 위해 열쇠를 복제한다 해도, 원본 열쇠 없이는 더이상 할 수 있는 일이 없죠."

"당신은 그 단어를 알고 있습니까?"

그는 좀더 오래 주저하다가 입을 열었다. "당연하지 않습니까?"

"다른 사람도 알고 있습니까?"

"무례한 질문이군요, 서장님." 그가 말했다. 윗입술을 깨무느라 그의 조그맣고 누런 치아가 드러났다. 얼굴을 찡그려 만면에 추하게 주름이 졌고, 짧게 깎은 회색 머리카락은 아래로 축 처져 있었다. 그는 다시 주저하다가 이내 아까보다 조심스러운 태도로 입을 열었다.

“뭐, 고 티머시 스타버스 씨가 아드님에게 그 단어를 구두로 전달하긴 했지요. 그분은 전통을 그다지 진지하게 받아들이지 않으셨다는 말씀을 덧붙일 수밖에 없겠군요.”

한동안 벤저민 경은 뒷짐을 진 채 벽난로 앞을 서성였다. 이윽고 그가 다시 몸을 돌렸다.

“그 열쇠 뭉치를 마틴 스타버스에게 전달한 게 언제였습니까?”

“어제 늦은 오후에 채터럼에 있는 내 사무실에서 전달했습니다.”

“그와 동행한 사람이 있었습니까?”

“사촌 허버트가 함께 왔습니다.”

“허버트는 접견 자리에 참석하지 않았을 테죠?”

“당연하죠. 나는 열쇠를 전달하고, 내가 숙지하고 있는 지시 사항을 그에게 알려주었습니다. 금고를 열어 상자를 꺼내 안에 무엇이 있는지 살펴보고, 앤서니 스타버스의 이름이 적인 카드 한 장을 내게 가져올 것. 그게 전부였습니다.”

램폴은 뒤쪽 그림자 속에 앉아 하얀 길 위에 서 있던 두 사람의 모습을 떠올렸다. 그가 마틴과 허버트를 보았을 때, 두 사람은 저 변호사의 사무실에서 돌아오는 길이었다. 그리고 마틴은 아무래도 이해하기 어려운 조롱 비슷한 말을 날렸다.

"그 단어는 바로 교수대라고." 이어 그는 도러시 스타버스가 자신에게 보여준, 의미 없는 이상한 시구가 적힌 종이에 대해 생각했다. 비록 펠 박사는 금고 안에 '종이'가 있었으리라는 추측을 비웃었지만, 이제 그 종이가 그 상자 안에 있었다는 것은 꽤 명확해 보였다. 도러시 스타버스는 두 손을 포갠 채 꼼짝하지 않고 앉아 있었다. 그런데 그녀의 호흡이 아까보다 빨라진 것 같은데…… 무슨 까닭일까?

"조금 전 답변하기를 거부한 질문으로 돌아가죠, 페인 씨." 경찰서장이 계속 밀어붙였다. "금고 안 상자 속에는 무엇이 들어 있었습니까?"

페인은 한 손을 움직여 턱을 어루만졌다. 램폴의 기억에 따르면, 그가 신경이 날카로워질 때마다 취하던 행동이었다.

"문서가 한 장 있었습니다." 그는 한참을 그렇게 있다가 마침내 대답했다. "더이상은 말씀드릴 수 없습니다, 여러분. 왜냐하면 나도 더는 모르기 때문입니다."

펠 박사가 자리에서 일어섰다. 그 모습이 마치 수면 위로 떠오르는 거대한 바다코끼리 같았다.

"아," 그가 한숨을 내쉬며 한쪽 지팡이로 바닥을 강하게 내리쳤다. "생각한 대로군. 내가 궁금했던 건 이거야. 그 문서는 절대 철제 상자에서 꺼내 가면 안 되는 것이었겠지, 페인? 좋아! 아주 좋아! 그렇다면 이제 시작할 수 있겠군."

"박사님은 문서 같은 게 있다는 사실을 믿지 않았던 것 같습니다만." 경찰서장이 한층 더 비꼬는 듯한 표정을 지으며 그에게로 고개를 돌렸다.

"아, 그렇게 말한 적은 없어요." 그는 가볍게 대꾸했다. "그저 아무런 논리적 근거 없이 그 안에 상자와 문서가 있었을 거라고 주장하는 당신의 의견에 이의를 제기했을 뿐이지. 그 말이 틀렸다고 한 적은 없습니다. 오히려 나는 당신이 주장한 결론에 이미 도착해 있었지요. 그 사실을 뒷받침하는 훌륭하고 논리적인 증거를 통해서 말입니다. 바로 그게 당신과 나의 차이점입니다."

박사는 고개를 들어 페인을 바라보았다. 그의 목소리는 여전히 평온했다.

"19세기 초에 앤서니 스타버스가 상속자들에게 남긴 문서를 가지고 자네를 괴롭힐 생각은 없네." 박사가 말했다. "하지만 페인, 또 다른 문서는 어떻지?"

"또 다른 문서라니요?"

"그러니까 티머시 스타버스, 즉 마틴의 부친이 남긴 문서 말이야. 그가 금고에 들어 있던 철제 상자 속에 문서를 남긴 지 이 년이 채 지나지 않았을 텐데."

페인이 입술을 살짝 움직였다. 마치 담배 연기를 천천히 내뿜는 듯한 동작이었다. 그가 자리에서 몸을 움직이자 바닥이 삐걱거렸다. 방 안이 어찌나 적막한지, 그 소리가 아주 선명하게 들렸다.

"그게 무슨 말입니까? 무슨 이야기를 하고 있는 거죠?" 벤저민 경이 빠르게 말했다.

"계속해보시죠." 페인이 차분하게 말했다.

"그 이야기를 열두 번은 족히 들었을 거야." 펠 박사는 무심하면서도 사색적인 태도로 고개를 끄덕이며 말을 이었다. "티머시가 사망하기 직전 침대에 누워 무언가 작성했다는 이야기 말이야. 몸이 극도로 망가져 간신히 펜을 잡을 수 있을 정도였지만, 여러 장에 걸쳐 뭔가 써 내려갔다고 하더군. 종이 아래에 책받침을 대고 기뻐하면서 웃다가 울기를 반복하며 고집스럽게 글을 써나갔다던데……."

"뭐라고 썼답니까?" 벤저민 경이 따지듯 물었다.

"글쎄요, 무엇을 쓰고 있었을까요?" 박사가 말했다. "그는 '내 아들에게 전하는 가르침'이라고 했지만, 그건 거짓말이었습니다. 당신 같은 사람의 시선을 따돌리기 위한 소리였죠. 소위 그 '시련'이라는 것의 내용을 보면, 그의 아들에게 가르침 따위는 필요 없으니까요. 그저 페인에게 열쇠를 받기만 하면 되었죠. 어쨌든 여러 장에 걸쳐 빽빽하게 적은 원고 따위는 전혀 필요하지 않았습니다. 그렇다고 티머시 영감이 어떤 내용을 필사한 것도 아니었습니다. 그런 짓을 할 이유가 없죠. 그리고 페인의 말에 따르면, 앤서니가 남긴 문서는 절대 금고 밖으로 나가지 않았어요. 자, 그렇다면 그는 무엇을 쓰고 있었을까요?"

아무도 입을 열지 않았다. 램폴은 자신이 의자에 앉은 채 몸을 앞으로 조금씩 움직이고 있다는 사실을 깨달았다. 그가 앉은 자리에서는 도러시 스타버스의 두 눈이 보였다. 그녀의 눈은 펠 박사에게 못 박힌 채 한 번도 깜빡이지 않았다.

벤저민 경이 큰 소리로 말했다. "좋아요. 알았습니다. 그래서 그가 무엇을 쓰고 있었다는 겁니까?"

"자신이 어떻게 살해당했는지에 대한 이야기였습니다." 펠 박사가 말했다.

"물론 자신이 살해당한 이야기를 글로 쓸 기회를 얻는다는 게 흔한 일은 아니지요" 박사가 변명하듯 설명을 덧붙였다.

그는 지팡이 하나에 온몸을 의지하느라 커다란 왼쪽 어깨를 높이 세운 채, 원을 그리고 앉은 사람들을 둘러보았다. 그의 안경에 달린 넓은 띠는 수직으로 늘어져 거의 바닥에 닿을 듯했다. 이어 예의 쌕쌕거리는 소리가 잠시 멈추더니…….

"티머시 스타버스가 괴짜였다는 건 굳이 말할 필요도 없을 거요. 하지만 당신들 중 그가 얼마나 괴짜인지 알아차린 사람이 과연 있을지 궁금하군. 그의 신랄함이나 사악하다 할 만한 유머 감각, 그런 종류의 농담에 격렬하게 공감하는 모습 같은 것들 말입니다. 그가 여러 면에서 앤서니 스타버스와 비슷한 사람이라는 점에 대해서는 다들 동의할 겁니다. 하지만 그가 이런 일까지 계획했으리라는 생각은 아마 못 했을 테지."

"무슨 일 말입니까?" 경찰서장이 호기

심 어린 목소리로 물었다.

펠 박사는 지팡이를 들어 한쪽을 가리켰다.

"누군가 그를 살해했습니다." 그가 말했다. "누군가 그를 죽인 다음 마녀의 은신처에 유기했어요. 마녀의 은신처라는 점을 유념해야 합니다! 살인범은 그가 죽었다고 생각했습니다. 하지만 그는 그로부터 상당한 시간이 흐른 후까지 살아 있었죠. 그리고 이 농담 같은 이야기의 요점이 바로 그겁니다.

물론 그는 자신을 죽인 남자를 고발할 수도 있었을 겁니다. 하지만 그건 너무 간단한 해결책이죠. 티머시는 그토록 가볍게 범인에게서 손을 떼고 싶지 않았습니다. 그래서 자신이 어떻게 살해당했는지 전말을 써 내려가기 시작한 겁니다. 그리고 그 문서를 어디에 봉해두면 좋을지 생각했죠. 어디에? 그 어떤 곳보다 안전한 장소가 있었습니다. 열쇠와 문자 조합으로 여는 금고. 게다가 그 금고가 있는 곳은 누구도 예상하지 못할 장소, 바로 교도소장실이었습니다.

이후 이 년 동안, 마틴이 자신의 생일을 맞아 금고를 열기 전까지, 여전히 모든 사람들은 그가 사고로 사망했다고 생각했을 겁니다. 살인범을 뺀 모두가 말이죠. 그런데, 티머시는 그 문서가 그곳에 있다는 사실을 살인범에게 알리지 않았을까요? 이게 바로 재미있는 점입니다. 이 년 동안 살인범은 안전했을 겁니다. 하지만 지옥에 떨어진 듯한 고통을 겪었을 테죠. 매년, 매달, 매일 시간이 흐르며 점점 그 시점이, 문서가 빛을 볼 날이 냉혹하게 다가왔을 겁니다. 그날이 오는 것을 막을 수는 없었습니다. 마치 천천히 다가오는 사형선고나 다름없죠. 하지만 살인범은 그 장소에 접근할 수 없었습니다.

그가 그 문서에 손을 댈 수 있는 유일한 방법은 교도소 지붕 전체를 날려버릴 수 있을 정도의 니트로글리세린을 사용해 금고를 박살내는 것뿐이었을 텐데, 그리 현실적인 방법은 아니죠. 또 시카고 같은 대도시에 사는 숙련된 금고털이라면 모를까, 잉글랜드 시골 마을에 사는 평범한 사람에게는 금고를 따는 것 역시 현실적인 방법이 아니었을 겁니다. 심지어 자신이 어떻게든 금고를 열 수 있으리라는 불확실한 믿음에 기댄다 해도, 남의 입에 오르는 일 없이 금고털이용 도구를 채터렴에 들이는 것부터가 난관이었겠죠. 하물며 고성능 폭탄은 말할 것도 없고요. 쉽게 말해서 살인범은 무력한 상태였습니다. 티머시가 의도한 대로 그가 얼마나 극심한 고통을 겪어왔을지, 여러분은 과연 상상이나 할 수 있겠습니까?"

벤저민 경은 충격에 휩싸여 허공에 주먹을 휘둘렀다.

"이것 봐요." 그가 입을 열었다. "당신은…… 당신 말은…… 이런 미친 생각이 어디 있습니까! 그가 살해당했다는 증거도 없지 않습니까! 당신은……."

"아, 아니요. 증거는 있습니다." 펠 박사가 대꾸했다.

벤저민 경은 그를 물끄러미 바라보았다. 도러시 스타버스는 어느새 자리에서 일어나 한쪽 손을 들어 손짓하고 있었다.

"하지만 이것 봐요." 경찰서장이 끈덕지게 말을 이었다. "만약 그 말도 안 되는 추측이 사실이라면…… 그러니까 정말로 사실이라면…… 아니, 그 이 년 사이에…… 살인범은 그냥 달아나 추적을 피하려 하지 않았습니까?"

"그런 다음에 그 종이가 발견돼버리면 그의 혐의가 아무런 의심 없이 입증되는 셈입니다." 펠 박사가 말했다. "자백이나 다름없는 행동이라고요! 바로 그렇게 되는 겁니다. 그리고 세상 어느 곳으로 도망을 가든, 어느 곳에 몸을 감추든, 티머시의 유령이 끔찍한 몰골로 언제나 그자의 머리 위를 떠돌았을 겁니다. 빠르든 늦든 경찰은 그를 찾아냈을 거고요. 그래요, 도망갈 수는 없었습니다. 그자가 안전하게 지낼 수 있는 유일한 방법, 그자에게 가능한 유일한 방법은, 이곳에 머무르며 어떻게든 그 고발장을 손에 넣는 것뿐이었습니다. 최악의 상황이 닥친다 해도 최선을 다해 혐의를 부인하면서 맞서 싸울 작정으로요. 그리고 사람들이 사실을 알기 전에 그 문서를 없애버릴 수 있다는 끈질긴 희망이 여전히 남아 있었겠죠."

박사는 잠시 말을 멈췄다가, 낮은 목소리로 한마디 덧붙였다. "이제 우리는 그자가 성공했다는 사실을 알고 있습니다."

광을 낸 바닥 위로 무거운 발소리가 들렸다. 그 소리가 굉장히 기괴한 울림을 내며 어둑어둑한 방 안에 울려 퍼졌기에 사람들은 모두 고개를 들었다.

"펠 박사의 말이 맞습니다, 벤저민 경." 교구 목사의 목소리였다. "고 스타버스 씨가 임종 전에 내게 하신 말이 있습니다. 자신을 죽인 남자에 대한 이야기였죠."

손더스는 테이블 옆에 이르러 걸음을 멈췄다. 그의 커다란 분홍빛 얼굴은 완전히 무표정했다. 그는 두 손을 펼치더니, 굉장히 느릿하면서도 소박한 말투로 이렇게 말했다. "하느님, 저를 굽어살펴주소서. 아, 여러분, 저는 그분이 미쳤다고 생각했습니다."

복도에 있는 괘종시계가 우아하게 울리기 시작했다.

"과연." 펠 박사가 고개를 끄덕였다. "그가 당신에게 말했을 거라는 생각은 했습니다. 당신이 그 정보를 살인범에게 전달하는 역할을 맡았겠죠. 맞습니까?"

"다른 이들에게는 절대 알리지 말고 가문 사람들에게만 전하라고 부탁하셨습니다. 나는 약속한 대로 충실히 이행했고요." 손더스가 한 손을 들어 눈두덩을 눌렀다.

이제 도러시 스타버스가 입을 열었다. 그녀는 어느새 커다란 안락의자에 다시 앉아 그늘 속에 잠겨 있었다. "그게 제가 두려워하던 또 다른 일이었죠. 예, 목사님께서 우리에게 말씀해주셨어요."

"그런데도 그에 대해 일언반구 없었던 겁니까?" 경찰서장이 고함을 지르다가 금세 목소리를 낮췄다. "사람이 살해당했다는 사실을 알면서도, 당신들 누구도……."

더이상 손더스에게서 원기나 능글맞은 오만함 같은 건 찾아볼 수 없었다. 그는 불현듯 이 어둡고 끔찍한 일에 영국식 농담의 규칙을 적용하려고 애를 쓰는 듯 보였으나, 끝내 제대로 된 방법을 찾지 못한 모양이었다. 그의 손이 허공을 더듬었다.

"생각해보십시오." 그가 간신히 입을 열었다. "당신들은 몰라요……. 그리고 판단을 내리지도 못할 겁니다. 당신들은……. 음, 사실 나는 그가 정신이 나간 거라고 생각했습니다. 믿을 수 없는 이야기였으니까요. 아니, 믿을 수 없다는 말로는 부족합니다. 세상에 그런 일을 할 사람이 누가 있겠습니까?" 혼란에 빠진 그의 파란색 눈동자가 사람들 사이를 정신없이 오갔다. 허공에서 뭐라도 발견하려 애를 쓰는 것 같았다.

"그럴 수는 없다고요!" 그는 필사적으로 말을 이었다. "어젯밤이 닥치기 전까지만 해도 나는 그 말을 믿지 못했습니다. 그러다가 갑자기 이런 생각이 들더군요. 그 말이 사실이라면, 어떻게 하지? 정말로 살인범이 있다면? 그래서 여기 있는 펠 박사와 램폴 씨와 함께 일이 어찌 되는지 지켜보기로 한 겁니다. 그리고 이제…… 이제 나는 그의 말이 사실이라는 것을 알게 되었습니다. 하지만 뭘 어떻게 해야 할지 모르겠군요."

"뭐, 그건 우리가, 나머지 사람들이 알아서 하지요." 경찰서장이 쏘아붙였다. "그렇다면 당신은 그를 죽인 사람의 이름을 알고 있는 겁니까?"

"아니요. 그분은 그저 이 집안 사람이라고만 하셨습니다."

램폴의 심장이 거세게 뛰었다. 그는 자신도 모르는 사이에 두 손바닥을 바지 무릎 부분에 문질렀다. 마치 손바닥에서 뭔가 닦아내려는 듯한 동작이었다. 어젯밤 교구 목사가 무슨 생각을 하고 있었는지 이제야 알 것 같았다. 그리고 그가 던진 수수께끼 같은 질문도 떠올랐다. '허버트는 저택에 있답니까?' 도러시 스타버스가 전화를 걸어 마틴이 저택을 나섰다는 말을 했을 때, 손더스는 지체 없이 그렇게 물었다. 그러곤 허버트가 유사시에 곁에 둘 수 있는 신뢰할 만한 젊은이라는 궁색한 변명을 늘어놓지 않았던가. 하지만 이제 램폴은 그보다 나은 설명을 할 수 있었다.

도러시의 두 눈에 타오르던 불빛은 이제 다 꺼져버린 것 같았다. 누군가 "아, 그랬군요!"라고 말할 때마다 공허한 쓴웃음을 살짝 지을 뿐이었다. 펠 박사는 지팡이로 바닥을 두드리고 있었다. 손더스는 태양을 응시하는 고통을 겪으며 속죄라도 하려는 듯 하늘을 바라보았다. 페인은 몸을 둥글게 만 채

자기만의 작은 회색 껍데기 속에 들어가 있었다. 그리고 벤저민 경은 굽은 길 앞에서 속도를 늦추는 말처럼 목을 기묘하게 구부린 채 다른 모두를 바라보았다.

"자." 벤저민 경이 사무적인 태도로 입을 열었다. "어쨌든 허버트를 체포하기 위한 수사망을 펼쳐야 할 것 같군요."

펠 박사가 온화한 표정으로 살짝 고개를 들었다.

"서장님이 잊고 있는 게 있지 않습니까?" 그가 질문을 던졌다.

"잊고 있는 것?"

"예를 들어봅시다." 박사는 생각에 잠긴 채 말했다. "서장님은 조금 전까지 페인을 신문하던 중이었죠. 어째서 그에게 무엇을 알고 있는지 더 묻지 않는 겁니까? 누군가는 티머시의 진술서를 교도소장실에 있는 금고에 가져다 넣어야 하지 않았겠습니까? 그 사람은 거기 무엇이 적혀 있는지 알지 않을까요?"

"아." 벤저민 경은 자신만의 생각에서 재빨리 빠져나왔다. "아, 맞습니다. 물론 그래야죠." 그는 코안경을 고쳐 썼다. "자, 페인 씨?"

페인은 손가락으로 턱을 두드리고 있다가 기침을 했다.

"글쎄요. 개인적으로 나는 저 목사의 얘기가 몽땅 헛소리라고 생각합니다. 만약 스타버스 씨가 그런 짓을 했다면 내게 전부 털어놓았을 겁니다. 손더스 목사, 당신이 아니라요. 하지만…… 그가 자신의 아들 이름이 적힌 밀봉된 봉투를 내게 주면서 금고 안에 넣으라고 한 적이 있긴 합니다."

"그런 뜻이었군? 전에도 그곳에 올라간 적이 있다고 했던 것 말이야." 펠 박사가 말했다.

"그렇습니다. 그 모든 절차가 굉장히 이상했죠. 하지만……." 커프스단추가 밀려 내려와 손의 움직임을 방해하는지 변호사는 불편한 동작으로 손짓을 했다. "당시 그는 죽음을 앞둔 상황이었고, 또 그 봉투는 상속자가 겪어야 할 의식과 굉장히 밀접한 관련이 있다는 얘기도 했습니다. 문서의 내용이 무엇인지 알지 못하는 나로서는 당연히 판단을 내릴 수 없었죠. 그의 죽음은 급작스러운 일이었습니다. 그가 처리하지 못한 일이 남아 있을 수도 있었고, 그렇다면 그 일은 내 책임하에 이루어져야 했습니다. 그래서 나는 그 부탁을 받아들였습니다. 물론 그 임무를 수행할 수 있는 사람은 나뿐이기도 했습니다. 내가 열쇠를 갖고 있었으니까요."

"살인에 대해서는 자네에게 아무 말도 하지 않던가?"

"안 했습니다. 그저 자신의 정신에 이상이 없음을 보증하는 문서를 한 통 작성해달라고 부탁하더군요. 내 눈에 그는 정상으로 보였습니다. 어쨌든 그는 그 문서를 받아 자신이 쓴 원고와 함께 봉투에 넣었습니다. 나는 원고 내용을 보지 못했고요."

펠 박사는 콧수염 끄트머리를 매만지며 인형 같은 단조로운 동작으로 연신 고개를 끄덕거렸다.

"그러면 이 의혹과 관련된 이야기를 들은 건 이번이 처음이겠군?"

"그렇습니다."

"철제 상자 속에 문서를 넣은 게 언제였지?"

"당일 밤이었습니다. 그가 사망한 날 밤 말입니다."

"그래요, 그래." 경찰서장이 조바심을 내며 끼어들었다. "다 알겠습니다. 하지만 얘기가 딴 데로 새는 것 같군요. 젠장, 이것 봐요! 우리는 허버트가 마틴을 죽여야 했던 정황에 대한 충분한 근거를 확보했습니다. 그런데 이 모든 사건의 시발점, 즉 허버트가 자신의 숙부를 살해해야 했던 이유는 무엇일까요? 얘기가 점점 더 혼란스러워지는데……. 그리고 만약 그가 마틴을 살해했다면, 어째서 달아난 겁니까? 기껏 지난 이 년 동안 애써 평정심을 유지하며 살아오다가 겨우 안전해진 마당에 헐레벌떡 달아나버린 이유가 무어냔 말입니까. 게다가 말이죠, 생각해봐요! 살인을 저지르기 몇 시간 '전에' 가방을 싸서 오토바이를 타고 뒷길로 사라져버렸잖습니까. 그는 어디로 갔을까요? 이치에 맞지 않습니다."

그는 얼굴을 찡그리며 깊은 한숨을 쉬었다.

"어쨌든 나는 바쁘게 움직여야 할 테죠. 마클리 박사가 사인을 규명하기 위한 심리를 내일 열겠다니, 그들이 내리는 결정을 지켜봅시다. 그때까지 난 일반 경보를 발령해야 할 경우를 대비해 오토바이의 차량 번호와 외관을 파악해두는 게 좋겠군요, 스타버스 양. 유감스럽지만 필요한 일입니다."

벤저민 경은 혼란스러운 나머지 가능한 한 빨리 이 회담을 마무리하고 싶어 하는 눈치였다. 그의 눈에는 무엇보다도 위스키소다 한 잔이 간절하다는 심정이 훨씬 분명하게 드러나 있었다. 사람들은 서로 다른 사람에게 해야 할 말을 잘못 건네는 등 사뭇 어색하게 작별 인사를 나눴다. 도러시 스타버스가 램폴의 소매를 살짝 건드려, 그는 떠나지 않고 서재 안에 남았다.

신문을 받은 탓에 신경이 날카로워졌겠지만 그녀는 전혀 내색하지 않았다. 그저 침울해진 어린아이처럼 깊은 생각에 잠겨 있을 뿐이었다. 그녀가 낮은 목소리로 입을 열었다.

"당신에게 보여준 종이…… 시구가 적힌 종이 말이에요. 이제 그게 무슨 뜻인지 알것 같지 않나요?"

"그렇습니다. 일종의 지시 사항 같아요. 상속자는 시구의 진짜 의미를 파헤쳐야 했을 테고요."

"하지만 무엇 때문에요?" 그녀가 사뭇 격렬한 태도로 물었다. "대체 무슨 이유로?"

변호사가 부주의하게 흘린 진술 하나가 아까부터 램폴의 마음 한구석에 자리 잡고 있었다. 그동안 그가 암중모색해온 것이 이제 스스로 모습을 드러내더니 질문을 하나 던진 셈이었다.

"상속자가 받게 되는 열쇠는 네 개였습니다." 그는 이야기를 시작하며 그녀를 바라보았다.

"그래요."

"일단 교도소장실 문 열쇠가 있습니다. 그거야 합리적이죠. 금고 열쇠, 그리고 그 안에 들어 있는 상자 열쇠. 그 또한 충분히 자연스럽죠. 그런데 발코니로 나가는 철문 열쇠가 있는 것은 어째서일까요? 상속자에게 그 열쇠가 필요할 까닭이 뭐가 있다고? 이 시구에 발코니로 나가라는 지시가 담겨 있지 않다면 말입니다."

벤저민 경이 마음껏 주무르던 실체 없는 추측이 또다시 천천히 모습을 드러내기 시작했다. 모든 징후가 발코니를 가리키고 있었다. 그는 담쟁이덩굴과 석재 난간, 그리고 펠 박사가 발견한, 난간 위의 움푹 팬 자리에 생각이 미쳤다. 바로 죽음의 함정이었다.

자신이 큰 소리로 이야기를 늘어놓고 있다는 사실을 깨닫고 램폴은 깜짝 놀랐다. 자신을 바라보는 그녀의 얼굴에 어떤 표정이 살짝 떠올랐다가 사라진 것을 알아차렸을 땐 그 말을 입 밖으로 낸 자기 자신이 저주스러울 지경이었다. 그는 방금 이런 말을 꺼낸 참이었다.

"다들 말하는 것처럼, 허버트는 발명가였습니다."

"당신 생각에는 그가……."

"아닙니다! 내가 무슨 뜻으로 이런 말을 했는지 모르겠네요!"

도러시의 얼굴이 어두침침한 복도에서도 알아볼 수 있을 정도로 파리해졌다. "누가 이런 짓을 했든, 그 사람이 아버지도 죽였어요. 당신들 모두 그렇게 생각하잖아요. 하지만 잘 들어요! 거기에는 이유가 있어요. 이유가 있었다는 걸 이제 난 안다고요. 무시무시하고 끔찍한, 뭐 그런 이유 말이에요. 오, 하느님! 제발 이유가 있어야 해요! 그런 눈으로 보지 말아요. 나는 미치지 않았어요. 정말이에요."

그녀의 낮은 목소리가 조금씩 탁해졌다. 마치 안개 속에서 뭔가 떠오르는 것을 보기 시작한 사람 같았다. 짙은 파란색 눈도 이제는 으스스해 보였다.

"들어봐요. 그 종이엔 어떤 지시 사항이 담겨 있었다고 했죠? 무엇에 대한 지시 사항일까요? 만약 아버지가 살해당하신 거라면, 누군가 아버지를 죽인 거라면, 저주 탓이 아니라 의도적으로 살해당하신 거라면, 그건 무슨 의미죠?"

"모르겠습니다."

"나는 알 것 같아요. 아버지가 살해당하신 거라면, 그 시구에 담긴 지시 사항을 이행했기 때문은 아닐 거예요. 어쩌면 다른 누군가가 시구의 뜻을 알아차렸을 수 있어요. 거기 무언가, 숨겨진 무언가에 대한 단서가 있었던 게 아닐까요? 그리고 아버지가 살해당하신 건, 살인범이 지시 사항을 이행하는 도중에 아버지가 그를 놀라게 했기 때문이고요!"

램폴은 상기된 그녀의 얼굴을 바라보았다. 그녀는 마치 비밀을 어루만지듯 손을 앞으로 뻗은 채 무엇인가 부드럽게 더듬고 있었다. 그가 입을 열었다.

"당신…… 당신 혹시 땅에 묻혀 있는 보물 같은 터무니없는 이야기를 하고 있는 건 아니죠?"

그녀는 고개를 끄덕였다. "그런 건 관심 없어요. 모르겠어요? 그러니까 내 말은, 만약 그게 사실이라면, 저주 따위가 존재하지 않는다면, 광기 같은 게 사실은 없다면, 내 몸에 저주받은 피가 흐르는 게 아니라고요. 우리 가문 사람 누구에게도요. 나한테 중요한 건 바로 그거예요." 그녀는 한층 낮은 목소리로 덧붙였다. "당신이라면 어떨 것 같아요? 내내 자신의 혈통 속에 끔찍한 씨앗이 자라고 있지 않는지 고심하고, 그에 대해 곱씹으면서 최악의 지옥을 겪어왔다면……."

그는 그녀의 손을 잡았다. 억눌린 침묵이 흘렀다. 어두운 방이 온통 공포로 가득 차 있었다. 아무래도 창문을 열어 햇

빚을 들여야 할 것 같았다.

"그래서 그게 제발 살인 사건이기를 바랐던 거예요. 아버지께서는 돌아가셨고, 남동생도 마찬가지예요. 이제 그건 어쩔 수 없는 일이죠. 하지만 적어도 무언가는 깔끔하게 해결된 셈이에요. 그러니까 일종의 교통사고 같은 일이었던 거죠. 당신도 이해할 수 있겠죠?"

"그래요. 그러니 우리는 그 암호에 담긴 비밀을 찾아내야 합니다. 만약 비밀이란 게 있다면 말이에요. 내가 그 종이를 베껴 가도 될까요?"

"다른 사람들이 떠나기 전에 어서, 당장 사무실로 돌아가서 베끼도록 해요. 나는 당분간 당신을 만나서는 안 돼요."

"하지만 그래서는……. 그러니까 내 말은, 그건 안 됩니다! 고작 몇 분이라도 좋아요. 만나지 않고 지낼 수는 없습니다!"

그녀는 천천히 고개를 들었다. "안 돼요. 사람들이 떠들어댈 거예요." 그가 멍하니 고개를 끄덕이자, 그녀는 그의 가슴팍에 손을 올려놓으려는 듯 두 손바닥을 펴서 앞으로 뻗더니 잔뜩 긴장한 목소리로 말을 이었다. "아, 설마 내가 당신을 만나고 싶어 하지 않는다고 생각하는 거예요? 만나고 싶어요. 당신보다 더! 하지만 그럴 수 없어요. 사람들이 떠들어댈 테니까요. 온갖 끔찍한 이야기를 지어내서 떠들어댈 거라고요. 그리고 나더러 이상한 누나라고 하겠죠. 어쩌면 사실일지도 모르지만.” 그녀는 몸을 떨었다. “사람들은 늘 나더러 이상하다고 말하곤 했어요. 그래서 나도 그게 사실이라고 생각하기 시작했죠. 남동생이 죽은 지 얼마 지나지도 않은 마당에 이런 이야기를 하면 안 됐는데. 하지만 나도 인간이니까……. 나는…… 아니, 신경 쓰지 말아요! 이제 제발 가서 그 종이를 베끼도록 해요. 내가 꺼내줄 테니.”

두 사람은 더이상 아무 말 없이 작은 사무실로 향했다. 그곳에서 램폴은 편지 봉투 뒷면에 시구를 휘갈겨 적었다. 그들이 다시 복도로 나왔을 땐 놀라 눈이 휘둥그레진 버지를 제외한 모두가 사라진 뒤였다. 버지는 두 사람을 전혀 보지 못했다는 태도로 그들을 지나쳤다.

“알겠죠?” 그녀가 눈썹을 치올리며 물었다.

“알고 있습니다. 이만 가보죠. 그리고 당신이 명령을 내리기 전까지는 당신을 만나려 하지 않겠습니다. 그런데…… 이 시구를 펠 박사님께 보여드려도 괜찮을까요? 박사님은 비밀을 지켜주실 겁니다. 그리고 오늘 일을 지켜본 만큼, 그분이 이런 일에 얼마나 유능한지 당신도 알 거고요.”

“그래요, 펠 박사님께 보여드려요. 그렇게 해요! 그 생각은 미처 못 했네요. 하지만 부탁이니, 다른 사람에게는 안 돼요. 그리고 서둘러줘요.”

그녀가 정문을 열자, 뜻밖에도 잔디밭 위에는 햇살이 내리쬐고 있었다. 마치 오늘은 영국의 평범한 일요일이고, 위층에 누워 있는 시체 같은 건 없는 것 같았다. 사람들은 비극을 겪어도 생각만큼 큰 감정의 변화를 보이지 않는 법이다. 일행과 합류하기 위해 진입로를 내려가다가, 그는 고개를 돌려 뒤를 흘끗 바라보았다. 그녀는 문 앞에 가만히 서 있었다. 산들바람이 그녀의 머리를 흩날렸다. 느릅나무 위에서 비둘기들이 우는 소리와 덩굴식물 사이에서 참새들이 언쟁을 벌이는 소리가 들려왔다. 저택의 둥그런 흰색 지붕 위로 금박을 입힌 풍향계가 정오의 햇살에 맞서 맹렬히 돌고 있었다.

"고인의 사인은 이하 내용에 따른 결과로……."

심리 보고서는 이렇게 시작했다. 공식적인 문서를 볼 때마다 램폴의 머릿속에는 그 인정머리 없고 짜증나는 특유의 문체가 후렴구처럼 떠돌곤 했다. 보고서에는 허버트 스타버스가 그의 사촌 마틴을 교도소장실 발코니에서 밖으로 던져 살해했다는 내용이 담겨 있었다. 검시 결과 마틴의 콧구멍과 입에서 혈흔이 검출되었고, 그가 떨어진 자세로는 후두부에 난 타박상을 설명할 수 없기에 고인은 십중팔구 살해당하기에 앞서 후두부에 강한 타격을 받아 의식을 잃었을 것이라는 게 마클리 박사의 설명이었다. 마틴의 목과 오른쪽 골반이 골절되었다는 점과 함께, 검시소의 무심한 공기 속에 차갑고 볼품없이 매달려 있는 적절한 세부 사항들도 언급되었다.

심리는 마무리되었다. 채터럼에서 일어난 이 의문의 사건을 향한 런던 언론의 관심은 아흐레를 넘기지 못했다. 수많은 사진과 어림짐작, 숨 가쁜 뉴스 기사들이 지면을 장식하다가, 이내 광고의 홍수 속에 묻혀버리고 말았다. 이제 유일하게 언급되는 것은 범인 수색에 관한 내용이었다. 경찰이 으르렁대며 허버트를 추적했지만 그는 끝내 발견되지 않았다.

녹색 오토바이를 탄 수수께끼같은 인물은 마치 안개 속에서 모습을 감추듯 잉글랜드에서 사라져버렸다. 물론 열 곳이 넘는 곳에서 그를 목격했다는 제보가 들어왔지만, 실제 허버트 스타버스로 판명된 적은 단 한 번도 없었다. 그가 기차를 타기 위해 링컨 방향으로 향했다고 가정한다면, 지금까지의 정황상 이후의 행적이나 녹색 오토바이의 자취를 추적하기란 아무래도 요원해 보였다. 런던 경찰청이 도망자 못지않게 은밀히 움직이며 수사를 펼쳤건만, 웨스트민스터 부두 위에 자리 잡은 저 엄숙한 경찰 본부 건물로부터 범인을 체포했다는 소식은 도통 들려오지 않았다.

검시 심리가 열린 지 일주일 만에 채터럼은 다시 잠에 빠진 듯 조용해졌다. 매일같이 비가 내려, 빗방울이 저지대를 뒤덮고 처마를 계속 두드리는가 하면 굴뚝 안으로 스며들어 습기를 몰아내느라 지핀 불에 떨어지며 타닥거리는 소리를 내기도 했다. 태고의 빗방울이 유령 같은 해묵은 냄새를 끌어내, 고딕체로 인쇄된 책과 벽에 새긴 무늬가 오히려 살아 있는 사람들보다 훨씬 생생해 보일 지경이었다.

램폴은 펠 박사의 서재 안, 불을 지핀 벽난로 앞에 앉아 있었다. 석탄이 타닥거리며 타는 소리를 제외하면 주목나무관은 고요했다. 펠 박사 부부는 오후 내내 채터럼으로 출타중이었고, 홀로 벽난로 앞 안락의자에 앉아 있는 이 집의 손님에게 램프 따위는 필요하지 않았다. 회색 창문 너머 굵어지는 빗방울과 집 안의 다른 것들을 보기 위해서는 난롯불만으로 충분했기 때문이다.

불길에 휩싸여 검게 빛나는 아치형 쇠 살대와 함께 그의 눈앞에 떠오른 것은, 검시실에서 결코 그에게 고개를 돌리지 않던 도러시 스타버스의 얼굴이었다. 온갖 소문이 떠돌던 터였다. 윤이 나게 닦은 바닥 위로 거칠게 의자를 끄는 소리, 교도소에서처럼 날카롭게 울리는 이런저런 목소리들이 검시소를 가득 채웠다. 검시가 끝나자 그녀는 페인이 모는 낡은 자동차를 타고 귀가했다. 그는 덜컹거리며 나아가는 자동차 뒤로 피어오르는 먼지를 바라보았다. 자동차가 지나는 길을 따라 늘어선 집 창문마다 염탐하듯 은밀히 밖을 살피는 사람들의 얼굴이 나와 있는 것도 보았다. 소문이란 온 동네를 돌아다니며 문을 두드리는 음흉한 우체부 같았다. 빌어먹을 멍청이들. 그는 이런 생각을 하다가 갑자기 비참한 기분에 휩싸였다.

빗소리가 한층 심해지는가 싶더니 빗물 몇 방울이 벽난로 안에 떨어지며 소리를 냈다. 그는 무릎 위에 올려놓은 종이를 바라보았다. 그녀가 보여준 종이에서 베낀 무의미한 시구였다. 펠 박사에게도 그에 대해 이야기했지만, 늙은 사전편찬자는 아직까지도 시구를 살펴보지 않았다. 혼란한 상황과 이후 치러진 장례식을 고려하여 잠시 이 수수께끼를 얌전히 내려놓기로 했던 것이다. 하지만 이제 마틴 스타버스는 땅속에 묻혀 잠든 채 비를 맞고 있으니……. 램폴은 몸을 떨었다. 진부한 경구들이 머릿속을 스치고 지나갔다. 그는 이제 그런 말들이 두려우리만치 사실이라는 것을 알고 있었다. 그리고 다른 구절도 떠올랐다.

"비록 이 육신이 썩어 없어진다 할지라도……."[1]

강력하면서도 차분한 말이 허공에 울려 퍼졌다. 다시 한 번, 관 위로 흙이 덮히던 모습이 떠올랐다. 마치 씨를 뿌리는 듯한 광경이었다. 비에 흠뻑 젖은 버드나무가 회색 지평선을 배경으로 흔들리고 있었다. 장례 예배를 진행하는 단조로운 목소리가, 아주 오래 전 그가 어린아이였을 무렵 어딘지 모를 먼 곳에서 사람들이 〈올드 랭 사인〉을 부르는 소리를 들었을 때와 마찬가지로 기묘하게 느껴졌다.

그게 언제 적 일이었더라? 어린 시절 이후로 잊고 있던 것이 다시 들려오는 것만 같았다. 그러다 문득, 그는 아까부터

1 『욥기』 19장 26절.

정말로 무슨 소리가 나고 있다는 사실을 깨달았다. 누군가 주목나무관의 현관문을 두드리고 있었다.

그는 자리에서 일어나 옆 테이블에 놓인 램프에 불을 붙인 다음, 그 램프를 들고 빛을 비추며 복도를 지났다. 문을 열자 빗방울이 얼굴에 부딪쳐 왔다. 그는 램프를 높이 들었다.

"펠 부인을 뵈러 왔는데요." 여자의 목소리였다. "차 한잔 얻어 마실까 해서요."

챙이 흠뻑 젖은 모자를 쓴 여자가 진지한 표정으로 고개를 들었다. 램프 불빛 탓인지, 얼굴이 비를 뚫고 앞으로 튀어나오는 듯했다. 여자는 순진하면서도 미안하다는 듯한 눈빛으로 복도 안을 흘끗 들여다보았다.

"두 분 모두 안 계십니다." 그가 말했다. "그렇다고 해서 들어오시지 말라는 법은 없죠. 저…… 제가 차를 제대로 끓일 수 있을지 잘 모르겠지만요."

"제가 잘 끓여요." 여자가 말했다.

어색하고 뻣뻣했던 분위기는 여자의 미소와 함께 사라졌다. 곧 그녀는 젖은 모자와 코트를 복도에 걸어두고 지극히 노련한 태도로 서둘러 주방으로 향했다. 그녀가 주방에 있는 사이, 그는 적당히 바쁜 것처럼 보이려고 애를 썼다. 아무리 생각해도 음식을 준비하는 동안 주방 한가운데 엉거주춤 서 있는 것만큼이나 죄책감이 드는 행동은 없을 것 같았다. 다른 사람이 자동차 타이어를 교체하는 모습을 가만 지켜보는 꼴과 다를 게 없었다. 뭐라도 하려고 바삐 움직일 때마다 상대와 부딪치고, 결국 순전히 못된 장난기에 상대를 밀쳐서 바닥에 얼굴을 처박게 만든 것 같은 기분이 드는 것이다. 두 사람은 별다른 말을 나누지 않았지만, 도러시는 활기찬 모습으로 차를 내왔다.

그녀는 서재 벽난로 앞의 작은 테이블 위에 테이블보를 깔았다. 커튼은 모두 드리워진 채였고, 불길이 다시 석탄 위로 층층이 솟아올랐다. 그녀는 집중하느라 이마를 찡그린 채 토스트 빵에 버터를 발랐다. 노란색 램프 불빛 속에서, 그는 그녀의 두 눈 아래에 그늘이 져 있다는 사실을 알아차렸다. 뜨거운 머핀과 마멀레이드, 그리고 진하게 우린 차. 토스트 빵을 스치는 나이프 소리. 빵에 펴 바른 시나몬의 따뜻하고 달콤한 향기.

그녀가 갑자기 고개를 들었다.

"저기, 차를 드시지 않을 건가요?"

"생각 없습니다." 그는 딱 잘라 말했다. "이제 무슨 일인지 말씀해주시죠."

그녀가 나이프를 접시 위에 내려놓자 쨍그랑 소리가 아주 작게 울렸다. 도러시는 시선을 돌리며 대답했다. "아무 일도 없어요. 그저…… 그 집에서 빠져나와야 했어요."

"뭐라도 좀 드시죠. 나는 배가 고프지 않습니다."

"아, 나도 배가 고프지 않은데, 몰랐어요?" 그녀가 따지듯 물었다. "여기 오니 참 좋네요. 비가 내리고, 난롯불은 타오르고……."

그녀는 고양이처럼 근육을 쭉 늘리며 벽난로 선반 끄트머리를 물끄러미 바라보았다. 두 사람 사이에 놓인 찻잔에서 김이 피어올랐다. 도러시는 낡아서 푹 꺼지고 색이 바래 칙칙한 빨간 소파에 앉아 있었다. 난롯가 바닥에 예의 시구를 베껴 적은 종이가 앞면이 위를 향한 채 떨어져 있었다. 그녀가 그 종이를 향해 고갯짓을 했다.

"펠 박사님께 말씀드렸나요?"

"말씀은 드렸습니다. 하지만 그 안에 뭔가 숨겨져 있다는 이야기는 아직……."

문득 그는 자신이 무슨 이야기를 하고 있는지 전혀 알지 못한다는 사실을 깨달았다. 갑작스레 명치를 한 대 세게 얻어맞은 듯한 충격을 느끼며 그가 벌떡 일어섰다. 두 다리가 힘없이 휘청거렸다. 찻주전자가 시끄러운 소리를 내며 끓고 있었다. 그는 난롯불을 받아 흔들림 없이 밝게 빛나는 그녀의 시선을 살피며 소파로 다가갔다. 그녀는 한동안 난롯불을 바라보다가 곧 그에게로 시선을 돌렸다.

어느덧 그는 난롯불을 바라보고 있었다. 두 눈에 난롯불의 열기가 맹렬히 들이닥쳤고, 주전자 끓는 소리와 거센 빗소리가 희미하게 들려왔다. 그와 키스를 나눈 다음에도 오랫동안, 그녀는 마치 밀랍으로 봉한 것처럼 두 눈을 꼭 감은 채 그의 어깨에 기대어 움직이지 않았다. 메스꺼울 정도로 치밀어 오르던 공포는 사라져버렸고, 막무가내로 울리던 그의 심장도 푸근한 담요에 감싸인 양 천천히 가라앉았다. 미칠 듯이 의기양양한 동시에 바보가 된 기분이었다.

그는 고개를 돌리다가 두 눈을 크게 뜬 채 공허한 시선으로 천장을 바라보는 그녀의 모습을 보고 깜짝 놀랐다.

귓가에 자신의 목소리가 커다랗게 울렸다. "아…… 이러지 말았어야……."

그녀의 공허한 시선이 그의 눈으로 옮겨 왔다. 서로 마음 속 깊은 곳에서부터 상대를 바라보는 듯한 기분이었다. 그녀의 팔이 천천히 그의 목을 감싸며 다시 한번 그의 얼굴을 아래로 끌어당겼다. 두 사람의 얼굴이 가까워지고 심장이 일정한 간격을 두고 울리는 사이, 찻주전자의 노래가 멈추는 듯싶더니 따뜻한 김 사이로 누군가 두서없이 중얼거리는 소리가 들려오는 것 같았다. 별안간 그녀가 발작적인 움직임으로 그에게서 떨어지며 벌떡 일어났다. 이어 램프 불빛을 받으며 이리저리 걸음을 옮기다가 그의 앞에 멈춰선 그녀의 두 볼은 빨갛게 상기되어 있었다.

"이럴 줄 알았어." 그녀는 가쁜 숨을 내쉬며 냉정한 목소리로 말했다. "나는 매정한 짐승이에요. 한낱 야아치 같은 인간일 뿐이라고요. 마틴이 그렇게 됐는데 어떻게 이런 짓을……."

램폴은 재빨리 일어나 그녀의 두 어깨를 붙들었다.

"그러지 말아요! 그런 생각은 떨쳐버리라고요." 그가 말했다. "다 지난 일이고 다 끝난 일이라는 거 모르겠어요? 도러시, 당신을 사랑합니다."

"나는, 나는 당신을 사랑하지 않는 것 같아요?" 그녀가 물었다. "그 누구도 지금 당신을 사랑하는 만큼 사랑할 수 없을 거예요. 결코 그럴 수 없을 거라고요. 그 사실이 두려워요. 아침에 잠에서 깨어나자마자 그런 생각이 든 건 처음이었어요. 심지어 밤에도 꿈에 나타날 정도라고요. 얼마나 힘든지 몰라요. 하지만…… 지금 그런 생각을 한다는 게 끔찍해요."

그녀의 목소리가 떨렸다. 그는 자신이 그녀의 어깨를 강하게 움켜쥐고 있다는 사실을 깨달았다. 마치 당장이라도 뛰어내리려는 사람을 붙잡은 듯한 기세였다.

"우리 둘 다 조금씩 미쳤나 봐요." 그녀가 말을 이었다. "내가 당신을 얼마나 좋아하는지 말하지 않을래요. 절대 인정하지 않겠어요. 그냥, 끔찍한 일 때문에 우리 둘 다 이상해진 것뿐이에요."

"그 끔찍한 일도 오래가지 않을 겁니다. 세상에! 그렇게 과거를 곱씹는 일을 그만둘 수 없나요? 그러다 정말 큰일 난다고요. 이건 아무것도 아니에요. 펠 박사님이 하는 말 들었잖아요."

"나로선 설명할 수가 없어요. 이제 내가 어떻게 해야 할지 알겠어……. 난 떠날 거예요. 당신을 떠날 거라고요. 오늘 밤, 내일…… 그렇게 하루하루 지내다 보면 당신을 잊어버리겠죠."

"잊어버릴 수 있다고요? 당신이 그럴 수 있다면……."

그녀의 두 눈에 그렁그렁한 눈물을 보고, 그는 자기 자신에게 욕설을 퍼부었다. "잊어버릴 필요 전혀 없어요." 그가 애써 차분한 목소리로 말을 이었다. "우리가 해야 하는 일은 단 하나뿐이에요. 이 말도 안 되는 일의 진상을 밝히는 겁니다. 살인과 저주 같은 어리석은 것들을 모두 파헤치고 나면 당신은 자유의 몸이 될 거예요. 그런 다음 우리 함께 떠나서……."

"그때도 당신이 나를 원할까요?"

"바보 같은 소리!"

"난……." 그녀는 잠시 침묵한 뒤 하소연하듯 말했다. "난 그저……. 아, 젠장. 한 달쯤 전에 책을 읽다가 스스로를 돌아봤는데, 내가 윌프리드 데님과 사랑에 빠지고도 그 사실을 모르는 게 아닐까 하는 의문이 들더라고요. 그리고 사람들이 그 일을 두고 얼마나 야단법석을 떨지도 궁금해졌죠. 지금 생각해보면 정말이지 그보다 바보 같은 짓이 없는데!"

그녀는 맹렬하게 고개를 저은 뒤 미소를 지었다. 그러자 장난스러운 표정이 다시 돌아왔다. 하지만 그런 모습 뒤에는, 마치 칼로 자신의 몸을 찌르며 혹시라도 피가 흐를까 두려워하는 듯한 기색이 감추어져 있었다.

"저기, 당신이 진심이길 바라요. 만약 그렇지 않다면 차라리 죽는 게 나을 것 같으니까요."

램폴은 연설하는 듯한 말투로 자신이 얼마나 형편없는 인간인지 이야기하기 시작했다. 젊은 남자라면 으레 그런 식으로 행동해야 한다는 생각을 품기 마련이나, 램폴은 진심으로 스스로에 대해 그렇게 생각하고 있었다. 한창 연설을 늘어놓던 중 버터가 담긴 그릇에 손을 집어넣는 바람에 그 효과가 다소 퇴색되고 말았지만, 그녀는 웃음을 터뜨리며 그가 버터 속에서 뒹군다 한들 신경쓰지 않는다고 말했고, 그러다 두 사람은 뭔가 먹어야 한다는 결론에 도달했다. 그녀가 계속해서 모든 것이 "말도 안 된다"고 중얼거리는 사이, 램폴은 어떤 생각에 사로잡혔다.

"이 더럽게 맛없는 차 좀 들어요." 그가 권했다. "이 말도 안 나오는 레몬이랑 노망난 것 같은 설탕도 곁들여서요. 어서 들어봐요. 기묘한 느낌이긴 한데, 이 광기 어린 토스트를 던져 당신을 맞히고 싶은 기분이 드네요. 너무 사랑해서 그런가. 마멀레이드? 이건 지능지수가 너무 낮군요. 이걸 권하겠어요. 그리고……."

"제발! 펠 박사님께서 언제 돌아오실지 몰라요. 헛소리 좀 그만해요! 그리고 창문 좀 열어주겠어요? 당신네 미국인들은 왜 그렇게 탁한 공기를 좋아하나 몰라. 어서요!"

램폴은 벽난로 옆 창가로 성큼성큼 걸어가 커튼을 열어젖히는 와중에도 그녀의 억양을 흉내 내며 독백을 이어갔다. 빗줄기는 잦아든 상태였다. 그는 창문을 열고 밖으로 고개를 내밀어 무의식중에 채터럼 교도소 쪽을 바라보았다.

그 순간 무엇인가 그의 눈에 들어왔다. 그가 느낀 것은 놀라움이나 두려움이 아니라 차분하면서도 냉정한 승리감이었다. 그는 만족스러운 마음으로 신중하게 입을 열었다.

"이번에는 그 녀석을 잡을 겁니다. 놈을 잡아 오죠."

고개를 끄덕이며 이렇게 말한 뒤, 램폴은 빗속을 가리키며 기묘한 표정으로 그녀를 바라보았다. 채터럼 교도소의 교도소장실에서 다시 한번 불빛이 반짝였다.

땅거미를 뚫고 조그맣게 깜빡이는 모습이 마치 촛불 같았다. 그녀는 딱 한 번 그 모습을 흘끗 바라본 다음 그의 어깨를 붙들었다.

"무슨 짓을 할 생각이에요?"

"말했잖아요. 하늘의 뜻입니다." 램폴은 씩씩하게 말했다. "놈을 박살 내버리겠어요."

"저기 올라갈 생각은 아니죠?"

"왜 아니겠어요? 지켜보기만 해요! 내가 부탁하고 싶은 건 그저 지켜봐달라는 것뿐입니다."

"당신을 보낼 수 없어요! 아니, 농담이 아니고요. 정말이라니까요! 당신은 절대……."

램폴은 연극에 등장하는 악당 같은 태도로 웃음을 터뜨리고는 테이블 위에 놓인 램프를 들고 서둘러 복도 쪽으로 향했다. 그녀도 어쩔 수 없이 뒤를 따라갈 수밖에 없었다. 마치 날개를 파닥이며 곁을 맴도는 새 같은 모습이었다.

"난 가지 말라고 했어요!"

"그랬죠." 그는 비옷을 입으며 대답했다. "이것 좀 입게 소매를 잡아주겠어요? 좋아요! 자, 이제 필요한 게……." 그는 모자걸이를 살펴보며 이렇게 덧붙였다. "지팡이가 어디 있지? 무겁고 튼튼한 것으로……. 여기 있군. '무기 들고 왔습니까, 형사님?' '들고 왔습니다.' 그렇고말고요."[1]

"그렇다면 경고하겠는데, 나도 같이 갈 거예요." 그녀가 비

[1] 아서 코넌 도일의 『바스커빌 가문의 사냥개』 중 셜록 홈스와 레스트레이드의 대화를 패러디한 내용이다.

난하듯 외쳤다.

"음, 그러면 코트 입어요. 저 광대 자식이 얼마나 더 기다려줄지 모르겠네요. 그러고 보니 손전등을 챙기는 편이 좋겠군. 어젯밤 박사님이 여기 하나 놓아둔 것 같았는데……. 자, 됐습니다."

"아, 내 사랑!" 도러시 스타버스가 말했다. "나도 데려가주기를 바라고 있었어요."

두 사람은 흠뻑 젖은 채 물방울을 튀기며 진창을 지나고 잔디밭을 가로질러 목초지에 접어들었다. 그녀는 긴 비옷 탓에 울타리를 넘어가는 데 약간 어려움을 겪었다. 이에 램폴이 그녀를 들어 울타리를 넘겨주었는데, 그러고서 감사의 표시로 젖은 볼에 키스를 받는 순간 어찌 된 일인지 교도소장실에서 그자와 정면으로 부딪치겠다는 의기양양한 기세가 사그라들기 시작했다. 이건 장난이 아니야. 불길하면서도 위험한 일이라고. 그는 소심하게 몸을 돌렸다.

"이것 봐요." 그가 말했다. "진지하게 말하지만, 당신은 돌아가는 게 낫겠어요. 이건 장난이 아니라고요. 당신을 데리고 도박을 할 수는 없어요."

잠시 침묵이 흐르는 사이, 빗줄기가 그의 모자를 거세게 두드렸다. 흰색 목초지 저편에서 외로이 비치는 빛 한 줄기가 비의 장막을 비추며 깜빡거렸다. 마침내 그녀가 입을 열었다.

목소리는 굉장히 작았지만 침착하고 단호했다.

"그건 나도 잘 알아요. 하지만 난 확인해야겠어요. 그리고 당신은 날 데려가야 하고요. 내가 길을 알려주지 않는다면 어떻게 혼자서 교도소장실로 가는 길을 찾겠어요? 당신에게는 선택의 여지가 없다고요."

그녀는 그를 지나쳐 첨벙거리며 목초지 경사면을 오르기 시작했다. 램폴은 어쩔 수 없이 지팡이로 질척거리는 풀을 후려치며 그녀의 뒤를 따랐다.

두 사람 모두 아무 말이 없었다. 교도소 입구에 도착할 즈음, 그녀는 숨을 헐떡이고 있었다. 이제 난롯가에서 멀리 떨어져 있자니, 채찍질과 교수형이 만연했던 이 오래된 건물에 초자연적인 존재란 있을 수 없다고 스스로를 수없이 설득해야 할 것만 같았다. 램폴은 가져온 손전등을 켰다. 온통 녹색으로 뒤덮여 지저분한 통로 안으로 새하얀 빛이 뻗어나갔다.

두 사람은 안쪽을 살펴보며 잠시 주저하다가 앞으로 움직이기 시작했다.

"그럼 당신은," 그녀가 속삭였다 "정말로 범인이 저기에……."

"당신은 돌아가는 게 좋겠다고 말했잖아요!"

"다 끝난 얘기예요." 그녀는 작은 목소리로 말을 이었다. "나도 무서워요. 하지만 돌아가는 게 훨씬 더 무서워요. 내가 당신 팔을 잡고 길을 알려줄게요. 조심해요. 당신 생각엔 범인이 저 위에서 뭘 하고 있는 것 같아요? 그런 위험을 무릅쓰다니, 미친 게 틀림없어요."

"우리가 올라가는 소리가 그자한테 들릴까요?"

"아, 아니에요. 전혀 들리지 않을 거예요. 거리가 꽤 있으니까요."

그들의 발소리는 마치 물이 흘러내리며 찰박이는 소리와 비슷하게 들렸다. 램폴이 들고 있던 손전등 빛이 빠르게 움직였다. 각다귀떼가 그들의 얼굴 주변을 맴돌았다. 개구리들의 합창 소리가 귀에 거슬릴 정도로 울리는 것으로 보아, 가까운 곳에 물이 고여 있는 모양이었다. 램폴은 끝이 없는 듯한 이 여정에 다시금 뛰어들어 복도를 지나고, 녹이 슨 문을 여러 개 통과하고, 돌계단을 내려가고, 다시 몸을 돌려 계단을 올랐다. 손전등 불빛에 아이언 메이든의 얼굴이 비치는 순간, 어둠 속에서 무언가 빠르게 날갯짓을 하는 소리가 들렸다.

박쥐떼였다. 도러시는 고개를 숙이고, 램폴은 지팡이를 맹렬하게 휘둘렀다. 그러다 거리를 잘못 계산하는 바람에 지팡이가 쇳덩이에 부딪쳐 쨍그랑하는 소리가 지붕을 타고 울려 퍼졌다. 박쥐떼가 날개를 펄럭거리며 새된 소리로 대답을 돌려주었다. 램폴은 자신의 팔을 잡은 그녀의 손이 떨리는 것을 느꼈다.

"그가 알아차렸을 거예요." 도러시가 속삭였다. "어쩌죠? 그가 알아차렸다면…… 아니, 안 돼요. 날 여기 두고 가지 말아요! 나는 당신과 함께 있어야 해요. 만약 그 불빛이 사라지면 난…… 저 끔찍한 것들, 저것들이 내 머리카락까지 건드리는 것 같다고요."

램폴은 그녀를 안심시켰지만, 그의 심장 역시 강하게 뛰고 있었다. 만약 망자들이 이 석조 건물 안을 여전히 돌아다닌다면, 그들의 얼굴은 아마 거대하고 텅 빈 구멍에 거미가 매달려 있는 아이언 메이든의 안면 같으리라는 생각이 들었다. 옛 고문실에 흥건했던 땀이 아직도 남아 있는 것 같았다. 그는 총알이라도 씹어 먹을 듯한 기세로 이를 꽉 깨물었다. 앤서니가 살아 있던 시절, 사지가 절단되는 고통을 억누르던 병사들처럼.

앤서니라…….

전방에 불빛이 보였다. 교도소장실 앞 복도로 이어지는 계단 꼭대기에서 희미하게 발하는 불빛이었다. 누군가 촛불을 들고 있었다.

램폴은 스위치를 눌러 손전등을 껐다. 어둠 속에서 떨고 있는 도러시를 의식하고 그녀를 자신의 뒤로 물린 뒤 왼쪽 벽을 짚으며 조금씩 계단을 오르기 시작했다. 오른손에는 지팡이를 든 채였다. 그는 자신이 살인범을 두려워하지 않는다는 사실을 냉정하리만치 명확하게 인식하고 있었다. 심지어 무거운 지팡이를 휘둘러 살인범의 머리를 후려갈기고 싶을 정도였다. 다만 가느다란 신경 줄이 다리를 잡아당기는 듯한 이 느낌은, 누군가 배 속을 쥐어짜는 것만 같은 이 느낌은 저 위에 있는 이가 허버트가 아닌 다른 사람일지도 모른다는 공포 탓이었다.

잠시 그는 자신의 뒤에 있는 도러시가 비명을 지르지 않을까 하는 생각에 두려움을 느꼈다. 그리고 웬 그림자가 촛불 앞에 모습을 드러내기라도 하면, 그리고 그 그림자가 삼각 모자라도 쓰고 있다면, 자신 역시 비명을 지르리라는 사실을 잘 알고 있었다. 그때 위층에서 발소리가 울렸다. 거기 있는 자가 그들이 오는 소리를 들은 걸까? 그러나 곧 그는 자신의 판단이 틀렸다는 걸 깨달았다. 그 소리는 이제 교도소장실 방향으로 되돌아가고 있었다.

이어서 어디선가 지팡이로 바닥을 두드리는 소리가 들리다가…….

정적이 흘렀다.

끝없이 이어지는 듯한 시간 속에서, 그는 천천히 계단을 올랐다. 교도소장실의 열린 문 틈으로 희미한 불빛이 비쳤다. 그는 손전등을 주머니에 넣은 다음 도러시의 차갑고 축축한 손을 붙잡았다. 신발이 바닥에 끌리는 소리가 조그맣게 들렸지만, 쥐떼 역시 같은 소리를 내고 있었기에 문제는 되지 않았다. 그는 복도를 걸어가 문 앞에 서서 안을 살펴보았다.

방 한가운데 놓인 책상 위, 촛대에 꽂힌 초가 타오르고 있었다. 책상 앞에는 펠 박사가 손으로 턱을 괴고 지팡이는 한쪽 다리에 기대놓은 채 꼼짝 않고 앉아 있었다. 촛불이 뒤쪽 벽에 로댕의 조각상처럼 기묘한 그림자를 드리웠다. 그리고 거대한 회색 쥐 한 마리가 앤서니의 침대 캐노피 아래 엉덩이를 걸치고 앉아 가소롭다는 듯 눈을 반짝이며 펠 박사를 바라보고 있었다.

"어서 오게, 젊은이들." 펠 박사가 문 쪽을 돌아보지도 않은 채 입을 열었다. "솔직히 고백하자면, 자네들이 온 걸 알아차린 순간 마음이 놓이더군."

램폴은 오른손을 느슨하게 풀어 끝이 바닥에 부딪칠 때까지 지팡이를 미끄러뜨린 다음 거기 몸을 기댔다. "박사님……." 그렇게 입을 연 그는 자신의 목소리가 말도 안 되는 높이까지 올라가 있다는 사실을 알아차렸다.

도러시는 한 손으로 입을 가린 채 웃음을 삼키고 있었다.

"우리는……." 램폴은 마른침을 삼키며 말을 이었다.

"그래." 박사가 고개를 끄덕였다. "자네들은 내가 살인범이라고 생각했겠지. 아니면 유령이거나. 자네들이 주목나무관에 있다가 내가 켜놓은 촛불을 보고 확인하러 올지도 모른다는 걱정이 들긴 했지만, 아무래도 창문을 막아둘 방법이 없더군. 도러시, 자네는 좀 앉는 게 좋겠어. 여기 올라올 생각을 하다니 그 용기에 감탄을 표하는 바이네. 내가 왜 여기 왔는가 하면……."

그는 주머니에서 구식 데린저 권총을 꺼내 손바닥에 올려놓고 신중하게 무게를 가늠해보다가 쌕쌕거리며 다시 고개를 끄덕였다.

"그러니까, 우리가 굉장히 위험한 남자를 상대하고 있다는 생각이 들었기 때문이야. 자, 어서 앉게."

"여기서 뭘 하고 계셨습니까? 램폴이 물었다.

펠 박사는 권총을 책상 위 양초 옆에 내려놓은 뒤 곰팡이가 허옇게 핀 채 썩어가는 장부 더미 비슷한 것과 말라비틀어진 갈색 편지 뭉치를 가리켰다. 그러곤 커다란 손수건으로 두 손에 묻은 먼지를 닦아내기 시작했다.

"자네들이 여기 왔으니," 그가 큰 소리로 입을 열었다. "같이 이것들을 조사해보면 좋겠군. 내가 샅샅이 뒤져보던 중이었는데……. 아니, 이봐, 그 침대 끄트머리에는 앉지 말게. 불쾌한 것들이 들끓고 있으니까. 여기 책상 가장자리에 앉도록 하게. 그리고 자네는 말이지," 그가 도러시에게 말했다. "저 등받이가 높은 의자에 앉으면 되겠군. 다른 의자들은 거미 천지라 말이야."

"당연하게도 앤서니는 장부를 작성했네." 그가 말을 이었다. "여기저기 뒤지다 보면 그 장부를 찾아내겠거니 생각했지. 문제는 이거네. 앤서니는 집안사람들에게 무엇을 감추고 있었는가? 아, 그리고 반드시 덧붙이고 싶은 말이 있는데, 우리는 곧 매장된 보물에 대한 또 하나의 해묵은 이야기와 마주하게 될 것 같아."

도러시는 젖은 비옷을 벗지 않은 채 아주 조용히 앉아 있다가 천천히 고개를 돌려 램폴을 바라보았다.

"그럴 줄 알았어요. 내가 말했잖아요. 그리고 내가 시구를 발견한 다음에……."

"아, 그 시구 말이지!" 펠 박사가 끙 소리를 냈다. "그래, 그 시구를 좀 봐야겠어. 저 젊은 친구가 그 이야기를 하더군. 어쨌든 지금 자네들은 앤서니의 일기를 읽고 그가 무슨 짓을 벌였는지 단서를 찾아내기만 하면 되네. 그는 집안사람들을 증오했어. 자신의 시를 조롱한 대가로 벌을 받을 거라고 했지. 이후 그의 시는 그들을 모욕하기 위한 수단으로 바뀌어버렸고. 나는 그다지 뛰어난 회계사가 아니지만……"

그가 장부 대장을 툭툭 두드렸다.

"그가 막대한 재산을 쥐고도 가족들에게 거의 땡전 한 푼 남기지 않았다는 사실 정도는 알 수 있네. 물론 그들을 알거지로 만들 수는 없었지. 그의 재산 중 토지야말로 가장 큰 수입원이었으니까. 하지만 내 생각엔 아마 집안사람들의 손이 미치지 않는 곳에 막대한 수준의 재물을 숨겨둔 것 같아. 금괴일까? 판금? 보석? 나야 모르지. 자네는 기억할 테지? 그는 일기장에 '놈들을 괴롭히기 위해 돈으로 살 수 있는 것들이 있을 것이다'라는 글을 남겼어. 여기서 '놈들'이란 친족들을 뜻하겠지. 일기엔 이런 말도 있었네. '나는 그 아름다운 것들을 안전하게 보관하고 있다.' 또, 그의 좌우명 기억하나? 옴니아 메아 메쿰 포르토. '내가 소유한 것들은 모두 내가 가져가노라' 말일세."

"그러면 그 시구 안에 단서가 남겨져 있는 겁니까?" 램폴이 물었다. "재산을 숨긴 장소를 알려주는 단서 말입니다."

펠 박사는 주름 무늬가 새겨진 골동품 담뱃갑을 열고 파이프와 담배쌈지를 꺼냈다. 그런 다음 안경에 묶인 검은 띠를 풀어 쓰고 있던 안경을 좀더 단단히 고정했다.

"다른 단서들도 있네." 그가 골똘히 생각에 잠긴 채 입을 열었다.

"그 일지에 말입니까?"

"일부는 그래. 흠…… 예를 들어, 어째서 앤서니는 그토록 완력이 강했을까? 막 교도소장이 됐을 무렵에는 힘이 그리 세지 않았어. 게다가, 팔와 어깨를 제외하면 신체의 다른 곳은 전혀 발달하지 않았단 말이지. 자네도 알고 있겠지?"

"예, 물론입니다."

박사가 커다란 머리를 주억거렸다. "또 한편으로, 자네도 저기 발코니의 석재 난간에 깊숙하게 파인 홈을 봤을 거야. 성인 남자의 엄지손가락이 들어갈 정도의 크기지." 그는 자신의 엄지손가락을 주의 깊게 살펴보며 중얼거렸다.

"비밀 장치가 있다는 말씀이십니까?" 램폴이 물었다.

"다시." 박사가 말했다. "다시 묻겠네. 이건 중요한 문제야. 어째서 그는 발코니로 통하는 문 열쇠를 남겼을까? 어째서 발코니로 통하는 문이지? 만약 그가 금고 안에 지시 사항을 남겼다면, 상속자들에겐 세 개의 열쇠만으로 족하지. 복도에서 이 방으로 들어오기 위한 열쇠, 금고를 열기 위한 열쇠, 그리고 금고 안에 있는 상자를 열기 위한 열쇠. 네 번째 열쇠는 어째서 포함되었을까?"

"음, 그가 남긴 지시 사항에 발코니로 나가보라는 내용이 적혀 있었던 게 분명합니다." 램폴이 말했다. "벤저민 경도 저 밖에 있는 죽음의 함정에 대해 이야기하며 언급했었는데…… 아, 박사님! 그 성인 남자의 엄지손가락이 들어갈 정도의 홈에 스프링이 달린 장치가 있었다는 말씀을 하시려는 겁니까? 그 자리를 누르면……."

"아, 말도 안 되는 소리 작작하게!" 박사가 말했다. "엄지로 그 자리를 눌렀다는 얘기가 아니잖아. 삼십 년 내내 손가락으로 한 곳을 눌러도 그 정도로 홈이 파이진 않아. 자, 무엇이 그런 홈을 만들었는지 내 말해주도록 하지. 밧줄이야."

램폴은 책상 가장자리에서 미끄러지듯 걸어 나왔다. 그러곤 희미한 촛불을 받아 불길하게 보이는, 닫힌 발코니 문을 바라보았다. "어째서……." 그는 큰 소리로 박사의 말을 반복했다. "어째서 앤서니는 그토록 완력이 강했을까요?"

"질문을 하나 덧붙이자면 말이야," 박사가 자세를 똑바로 하며 큰 소리로 말했다. "어째서 모두의 운명이 저 우물에 그토록 직접적으로 엮여 있을까? 모든 것이 저 우물에 곧장 이어져 있네. 당연히 앤서니의 아들이자 이 교도소의 소장을 역임한 두 번째 스타버스 가문 사람도 포함해서 말이야. 바로 그가 우리 모두를 잘못된 방향으로 이끌었네. 그는 제 부친과 마찬가지로 목이 부러져 죽으면서 새로운 전통을 확립했어. 만약 그가 침대에서 죽었다면 어떤 전통도 시작되지 않았을 테고, 우리는 간교한 말장난에 아랑곳없이 앤서니의 사망에 대해 조사할 수 있었겠지. 그 문제를 하나의 독립된 사건으로 바라볼 수 있었을 거야. 하지만 그렇게 되지 않았지. 앤서니의 아들은 콜레라가 이 교도소를 휩쓸었을 때 교도소장이 되어야 했고, 불쌍한 재소자들은 공기가 잘 통하지 않는 감방 안에서 미쳐버렸네. 뭐, 교도소장도 같이 미치고 말았지. 그 역시 병에 걸렸고, 그에게 닥친 망상은 그가 감당하기에 너무 강력했던 거야. 그의 부친이 남긴 일기가 우리 모두에게 어떤 영향을 끼쳤는지는 자네도 알고 있을 테지? 그렇다면 귀신에 홀린 것 같은 19세기에, 콜레라에 감염돼 신경이 날카로워지고 공포에 질린 남자에게 그 일기가 어떤 영향을 끼쳤는지 상상해볼 수 있겠나? 교수형을 당하고 버려진 자들이 썩어가는 늪 바로 위에서 살던 자의 머리에 그 일기가 어떤 영향을 끼쳤을 것 같나? 제 친아들이 망상에 빠진 채 침대에서 일어나 발코니 너머 몸을 던지기를 바랐을 정도로 앤서니가 그를 증오했다고 보기는 어려울 거야. 하지만 두 번째 교도소장은 실제로 그렇게 했네."

펠 박사가 큰 소리를 내며 숨을 거세게 내쉬는 바람에 촛불이 꺼질 뻔해서 램폴은 움찔했다. 잠시 이 커다란 방 안에 적막이 흘렀다. 죽은 자들이 보던 책, 죽은 자들이 앉던 의자, 그리고 이제는 죽은 자들의 뇌를 아이언 메이든의 얼굴처럼 끔찍하게 만들어버린 그 옛날의 질병까지. 쥐 한 마리가 종종걸음을 치며 바닥 저편으로 사라졌다. 도러시 스타버스는 유령이라도 본 사람처럼 램폴의 소매 위에 손을 얹고 있었다.

"그러면 앤서니는……." 램폴이 애써 한마디를 꺼냈다.

펠 박사는 한동안 머리칼이 부스스하니 헝클어진 커다란 머리를 숙인 채 앉아 있었다.

"그가 돌 위에 그토록 깊은 홈을 남기기까지는 긴 시간이 걸렸을 거야." 그는 멍하니 이야기를 이어나갔다. "그는 모든 일을 혼자 처리했네. 아무도 볼 수 없도록 모두가 잠든 한밤중을 택했지. 물론 교도소의 그쪽 편에는 경비병이 배치되지 않아서 다른 사람의 눈에 띄지 않고 빠져나올 수 있었을 걸세. 아마 처음 몇 년은 공범을 하나 두었겠지. 혼자 일을 처리할 수 있을 만큼 힘을 기를 때까지 말이야. 인내를 통해 그 엄청난 완력을 갖게 되었겠지만, 그전까지는 그를 끌어 올리고 내려줄 공범이 반드시 필요했을 거야. 아마 그후에는, 공범을 처리해버렸을 테지."

"잠깐만요, 제발!" 램폴은 책상을 내리쳤다. "그 홈이 앤서니가 여러 해에 걸쳐 이용한 밧줄 때문에 생긴 거라는……."

"자신의 몸을 끌어 올렸다 내렸다 한 거지."

"우물 안으로 말이죠." 램폴이 느릿느릿하게 말했다. 갑작스럽게 밤하늘을 배경으로 밧줄을 타는 검은 옷차림의 거미 같은 형상이 떠올랐다. 교도소 안에는 램프 한두 개 켜놓은 것이 고작이었을 테고, 별도 보이지 않았으리라. 그렇게 밤을 틈타, 앤서니 스타버스는 낮 동안 사람들의 목이 매달렸던 자리에 매달려 우물 안으로 내려갔던 것이다.

그랬다. 저 넓은 우물 안 어딘가 하느님만이 아실 장소에, 그는 몇 년을 들여 저장고를 파냈다. 자신의 보물이 제대로 있는지 확인하기 위해 매일 밤 밧줄을 타고 내려갔을지도 모른다. 나중에 그의 아들이 그랬듯, 그 역시 우물 속 악취로 인해 분별력을 잃었을 것이다. 하지만 그는 아들보다 강인한 남자였고, 따라서 그의 정신 상태는 좀더 미묘했다. 그는 죽은 자들이 우물에서 기어 나와 발코니 문을 두드리는 모습을 보았을 것이다. 한밤중에 그들이 서로 속삭이는 소리 또한 들었으리라. 그의 막대한 재물에 살이 짓이겨지고 뼈 사이마다 금이

박힌 이들이었다. 수많은 밤 동안 그는 우물 안에서 쥐들이 시체를 갉아 먹는 모습을 보았을 것이다. 그러다 침대에서 쥐를 발견하고는 조만간 죽은 자들이 찾아와 자신을 데리고 내려가리라 믿어버렸던 것이다.

램폴은 문득 자신의 축축한 비옷에 역겨움을 느꼈다. 방 안이 온통 앤서니의 존재로 가득 차 있었다.

도러시가 맑은 목소리로 입을 열었다. 더이상 겁먹은 표정이 아니었다.

"그러면 그 일은 언제까지……." 그녀가 말했다.

"그가 주의력을 잃을 때까지 계속되었지." 펠 박사가 대답했다.

거의 그쳤던 빗줄기가 다시 슬금슬금 교도소 건물을 두드리기 시작했다. 비는 창문을 뒤덮은 담쟁이덩굴을 타고 내려가 바닥에 물방울을 흩뜨렸다. 마치 모든 것을 씻어버리려는 듯 빗물이 춤을 추며 교도소 안으로 들이닥쳤다.

"아니, 어쩌면……." 박사는 갑자기 발코니 문을 바라보며 말을 이었다. "어쩌면 그는 주의력을 잃지 않았을지도 몰라. 그가 우물에 드나든다는 걸 알아챈 누군가가 그 이유도 모르면서 밧줄을 잘라버렸을 수도 있지. 어쨌든 그의 밧줄 매듭이 풀렸거나, 혹은 잘렸던 거야. 비바람이 몰아치던, 날씨가 사나운 날이었지. 밧줄이 자유를 얻어 그와 함께 추락하고 말았네. 끄트머리가 우물 안쪽에 들어가 있었으니 풀려난 밧줄은 그리로 떨어질 수밖에 없었지. 누구도 우물 안에 뭐가 있는지 조사해볼 생각은 하지 않았을 거야. 그래서 밧줄의 존재를 의심조차 못했을 테고. 하지만 앤서니는 우물 안으로 떨어지지 않았지."

램폴의 생각이 꼬리를 물고 이어졌다. 그래, 누군가 밧줄을 자른 거야. 매듭이 스스로 풀렸다는 가설보다야 그게 훨씬 있을 법할 일이지. 어쩌면 교도소장실 램프가 켜져 있었을지도 몰라. 칼을 든 남자가 발코니 난간 너머를 내다보다가, 우물 가장자리에 박힌 쇠꼬챙이를 향해 빙글빙글 돌며 내려가고 있는 앤서니를 본 거지. 램폴의 머릿속에서 그 모습이 마치 크룩섕크[I]의 그림처럼 끔찍하리만치 생생하게 떠올랐다. 흰자위가 다 보일 정도로 치켜뜬 눈, 힘껏 뻗은 팔, 그늘 속의 살인범.

비바람을 뚫고 내지르는 비명. 하지만 정작 들리는 것은 단순한 소음뿐. 그리고 바람이 불어 램프가 꺼진다. 책장에 꽂혀 있는 책들과 마찬가지로 생명이 다한다. 1820년대의 에인스워스[II]라면 이런 식으로 진행되는 이야기를 상상해낼 수 있었으리라.

I 조지 크룩섕크. 19세기에 활동한 영국의 풍자만화가.

II 윌리엄 해리스 에인스워스. 19세기 영국의 소설가.

펠 박사의 목소리가 희미하게 들려왔다. “자, 도러시. 자네 집안의 망할 저주 말이지. 자네가 지금껏 내내 고민해왔던 그것 말이야. 이제 와서 보니 그렇게 대단한 것도 아니지 않나?”

도러시는 말없이 자리에서 일어나 두 손을 주머니에 찔러 넣은 채 방 안을 거닐기 시작했다. 램폴이 기차역에서 그녀를 처음 본 날 밤 기억하던 모습 그대로였다. 이윽고 그녀가 펠 박사 앞에서 걸음을 멈추더니 주머니에서 접힌 종이를 한 장 꺼내 내밀었다. 시구가 적힌 종이였다.

“그럼 이건요? 무슨 의미가 있는 거죠?”

“의심의 여지가 없는 암호라네. 정확한 장소를 알려주는 암호. 하지만 영리한 도둑이라면 그 종이가 필요 없었겠지. 우물 안에 뭔가 숨겨져 있다는 걸 아는 데는 그런 암호문이 존재한다는 사실조차 몰라도 되었을 거야. 내가 아는 증거만으로 충분했을 테니까. 실제로도 얻을 수 있는 단서는 그것뿐이었을 테고.”

양초가 점점 짧아지는가 싶더니 넓게 퍼진 불꽃이 초 주변을 감싸며 순간적으로 밝게 빛났다. 도러시는 빗물이 창문 아래 만든 웅덩이 쪽으로 가서는 덩굴식물을 멍하니 바라보았다.

“알 것 같아요. 아버지 말이에요. 사람들이 아버지를 발견했을 때, 그분은 온통…… 흠뻑 젖어 있었죠.”

"부친께서 누군가 도둑질을 하는 현장을 잡아내셨다는 뜻일까요?" 램폴이 물었다.

"뭐, 달리 설명할 수 있을까?" 펠 박사가 투덜대듯 말을 받았다. 줄곧 담뱃불을 붙이려고 애를 쓰다가 그냥 파이프를 책상 위에 내려놓은 참이었다. "알다시피 그는 말을 타고 나갔네. 그러다 우물에 드리워진 밧줄을 발견했겠지. 살인범은 그를 보지 못했다고 가정해도 좋을 거야. 티머시는 우물 안으로 내려갔어. 그래서, 그다음은?" 그가 사납게 눈을 빛냈다.

"그 안에 무슨 방 같은 공간이나 우묵하게 파낸 자리가 있었겠죠." 램폴은 고개를 끄덕이며 말을 이었다. "그리고 살인범은 티머시가 내려올 때까지 그의 존재를 눈치채지 못했고요."

"그래. 그 또한 추정에 불과하지만 그렇게 생각할 수 있겠지. 안됐군, 도러시. 자네 부친은 낙마한 게 아니야. 냉혹하고 잔혹하게 얻어맞은 다음 관목 덤불 속에 던져져 유기된 거지."

그녀가 몸을 돌려 따지듯 물었다. "허버트가 그랬을까요?"

마치 어린아이가 그림을 그리듯, 펠 박사는 검지로 책상에 쌓인 먼지 위에 복잡한 무늬를 그리는 일에 정신없이 빠져 있었다. 그가 중얼거렸다.

"아마추어의 짓일 수가 없지. 지나칠 정도로 완벽하게 처리했으니까. 그럴 리가 없어. 하지만 다른 단서가 없는 한, 그가 범인일 수밖에 없네. 만약 그게 아니라면…… 승부를 걸어봐야지."

램폴은 다소 짜증을 내며 그게 대체 무슨 소리냐고 물었다.

"런던에 다녀오겠다는 소리네." 박사가 대답했다.

그는 지팡이 두 개를 짚으며 간신히 자리에서 일어나더니 언짢은 표정으로 안경 너머 두 눈을 깜빡이며 방 안을 둘러보았다. 그러다가 갑자기 마치 사립학교 교사 같은 태로로 벽을 향해 지팡이를 휘둘렀다.

"비밀이 밝혀졌소이다." 그가 큰 소리로 말했다. "이제 당신은 그 누구도 위협할 수 없을 거요."

"아직 살인범이 남아 있습니다." 램폴이 말했다.

"그래. 그리고 도러시, 살인범을 이곳에 계속 잡아둔 사람은 바로 자네 부친이야. 전에 말했듯 그가 예의 메모를 저 금고 안에 남겨두지 않았나. 살인범은 이제 안전하다고 생각하겠지. 거의 삼 년 가까이 기다린 끝에 자신에 대한 고발장을 손에 넣었으니 말이야. 뭐, 사실은 안전한 상태가 아니지만."

"그 사람이 누구인지 아세요?"

"함께 가세." 박사는 퉁명스럽게 말했다. "이만 집에 가야겠어. 차나 한잔, 아니면 맥주 한 병 마시고 싶군. 가급적이면 맥주가 좋겠는데. 아내도 곧 페인 부인의 집에서 돌아올 거야."

"이것 보세요, 박사님." 램폴이 끈질기게 물었다. "살인범이 누구인지 알고 계신 거죠?"

펠 박사는 깊은 생각에 잠겼다.

"아직 비가 거세군." 마침내 그가 체스의 다음 한 수를 고민하는 듯한 태도로 입을 열었다. "저 창문 아래 물이 얼마나 고였는지 보이나?"

"보이고말고요. 그런데……."

"그렇다면 말이지," 그가 이번엔 발코니로 통하는 닫힌 문을 가리켰다. "저 문을 통해 들어온 빗물은 전혀 없다는 것도 보일 테지?"

"물론입니다."

"만약 저 문이 열려 있었다면, 창문을 통해 들어온 것보다 훨씬 많은 빗물이 들이쳤을 거야. 안 그런가?"

무슨 소리지? 사람을 어리둥절하게 만들려고 이러나? 램폴은 어떻게 생각해야 할지 알 수가 없었다. 이 사전편찬자는 자기 콧수염을 비틀며 안경 너머 다소 기묘한 방식으로 그를 바라보고 있었다. 램폴은 혜성의 꼬리를 꽉 붙들고 결코 놓치지 않겠노라 단단히 다짐했다.

"확실히 그렇겠죠."

"그렇다면 말이야," 박사는 의기양양하게 말을 이었다. "어째서 우리는 마틴이 들고 온 램프 불빛을 보지 못했을까?"

"오, 맙소사!" 램폴의 입에서 희미한 신음이 새어 나왔다.

"마술 트릭 같은 거지." 펠 박사가 지팡이를 흔들며 물었다. "테니슨이 브라우닝의 「소델로」에 대해 뭐라고 했는지 알고 있나?"

"모릅니다."

"그 시에서 이해할 수 있는 문장은 첫 번째 행과 마지막 행 이렇게 둘뿐이고, 그 두 행 모두 거짓말이라고 했네.[1] 뭐, 그게 바로 이 사건의 열쇠라고 할 수 있지. 어서 가세, 젊은이들. 가서 차 한잔 들도록 하지."

채찍질과 교수형이 자행되던 이 건물에 여전히 공포가 남아 있을 수도 있었지만, 손전등을 켜고 다시 아래로 내려가는 동안 램폴은 이를 전혀 느끼지 못했다.

그들은 따뜻한 램프 불빛에 잠긴 펠 박사의 집으로 돌아왔다. 벤저민 아널드 경이 서재에서 그들을 기다리고 있었다.

1 브라우닝의 시 「소델로」의 첫 번째 행은 "누가 소델로의 이야기를 들어줄까", 마지막 행은 "누가 소델로의 이야기를 들었을까"이다.

벤저민 경은 기분이 좋지 않았다. 그는 내내 빗줄기를 향해 저주를 퍼붓던 참이었고, 그가 퍼부은 악담의 존재감은 술 냄새가 그렇듯 여전히 머물러 있었다. 그들은 서재 난롯불 앞에 놓인 식어빠진 차와 음식 나부랭이를 갈구하듯 바라보는 벤저민 경의 모습을 발견했다.

"저런! 아내가 아직 돌아오지 않았나 보군. 어떻게 들어왔습니까?" 펠 박사가 말했다.

"그냥 걸어 들어왔습니다." 경찰서장이 위엄 있는 태도로 대답했다. "문이 열려 있더군요. 누군가 즐거운 티타임을 벌이다가 그냥 나가버린 것 같은데…… 자, 한잔 마실까요?"

"아…… 우리가 아까 차를 마셨습니다." 램폴이 말했다.

경찰서장은 서운한 표정을 지었다. "브랜디소다를 마시고 싶군요. 다들 나를 쫓아다니고 있습니다. 처음에는 교구 목사였어요. 그의 숙부는 뉴질랜드인인데, 내 오랜 친구이기도 하죠. 그래서 내가 목사에게 이곳 교구에 자리를 마련해준 겁니다. 어쨌든 그 숙부가 십 년 만에 잉글랜드로 여행을 온답니다. 나더러 그를 만나보라고 하더군요. 도대체 어떻게 내가 자리를 비울 수 있다고? 목사는 뉴질랜드인입니다. 자기가 사우샘프턴 항으로 가야죠. 그리고 페인은……."

"페인에게 무슨 문제라도 있습니까?" 펠 박사가 물었다.

"그는 교도소장실 문 앞에 벽돌을 쌓아 영원히 막아버리고 싶어하더군요. 그 방의 존재 이유는 이제 사라졌다나. 뭐, 나도 반대하는 바는 아닙니다만 아직은 그렇게 할 수가 없습니다. 페인은 언제나 쓸데없는 고민을 사서 하곤 하지요. 마지막으로 마클리 박사는, 스타버스 가문의 마지막 남성 상속자가 사망했으니 이제 그 우물을 메워버리자고 합니다."

펠 박사는 양쪽 볼을 불룩하게 부풀렸다. "그건 절대 안 됩니다. 일단 앉으시죠. 드릴 말씀이 있습니다."

박사는 서빙 테이블로 가 독주를 몇 잔 따르면서 벤저민 경에게 그날 오후에 있었던 일을 모두 들려주었다. 장황한 이야기가 이어지는 동안 램폴은 도러시의 얼굴을 살펴보았다. 펠 박사가 스타버스 가문에 숨겨진 비밀에 대해 설명하기 시작하고부터 그녀는 거의 입을 열지 않았지만, 그래도 평화로워 보이는 얼굴이었다.

벤저민 경은 뒷짐 진 손을 가만두지 못하고 들썩거렸다. 그의 젖은 옷가지에서 모직 냄새와 담배 냄새가 강하게 풍겼다.

"당신의 말을 믿습니다. 믿어 의심치 않아요." 그는 투덜거리듯 말했다. "하지만 그토록 장황하게 이야기해야 할 필요가 있습니까? 우리는 이미 시간을 너무 많이 빼앗겼습니다. 게다가 상황이 달라지는 것도 아니죠. 진범일 가능성이 있는 유일한 사람은 허버트뿐입니다. 심리 보고서에서 그렇게 결론 내리지 않았습니까?"

"그래서 안심이 됩니까?"

"아니요. 빌어먹을, 그 친구가 유죄인 것 같지가 않아요. 하지만 우리가 달리 뭘 할 수 있겠습니까?"

"그의 흔적은 아직 발견되지 않았고요?"

"아, 사방에서 그를 봤다는 신고가 들어오고 있긴 하죠. 하지만 발견하지 못했습니다. 다시 한번 말하지만, 그가 발견되기 전까지 우리가 달리 뭘 할 수 있겠습니까?"

"우선 앤서니가 재산을 은닉하기 위해 만든 비밀 장소를 조사해볼 수 있죠."

"그래요. 그놈의 암호인지 뭔지, 한번 살펴보도록 합시다. 아, 그러려면 당신의 허가가 필요할 것 같습니다만, 스타버스 양?"

도러시는 희미한 미소를 지어 보였다. "물론 허락하죠. 하지만 제 생각에는…… 펠 박사님께서 지나치게 자신만만해하시는 것은 아닐까 싶네요. 어쨌든, 여기 제가 베껴 적은 종이가 있어요."

펠 박사는 불이 붙은 담배 파이프와 맥주 한 병을 곁에 놓고 자신이 가장 좋아하는 안락의자에 몸을 묻었다. 하얗게 센 머리카락과 구레나룻이, 그럭저럭 산타클로스 역할도 병행할 수 있을 성싶었다. 벤저민 경이 시구가 적힌 종이를 살펴보는 내내, 그는 인자한 표정으로 그를 바라보았다. 램폴의 담배 파이프는 연기가 아주 부드럽게 잘 빨렸다. 그는 빨간색 소파에 등을 기대고 편히 앉았다. 그 자리에서는 남의 시선을 끌지 않고도 도러시의 손을 잡을 수 있었다. 다른 손에는 위스키도 한 잔 들려 있었다. 이 순간 삶에 필요 불가결한 모든 것들이 자신의 곁에 있다는 생각이 들었다.

경찰서장이 말을 닮은 두 눈을 가늘게 뜬 채 소리 내어 시구를 읽었다.

린둔의 거주자들을 어떻게 부르는가,
위대한 호메로스의 트로이 이야기?
또는 백야의 나라,
무엇이 모든 인간을 파멸시키는가?

이어 낮은 목소리로 같은 구절을 다시 한번 읽더니 그는 열을 내며 말했다. “이것 봐요, 다 헛소리 아닙니까!”

“아하!” 펠 박사가 와인의 흔치 않은 향취를 음미하듯 감탄사를 내뱉었다.

“그저 머리가 단단히 돌아버린 사람이 쓴 시라고 할밖에…….”

“운문이라고 합시다.” 펠 박사가 정정했다.

“뭐가 됐든, 암호 같은 건 확실히 아닙니다. 이런 암호를 본 적이 있습니까?”

“아니요. 하지만 그게 암호문이라는 건 확실합니다.”

경찰서장이 종이를 그에게 건넸다. “그렇다면 좋습니다. 무슨 뜻인지 설명해보시죠. ‘린둔의 거주자들을 어떻게 부르는가, 위대한 호메로스의 트로이 이야기?’ 온통 말도 안 되는 헛소리가…… 아, 잠깐만요, 이것은!” 벤저민 경이 턱을 문지르며 중얼거렸다. “잡지에서 이런 퍼즐을 본 적이 있습니다. 또 어떤 소설에서도 읽었는데…… 각각의 연에서 단어를 하나씩 택하거나, 혹은 두 번째 단어만 이어서 읽는다거나, 그런 방식 아닙니까?”

“그렇게 해서는 풀리지 않습니다.” 램폴이 침울한 표정으로 말했다. “그 시의 첫 번째, 두 번째, 세 번째 단어를 가지고 온갖 조합을 다 시도해봤어요. 각 행의 첫 철자를 따서 순서대로 읽어보기도 했는데, 'Hgowatiwihwetgff'라는 말도 안 되는 단어가 나오더군요. 마지막 철자를 따서 읽어보면 'Nynytrdretstenen'이 나올 겁니다. 뭐 아시리아 여왕 이름처럼 들리긴 하죠."

"아하." 펠 박사가 다시 고개를 끄덕였다.

"하지만 잡지에서는……." 벤저민 경이 다시 입을 열었다.

그때 펠 박사가 의자에 몸을 더 깊숙하게 묻으며 어마어마한 양의 연기를 뿜어냈다.

"그런데 말입니다." 박사가 이야기를 늘어놓기 시작했다.

"나도 잡지와 타블로이드 신문에 나온 그런 퍼즐을 놓고 언쟁을 벌인 적이 있습니다. 지금도 암호를 굉장히 좋아하지요. 그건 그렇고, 당신 뒤쪽을 보면 암호문 작성에 대한 최초의 출간작 중 하나를 발견할 수 있을 겁니다. 잠바티스타 델라 포르타[I]가 1563년에 출간한 『편지의 비밀』이죠. 자, 훌륭한 암호문에서 가장 중요한 요소는 비밀로 하고 싶은 것을 숨겨야 한다는 겁니다. 말인즉슨, 암호문이란 일종의 비밀문서라는 뜻이죠. 암호문의 메시지는 이런 식이어야 합니다. '잃어버린 보석은 부주교의 팬티 속에 숨겨져 있다.' 아니면 '자정이 되면 폰 딩클레[II]의 유령이 우스터셔 시민군을 공격할 것

I 후기 르네상스 시대의 나폴리 출신 과학자.

II 남성 성기를 이르는 속어.

이다.' 하지만 타블로이드 신문을 만드는 사람들은 굳이 어려운 암호를 지어내려 하지 않아요. 그저 아무도 보낼 것 같지 않을 내용의 메시지를 골라 적으면서 독자들을 당황스럽게 만들 뿐입니다.

사람들은 어마어마한 상징들을 보고 머리가 혼란스러워진 나머지 욕설을 내뱉다가, 고작해야 '겁이 많은 후피 동물들은 본래 다산이라는 특권을 차일피일 미루는 습성이 있다' 같은 문장을 완성하게 되는 겁니다. 나 원!" 박사가 코웃음을 쳤다. "독일 정보기관 소속 첩보원이 영국 쪽 라인을 통해 저런 메시지를 손에 넣으려고 목숨을 거는 광경을 상상할 수 있겠습니까? 폰 고오글레도르퍼 장군이 긴급 타전 공문을 해독해보니 겁쟁이 코끼리는 후손을 남기려는 시도를 미루는 습성이 있다는 내용이 나왔다고 생각해보세요. 짜증이 안 나고 배기겠습니까."

"그런데 그건 사실이 아닐 테죠, 예?" 벤저민 경은 흥미로운 표정을 지으며 물었다.

"암호문에 등장한 박물학에 대해서는 관심 없습니다." 박사는 짜증스럽게 대꾸했다. "난 암호에 대한 이야기를 하고 있는 겁니다."

그는 맥주잔을 들어 오랫동안 들이켠 다음, 사뭇 차분해진 말투로 이야기를 이어갔다.

“물론 암호문은 굉장히 오래 전부터 사용되어왔습니다. 스파르타인들이 서신을 비밀리에 교환하기 위해 사용한 방식에 대해 플루타르크와 겔리우스가 언급한 내용도 있죠. 단어나 문자, 기호를 다른 표현으로 대체하는, 좀더 엄밀한 의미에서의 암호 작성법은 셈족에 그 기원을 두고 있고요. 예레미야[I]만 봐도 암호를 사용하고 있지 않습니까? 이와 비슷한 방식의 변종으로 카이사르가 콰르타 엘레멘토룸 리테라라고 부르던 것[II]도 있는데, 이는…….”

“하지만 이 빌어먹을 것을 보란 말입니다!” 벤저민 경은 끝내 참지 못하고 난롯가에 내려놓은 램폴의 사본을 들어 철썩 후려쳤다. “이 마지막 연을 보시죠. 말이 안 되는 문장 아닙니까? ‘코르시카인이 여기서 정복당하니, 모든 죄를 짊어지신 태모시여!’라니. 그 뜻이 내가 생각하는 대로라면, 나폴레옹에게는 좀 가혹한 처사[III] 아닙니까?”

펠 박사는 입에 물고 있던 파이프를 떼어냈다. “입 좀 다물어주시면 좋겠군요.” 그가 하소연하듯 말했다. “나는 강의를 하고 싶은 생각이 들면 강의를 하는 사람입니다. 트리테미우

I 고대 유다왕국에서 활동하던 예언자. 그가 사용한 암호는 아트바슈 암호라 불리는데, 예를 들어 문자표의 앞에서 세 번째의 문자를 뒤에서 세 번째의 문자로 바꾸는 방식이다.

II ‘알파벳 네 번째 글자’라는 뜻으로, 시저 암호 또는 카이사르 암호라 부른다. 평문에서 사용되는 알파벳의 순서를 세 칸씩 밀어 글자를 치환하는 방식이다.

III 나폴레옹 보나파르트는 코르시카 섬 출신이다.

스[IIII]에서 시작해서 프랜시스 베이컨[IIIII]까지 갔다가, 그다음에는…….”

“강의 같은 건 듣고 싶지 않습니다.” 경찰서장이 그의 말을 잘랐다. “그냥 이 암호나 좀 봐줬으면 좋겠군요. 암호를 풀어달라는 부탁은 하지 않겠습니다. 다만 강의 따위는 그만두고 그냥 이거나 봐달라고요.”

펠 박사는 한숨을 쉬며 서재 중앙의 테이블로 가 또 다른 램프에 불을 붙인 다음 종이를 펼쳤다. 그가 꽉 깨문 채 줄곧 뻐끔뻐끔 빨아대는 파이프에서 가느다란 연기가 흘러나와 아래로 천천히 가라앉았다.

“흐음.”

다시 한번 침묵이 흘렀다.

“잠깐만.” 펠 박사가 무슨 말을 하려는 듯 보이자, 벤저민 경이 한 손을 들어 단호하게 이를 제지했다. “빌어먹을 사전 같은 데 나오는 말을 주워섬기며 시작하지 말았으면 좋겠군요. 자, 뭔가 실마리가 보입니까?”

“맥주 한 병 더 따라달라고 부탁하려던 참이었습니다.” 박사는 부드러운 말투로 대꾸했다. “하지만 당신이 구태여 얘길

IIII 16세기 독일의 성직자. 트리테미우스 암호는 카이사르 암호를 발전시킨 형태다.

IIIII 베이컨 암호는 두 개의 알파벳을 다섯 자리로 배열로 조합한 다음, 특정 알파벳을 치환하는 방식이다.

꺼내서 말인데, 과거 사람들은 오늘날 암호를 다루는 사람들에 비하면 어린아이나 다름없습니다. 전쟁이 그 사실을 증명해주지 않았습니까? 그리고 이 암호는 18세기 후반에서 19세기 초반에 작성된 것이기 때문에 그렇게 어려운 것일 리 없어요. 당시에는 글자나 그림의 조합이 가장 보편적인 방식이었는데, 이 암호가 그런 방식이 아니라는 것만은 알겠군요. 포가 굉장히 좋아했던 문자 치환[1]에 비해서도 어려운 방식이고…… 일종의 문자 조합이긴 한데, 다만……."

다들 그가 앉은 의자를 둘러싼 채 종이 위로 몸을 굽혔다. 다시 한번 그들은 그 시구를 처음부터 끝까지 읽어보았다.

> 린둔의 거주자들을 어떻게 부르는가,
> 위대한 호메로스의 트로이 이야기?
> 또는 백야의 나라,
> 무엇이 모든 인간을 파멸시키는가?
>
> 발이 그것에 부딪치고 말았으니,
> 이 천사는 창을 한 자루 품었구나!
> 주께서 기도하신 정원 빈터에서,

1 에드거 앨런 포의 「황금충」에 등장하는 암호를 가리킨다.

무엇이 암흑성과 공포를 낳는가?

이 안에서 순백의 아르테미스가 떠오르리라!
여기 디도가 상실에 빠졌으니,
행운의 네 잎 식물이 자라는 곳,
동쪽, 서쪽, 남쪽, 남은 곳은 어디인가?

여기서 코르시카인이 정복당하니,
모든 죄를 짊어지신 태모시여!
녹색과 하나인 주도의 이름을 찾고,
뉴게이트 교도소를 찾아 승리하리라!

펠 박사는 연필을 빠르게 놀려 이해할 수 없는 기호들을 적었다. 그런 다음 끙 앓는 소리를 내며 고개를 젓더니 다시 시구를 살피고, 곧 바로 옆에 있는 회전식 책꽂이에 손을 뻗어 검은색 장정에 "L. 플라이스너, 암호 작성 핸드북"이라고 적힌 책을 꺼내며 다시 얼굴을 찡그렸다.

"Drafghk!"

그는 마치 '빌어먹을'이라고 내뱉듯 툭 쏘아붙였다.

"변환해보니 'Drafghk'로군요. 아무 의미도 없는 글자죠. 이 암호는 치환 암호가 절대 아니라고 맹세할 수 있습니다. 시험 삼아 영어 말고도 라틴어로도 해보죠. 어디 한번 볼까? 고전적인 배경 지식은 언제나 승리하는 법……. 아니, 전혀 안 되는군." 그가 사나운 태도로 중얼거렸다. "그럼 이 방식은 제쳐두고…… 왜 그러나, 도러시?"

그녀는 테이블에 두 손을 짚고 있었다. 그녀의 짙은 머리카락이 조명을 받아 희미하게 반짝거렸다. 도러시는 슬쩍 시선을 들며 조그맣게 웃음을 터뜨렸다.

"이런 생각을 해봤는데요." 그녀가 알 듯 모를 듯한 표정으로 말했다. "구두점을 무시하고 각 행을 따로 해석하면 어떨까요?"

"뭐라고?"

"음, 첫 번째 연을 보세요. '호메로스의 트로이 이야기.' 이건 『일리아스』 아닌가요? '백야의 나라'는 '노르웨이'고요. 각 행을 독립적으로 받아들여 그 의미를 각각 적어보면……. 아, 바보 꼴이나 되지 않으면 좋겠네요."

그녀는 주저하듯 말을 이었다.

"그렇게 각 행의 의미를 하나의 독립적인 단어로 표현해보면……."

"세상에!" 램폴이 말했다. "십자말풀이잖아!"

"말도 안 돼!" 펠 박사의 얼굴이 시뻘겋게 달아올랐다.

"이것을 보시죠, 박사님." 램폴은 종이 위로 몸을 굽혔다.

"앤서니는 자신이 십자말풀이를 만들고 있다는 걸 몰랐을 겁니다. 하지만 사실상 이건 십자말풀이라고요. 박사님께서는 이 암호가 문자 조합 형태라고 하셨는데……."

"그러고 보니," 박사가 헛기침을 하고는 큰 소리로 말했다. "십자말풀이가 탄생한 과정은 알려지지 않았지……."

"음, 뜻이 통하는군요!" 벤저민 경이 말했다. "이런 방식으로 해석해봅시다. '린둔의 거주자들을 어떻게 부르는가' 내 생각에 이 말은 '린둔의 거주자들을 칭하는 명칭은 무엇인가'라는 뜻인 것 같습니다. 누구 아는 사람 있습니까?"

펠 박사는 부루퉁한 어린아이처럼 볼을 부풀려 콧수염을 불룩하게 만들고 있다가 다시 한번 연필을 집어 들었다.

곧 그가 입을 열었다. "당연히 '소택지 거주민'이겠지. 좋아, 어디 한번 해봅시다. 도러시가 제안한 바에 따라 다음에 오는 두 단어는 '일리아드'와 '노르웨이'라 치고. '모든 인간을 파멸시키는 것은 무엇인가?' '죽음' 말고는 떠오르는 게 없군. 그래서 첫 번째 연은 다음과 같습니다. 소택지 거주민Fenman, 일리아드Iliad, 노르웨이Norway, 죽음Death."

침묵이 흘렀다.

"그렇게 말이 되는 것 같지는 않군요." 벤저민 경이 미심쩍다는 듯 투덜거렸다.

"그나마 지금까지 해석한 것들 중 가장 말이 되긴 합니다."

램폴이 말했다. "계속해볼까요? '발이 그것에 부딪치고 말았으니' 어디서 들어본 말인데. '그들이 자신들의 손으로 너를 붙들어 발이 돌에 부딪치지 않게 하리라.'[I] 알았어! '돌'이군요. 자, '이 천사는 창을 한 자루 품었구나!' 이건 뭘까요?"

"'이수리엘'[II]이라네." 펠 박사가 다시 쾌활한 태도로 말을 이었다. "그다음 행은 '겟세마네'[III]가 분명해. 자, 이제 우리가 알아낸 것들을 살펴보도록 하지. '소택지 거주민, 일리아드, 노르웨이, 죽음, 돌[Stone], 이수리엘[Ithuriel], 겟세마네[Gethsemane].'"

여러 겹으로 접힌 그의 턱 위에 떠올라 있던 환한 미소가 사라졌다. 그는 해적이라도 된 양 자신의 콧수염을 비틀었다.

"이제 됐네." 그가 선언했다. "알아냈어. 각 단어의 첫 번째 철자만 떼어내서……."

"F, I, N, D." 도러시가 소리 내어 첫 철자를 읽은 다음 주변을 둘러보았다. 두 눈이 밝게 빛나고 있었다. "그거네요. 그리고 S, I, G…… 그다음은 뭐죠?"

"'N'이 필요해. 그래, '무엇이 암흑성과 공포를 낳는가?'" 박사가 다음 행을 읽었다. "이건 '밤[Night]'이지. 다음, '이 안에서

I 『시편』 91장 12절.

II 16세기에 처음 이름이 알려진 천사로, 존 밀턴의 『실낙원』에서 자신의 창을 사용하여 두꺼비로 변신한 사탄의 정체를 밝히는 대목이 유명하다.

III 예수가 붙잡히기 전 마지막으로 올라 기도를 한 산으로 알려져 있다.

순백의 아르테미스가 떠오르리라!' 답은 '에페수스Ephesus'|||| 야. 그다음 행은 형편없지만, 디도|||||가 살던 도시라면 티로스Tyre 아닌가. 그러니 우리는 '인장을 찾아라FIND SIGNET'까지 알아냈군. 내 간단할 거라고 하지 않았나."

벤저민 경은 "맙소사!"라는 말을 연신 반복하다가, 한 손으로 주먹을 쥐어 다른쪽 손바닥을 내리쳤다. 그러더니 영감이 마구 솟아나는 듯 말을 쏟아놓기 시작했다.

"행운의 네 잎 식물이 자라는 곳이라니, 그 식물은 분명히 토끼풀 아니면 클로버, 뭐 이름이야 어떻든 그 빌어먹을 풀떼기 아닙니까? 어쨌든 정답은 '아일랜드Ireland'||||||군요."

"그리고……." 램폴이 끼어들었다. "동쪽, 서쪽, 남쪽을 제외하면 딱 하나 북쪽North'이 남지요. 저 문장에 'N'을 더하면 '안에서 인장을 찾아라FIND SIGNET IN'인데……."

펠 박사는 연필로 네 개의 단어를 적고, 뒤이어 네 개의 철자를 적었다.

"완성했네." 그가 말했다. "마지막 연의 첫 단어는 틀림없이 '워털루Waterloo'일 거야. 두 번째 단어는 '이브Eve'이고. 그다음 행, 녹색과 하나인 주도의 이름이라면 뭐 당연히 '링컨

|||| 튀르키예(터키) 서남쪽에 위치한 지역으로, 아르테미스의 신전이 있다.

||||| 그리스 로마 신화에 등장하는 카르타고의 여왕.

|||||| 토끼풀은 아일랜드의 비공식 국장으로 통한다.

Lincoln'이겠지.[1] 마지막으로 뉴게이트 교도소는 '런던London'에서 찾을 수 있고. 이를 다 합치면 '우물WELL'이 돼." 그는 연필을 내던졌다.

"악마처럼 교활한 노인네 같으니! 이런 식으로 백 년 넘게 비밀을 지키고 있었군."

벤저민 경은 멍한 표정으로 앉은 채, 여전히 욕설을 중얼거리고 있었다. "그런데 우리가 삼십 분 만에 그 암호를 풀어버렸고요."

"다시 한번 말씀드리지, 서장." 펠 박사가 성난 목소리로 호통치듯 말했다. "이 암호문은 아무것도 아니오. 내가 진작에 이야기하지 않은 단서가 새롭게 등장한 게 전혀 아니라는 말입니다. 설명은 다 해주지 않았습니까? 이 암호문은 그저 내 설명을 입증할 뿐입니다. 만약 그런 사전 정보가 없었다면, 이 암호도 아무 의미 없었겠죠. 이제 우리는 이 암호가 무엇을 의미하는지 알게 되었으니 그 정보에 감사하지 않을 수 없잖습니까?" 그는 모험에 나서는 듯한 기세로 맥주를 몽땅 비운 다음 서장을 노려보았다.

"물론입니다. 당연하죠. 그런데 인장이란 무엇을 뜻하는 걸까요?"

1 링컨은 중세부터 녹색 날염으로 유명했다. 로빈 후드가 녹색 옷을 입고 등장하는 것도 이 때문이다.

"그의 좌우명, '내가 소유한 것들은 모두 내가 가져가노라' 외에 다른 의미는 없습니다. 그 말이 지금껏 우리를 도왔고, 다시금 도움을 줄 거예요. 저 우물 안 어딘가 그 글귀가 새겨져 있을 겁니다."

서장은 다시 한번 자신의 뺨을 문지르며 얼굴을 찡그렸다.

"그래요. 하지만 우물 안 어디쯤에 그게 있는지는 알 수 없죠. 게다가 그 우물이라면, 이것저것 찾아 헤매기에 고약한 곳 아닙니까?"

"말도 안 되는 소리!" 박사는 날카롭게 말했다. "정확한 위치가 어디일지는 당연히 알 수 있지 않습니까?"

경찰서장은 그저 시큰둥한 기색이었다. 그러자 펠 박사는 다시 의자에 편히 몸을 기대며 담배 파이프에 불을 붙인 뒤 사려 깊은 목소리로 이야기를 이어나갔다.

"자, 예를 들어 우리가 앤서니의 밧줄이 발코니 난간에 만든 홈에다 두꺼운 밧줄을 둘러 묶는다면, 한쪽 끝은 앤서니의 밧줄처럼 우물 안쪽으로 드리워질 겁니다. 그 주변이 전부예요. 우물이 커다랄지는 몰라도, 홈에 묶어 내려뜨린 밧줄 덕에 우리의 수색 범위는 고작해야 반경 몇십 센티미터 단위로 줄어드는 거죠. 여기 있는 친구처럼 튼튼한 젊은이 하나가 우물 입구에서 그 밧줄을 잡고 내려가면……."

"그 정도면 괜찮을 것 같군요." 경찰서장도 결국 동의했다.

"하지만 그렇게 해봐야 무슨 소용이 있겠습니까? 당신이 한 말에 따르면, 그 안에 무엇이 있었든 살인범이 싹 쓸어 갔을 텐데요. 그는 티머시를 보고 놀라 그를 살해했고, 마틴이 금고 속의 글을 읽고 자신의 비밀을 알아차릴까 두려워 그를 살해했습니다. 이제 거기서 무엇을 찾을 수 있을 거라 기대하는 겁니까?"

펠 박사는 주저했다. "잘 모르겠습니다. 하지만 어쨌든 우리는 그렇게 해야 합니다."

"그럴 테죠." 벤저민 경은 깊은 한숨을 내쉬었다. "음…… 내일 오전에 순경을 두 명 정도 데려와서……."

"그런 식으로 일을 처리하면 채터럼의 모든 주민들이 몰려들 겁니다." 박사가 말했다. "이 일은 우리만 알고 있는 상태에서 한밤중을 택해 처리하는 게 더 나을 것 같지 않습니까?"

경찰서장이 머뭇거렸다. "지랄맞게 위험할 텐데." 그가 중얼거렸다. "목이 부러지는 것은 일도 아니란 말입니다. 당신 생각은 어떻습니까, 램폴 씨?"

램폴에겐 박사의 계획이 그럴싸하게 여겨졌고, 그래서 느낀 대로 대답했다.

"나는 마음에 들지 않습니다." 경찰서장이 끙 소리를 냈다. "하지만 그게 불쾌한 상황을 피할 수 있는 유일한 방법일 테죠. 만약 비가 그친다면 오늘 밤에라도 할 수 있습니다. 내일까지는 애쉴리 코트로 돌아갈 예정이 없고, 터크 수도관에서 하루 묵을 수 있을 것 같으니……. 그런데 말이죠, 밧줄을 묶으러 교도소에 들어갈 때 조명을 켜면 안 될까요? 딱히 사람들의 관심을 끌 것 같지는 않습니다만."

"불을 켜면 눈에 띌 가능성이 있긴 합니다. 하지만 내가 확신컨대 우리를 방해하는 사람은 아무도 없을 거예요. 이 마을 사람들은 지나치게 겁이 많아서 말입니다."

도러시는 사람들을 차례로 바라본 다음 두 눈을 질끈 감았다. 화가 났는지 콧잔등 주변에 작게 주름이 잡혀 있었다.

"이이한테 그 일을 시키실 테죠." 그녀가 고갯짓으로 램폴을 가리키며 말했다. "전 이이가 어떤 사람인지 충분히 알아요. 분명 그 일을 하겠다고 나설 거라고요. 박사님이야 냉정하게 굴 수 있겠지요. 그리고 마을 사람들이 그곳에 오지 않을 거라고요? 그곳에 반드시 모습을 드러낼 사람을 잊어버리신 모양이에요. 살인범 말이에요."

램폴은 어느새 도러시의 곁으로 다가가 자신도 모르는 사이에 그녀의 손을 잡고 있었다. 그녀 또한, 자신도 모르는 사이에 그의 손을 맞잡고 있었다. 이를 알아차린 벤저민 경은 놀란 표정을 애써 숨기며 무슨 말이든 꺼내려 했다. "어흠!" 그러면서 비틀거리며 일어섰다. 펠 박사는 의자에 앉은 채 인자한 표정으로 고개를 들어 바라보았다.

"살인범 말이지." 그가 도러시의 마지막 말을 반복했다. "그럼, 그렇겠지."

잠시 대화가 끊겼다. 무슨 말을 해야 할지 아는 사람이 아무도 없었기 때문이다. 벤저민 경의 두 눈은 이제 와서 물러서는 건 영국인답지 않다고 이야기하는 듯했다. 사실 그는 굉장히 불편한 표정이었다.

"그러면 난 이만 가보겠습니다." 그가 마침내 입을 열었다. "그리고 채터럼의 치안판사로서 이 이야기는 비밀에 부치도록 하지요. 그나저나 밧줄과 못, 망치 같은 것이 필요하겠군요. 만약 비가 잠잠해진다면 오늘 밤 10시쯤 다시 이리로 올 수 있을 겁니다."

그는 잠시 주저하다가 다시 말을 이었다.

"그런데 궁금한 게 하나 있습니다. 그동안 우리는 우물에 얽힌 이야기를 굉장히 많이 들어왔죠. 우물에 빠져 익사한 사람들, 유령, 금괴나 보석, 금붙이 같은 것들, 그 외에도 하느님만이 아실 온갖 이야기들 말입니다. 그런데 박사님, 당신은 그 우물 속에서 무엇을 찾으려는 겁니까?"

"손수건 한 장입니다." 펠 박사는 이렇게 말한 뒤 맥주를 한 모금 더 마셨다.

버지는 유익한 저녁 시간을 보내고 있었다. 그가 자신에게 할애할 수 있는 시간은 한 달에 사흘 정도였고, 그는 어떻게든 짬을 내 링컨으로 가서 영화를 보는 데 그중 이틀 밤을 쓰곤 했다. 배우들이 언제나 한결같은 자리에 배치되어 있는 모습을 기쁘게 바라보고, "꺼져버려"라든지 "엿이나 먹어" 같은 상스러운 대사를 들으며 과거의 기억을 새삼스레 떠올리고, 저택의 집사라는 역할을 수행하며 유용하게 써먹을 수 있을 듯한 여타 표정들을 배워 오기 위함이었다. 세 번째 저녁은 늘 친한 친구들과 함께 보냈는데, 채터럼의 페인 집안에서 각각 집사와 가정부로 일하는 랭킨 부부가 바로 그들이었다.

랭킨 부부는 아래층에 있는 그들의 방에서, 좀처럼 변하지 않는 천성에서 우러난 후한 태도로 그를 맞이했다. 버지는 가장 좋은 의자에 앉았다. 삐걱거리는 흔들의자의 등받이는 무척 높아서 누가 앉더라도 앉은 사람의 머리보다 훨씬 위로 치솟았다. 두 사람은 그에게 위층 페인 부부의 테이블에 놓여 있던 포트와인 와인을 한잔 대접하거나, 습한 날씨에는 핫 토디[1]를 권하곤 했다. 노래하듯 쉭쉭 소리를 내며 타오르는 가스램프가 마치 고양이에게 말을 거는 어린아이 같았다. 세 개의 흔들의자는 저마다 다른 속도로 앞뒤로 움직였다. 랭킨 부인이 앉은 의자는 재빠르면서도 활기가 넘쳤고, 남편이 앉은 의자는 보다 점잖게 움직였다. 버지의 의자는 꼭 무덤 속에서 돌아눕는 듯 느릿느릿해서, 거기 앉은 그의 모습은 무슨 가마를 타고 이동하는 황제 같아 보였다.

그들은 보통 채터럼 마을과 그곳 주민들에 대한 이야기를 나누며 저녁 시간을 보냈다. 그러다가 9시쯤 되어 체면치레하느라 걸친 가식이 다 걷히고 나면 커다란 저택에 사는 사람들에 대한 이야기가 주류를 이루었고, 10시가 지나면 모임이 파하기 마련이었다. 랭킨 씨는 버지에게 읽을 만한 책을 추천하곤 했는데, 보통 그가 모시는 주인 나리가 최근 일주일 사이 언급했던 책들이었다. 버지는 진지하게 제목을 받아 적은 다음, 마치 투구를 쓰는 양 꼼꼼한 동작으로 모자를 쓰고 코트 단추를 채운 뒤 귀가하는 것이었다.

이날 저녁, 그는 시내 중심가에서 스타버스 저택으로 향하

[1] 위스키, 꿀, 레몬, 기타 향신료를 따뜻한 물에 타서 만든 칵테일.

며 평소와는 달리 상쾌한 날이라는 생각을 했다. 하늘은 구름 한 점 없이 창백했고, 광을 낸 듯 어슴푸레 빛났다. 밝은 달이 벌써 떠올라 있었다. 저지대 위로 안개가 희미하게 깔리고, 축축한 공기에서는 건초 냄새가 풍겼다. 이런 밤이면 버지의 영혼은 다르타냥 로빈 후드 페어뱅크스[11] 버지의 영혼으로 바뀌곤 했다. 전사이자 모험가, 말도 안 되는 위기에 처해도 콧수염을 비트는 여유를 부릴 수 있는 사람. 혹은 위대한 사랑꾼 버지라 불러도 좋으리라. 그의 영혼은 마치 풍선과도 같았다. 줄에 묶인 신세일지언정, 풍선은 풍선이었다. 그는 이런 긴 산책을 좋아했다. 이곳에서는 별들이 이 새로운 버지의 우스꽝스러운 모습을 보고도 조롱하지 않았다. 상상 속의 검을 들고 건초 더미를 향해 맹렬히 덤벼들 수도 있었으며, 현자 행세를 하는 가정부의 참견을 듣지 않아도 되었다.

하지만 딱딱한 흰색 길 위에 자신의 발소리가 울리는 동안, 그는 산책의 마지막 순간에 호사를 누릴 생각으로 예의 즐거운 몽상을 미뤄두고 있었다. 이 순간 그의 머릿속을 장악한 건 이날 만남의 말미에 들은 어마어마한 소식이었다.

처음에는 일상적인 대화가 오갔다. 버지 자신은 애정 어린

11 다르타냥은 루이 14세 때 소총 부대를 이끌었던 실제 인물이자 소설 『삼총사』의 주인공이며, 로빈 후드는 중세 영국 설화에 등장하는 전설적인 영웅이다. 더글러스 페어뱅크스는 20세기 초에 활동했던 미국의 배우 겸 감독으로, 무성영화 시대에 로빈 후드와 조로를 연기했다.

마음으로 번들 부인의 요통에 대해 이야기했다. 한편 페인이 법률학회에 참석하기 위해 또다시 런던으로 출장을 떠날 예정이라는 소식도 있었다. 랭킨은 굉장히 인상적인 표현을 동원해서 이 이야기를 여러 번 반복했고, 판사의 가발만큼이나 엄청난, 몇 개의 비밀스러운 서류 가방에 대해서도 언급했다. 그들 모두가 법조계와 관련해 가장 큰 인상을 받은 부분은, 그런 직업에 종사하기 위해서는 어마어마한 양의 책을 읽어야 한다는 점이었다. 이어 페인 부인이 보기 드물 정도로 성마른 기질을 타고났다는 이야기도 나왔다. 그녀는 원래 그런 사람인데 달리 무엇을 기대할 수 있겠는가?

그다음에는 교구 목사의 숙부가 조카를 방문하러 뉴질랜드 오클랜드 항을 출발해 이리로 올 것이라는 소문이 마을 여기저기에 퍼져 있다는 이야기가 다시 언급되었다. 그는 벤저민 아널드 경의 오랜 친구로, 그의 조카에게 교구 목사 직책을 알선해준 사람이 바로 벤저민 경이었다. 그 숙부라는 사람과 벤저민 경은 여러 해 전 킴벌리 다이아몬드 광산[I]에서 세실 로즈[II]와 함께 일하기도 했다는데, 이에 대해서는 여러 추측이 나돌고 있었다. 한편 살인 사건에 관한 대화도 잠깐 나

I 남아프리카공화국 노던케이프 주에 위치한 다이아몬드 광산.

II 영국의 기업가로 한때 전 세계 다이아몬드 시장의 대부분을 독점했으며, 이를 기반으로 19세기 말 영국의 식민지였던 남아프리카공화국의 총리를 역임했다.

왔지만, 사실상 거의 이야기를 하지 않은 것이나 다름없었다. 랭킨 부부가 버지의 감정을 배려해서였다. 버지는 그런 마음 씀씀이가 고마웠다. 사실 그는 허버트가 범인이라 확신하면서도 그런 생각을 애써 물리치던 참이었다. 머릿속에 그 추악한 생각이 떠오를 때마다 깜짝 상자의 뚜껑을 닫아버리듯 생각을 억누르곤 했다. 깜짝 상자를 억지로 누르다 보면 으레 삐걱거리는 소리가 나는 것처럼 그의 머릿속에서도 비슷한 소리가 들리는 것 같았지만, 어찌 됐건 계속 눌러놓을 수는 있었다.

아니, 지금 그가 가장 신경을 쓰고 있는 사안은 바로 '치정'에 대한 소문이었다. 이런 단어는 따옴표로 묶어주는 것이 사리에 맞는 행동이다. 따옴표를 치면 훨씬 불길한 느낌이 들었고, 심지어 상상 속에서도 마찬가지였다. 거의 프랑스어 같은 느낌이 들 정도였다. 그러니까, 도러시와 펠 박사의 집에 머무르고 있는 젊은 미국인 사이의 '치정' 말이다.

처음에 버지는 충격을 받았다. 도러시가 누구를 만나든 그 자체로 놀랄 일은 아니지만, 그 미국인이라면 문제가 달랐다. 상식 밖의 일이야. 정말이지 상식 밖이라고. 버지는 갑작스럽게 그 생각 속으로 빠져들기 시작했다. 이곳에서 달빛을 받으며 지칠 줄 모르고 흔들리는 나무들 아래를 걷고 있자니, 스타버스 저택의 평범한 외관이 사뭇 달리 보였다. 지금 길을 걷고 있는 이 사람은 어쩌면 불량배 버지, 그러니까 양날검의 끝으로 시종을 괴롭히는(이런 악당 같으니!) 무분별한 행위를 눈 하나 깜빡하지 않고 저지를 수 있는 사람일지도 몰랐다. 스타버스 저택은 휘스트 게임에서 카드를 늘어놓은 모양새처럼 엄격하고 질서 정연한 모습이었다. 그런 걸 보면 테이블을 차 넘어뜨려서 그 위에 놓인 카드를 흩어버리고 싶다는 생각이 들기 마련이었다. 문제는…… 맙소사, 빌어먹을 미국인과 도러시 님이라니!

아, 하느님! 도러시 님이!

어떤 말이 다시 그의 머릿속에 떠올랐다. 마틴 스타버스가 살해당하던 날 밤, 그가 내뱉을 뻔했던 말이었다. 도러시 님을 두고 차가운 계집애라는 말을 입 밖에 낼 뻔했던 것이다. 모든 것을 지배하는 번들 부인이라면 무슨 말을 했을까? 저택에 있을 땐 그런 생각을 하며 냉정함을 유지할 수 있었다. 하지만 이 순간, 은막의 빛이 버지의 영혼을 마치 갑옷처럼 반짝이게 만들었다.

그는 키득거렸다.

이제 그는 몇 군데 쌓여 있는 건초 더미가 달빛을 받아 괴물 같은 검은색 그림자를 드리운 곳을 지나고 있었다. 그는 여기까지 왔다는 사실에 놀라고 말았다. 부츠가 분명 먼지투성이가 됐을 터였다. 빠르게 걸음을 놀린 탓에 피가 달아오르는 느낌이었다. 결국 그 젊은 미국인은 신사라고 해도 좋을 것 같았다. 사실 한때 버지는 그가 살인범이라 의심했던 적도 있었다. 그는 미국에서 온 사람이니까. 마틴 주인님도 미국에서 몇 년 지내다 돌아왔으니 그가 미국을 불길하게 여기는 것도 무리는 아니었다. 심지어 굉장히 즐거운 시간을 보내는 동안에도, 번들 부인이 말했듯 그 미국인이 혹시 총잡이가 아닐까 하는 의혹은 늘 버지의 마음 한구석에 자리 잡고 있었다.

어느새 건초 더미들이 기스 공작 가문[1]의 대포가 늘어선 성으로 변해 있었고, 한밤의 공기는 검객의 벨벳 망토처럼 부드러웠다. 버지는 점점 감상적인 기분에 빠져들었다. 그는 테니슨을 떠올렸다. 이 순간에는 테니슨이 무슨 말을 했는지 하나도 생각나지 않았지만, 어쨌든 테니슨이라면 도러시 님과 그 미국인의 교제를 허락하리라는 확신이 들었다. 게다가, 세상에! 누가 그녀에게 생명을 불어넣는 것을 보고 있자니 얼마나 은밀한 만족감이 드는지!

아! 그러고 보니 이날 오후 도러시 님이 차는 필요 없다면서 저택을 비웠다. 그러곤 버지가 채터럼을 떠날 시간이 임박할 때까지 티타임에 모습을 드러내지 않았던 것이다. 허! 이때까지 그녀의 보호자는 다름 아닌 자신이었는데. (그녀가 집에

[1] 16세기 초에 공작 지위를 획득한 프랑스의 유력 가문.

없다고요? 경찰서장이자 치안판사는 수첩을 들고 차렷 자세로 선 채 지독하게 따져 물었다. 그런 재난 앞에서도 버지는 의연하게 미소를 지으며 그녀는 부재중이라고 대답했다.)

버지는 걸음을 멈췄다. 그가 걸음을 멈춘 곳은 정확히 길 한가운데였다. 그는 한쪽 무릎이 가볍게 떨리는 것을 느끼며 왼쪽 목초지 저편을 바라보았다.

저 멀리 채터럼 교도소가 달빛 하늘 아래 선명하게 보였다. 달빛이 어찌나 창백하고 선명한지, 마녀의 은신처에서 자라는 나무들을 일일이 구분할 수 있을 정도였다. 그 나무들 사이로 노란 불빛이 돌아다니고 있었다.

버지는 흰색 길 위에 오랫동안 꼼짝하지 않고 서 있었다. 그에겐 어떤 막연한 믿음 같은 게 있었는데, 저 앞에 위험한 것들이 있다 한들 손끝 하나 움직이지 않고 가만히 서 있으면 저들은 자신을 절대로 해칠 수 없다는 생각이었다. 다들 하는 말마따나 사나운 개도 움직이지 않는 사람은 공격하지 않는 법이니까. 그러다가 그는 좀스럽다 싶을 만치 조심스러운 동작으로 쓰고 있던 중산모를 들어 올린 뒤 주머니에 넣어 둔 깨끗한 손수건으로 이마를 훔쳤다. 그의 머릿속에서 기묘한 생각이 조그맣게 일어나 미약하게 꿈틀거렸다. 저 멀리 도깨비불이 펄럭이고 있는 곳이 바로 모험가 버지를 위해 마련된 시험 무대가 아닐까? 한밤중에 의기양양한 태도로 귀가하는 버지 말이다. 시간이 좀 지나면 집사 버지는 다소 부끄러운 심정으로 새하얀 침대보가 깔린 자신의 침대를 바라보며, 결국 자신이 집사 버지에 불과하다는 사실을 깨닫게 될 터였다.

그리하여 버지는, 스스로에게 당당한 집사의 모습으로 저택 안을 활보할 수 있도록, 아무래도 미친 것 같은 일을 저지르고 말았다. 그는 울타리 계단을 뛰어넘은 뒤 몸을 낮춰 목초지의 경사면을 지나 마녀의 은신처 방향으로 나아가기 시작했다. 이 순간 그의 심장이 갑자기 소리 내어 두근거리기 시작했다고 후대에 기록되리라.

비가 그친 지 얼마 안 되어 땅은 아직도 물컹물컹했다. 보름달 아래서, 그는 거의 기어가다시피 경사면을 올라야 했다. 좀더 빙 둘러가는 길을 택해 마녀의 은신처에 접근할 수도 있었을 거라는 생각이 지나치게 늦게 떠올랐기 때문이다. 그래도 이제 막바지였다. 목구멍에서 조그만 톱날 같은 것이 오르락내리락하는 듯한 느낌이었다. 온몸이 뜨겁고 축축했다. 그때, 18세기 시대의 버지라면 아무런 감사 인사도, 심지어 말 한마디 없이 받아들일 정도로 고분고분하게, 달이 구름 뒤로 미끄러지듯 모습을 감추었다.

그는 마녀의 은신처 근처에 와 있다는 사실을 알아차렸다. 앞에 선 너도밤나무에 기대어 있는데, 중산모가 머리를 꽉 조이는데다 달음박질을 한 탓인지 목에서 신물이 올라오는 것 같았다. 그는 이제 숨을 헐떡거렸다.

이건 미친 짓이야.

모험가 버지 따위는 잊어버려. 이건 미친 짓이라고.

전방에 노란 불빛이 다시 한번 모습을 드러냈다. 빛이 떠오른 곳은 우물 근처, 대충 7에서 10미터쯤 떨어진 곳이었다. 그는 이리저리 뒤틀린 나무줄기 사이로 그 빛을 바라보았다. 빛은 무슨 신호라도 보내는 양 깜빡거렸다. 그리고 그 신호에 대한 답신이 분명한 또 하나의 빛이 저 높은 곳에서 깜빡거리고 있었다. 버지는 목을 위로 길게 뺐다. 그 빛은 교도소장실 발코니에서 나오는 것이 틀림없었다. 누군가 그곳에 조명을 켜 둔 것이다. 이어 그는 굉장히 덩치가 큰 누군가의 그림자가 난간 너머로 몸을 굽히는 모습을 보았다. 그 난간에 무슨 작업을 하고 있는 것 같았다.

갑자기 밧줄 하나가 아래로 휙 내려왔다. 밧줄이 너무 갑작스럽게 떨어져 이리저리 움직이는 바람에 버지는 펄쩍 뛰며 뒤로 물러났다. 밧줄은 둔탁한 소리를 내며 우물 옆면을 때리다가 이내 축 늘어지며 우물 가장자리 바로 안쪽으로 미끄러지듯 내려갔다. 버지는 그 광경에 완전히 사로잡혀 다시 고개를 앞으로 쭉 뺐다. 우물 옆에서 빛나던 불빛은 이제 흔들림 없는 빛줄기를 발산하고 있었다. 누군가 체구가 작은 사람이 발원을 들고 있는 것 같았다. 체구로 보아 여자라고 생각해도 좋을 터였다. 한 사람이 빛줄기 앞에 얼굴을 드러냈다. 그는 목을 쭉 뺀 채 저 위에 있는 발코니를 향해 한 손을 흔들고 있었다.

그 미국인 녀석이었다.

이 정도 떨어진 거리에서 봐도 의심의 여지가 없었다. 낯설고, 웃음기 어린, 무모한 저 얼굴. 미국인 녀석이 분명했다. 이름이 램폴이라고 했지. 그래, 맞아. 램폴은 밧줄을 시험 삼아 당겨보는 듯싶더니 이어 두 다리를 쭉 뻗은 채 밧줄에 매달려 빙글빙글 돌아보았다. 그런 뒤 밧줄을 잡고 몸을 끌어 올려 1미터쯤 위로 올라가다가 바닥으로 뛰어내려 다시 한번 손을 흔들었다. 불빛이 또 하나 켜졌다. 볼록렌즈가 달린 랜턴 같았다. 그는 랜턴을 허리띠에 끼워 넣은 다음 손도끼와 곡괭이처럼 보이는 작은 도구들을 찔러 넣는 것 같았다.

이어 그가 우물 가장자리에 박혀 있는 두 쇠꼬챙이 사이로 몸을 미끄러뜨리듯 올라서서는, 밧줄을 잡은 채 거기 가장자리에 잠시 걸터앉았다. 그러곤 또다시 만면에 웃음을 지었다. 다른 조명을 들고 있는, 체구가 작은 사람을 향한 미소였다. 이어 그는 몸을 흔들어 우물 안으로 뛰어내렸다. 그의 램프 역시 우물 안으로 사라졌다. 체구가 작은 사람이 우물 가장자리로 쏜살같이 달려가는 순간, 램폴이 들고 있던 램프의 빛줄기가 잠깐 위쪽을 향했다. 버지는 우물 위로 몸을 굽힌 저 작은 사람이 바로 도러시라는 사실을 알아차렸다.

마녀의 은신처 가장자리에서 그 모습을 지켜보는 사람은 이제 모험가 버지가 아니었고, 심지어 집사 버지조차 아니었다. 그는 그저 엉거주춤 선 채 자신의 눈을 의심하며 저 놀라운 광경이 대체 다 무엇인지 이해하려 애쓰는 사람일 뿐이었다. 개구리들이 불평하듯 시끄럽게 울어댔고, 벌레들이 얼굴 주변을 스치듯 날아다녔다. 그는 나무 사이로 조금씩 나아가며 우물을 향해 점점 가까이 다가갔다. 도러시가 들고 있던 램프의 불이 꺼졌다. 한 달 뒤에는 찻주전자를 사이에 두고 랭킨 부부에게 보기 드문 모험담을 들려줄 수 있으리라는 생각이 그의 머릿속에 떠올랐다.

램프에 물이 닿아 치익 하는 소리가 들리더니, 벽에 반사된 희미한 빛 몇 가닥이 우물 밖으로 빠져나왔다. 아까보다 약해졌지만 빛줄기는 완전히 사라지지 않았다. 한순간 그 빛줄기가 버드나무 가지를 비추자 잎사귀의 윤곽이 드러났고, 버지의 생각으로는 도러시의 얼굴도 잠깐 보인 것 같았다. 어쨌든 차가운 달이 다시 구름에서 빠져나와 교도소 벽을 배경으로 유령처럼 떠오른 참이었다. 버지는 계속해서 가까이 다가갔다. 혹시 소리가 날까 두려운 마음에 가슴이 답답해지고 땀이 샘솟았다. 개구리와 귀뚜라미, 그리고 누가 알겠나 싶은 것들의 합창 소리가 울려 퍼졌다. 과연 다른 소리가 들리기나 할까 싶을 정도로 시끄러웠다. 게다가 이곳은 춥기까지 했다.

자, 버지를 두고 상상력이 풍부한 사람이라고 할 수는 없을 것이다. 그는 한 번도 상상력이 풍부한 사람이었던 적이 없었다. 여러 주변 상황 탓에 그렇게 될 수 없었던 것이다. 하지만 우물 깊은 곳에서 춤을 추듯 깜빡이는 불빛에서 눈을 떼어 달빛 속에 움직이지 않고 서 있는 사람의 형체를 보았을 때, 그는 외계인이 존재한다는 사실을 알게 되었다. 도러시와 저 미국인의 존재는 이상할 게 없었다. 둘이 함께 있는 건 로스트비프 위에 그레이비소스를 끼얹는 것과 마찬가지로 당연한 이치였다. 하지만 저 다른 존재는 그렇지 않았다.

시간이 지나 버지가 털어놓기로는, 그 형체는 체구가 작은 남자였다. 남자는 도러시의 뒤쪽에 조금 거리를 둔 채 서 있었는데, 달빛에 드리운 나무 그림자 사이로 그의 뒤틀린 윤곽이 보였다. 신체 비율이 기묘해 보였고, 한 손에 무언가를 들고 있었다.

우물 안에서 거리 때문에 약해진 소리가 하나 올라왔다. 다른 소음들도 뒤섞여 있었지만, 그 소리가 비명이나, 신음, 혹은 숨이 막혀 헐떡이는 소리라는 건 명백했다.

그 이후 무슨 일이 일어난 건지, 버지는 제대로 기억할 수 없었다. 나중에 그는 쾅 소리가 메아리치듯 울리고 난 다음 우물 가장자리에 다시 한번 머리가 불쑥 등장할 때까지 얼마나 시간이 흘렀는지 정확히 따져보려고 애를 썼지만 도무지 확신할 수가 없었다. 그가 아는 것은, 어느 순간 도러시가 자신이 들고 있던 손전등을 켰다는 사실뿐이었다. 그녀는 손전등으로 우물 안을 비추는 대신 녹슨 쇠꼬챙이가 꽂힌 채 입을 떡 벌리고 있는 우물 반대편을 계속해서 비추었고…… 그러다가 우물 안쪽에서 또 다른 빛줄기가 새어 나오더니, 누군가 기어 올라왔는데…….

우물 안에서 머리가 하나 튀어나와 쇠꼬챙이 사이에서 멈췄다. 처음에 버지는 얼굴을 제대로 알아볼 수 없었다. 멀리 떨어진 곳에서 그 낯선 형체를 찾아내려면 어둠 속을 꿰뚫어야만 했기 때문이다. 그 움직이지 않는 형체, 어딘지 모르게 철사 같은 머리카락을 나부끼는 강철 몸체 비슷한 인상을 풍기는, 마치 괴물 같은 형체 말이다. 결국 그는 괴물의 모습을 찾아내는 데 실패하고, 이제 쇠꼬챙이 사이로 점점 더 높이 솟아오르고 있는 얼굴을 바라보았다.

그것은 램폴의 얼굴이 아니었다. 우물에 꽂힌 쇠꼬챙이 위로 계속 떠오르는 것은 입을 떡 벌린 허버트 스타버스의 얼굴이었다. 이미 지근거리에 접근해 있었던 버지는 허버트의 양미간에 난 총알 구멍을 확인할 수 있었다.

버지의 정면, 채 3미터도 떨어지지 않은 곳에서, 허버트의 머리가 끔찍한 모습으로 솟아오르고 있었다. 마치 허버트가 제 힘으로 올라오고 있는 듯했다. 흠뻑 젖은 머리카락이 이마 위에 철썩 달라붙어 있었고, 축 처진 눈꺼풀 아래 흰자위가 살짝 보였다. 미간에 난 총구멍은 파란색이었다. 버지는 경악했다. 문자 그대로 경악하고 말았다. 한쪽 무릎이 삐걱거리며 옆으로 휘청이는 것을 느끼며, 그는 자신은 조만간 앓아누우리라 생각했다.

머리가 움직였다. 머리가 그에게서 방향을 돌렸고, 이어 우물 가장자리로 손이 하나 튀어나왔다. 허버트는 죽었다. 그럼에도 그는 우물에서 기어 나오고 있는 것처럼 보였다.

도러시가 비명을 질렀다. 하지만 버지는 간신히 토하지 않고 진정할 수 있었다. 그녀가 들고 있던 손전등이 꺼지기 직전, 마치 허리띠를 꽉 졸라매듯 그의 공포심을 억누르는 어떤 모습을 보았기 때문이다. 그가 본 것은 허버트의 어깨 밑으로 불쑥 튀어나온 젊은 미국인의 머리였다. 미국인이 뻣뻣한 시체를 우물 밖으로 밀어내며 자신의 손으로 우물 가장자리를 붙잡았다.

비취색 달빛이 무언극을 할 때 쓰는 조명처럼 나무를 비추며 일본 장식에서 볼 법한 무늬를 바닥에 새겼다. 정말로 모든 일이 무언극처럼 소리 없이 이루어졌다. 아까 보았던 다른 형체, 즉 우물 저편에서 쇠꼬챙이 쪽을 살펴보던 이질적인 형체에 대해서는 아직도 전혀 알 길이 없었다. 그자가 허버트의 어깨 밑으로 젊은 미국인의 머리가 튀어나오는 모습을 지켜보고 있었는지도 파악할 수가 없었다. 하지만 덤불 사이로 무언가 퍼덕거리며 쿵쿵대는 소리는 들렸다. 박쥐가 방을 빠져나가려고 거칠게 질주하며 이곳저곳 벽에 부딪치며 내는 소리 같았다. 누군가 알아들을 수 없는 비명을 내지르며 마녀의 은신처를 가로질러 달려갔다.

얄팍하고 어둑어둑한 무언극의 무대가 산산이 찢겨 나갔다. 저 위쪽 교도소장실 발코니에서 밝은 빛이 환하게 쏟아졌다. 빛이 나무 사이로 밀려드는가 싶더니, 발코니에서 우레와 같은 목소리가 터져 나왔다.

"저기 간다! 잡아!"

빛줄기가 나무 사이를 빙글빙글 돌며 녹색과 검정색이 어우러진 소용돌이를 그렸다. 어린 나무들이 탁탁 소리를 내며 부러졌고, 습지를 달리는 듯 철벅거리는 소리도 났다. 그 순간 버지의 사고는 짐승과 다를 바 없는 초보적인 수준에 머물러 있었다. 그의 머릿속에 뚜렷하게 박혀 있는 것은, 가지를 부러뜨리며 덤불 속을 헤치고 달려가는 저자가 바로 범인이라는 사실뿐이었다. 저 도망자 주변으로 여러 개의 램프 불빛이 달려들고 있는 것 같다는 생각이 어렴풋이 들었다.

누군가의 머리와 어깨가 갑자기 달빛을 가렸다. 이윽고 미끄러운 강둑을 타고 내려오는 도망자의 모습이 버지의 눈에 들어왔다. 그자는 그를 향해 곧장 달려오고 있었다.

버지는 몸이 비대했고 나이도 쉰을 훌쩍 넘었다. 그의 거대한 몸에서 살이 출렁거렸다. 그는 불량배 버지도, 집사 버지도 아니었다. 그저 나무에 기댄 채 불안에 떠는 한 남자일 뿐이었다. 이제 반짝이며 떨어지는 빗방울과 함께 달빛이 내리비치기 시작하자 상대의 손을 볼 수 있었다. 남자는 정원사용 장갑을 낀 채 총열이 긴 권총 방아쇠울에 검지를 끼워 넣고 있었다. 젊은 시절, 드넓은 축구장에 야성적으로 서 있던 자신의 모습이 뇌리를 스쳤다. 사방에서 사람들이 그를 향해 돌진해 오는 것 같았다. 그는 벌거벗은 기분이었다. 마침내 그자가 그에게 달려들었다.

몸이 비대하고 나이도 쉰을 훌쩍 넘긴 버지는 폐에 강렬한 고통을 느꼈다. 하지만 나무 뒤로 숨지 않았다. 그는 자신이 무슨 일을 해야 하는지 알고 있었다. 그는 침착한 두뇌와 굉장히 밝은 눈을 겸비한, 믿음직한 사람이었다.

"좋아." 그가 큰 소리로 외쳤다. "좋다고!" 그러곤 그자를 향해 돌진했다.

뭔가 폭발하는 소리가 들렸다. 그와 동시에 상태가 나쁜 가스레인지에 성냥불을 가져다 댔을 때처럼 누르스름한 빛이 분출했다. 무엇인가 가슴을 강타하는 바람에 그는 균형을 잃고 빙글빙글 돌기 시작했지만 그 와중에도 손가락으로 남자의 코트를 붙잡고 늘어졌다. 손톱이 천에 걸려 찢겨 나가는 듯했다. 그는 고관절이 뒤틀린 채 속절없이 쓰러지고 말았다. 잠시 허공을 날아가는 듯싶더니 금세 낙엽 속에 얼굴이 처박혔다. 자신의 몸이 바닥에 부딪치는 둔탁한 소리가 희미하게 들렸다.

이것이 바로 영국인 버지가 쓰러지게 된 사연이었다.

"죽은 것 같지는 않습니다." 램폴이 나가떨어진 집사의 곁에 무릎을 꿇으며 말했다. "서둘러요! 내가 돌려 눕힐 테니 이쪽에 불빛을 비춰주시죠. 이 사람 이름이 뭐였지……. 벤저민 경! 대체 어디 있는 겁니까?"

버지는 옆으로 누운 채 아직도 한 손을 쭉 펴고 있었다. 머리 한쪽에 매달려 찌그러져 있는 모자 때문에 거의 난봉꾼처럼 보일 지경이었고, 점잖은 검정 코트의 단추 하나도 날아가버리고 없었다. 램폴은 무거운 덩치를 잡아당겨 그의 몸을 돌려 눕혔다. 얼굴이 마치 밀가루 반죽 같고 눈도 제대로 뜨지 못했지만, 일단 숨은 쉬고 있었다. 왼쪽 가슴을 따라 꽤 깊이 난 상처에서 진작부터 피가 배어 나와 옷을 적시고 있었다.

"이쪽입니다!" 램폴이 고함을 질렀다. "이봐요, 이쪽이에요! 지금 어디 있습니까?"

그는 고개를 들어 도러시를 흘끗 바라보았다. 하지만 그녀의 모습을 제대로 볼 수 없었다. 그녀가 그에게서 시선을 돌린 채 다른 곳을 보고 있었기 때문이다. 하지만 그녀의 손에 들린 불빛은 흔들리지 않았다.

덤불 속에서 나뭇가지 부러지는 소리가 들렸다. 벤저민 경이 영화에 등장하는 갱스터처럼 모자를 깊숙이 눌러쓴 채 덤불을 헤치고 나타났다. 소매 밖으로 긴 팔이 덜렁거렸고, 창백한 얼굴에는 진흙이 주근깨처럼 점점이 튀어 있었다.

"놈은…… 놈은 달아났습니다." 경찰서장이 약간 쉰 목소리로 말했다. "놈의 정체는 모르겠습니다. 심지어 무슨 일이 일어난 것인지도 모르겠고요. 이 사람은 누굽니까?"

"좀 보시죠." 램폴이 말했다. "그자를 막아 세우려 했던 게 분명합니다. 총성을 들으셨습니까? 어서 이 사람을 서장님 차에 태워 시내로 데려가야 해요. 자, 다리 쪽을 들어주시겠습니까? 저는 머리 쪽을 들겠습니다. 충격을 주지 않도록 조심하시고요."

그는 굉장히 무거웠다. 커다란 매트리스를 옮길 때처럼, 버지의 몸 중간 부분이 축 처졌다. 램폴은 가슴이 턱 막히고 근육이 쑤시기 시작하는 걸 느꼈다. 두 사람은 비틀거리는 걸음으로 팔을 할퀴는 덤불을 지나고 긴 경사면을 따라 벤저민 경의 다임러가 주차되어 있는 길가로 향했다.

"당신은 여기 남아 더 살펴보는 게 나을 것 같군요." 버지를 자동차 뒷좌석에 안전하게 태운 다음, 경찰서장은 이렇게 말했다. “스타버스 양, 내가 차를 몰고 마클리 박사에게 갈 동안 당신은 뒷좌석에서 그를 붙들어주겠습니까? 감사합니다. 시동을 걸 테니 흔들리지 않도록 조심하시죠.”

시동을 걸자 자동차가 진동하면서 커다란 전조등을 번쩍였고, 그 빛에 무릎 위로 버지의 머리를 붙들고 있는 도러시의 모습이 잠깐 보였다. 이제 몸을 돌려 교도소 방향으로 돌아가려는 순간, 램폴은 기력이 완전히 소진되었음을 깨닫고 울타리에 몸을 기댈 수밖에 없었다. 머리 역시 둔해져서 삐걱거리는 바퀴처럼 잘 돌아가지 않았다. 그렇게 그는 한동안 청명한 달빛을 받으며 울타리에 기대어 있었다. 한 손에는 여전히 버지의 찌그러진 모자를 쥔 채였다.

그는 모자를 잠시 바라보다가 바닥에 떨어뜨렸다. 허버트 스타버스는…….

불빛 하나가 가까이 다가오고 있었다. 펠 박사가 커다란 덩치를 이끌고 회색 목초지 위로 뒤뚱거리며 걸어오는 중이었다.

“거기 있었군!” 박사가 턱을 앞으로 내밀며 소리치고는 램폴이 있는 곳으로 다가와 한 손을 그의 어깨 위에 얹었다. “잘했네.” 그런 뒤 잠시 후 이렇게 덧붙였다. “응? 무슨 일이지? 누가 다쳤나?”

차분하게 이야기하려 애를 쓰는 듯했지만 박사의 목소리는 점점 높아졌다. "발코니에서 대부분은 지켜봤네. 놈이 달아나는 모습을 보고 소리를 쳤는데, 잠시 후 누가 총을 쏜 것 같더군."

램폴은 한 손으로 머리를 짚었다. "그 집사 양반…… 버지 말입니다, 그가 숲속에서 우리를 지켜보고 있었던 게 틀림없습니다. 왜 그랬는지 모르겠지만요. 제가 막 그를…… 그러니까 시체를 우물 가장자리로 끌어올리던 참이었는데, 박사님의 고함 소리가 들리더니 누군가 달아나기 시작했어요. 버지가 중간에 놈을 가로막았다가 가슴에 총을 맞았습니다."

"설마 그가……."

"잘 모르겠습니다." 램폴이 체념 어린 말투로 대답했다. "차에 실었을 때만 해도 살아 있었습니다. 다른 둘이서 그를 채터럼으로 데려갔어요."

두 사람 모두 잠시 아무 말 없이 귀뚜라미 울음소리를 들으며 서 있었다. 박사가 주머니에서 휴대용 술병을 꺼내 그에게 내밀었다. 램폴이 받아 마시자, 체리를 첨가한 술이 그의 목을 긁으며 내려가 혈관을 타고 천천히 퍼져갔다. 그는 몸을 떨었다.

"그자가 누구인지 전혀 모르겠나?" 펠 박사가 물었다.

램폴은 지긋지긋하다는 듯 대꾸했다. "아, 놈이 누구인지 알 게 뭐랍니까. 심지어 털끝 하나 보지 못했습니다. 그저 달아나는 소리만 들었을 뿐이에요. 저 아래쪽에서 본 것에 대해 생각하느라……. 저기, 허버트의 시체가 있는 곳으로 돌아가는 게 낫지 않을까요?"

"자네 떨고 있군. 좀 진정하고……."

"잠시만 어깨를 빌려주시죠. 자, 이쪽으로……."

램폴은 재차 마른침을 삼켰다. 그 우물에서 풍기던 냄새가, 그곳에서 바글바글 기어다니던 것들이 콧속에 달라붙어 계속 따라다니는 듯했다. 발코니에서 동그랗게 말아놓은 밧줄을 풀어 아래로 떨어뜨리던 모습이 다시금 떠올랐다. 우물 가장자리에서 몸을 던질 때 돌벽에 자신의 코듀로이 바지가 닿던 감촉도 되살아났다.

"역시 그렇게 된 거예요." 그가 열정적으로 말을 이었다. "밧줄을 타고 그렇게 깊이 내려갈 필요도 없더군요. 2미터도 채 못 가서 측면에 돌로 만든 벽감 같은 것이 나 있는 걸 발견했습니다. 계단 비슷해 보였어요. 애초에 그 비밀 장소가 그렇게 깊은 곳은 아닐 거라고 생각하긴 했습니다. 큰비라도 내리면 비밀 장소에 물이 들어찰 수 있으니까요. 박사님도 직접 보셨어야 했는데……. 그 안쪽은 뭐가 잔뜩 묻어 끈적끈적했는데, 얼추 깨끗한 표면에 글을 새겨놓은 커다란 돌이 하나 있었습니다. 둥그스름한 글자로 새겨놓은 글 중 '자존심'과 '본인'이라는 단어를 알아볼 수 있겠더군요. 나머지 글자들은 거의 지워진 상태였고요. 처음엔 그 사각형 돌덩어리를 움직일 수 없을 거라 생각했지만, 마음을 굳게 먹고 밧줄을 제 허리에 묶은 다음 참호용 곡괭이 날을 돌 옆쪽에 끼워 넣고 보니 돌이 아니라 얇은 석판에 불과하더군요. 꽤 손쉽게 밀어서 세워둘 수 있었죠. 한쪽 면에 손가락 몇 개가 들어갈 정도의 홈이 나 있었습니다. 그 홈을 잡고 당겨보니…… 안쪽은 온통 쥐와 물거미 천지였어요."

그는 몸을 떨었다.

"무슨 방 같은 공간이나 신경 써서 만들어놓은 구조물은 찾지 못했습니다. 평평한 돌 하나를 들어보니 그저 뻥 뚫린 공간만 나오더군요. 무슨 토굴 같은 곳이었습니다. 어쨌든 그곳에도 물이 반쯤 들어차 있었고요. 바로 그곳 안쪽에 허버트의 시체가 쑤셔 박혀 있었습니다. 제가 처음으로 손을 댔던 것은 그의 손이었는데, 그때 머리에 난 구멍을 발견했어요. 그의 몸을 완전히 끌어당기고 보니 제 몸도 그와 다를 바 없이 푹 젖어 있더군요. 아시다시피 그는 덩치가 꽤 작은 편이라, 만일을 대비해 제 허리에 묶어둔 밧줄에 의지해서 그를 어깨에 둘러매고 끌어 올릴 수 있었습니다. 그의 옷 속에는 무슨 파리 같은 것들이 정신을 못 차릴 정도로 많았는데, 놈들이 제 옷으로도 기어 들어오더군요. 그다음은……."

그가 손바닥으로 자신을 얼굴을 때리자 박사가 그의 팔을 붙들었다.

"그게 답니다. 아, 그렇지, 손수건을 하나 발견했습니다. 부패 상태가 굉장히 심했지만, 티머시의 손수건이었습니다. 모서리에 T. S. 라는 글자가 있었으니까요. 피에 흠뻑 젖은 채 둘둘 말려 한쪽 구석에 처박혀 있더군요. 적어도 저는 피라고 생각했습니다. 또 다 타고 남은 양초 끄트머리랑 타버린 성냥 같은 것들도 보였습니다. 하지만 보물은 없었어요. 상자도, 작은 종잇조각 같은 것도 없었습니다. 말씀드릴 건 이게 전부입니다. 춥군요. 돌아가서 제 코트나 찾아 입고 싶습니다. 옷깃 안쪽에서 뭔가 기어 다니는 느낌이에요."

박사는 그에게 브랜디를 한 모금 더 마시게 했고, 그런 다음 두 사람은 무거운 다리를 이끌고 마녀의 은신처로 향했다. 허버트 스타버스의 시체는 램폴이 처음에 내려놓았던 우물 옆에 그대로 누워 있었다. 박사가 들고 있던 손전등으로 시체를 비추는 순간, 램폴은 두 손을 바지에 대고 맹렬하게 위아래로 문질렀다. 자그마한 체구가 두 배로 부풀고, 머리는 한쪽으로 뒤틀린 상태에, 무엇인가 보고 놀란 듯 입이 쩍 벌어진 모습이었다. 지하 벽감의 냉기와 습기가 얼음 저장고 같은 효과를 냈는지, 총알이 머리를 뚫고 들어간 지 분명 일주일은 족히 되어 보였음에도 부패의 징후는 찾을 수 없었다.

램폴은 머릿속에서 둔탁한 종소리가 마구 울리는 듯한 기분을 느끼며 총상을 가리켰다.

"살인일까요?" 그가 물었다.

"의심할 여지가 없지. 다른 흉기는 보이지 않고, 또……."

램폴은 멍청한 소리라고 생각하면서도 떠오르는 대로 내뱉었다. "이 일을 끝내야 합니다!" 필사적으로 말하며 그는 두 주먹을 불끈 움켜쥐었다. 하지만 더는 할 말이 없었다. 그 말 한마디로 모든 심경을 표현했던 것이다. 그래서 다시 같은 말을 반복했다. "이 일을 끝내야 합니다. 정말로요! 예, 그 불쌍한 집사도……. 아, 혹시 그도 이 일에 관련이 있는 걸까요? 저는 꿈에도 그런 생각은 하지 못했는데요."

펠 박사는 고개를 저었다.

"그건 아니야. 아니, 이 일에 관련된 자는 단 한 명이야. 나는 그자가 누구인지 알고 있네."

램폴은 우물 둘레에 쌓은 갓돌에 몸을 기대며 담배를 찾아 주머니 속을 더듬었다. 이어 진흙투성이 손으로 성냥불을 켜 담배에 불을 붙였는데, 심지어 담배에도 저 아래쪽에서 풍기던 냄새가 배어 있었다.

"그러면 막바지에 이른 겁니까?"

"막바지까지 왔지." 펠 박사가 말했다. "내일 끝을 보게 될 거야. 전보 한 통이 톡톡한 역할을 했거든." 그는 잠시 말을 멈추고 깊은 생각에 잠겼다. 들고 있던 손전등의 불빛은 시체에서 돌려놓은 채였다. "진상을 깨닫기까지 오랜 시간이 걸렸어." 그가 갑작스럽게 덧붙였다. "한 명이야. 이 살인을 전부 저지를 수 있었던 자는 단 한 명뿐일세. 놈은 이미 세 명을 죽였고, 오늘 밤에 네 번째 살인을 저질렀을지도 몰라. 내일 오후에 런던에서 기차가 도착하네. 열차 시간에 맞춰 나가도록 하세. 그러면 이제 살인범도 끝이야."

"그렇다면…… 살인범은 이곳에 사는 사람이 아닙니까?"

펠 박사가 고개를 들었다. "일단 그에 대해서는 생각하지 말게. 주목나무관으로 내려가 목욕을 한 다음 옷을 갈아입게. 자네는 그래야 해. 이곳은 내가 감시하도록 하지."

마녀의 은신처 위에서 올빼미가 울기 시작했다. 램폴은 버지를 운반할 때 짓밟아놓은 자취를 따라 덤불을 헤치며 나아갔다. 그는 딱 한 번 뒤를 돌아보았다. 펠 박사가 들고 있던 손전등은 꺼진 상태였다. 푸른빛이 도는 은색 달빛 아래, 미동도 없이 서 있는 펠 박사의 거대한 윤곽이 보였다. 그는 사자 같은 머리를 숙여 우물 안을 바라보고 있었다.

버지가 인식할 수 있는 것은 꿈과 고통뿐이었다. 자신이 어딘가의 침대에 누워 높은 베개를 베고 있다는 사실 정도는 알 수 있었다. 한번은 창문에 흰색 레이스 커튼이 드리워 있는 모습을 본 것 같기도 했다. 창문에 반사된 램프 불빛과 자신의 곁에 앉아 있는 어떤 사람의 모습도 기억났다.

하지만 확신할 수는 없었다. 계속해서 잠에 빠져들 뿐, 아무래도 움직여지지가 않았다. 징이 울리는 듯한 소리가 들렸다. 진작부터 더워 죽을 지경인데 누군가 까끌까끌한 담요를 자꾸만 목까지 올려주었다. 누군가의 손이 닿는 순간 겁이 나서 다시 한번 팔을 들어 올리려 애를 썼지만 아무 소용이 없었다. 갑자기 고통이 엄습했고, 그러자 징이 울리는 소리와 방 안을 휘젓고 돌아다니는 유령의 모습이 사라져버렸다. 고통은 핏줄을 타고 흐르는 것 같았다. 약 냄새가 났다. 그는 끊이지 않는 함성 소리를 들으며 축구장에 서 있는 소년이 되어 있었다. 그는 시계태엽을 감고 디캔터에 들어 있는 포트와인의 양을 가늠하는 중이었다. 그러다가 고 앤서니 스타버스의 초상화, 스타버스 저택의 위층에 있는 긴 방에 걸려 있던 액자 속 초상화가 불쑥 눈앞에 나타났다. 앤서니는 정원사용 흰색 장갑을 끼고 있었다.

버지는 뒤로 물러나면서도 그가 앤서니가 아니라는 사실을 알고 있었다. 누구였을까? 그가 본 영화 속에서 싸움질과 총격전을 일삼던 사람들이 요술 램프에서 나온 지니처럼 흐릿하게 떠올랐다가 이내 사라졌다. 그 얼굴들 중 하나도 아니었다. 그는 버지가 오랫동안 알고 지냈던 사람이었다. 그 친숙한 얼굴은…….

그 얼굴이 이제 침대 옆에서 몸을 굽혀 그를 내려다보고 있었다.

그의 비명이 꺽꺽거리는 소리로 변했다.

그곳에 있어서는 안 되는 얼굴이었다. 상처 없이 깨끗한 얼굴, 요오드포름 냄새. 뺨에 닿은 리넨 베갯잇의 서늘하고 거친 감촉이 느껴졌다. 시계 종이 울렸다. 무엇인가 떨리며 빛을 내고 있었는데, 알고 보니 램프에 씌운 얇은 유리였다. 발끝으로 살금살금 걷는 소리가 나더니 누군가 말하는 소리가 뚜렷하게 들렸다.

"살아날 겁니다."

버지는 잠들었다. 마치 무의식적으로 그 말이 들리기를 기다리느라 푹 잠들지 못했던 듯, 말이 떨어지자마자 잠이 들이닥쳐 어둡고 부드러운 실뭉치처럼 그를 단단히 에워쌌다.

마침내 잠에서 깨어났을 때, 그는 자신이 얼마나 약해져 있는지, 그리고 모르핀을 얼마나 맞은 상태인지 알지 못했다. 하지만 낮게 뜬 해가 창문에 빛을 비추고 있다는 사실은 인지할 수 있었다. 그는 다소 놀라고 어리둥절한 기분으로 몸을 움직여보려 애썼다. 자신이 오후 늦게까지 잠들어 있었다는 생각이 뼈아프게 다가왔다. 저택 안에서는 아무 소리도 들리지 않았다. 그러다가 그는 벤저민 경이 침대 위로 몸을 굽히고 긴 얼굴에 미소를 띤 채 자신을 내려다보고 있다는 걸 알아차렸다. 그 뒤에는 어떤 젊은 남자가 서 있었는데, 처음에는 누군지 알아볼 수 없었다.

"몸은 좀 나아졌습니까?" 벤저민 경이 물었다.

버지는 말을 하려 애썼지만 꺽꺽거리는 소리만 나올 뿐이었다. 창피스러웠다. 마치 밧줄을 하나 드리운 듯, 자그마한 기억 한 조각이 소용돌이치다가 그의 머릿속에 내려앉았다.

그래, 이제 기억이 나는군. 두 눈을 감자 생생한 색채의 기억이 되살아났다. 저 젊은 미국인, 흰색 장갑, 그리고 권총. 내가 무슨 짓을 했더라? 기억이 물밀듯이 밀려들었다. 언제나 느껴왔듯이, 자신이 겁쟁이처럼 굴었다는 기억이었다. 그러자 욕지기가 나는 약이라도 삼킨 양 입이 썼다.

"아무 말 말아요." 벤저민 경이 말했다. "여기는 마클리 박사의 집입니다. 박사 말이, 당신을 섣불리 옮겨서는 안 된다더군요. 그러니 좀더 누워 있도록 해요. 당신은 끔찍한 총상을 입었지만 회복할 수 있을 겁니다. 이제 우리는 물러나도록 하겠습니다." 벤저민 경은 쑥스러운 듯한 태도로 침대 발치에 있는 철제 옷걸이를 가리켰다. "버지, 당신이 한 일 말인데, 뭐, 이렇게 말해도 좋을지 모르겠지만, 빌어먹을 정도로 훌륭했습니다."

버지는 마른 입술을 적신 끝에 마침내 제대로 된 말을 꺼내놓을 수 있었다.

"예, 알겠습니다. 감사합니다, 서장님."

그는 반쯤 눈을 감은 채 생각했다. 저 젊은 미국인이 웃는 모습을 보는데 왜 화가 나려는 걸까?

"기분 상했다면 미안합니다, 버지." 램폴이 허둥지둥 대화에 끼어들었다. "어젠 꼭 아일랜드 경찰처럼 총을 든 놈에게 달려들더니, 이제는 마치 그저 누가 맥주 한잔 권했던 일처럼 구는군요……. 혹시 그자의 얼굴을 알아보지는 못했겠죠?"

(머릿속이 뒤죽박죽이었다. 얼굴이 절반 정도 떠올랐다가 모래에 물이 스며들듯 소용돌이를 그리며 사라졌다. 현기증과 함께 가슴에 뭔가 통증이 느껴졌다. 그러다가 물이 쏟아져 얼굴을 씻어내는 것만 같았다.)

"아니, 알아보았습니다." 그는 간신히 입을 열었다. "곧 기억이 날 겁니다. 지금은 생각이 안나지만……."

"그렇겠지요." 램폴이 서둘러 끼어들었다. 문간에서 흰옷을 입은 어떤 사람이 그들에게 손짓을 보내고 있었다. "자, 몸조리 잘하시기 바랍니다. 용기가 참으로 대단했습니다."

미소 짓는 이들을 향해 버지는 입술을 움직여 마주 미소를 지었다고 생각했다. 긴장해서 입술을 씰룩이는 정도였지만. 곧 잠이 쏟아지기 시작했다. 머릿속에서 노랫소리가 들렸고, 이제 그는 즐겁게 떠다니는 기분이었다. 무슨 일이 일어났는지 확실히는 몰라도, 생애 처음으로 느껴본 훈훈한 만족감이 그를 달래주었다. 이런 엄청난 모험담이라니! 하녀들이 창문을 열어두지만 않는다면 좋으련만.

그는 두 눈을 감았다.

“감사합니다.” 버지가 말했다. “스타버스 저택에는 내일 돌아가겠다고 도러시 님께 전해주세요.”

램폴은 밖으로 나가 문을 닫았다. 마클리 박사의 집 위층 컴컴한 복도에서, 그는 고개를 돌려 벤저민 경을 바라보았다. 앞서 계단을 내려가는 간호사의 흰색 스커트가 보였다.

“그가 놈의 얼굴을 봤군요.” 경찰서장이 험악한 목소리로 입을 열었다. “그래요, 기억해낼 겁니다. 그런데 도대체 그는 거기서 무슨 일을 하려던 것이었을까요?”

“제 생각에는 그저 호기심이 동했던 것 같습니다. 자, 우리는 이제 어쩌죠?”

벤저민 경은 커다란 금시계 뚜껑을 열어 초초한 기색으로 시간을 확인하고는 다시 뚜껑을 닫았다.

“펠 박사의 쇼를 보러 갑시다. 나로서는 아무리 생각해도 전혀 알 길이 없더군요.” 그의 목소리에 점점 짜증이 묻어나기 시작했다. “그는 내 머릿속을 완전히 뛰어넘었어요. 완전히 말입니다! 알고 보니 그는 런던 경찰청장이신 윌리엄 로시터 경과 꽤나 친한 사이더군요! 잉글랜드에 모르는 사람이 없는 것 같아요. 게다가 배후에서 그들을 움직이고 있었다니. 내가 아는 건, 우리는 런던에서 오는 54호 열차를 기다렸다가 기차에서 내리는 자를 체포해야 한다는 것뿐입니다. 뭐, 다들 모여 있으면 좋겠군요. 갑시다."

마클리 박사는 아직 오후 진찰 중이었기에 그들은 더이상 지체하지 않았다. 두 사람은 시내 중심가를 따라 내려갔는데, 램폴 쪽이 경찰서장보다 훨씬 긴장한 상태였다. 어젯밤은 물론이고 오늘 이 순간까지도 펠 박사에게서 아무 이야기도 듣지 못한 탓이었다.

"그리고 하나 더." 경찰서장이 여전한 말투로 툴툴거렸다. "나는 교구 목사의 숙부를 만나러 사우샘프턴으로 가지 않을 겁니다. 그가 내 오랜 친구라 해도 어쩔 수 없어요. 교구 목사가 대신 가기로 했어요. 난 목요일에 맨체스터에 볼일이 있는데, 적어도 일주일 정도는 자리를 비워야 하거든요. 빌어먹을! 맨날 무슨 일이 생긴다니까! 페인은 또 어디 가 있는지 찾을 수가 없군요. 맨체스터에 가지고 가야 하는 서류 몇 장이 그에게 있는데. 젠장! 여기서 이 빌어먹을 사건에 시간을 온통 낭비하다니. 처음부터 적임자에게 맡겨버리면 되었을 것을 말입니다. 펠 박사가 나 대신 전부 처리해줬을 텐데……."

그는 체념한 듯 말을 이어 나갔다. 램폴이 보아 하니, 아무 생각도 하지 않기 위해 머릿속에 떠오르는 아무 말이나 주워

섬기는 것 같았다. 그리고 램폴 역시 그와 같은 심정이었다.

벤저민 경의 회색 다임러는 느릅나무 그늘이 드리운 거리에 주차되어 있었다. 마침 차를 마실 시간이라 밖에 나와 있는 사람들은 거의 없었다. 지금쯤이면 허버트 스타버스의 사망 소식이 채터럼의 집집마다 다 알려졌을지, 램폴은 궁금했다. 그의 시체는 어젯밤 늦게 스타버스 저택으로 운반되었고, 하인들에게는 허락이 떨어지기 전에는 절대 이 일을 발설해서는 안 된다고 단단히 못을 박아둔 터였다. 하지만 소식이 새어 나가지 않았으리라는 보장은 없었다. 어젯밤 도러시는 그 끔찍한 집으로 돌아가는 대신 펠 부인과 함께 있었다. 거의 동틀 무렵까지 램폴은 옆방에서 두 사람이 이야기를 나누는 소리를 들을 수 있었다. 그 또한 기진맥진했지만 잠을 한숨도 이루지 못하고 창가에 앉아 수도 없이 담배를 피우며 쓰라린 눈으로 새벽이 밝아오는 바깥 풍경을 바라보며 시간을 보냈다.

이제 회색 다임러는 채터럼 시내를 통과한 참이었다. 바람이 시원한 향기와 함께 다가와 그의 얼굴에 부딪쳤다. 타오르는 저녁노을의 기세가 한풀 꺾인 하늘은 흰색과 보라색으로 물들고, 저지대에도 보랏빛 안개가 밀려들고 있었다. 느릿느릿 움직이는 양을 닮은 어두운 구름이 몇 개 보였다. 램폴은 첫날 저녁 도러시 스타버스와 함께 채터럼 시내로 걸어왔던 기억을 떠올렸다. 지금처럼 하늘이 금빛으로 어두워지고 종소리가 희미하게 들려오는 신비로운 시간이었다. 바람이 녹색 옥수수밭을 건너 불어오고 산사나무 향기가 황혼에 젖어 더욱 강렬하게 풍기던 시간. 그 광경을 떠올리다가, 램폴은 그것이 고작 열흘 전의 일이라는 사실을 깨달았다. 정말이지 믿을 수가 없었다.

"내일 오후에 런던에서 기차가 도착하네." 펠 박사가 마녀의 은신처에서 했던 이야기가 다시 떠올랐다. "열차 시간에 맞춰 나가도록 하세." 최종 선언이나 다름없는 말이었다.

벤저민 경은 더이상 말이 없었다. 다임러가 불어오는 바람에 맞서 채찍질 소리 같은 엔진음을 냈다. 뉴욕에 사는 도러시. 램폴의 아내 도러시. 세상에! 이렇게 우스꽝스러운 말이 있나! 그런 생각을 할 때마다 그의 머릿속엔 작년에 대학교 강의실에 앉아 있던 자신의 모습이 떠올랐다. 당시 그는 만약 경제학(현명한 사람들이라면 모두 혐오하는 학문이었다)에서 낙제를 한다면 세상이 다 끝나버릴 거라는 생각을 하고 있었다. 그런 그가 아내를 맞이한다니. 한 시민이, 별안간 개인 전화번호와 칵테일 셰이커를 비롯한 온갖 것을 가진 사람이 되는 셈이다. 그의 어머니는 히스테리를 일으킬 것이고, 웨스트 42번가 1번지 25층에서 법률사무소를 운영하는 그의 아버지는 졸린 듯한 표정으로 한쪽 눈을 치뜨며 이렇게 말할 터였다.

"음, 그러면 돈은 얼마가 필요하나?"

타이어 마찰음과 함께 다임러가 멈췄다. 이제 그들은 시민 의식을 발휘하여 점잖게 기다려야 했다. 바로 살인범을 기다려야 하는 것이다.

주목나무관으로 이어지는 진입로에서 몇몇 사람들 몇몇이 그들을 기다리고 있었다. 펠 박사의 목소리가 쩌렁쩌렁 울렸다. "그는 좀 어떤가? 나아지고 있다고? 그럴 줄 알았지. 뭐, 우리는 준비가 됐네." 그러곤 지팡이를 휘두르며 말을 이었다. "마틴이 살해당한 날 밤에 현장에 있었던 사람들, 그러니까 사건에 대해 증언을 할 수 있는 사람들이 모두 결말을 지켜보기 위해 모였군. 도러시는 오고 싶어 하지 않았고, 목사 역시 마찬가지였지. 하지만 결국 두 사람도 여기 와 있네. 그리고 기차역에서는 다른 사람들이 우리를 기다리고 있을 것 같군." 그는 성마르게 한마디 덧붙였다. "자, 가세! 어서 가자고!"

진입로 위로 교구 목사의 거대한 덩치가 서서히 모습을 드러냈다. 그는 차에 타려는 도러시를 도와주다가 발이 걸려 넘어질 뻔했다.

"물론 내가 오지 못할 이유는 없습니다." 그가 말했다. "하지만 굳이 올 필요가 있는지는 잘 모르겠군요."

그들은 그늘진 진입로를 다 빠져나온 참이었다. 펠 박사가 지팡이를 휘둘러 먼지를 일으키며 입을 열었다. "당신이 오는 것이 무엇보다 중요했습니다. 전부나 다름없을 정도로 중요한 일이죠. 어떤 사람의 신원을 확인해줬으면 합니다. 당신이 우리에게 해줄 수 있는 말이 있는데, 당신 자신은 그게 무엇인지 알고 있을지 궁금하군요. 그리고 여러분, 다들 내가 말한 그대로 행동하지 않는다면, 우리는 절대로 진실을 알 길이 없게 됩니다. 내 말 이해하는 겁니까?"

박사가 모두의 얼굴을 하나하나 바라보았다. 벤저민 경은 뻣뻣하게 굳은 얼굴을 돌린 채 자동차를 몰고 있었다. 그는 냉담한 말투로 이제 거의 다 왔다고 말했다. 뒷좌석에서는 교구 목사가 커다랗고 포동포동한 얼굴에 상냥한 표정을 유지하느라 애를 쓰고 있었다. 도러시는 무릎 위에 두 손을 포갠 채 앉아 정면을 바라보았다.

램폴은 열흘 전, 마치 지난 세기와도 같은 그날 기차역에 도착한 뒤로 이곳에는 한 번도 온 적이 없었다. 다임러가 경적을 울리며 모퉁이를 돌았다. 채터럼 교도소가 뒤쪽으로 멀어지자, 비로소 다들 현실감을 찾은 것 같았다. 옥수수가 물결치는 밭 위로 작은 벽돌 건물이 우뚝 솟아 있었다. 낮게 뜬 채 노란색으로 어슴푸레 빛나는 햇빛을 받아 선로가 희미하게 일렁거렸다. 승강장을 따라 늘어선 가로등에는 아직 불이 켜지지 않았지만 역 매표소 창문에는 어두운 녹색 빛이 어른거렸다. 꼭 램폴이 여기 온 그날 밤처럼 개들이 짖어대고 있었다.

벤저민 경이 자동차를 세우자, 저 멀리 선로 저편에서 기차의 기적 소리가 가느다랗게 들려왔다.

램폴이 먼저 움직였다. 펠 박사는 자동차에서 빠져나오려다 지팡이에 발이 걸려 휘청거렸다. 챙이 늘어진 낡은 검은색 모자를 쓰고 끝 부분에 덮개를 씌운 지팡이를 든 그의 모습은 마치 뚱뚱한 노상강도 같았다. 산들바람이 불어와 안경에 묶인 검은색 띠가 나풀거렸다.

"자, 잘 들어요." 그가 말했다. "내 곁에서 떨어지면 안 됩니다. 여러분에게 내리는 지시는 이게 전부예요." 그가 벤저민 경에게 시선을 던지며 말을 이었다. "경고하는데, 아마 유혹을 느끼게 될지도 모릅니다. 하지만 무엇을 보든, 무엇을 듣든, 제발 부탁이니 다들 아무 말도 하면 안 돼요. 내 말 알아들었습니까?" 이제 그는 아예 벤저민 경을 노려보고 있었다.

"우리 자치주의 경찰서장으로서……." 벤저민 경 단어 하나를 딱딱 끊어가며 이야기를 시작했지만, 펠 박사가 그의 말을 잘랐다.

"기차가 들어오는군. 나와 함께 승강장으로 갑시다."

엔진 소리가 얄팍하고 희미하게 들려왔다. 이제 기차는 램폴의 신경 줄을 타고 달려오는 것 같았다. 펠 박사가 우리로 몰아가는 닭 무리 중 한 마리가 된 듯한 기분이었다. 기차가 곡선을 그리며 나무 사이를 돌아나오자 기관차 전조등이 깜빡거렸다. 선로가 희미하게 빛나며 윙윙거리는 소리를 내기 시작했다.

역장이 수하물 취급소 문을 잡아당겨 열어젖히자 끼익 하는 마찰음이 길게 울려 퍼졌다. 기차에서 나오는 불빛이 승강장 위를 뒤덮었다. 램폴은 기차가 선 방향을 흘끗 바라보았다. 으스스할 정도로 어둑한 누런 하늘을 배경으로, 역 근처에 미동도 없이 서 있는 사람의 형체가 보였다. 그러다가 놀랍게도, 그는 승강장 근처 구석진 곳마다 그렇게 미동도 없이 서 있는 사람의 형체가 여럿 있다는 사실을 알아차렸다. 다들 입고 있는 코트 주머니에 양손을 찔러 넣은 채였다.

그는 재빨리 고개를 돌렸다. 도러시 스타버스는 그의 옆에서 선로를 바라보고 있었다. 교구 목사는 파란 눈을 치켜뜬 채 손수건으로 이마를 닦고 있었는데, 금방이라도 뭐라고 입을 열 듯한 기색이었다. 벤저민 경은 불쾌한 표정으로 매표소를 바라보았다.

뿜어져 나온 매연이 이리저리 일렁이는 가운데, 조그마한 기차가 삐걱이는 소리를 내며 정차했다. 전조등에서 엄청난 빛이 쏟아져 나오고 있었다. 엔진이 무겁게 한숨을 내쉬는 듯한 소리를 내더니, 곧 증기를 내뿜으며 헐떡거렸다. 역 입구에 달린 램프에서 흰색 빛이 깜빡거렸다. 더께가 내려앉은 열차 창문 속 누런 빛이, 하차를 앞두고 움직이는 사람들 때문에

흐려졌다 밝아지기를 반복했다. 이제 화물칸 위로 퍼지는 덜커덕 소리 외에는 아무것도 들리지 않았다.

"저기……." 펠 박사가 말했다.

어떤 승객이 하차중이었다. 여러 곳에서 나온 불빛이 서로 부딪치고 짙은 증기가 역류하는 바람에 램폴은 그의 얼굴을 볼 수 없었다. 그러는 사이 그 승객은 역 입구에 달린 흰색 조명 아래를 지나쳤다. 램폴은 그의 모습을 계속 바라보았다.

처음 보는 남자였다. 그리고 동시에, 그는 승강장 근처에서 미동도 없이 서 있던 사람들 중 하나가, 여전히 주머니에 손을 찔러 넣은 채 가까이 다가오고 있다는 사실을 알아차렸다. 하지만 그의 시선은 계속해서 기차에서 내린 그 흥미로운 남자에게 향해 있었다. 그는 키가 컸고, 유행이 지난 사각형 중산모를 쓰고 있었다. 강인한 갈색 턱 위로 날카롭게 다듬은 회색 수염이 보였다. 그 낯선 사람은 잠시 주저하다가 오른손에 들고 있던 커다란 여행 가방을 움직여 왼손으로 넘겼다.

"저기……." 펠 박사가 되풀이하고는 교구 목사의 팔을 꽉 붙들었다. "저 사람 보입니까? 저 사람 누굽니까?"

교구 목사는 어리둥절한 표정으로 고개를 돌렸다. "당신 미쳤구먼! 나는 저 사람 처음 봅니다! 대체 이게 다 무슨 짓입니까?"

"아하," 펠 박사가 말했다. 그의 목소리가 갑자기 크게 울리며 승강장을 따라 메아리쳤다. "저 사람이 누구인지 모르시겠다고? 하지만 당신은 알아야 할 텐데, 손더스 씨. 알아야 하고말고. 저분은 당신 숙부입니다!"

숨 막힐 듯한 침묵이 흐르는 사이, 미동도 없이 서 있던 사람들 중 하나가 뒤쪽으로 다가와 교구 목사의 어깨에 한 손을 올려놓았다.

그가 입을 열었다. "토머스 손더스, 마틴 스타버스 살해 혐의로 체포한다. 당신이 말하는 것은 무엇이든 당신에게 불리한 증거로 사용될 수 있다는 사실을 분명히 밝히는 바이다."

그가 다른 한 손을 주머니에서 빼냈다. 그 손에는 리볼버가 들려 있었다. 이게 대체 무슨 일인지 맹렬히 머리를 굴리는 와중에도, 램폴은 승강장의 온갖 구석 자리에서 꼼짝 않고 있던 남자들이 조용히 다가오는 모습을 볼 수 있었다.

교구 목사는 몸을 움직이지도, 표정을 바꾸지도 않았다. 계속해서 손수건으로 이마를 닦는 낡은 수법을 고수할 뿐이었다. 검은색 옷을 입은 커다란 덩치로 금빛 시곗줄을 흔들며 편안한 태도를 취했지만, 그의 파란색 눈은 위축된 것처럼 보였다. 눈을 가늘게 뜨고 있는 것이 아니라, 마치 눈이 정말로 작아진 것 같았다. 능구렁이처럼 태연한 척 청산유수로 이야기를 늘어놓으려 애를 쓰는 그의 태도도, 램폴이 보기엔 마치 잠수하기 전에 숨을 한껏 들이마시는 행위 이상의 의미는 없어 보였다.

"무슨 이런 터무니없는 일이 다 있습니까? 당신도 똑똑히 깨달아야 할 텐데요. 하지만……." 목사는 고상한 태도로 손수건을 흔들었다. "우리는…… 음, 주위의 이목을 너무 끌고 있군요. 보아하니 여러분들은 모두 형사님들 같은데, 당신네들이 미쳐서 나를 체포하려 한다 해도 이렇게 많은 인원을 동원할 필요는 없었을 겁니다. 사람들이 모여들고 있지 않습니까!" 그는 한층 낮고 성난 말투로 이렇게 덧붙였다. "계속 이렇게 내 어깨 위에 손을 올리고 있어야겠다면, 벤저민 경의 자동차로 돌아가도록 합시다."

그를 체포한 사람은 얼굴에 진한 주름이 난 무뚝뚝한 남자였다. 그는 펠 박사를 바라보았다.

"이 사람이 그자입니까, 박사님?"

"그렇습니다, 경위." 박사가 대답했다. "그가 범인입니다. 이 사람 제안대로 해도 좋을 겁니다. 벤저민 경, 당신은 승강장에 있는 저 남자의 얼굴을 보았을 테죠. 누구인지 알아보겠습니까?"

"맙소사, 당연히 알고말고요." 경찰서장이 외쳤다. "틀림없는 밥 손더스입니다. 우리가 알고 지냈을 때보다 나이를 먹긴 했지만, 언제 어디서든 그를 알아보지 못할 리가…… 그나저나 펠 박사!" 그가 물이 끓는 주전자처럼 쉭쉭 소리를 내며 말을 이었다. "정말로 교구 목사가…… 손더스가!"

"그의 이름은 손더스가 아닙니다." 박사가 평온하게 대꾸했다. "그리고 성직자가 아니라는 것도 거의 확실합니다. 어쨌든 당신은 저 숙부의 얼굴을 알고 있다는 거군요. 사실 난 질문을 던지기 전에 당신 입에서 무슨 말이 튀어나오지 않을까 걱정했습니다. 가짜 손더스와 진짜 교구 목사가 서로 닮았을 가능성도 충분히 있었고요……. 제닝스 경위, 범인을 길 건

너편에 있는 회색 자동차로 데려가는 게 좋겠습니다. 벤저민 경, 당신은 먼저 가서 오랜 친구와 인사를 나누시죠. 원하는 만큼 오래, 혹은 짧게 이야기를 나눈 다음 다시 만나도록 합시다.

손더스는 쓰고 있던 모자를 벗어 부채질을 했다.

"그러면 당신이 뒤에 숨어 흉계를 꾸민 겁니까, 박사?" 다정하기까지 한 말투였다. "나, 나는……. 이거 정말 놀랍군. 심지어 충격적일 정도예요. 펠 박사, 당신 정말 마음에 들지 않는군요. 여러분, 일단 갑시다. 내 팔을 붙들고 있을 필요는 없습니다, 형사님. 달아날 생각은 추호도 없으니."

어두워지는 빛 속에서, 일행은 다임러가 주차된 곳으로 이동했다. 제닝스 경위가 천천히 회전하듯 고개를 돌렸다.

"소수 인원만 데려와도 충분했을 것 같습니다, 박사님." 그가 말했다. "저자는 살인자라고 하지 않으셨습니까?"

그 추악한 단어가 냉정한 말투를 타고 흘러나오자, 순식간에 침묵이 내려앉아 터벅터벅 걷는 발소리밖에 들리지 않았다. 램폴은 도러시와 함께 다른 사람들 뒤에서 걸음을 옮기며, 자신 있는 태도로 성큼성큼 걷고 있는 펠 박사의 넓은 등을 바라보았다. 손더스의 누르스름한 머리카락 사이로 머리가 빈 부분이 빛나고 있었다. 손더스의 웃음소리가 울려 퍼졌다.

그들은 범인을 자동차에 태웠다. 교구 목사는 편안하게 사지를 쭉 펴고 앉아 깊은 한숨을 내쉬었다. '살인자'라는 단어가 여전히 사람들의 귀에 희미하게 매달려 있었다. 손더스도 그 사실을 알고 있는 것 같았다. 그는 느릿느릿한 동작으로 사람들을 번갈아 바라보며 손에 쥔 손수건을 꼼꼼하게 접었다 펴기를 반복했다. 마치 갑옷이라도 다루고 있는 듯한 모습이었다.

"자, 그러면, 여러분." 그가 입을 열었다. "자동차 뒷자리에서 즐거운 대화가 오가기를 기원해보지요. 그런데 내가 정확히 어떤 혐의를 받고 있는 겁니까?"

"맙소사!" 펠 박사가 감탄스럽다는 듯 주먹으로 옆에 있는 자동차 문을 쳤다. "빌어먹을 정도로 훌륭하군그래, 손더스! 경위에게 들었을 텐데. 일단 공식적으로는 마틴 스타버스의 살해 혐의뿐이야."

"그렇군요." 교구 목사는 천천히 고개를 끄덕이며 수긍했다. "내 주변에 이런 목격자들이 있으니 얼마나 다행인지 모르겠습니다. 경위님, 내가 무슨 말이라도 하기 전에 마지막 기회를 드리지요. 정말로 나를 체포할 작정입니까?"

"그렇게 하라는 지시를 받았습니다."

손더스는 기쁜 듯이 다시 한번 고개를 끄덕였다. "그러면 후회하게 될 텐데. 왜냐하면 세 명의 증인이…… 아니, 미안합니다. 네 명이나 되는 증인이 내가 우리의 젊은 친구 마틴 스타버스를 살해하는 것은 전적으로 불가능했으리라고 증언할 테니 말입니다. 아니, 사실 누구라도 그를 죽이는 것은 불가능했죠."

그는 미소를 지었다.

"이제 질문 하나 해도 될까요? 펠 박사, 이런 표현을 써서 미안하지만, 이 기절초풍할 사태를 조장한 사람은 바로 당신 같군요. 우리 젊은 친구가…… 휴…… 죽던 날 밤에, 나는 당신 집, 당신 옆에 있었을 텐데요? 내가 거기 도착한 게 몇 시였죠?"

펠 박사는 여전히 뚱뚱한 노상강도 같은 모습으로 자동차 문에 몸을 기대고 있었다. 이 순간을 꽤나 즐기는 듯했다.

"첫 번째 수." 그가 입을 열었다. "자네는 게임을 시작하면서 첫 번째 수로 나이트 대신 폰을 움직이고 있군. 아, 괜찮아요, 경위. 이런 상황도 마음에 드니까……. 자네는 10시 30분 전후에 도착했지. 거의 그쯤 됐을 거야. 그래, 10시 30분이라고 하지."

"내가 똑똑히 알려드리죠." 잠시 목소리가 조금 냉혹하게 변했지만, 교구 목사는 이내 차분한 말투로 말을 이었다. "다 상관없어요. 스타버스 양, 당신 남동생이 몇 시에 저택을 떠났는지 이 신사분들께 다시 한번 말씀드려주겠습니까?"

"그날 밤 그 집 시계들이 뒤죽박죽이었다는 걸 알고 있을 텐데." 펠 박사가 끼어들었다. "복도에 있는 시계는 십 분이 빨랐지."

"그랬고말고요." 손더스가 말했다. "뭐, 그가 정확히 몇 시에 저택을 떠났든, 그때쯤 나는 분명히 펠 박사의 집에 있었어요. 그게 분명한 사실이라는 건 도러시 당신도 잘 알잖습니까?"

도러시는 기묘한 표정으로 그를 바라보다가 고개를 끄덕였다.

"아…… 맞아요, 그랬죠."

"그리고 램폴, 당신 말입니다. 당신은 내가 박사의 집을 절대 떠나지 않았다는 사실을 알고 있을 텐데요. 내가 거기 있는 동안 당신도 마틴이 램프를 켠 채 교도소로 올라가는 모습을 보지 않았나요? 또 내가 거기 있는 동안 교도소장실에서 그가 램프를 켜는 것도 봤을 텐데? 간단히 말해서, 내가 그를 살해하는 게 과연 가능한 일일까요?"

"맞습니다." 그 말을 부정할 수는 없었다. 그들이 대화를 주고받는 내내, 그는 목사를 똑바로 주시하고 있었고, 펠 박사 역시 마찬가지였다. 램폴은 손더스의 표정이 영 마음에 들지 않았다. 땀범벅이 된 커다란 분홍색 얼굴에 떠오른 미소 너머에서, 필사적으로 스스로에게 최면을 걸고 있는 듯한 분위기가 강하게 드러났던 것이다. 그럼에도 불구하고…….

"당신 역시 이 모든 사실을 인정할 테죠, 박사?" 교구 목사가 물었다.

"분명히 인정하네."

"게다가 나는 기계장치 같은 것도 사용한 적이 없어요. 사건을 조사하는 과정에서 그런 말이 여러 번 나오지 않았습니까? 내가 그 자리에 가지 않고서도 마틴 스타버스를 살해할 수 있는 죽음의 함정 같은 것은 없었을 텐데?"

"그런 것은 없었지." 박사가 대답했다. 그는 연신 눈을 껌뻑이고 있었다. "그리고 자네가 우리와 함께 있었다고 말한 시간 내내, 자네는 정말로 우리와 함께 있었네. 램폴과 함께 그 교도소로 달려가다가 그와 떨어졌던 짧은 순간만 제외하면 말이야. 그때도 자네는 아무 짓도 하지 않았어. 마틴 스타버스는 이미 죽어 있었으니까. 자네 행동에 수상한 구석은 없었지. 그럼에도 불구하고, 마틴 스타버스를 직접 살해한 다음 그의 시체를 마녀의 은신처에 던져버린 건 자네일 수밖에 없네."

교구 목사는 접었던 손수건을 다시 펼쳐 이마를 닦았다. 그의 두 눈은 함정을 살피는 듯 기민했다. 이윽고 그의 분노가 점점 더 커지기 시작했다.

"나를 풀어주는 게 좋을 겁니다, 경위님." 그가 불쑥 이렇게 말했다. "바보 같은 짓은 충분히 했다고 생각하지 않습니까? 박사는 지금 장난질을 하고 있거나, 아니면……."

"벤저민 경이 자네가 숙부라고 주장하는 사람과 함께 이쪽으로 오고 있군." 펠 박사가 말했다. "우리 모두 내 집으로 가는 게 좋을 것 같군요. 그가 어떻게 범행을 저질렀는지 보여주죠. 그러는 동안…… 경위!"

"예, 박사님?"

"수색영장을 가져왔습니까?"

"그렇습니다."

"나머지 부하들을 보내서 목사관을 수색하게 하고, 당신은 우리와 함께 갑시다."

손더스가 살짝 꿈틀했다. 그의 흰자위는 붉게 충혈되어 있었고, 그 안에는 마치 대리석이 박힌 것만 같았다. 그럼에도, 그의 얼굴에는 예의 미소가 변함없이 걸려 있었다.

"자리 배치를 바꾸도록 하지." 펠 박사가 평온한 말투로 지시를 내렸다. "내가 자네 옆에 앉겠네. 아, 그런데 말이지! 만약 내가 자네라면, 그 손수건을 계속해서 만지작거리는 짓은 하지 않을 거야. 자네가 끊임없이 손수건을 주무른다는 사실이 너무나 잘 알려지잖나. 우리는 우물 속 비밀 장소에서 손수건 한 장을 찾아냈네. 그리고 나는 그 손수건에 수놓인 머리글자 T. S.가 뜻하는 것이 티머시 스타버스가 아니라 토머스 손더스라고 생각하네. 티머시가 죽기 전에 마지막으로 한 말은 '손수건'이었지. 그는 그 문서를 제외하고도 단서가 하나 더 남도록 조치했던 거야."

손더스는 몸을 움직여 공간을 확보하면서 침착하게 자신의 무릎 위에 손수건을 펼쳐놓았고, 그 바람에 손수건의 전체 모습이 드러났다. 펠 박사가 키득거렸다.

"아직도 자네 이름이 토머스 손더스라고 주장하지는 않을 테지?"

그렇게 묻고는 지팡이를 들어 벤저민 경을 가리켰다. 서장은 커다란 여행 가방을 든, 키가 크고 피부가 갈색으로 그을린 남자와 함께 그들이 있는 쪽으로 다가오고 있었다. 광장 저편에서 높은 목소리로 툴툴거리며 불평하는 소리가 날카롭게 울려 왔다.

"대체 이게 무슨 일인지 모르겠군. 만나볼 친구들이 있어서 목요일까지는 볼 수 없다고 토머스에게 편지를 썼는데, 그 녀석이 내가 탄 배에 전보를 쳐서는 생사가 달린 문제라며 무슨 기차를 타야 하는지 구체적으로 알려주면서까지 곧장 이곳으로 오라고 하지 뭔가. 그래서……."

"내가 전보를 쳤습니다." 펠 박사가 말했다. "미리 전보를 쳐두어서 얼마나 다행인지 몰라요. 까딱했으면 우리 친구의 행방이 목요일까지 오리무중이 될 뻔했지 뭡니까. 손더스가 벤저민 경을 구슬려 그가 나타나지 않도록 만들었으니."

키가 큰 남자가 갑자기 걸음을 멈추더니 쓰고 있던 모자를 뒤로 젖혔다.

“이봐요.” 그는 다소 과격한 인내심을 내비치며 입을 열었다. “다들 완전히 미쳐버린 거 아닙니까? 처음엔 벤이 무슨 말도 안 되는 이야기를 하려고 하더니, 이제는…… 당신들은 전부 누굽니까?”

“아니, 그게 아닙니다. 질문이 잘못됐습니다. 제대로 된 질문은 바로 이거죠. ‘이 사람은 누굽니까?’” 그는 손더스의 팔에 손을 얹으며 말했다. “이 사람이 당신의 조카입니까?”

“오, 무슨 말도 안 되는!” 로버트 손더스가 말했다.

“그러면 차에 타시죠. 조수석에 타시는 게 낫겠군요. 그러면 벤저민 경이 이동하면서 설명할 겁니다.”

제닝스 경위는 손더스의 반대편 옆자리로 옮겨 탔다. 램폴과 도러시는 간이 좌석을 펼쳐 그 위에 앉았고, 로버트 손더스는 벤저민 경과 함께 앞좌석에 올랐다. 교구 목사는 그저 이렇게 중얼거릴 뿐이었다.

“뭔가 실수가 있었던 모양입니다. 물론 입증할 수 있어요. 어쨌든 그런 실수를 저지른 것과 살인 혐의를 뒤집어쓴 건 전혀 다른 문제입니다. 당신들은 살인 혐의를 절대로 입증할 수 없을 겁니다.”

그의 얼굴은 상당히 창백했다. 교구 목사와 무릎이 거의 닿을 만큼 가까이 앉아 있던 램폴은 그의 몸이 약간 떨리고 있는 걸 느낄 수 있었다. 거기에는 분노도 섞여 있었지만, 대부분은 공포심에서 비롯한 떨림이었다. 그의 부리부리한 파란색 눈은 여전히 크게 열린 채였고, 입도 다소 느슨하게 벌어져 있었다. 그의 숨소리가 들렸다. 극도로 조용한 자동차 안에서 들리는 거라곤 그 숨소리뿐이었다. 어느새 땅거미가 완전히 내렸고, 자동차 바퀴는 '살인자'라는 말을 매단 채 소리를 내며 움직이기 시작했다.

그제야 램폴은 제닝스 경위가 은밀히 한쪽 겨드랑이 아래 권총을 끼운 채 교구 목사의 옆구리를 향해 총구를 겨누고 있다는 사실을 알아차렸다.

자동차가 거칠게 덜컹거리며 주목나무관으로 이어지는 진입로에 접어들 때까지도, 벤저민 경은 여전히 운전석에 앉아 자기 친구에게 사정 설명을 하고 있었다. 자동차가 집 앞에 멈추자마자 로버트 손더스가 차 밖으로 뛰쳐나오더니 뒷좌석 창문 안으로 긴 팔을 집어넣었다.

"이 더러운 돼지 같은 놈. 그 애는 어디 있지? 토머스에게 무슨 짓을 저지른 거냐?"

경위가 그의 손목을 붙잡았다. "고정하시죠. 제발 고정하세요. 폭력은 안 됩니다."

"저놈이 자기가 토머스 손더스라고 우긴다고? 빌어먹을 거짓말쟁이요, 놈은…… 내가 저놈을 죽여버리고 말겠어. 내가……."

제닝스 경위가 지체 없이 자동차 문을 열고 밖으로 나와 그를 밀쳐냈다. 이제 다들 교구 목사를 둘러싸고 있었다. 누르스름하니 솜털 같은 머리를 짧게 깎은 탓에, 그는 마치 타락한 성자처럼 보였다. 목사는 계속해서 미소를 지으려 애를 썼다. 사람들은 그를 데리고 집 안으로 들어갔다. 펠 박사가 서재 안에서 램프에 불을 붙이고 있었다. 벤저민 경이 교구 목사를 밀어붙여 의자에 앉혔다.

"자, 이제……." 경찰서장이 입을 열었다.

"제닝스 경위." 펠 박사가 램프를 들며 말을 끊었다. "몸수색을 하는 게 좋겠군요. 아마 전대를 차고 있을 거요."

"가까이 오지 마!" 손더스가 말했다. 그의 목소리가 점점 높아졌다. "당신들은 아무것도 입증하지 못해. 가까이 오지 않는 게 좋을걸!"

그는 눈을 크게 치떴다. 펠 박사가 옆에 램프를 내려놓자 땀에 젖은 그의 얼굴이 번들거렸다.

"그러면 몸수색은 됐다고 칩시다." 펠 박사가 냉담하게 말했다. "뒤져봐야 큰 소득은 없을 것 같군요, 경위. 손더스, 진술을 하고 싶은가?"

"아니, 하지 않아. 당신은 아무것도 입증하지 못할 거야."

펠 박사는 마치 진술을 받아 적을 종이를 한 장 꺼내려는 듯 서재 책상 서랍을 열었다. 램폴은 그의 손동작을 주의 깊게 관찰했다. 다른 사람들은 모두 손더스를 바라보느라 펠 박사의 행동을 보지 못했고, 교구 목사만 게걸스러운 표정으로 그의 일거수일투족을 주시하고 있었다.

서랍 속에는 종이가 들어 있었다. 그리고 박사의 구식 데린저 권총도 보였다. 서랍이 다 열리며 안쪽 공간이 완전히 드러나고 램프 불빛이 그곳을 비춘 순간, 램폴은 권총 약실에 탄환이 딱 한 발 들어 있다는 사실을 알아차렸다. 곧 펠 박사가 다시 서랍을 닫았다.

이제 방 안은 쥐 죽은 듯이 조용해졌다.

"여러분, 자리에 앉으시죠." 박사가 재촉했다. 손더스의 공허한 두 눈은 여전히 닫아놓은 서랍을 향해 있었다. 펠 박사는 로버트 손더스 쪽을 흘끗 바라보았다. 그는 갈색으로 그은 얼굴에 멍청한 표정을 띤 채 두 주먹을 꼭 쥐고 서 있었다.

"다들 어서 앉으시죠. 목사가 계속해서 진술을 거부한다면, 여러 건의 살인 사건이 어떻게 일어난 것인지 내가 말씀드릴 수밖에 없겠군요. 그리 아름다운 이야기는 아닐 겁니다. 도러시, 혹시 이 자리에서 빠지고 싶은가?"

"이만 나가는 게 어때요?" 램폴이 나지막이 말했다. "내가 함께 가겠습니다."

"싫어요!" 그녀는 고함치듯 대답했다. 히스테리를 억누르느라 애를 쓰는 기색이었다. "지금까지 견뎌왔는걸요. 나가지 않을 거예요. 날 내보낼 수는 없어요. 만약 저자가 범인이라면, 나는 그 이유를 알아야……."

교구 목사는 진작에 목이 쉬어버렸지만, 그럼에도 이젠 어느 정도 평정을 찾은 상태였다.

"아무렴, 남아 있어도 되고말고요, 도러시." 그가 큰 소리로 말했다. "당신이야말로 저 미친 자의 이야기를 들을 권리가 있어요. 저자는 절대로, 그리고 그 누구도 절대로, 어떻게 내가 바로 이 집에서 저자의 옆에 앉은 채 당신 남동생을 교도소장실 발코니 밖으로 던져버릴 수 있었는지 설명하지 못할 테니까."

그러자 펠 박사가 날카롭게 대꾸했다. "자네가 그를 저 발코니 밖으로 던져버렸다고 말한 적은 없는데. 그는 발코니에서 떨어지지 않았네."

침묵이 흘렀다. 펠 박사는 한쪽 팔을 벽난로 선반 위에 얹어 몸을 기대곤 반쯤 눈을 감은 채 깊은 생각에 잠겨 말을 이었다.

"그럴 수 없는 이유가 몇 가지 있습니다. 램폴이 그를 발견했을 때, 그는 오른쪽으로 누워 있었죠. 오른쪽 골반이 부러진 상태로요. 하지만 바지 시계 주머니에 들어 있던 그의 시계는 부서지지 않았을 뿐 아니라 어디 고장 난 곳 하나 없이 제대로 작동하고 있었습니다. 다들 아시다시피, 15미터 높이에서 떨어졌는데 그럴 수는 없는 노릇이지요. 이 시계 이야기는 잠시 후에 다시 하도록 합시다.

자, 살인 사건이 일어난 날 밤에는 폭우가 내렸습니다. 정확히 말해서 11시 정각에 시계가 첫 번째 종을 울리기 직전부터 쏟아지기 시작해서 새벽 1시까지 내렸습니다. 다음 날 아침, 우리가 교도소장실에 올라갔을 때, 발코니로 통하는 철문은 열린 상태였죠. 다들 기억합니까?

우리는 이렇게 추정할 수 있겠죠. 마틴 스타버스는 아마 자정 십 분 전에 살해당했을 것이다. 그 문도 아마 그때 열려 쭉 그 상태로 남아 있었을 것이다. 그러면 이후 한 시간 동안 폭우가 문을 통해 안으로 쏟아져 들어왔겠죠. 담쟁이덩굴로 가려져 있던 창문은 문에 비하면 열린 공간이 굉장히 좁았는데도 비가 들이치지 않았습니까? 다음 날 아침, 창가 아래에는 커다란 빗물 웅덩이가 있었죠. 하지만 문을 통해서는 빗물이 한 방울도 들이치지 않았습니다. 문 주변 바닥은 바싹 말라 있었어요. 모래가 흩어져 있었고, 심지어 먼지투성이라고 할 수 있을 정도였습니다. 그러니까 여러분, 다시 말하면 이렇습니다."

펠 박사는 조용히 말을 이었다.

"비가 그친 새벽 1시 전에, 그 문은 한 번도 열린 적이 없습니다. 이후에도 바람 때문에 열린 건 아닙니다. 그 문은 상당히 무거워서 사람이 간신히 밀어 열 수 있을 정도였으니까요. 1시가 지난 이후, 누군가 자신의 무대를 마련하기 위해 한밤중에 들이닥쳐 그 문을 연 겁니다."

그는 다시 말을 잠시 멈췄다. 교구 목사는 뻣뻣하게 몸을 편 채 앉아 있었다. 램프 불빛 아래 그의 광대뼈 옆으로 신경줄이 경련하는 모습이 보였다.

"마틴 스타버스는 굉장한 골초였습니다." 펠 박사가 말을 이었다. "그날은 겁을 먹어 신경이 날카로워졌기 때문에, 하루 종일 담배를 입에서 떼지 않았죠. 그런 식의 철야 임무를 수행해야 했다는 점을 고려하면 그곳에서 기다리는 동안에는 평소보다 훨씬 많은 담배를 피웠다고 생각해도 크게 무리는 아닐 텐데…… 이상하게도 담배가 가득 들어 있는 담뱃갑과 성냥이 그의 시체에서 발견되었습니다. 교도소장실 바닥에서는 단 하나의 담배꽁초도 찾아볼 수 없었고요."

박사는 느긋한 태도로 이야기를 이어갔다. 마치 이 장황한 이야기에 무슨 영감이라도 얻은 듯, 그가 자신의 담배 파이프를 꺼냈다.

"하지만 교도소장실에 누군가 있었던 것은 분명합니다. 바로 그 사실이야말로 살인범의 계획이 어긋나기 시작한 지점이죠. 만약 자신이 짜놓은 일정에 따라 일이 진행되었더라면, 불빛이 꺼졌을 때 범인은 목초지를 가로질러 미친 듯이 달려갈 필요가 전혀 없었을 겁니다. 우리도 가만히 앉아 기다렸을 테고, 마틴의 시체는 꽤 오랜 시차를 두고, 그러니까 그가 돌아오지 않았다는 사실이 드러난 이후에 발견되었겠죠. 하지만, 자, 모두 주목하시길 바랍니다. 여기 램폴 씨처럼 말입니다. 그 램프가 십 분이나 일찍 꺼져버린 겁니다.

이제 마틴이 발코니에서 떨어진 것처럼 보이게 하려고 살인범이 그의 골반을 박살 내는 와중에 시계까지 망가뜨리지 않은 게 참 다행스러운 일이 됩니다. 그 시계는 계속 작동했고, 시간도 정확했죠. 이렇게 가정해볼까요? 물론 이건 한낱 가설일 뿐입니다. 마틴은 교도소장실에서 정말로 대기하고 있었다. 철야 임무가 끝나자, 그는 가져간 램프를 끄고 귀가했다. 마틴이었다면 자정까지 십 분이 남았으며, 따라서 아직 임무가 끝나지 않았다는 사실을 알고 있었을 겁니다. 하지만 만약 교도소장실에 그가 아닌 다른 누군가가 자리를 지키고 있었으며, 그 누군가의 시계가 십 분 빠르게 맞춰져 있었다면?"

벤저민 아널드 경은 마치 앞이 보이지 않아 여기저기 더듬대는 사람 같은 모습으로 의자에서 일어났다.

"허버트로군요." 그가 말했다.

"우리는 허버트의 시계가 정확히 십 분 빠르다는 사실을 알고 있지요." 박사가 말을 이었다. "그는 하녀에게 대형 괘종시계의 시간을 제대로 맞추라고 했지만, 하녀는 사실 그의 시계가 잘못된 것이라는 사실을 알아차리고 그 괘종시계를 제외한 나머지 시계들은 그대로 두었습니다. 허버트가 지나치게 겁을 먹어 철야 임무를 수행할 수 없었던 사촌 형제 대신 그 일을 떠맡은 사이, 그 사촌 형제는 이미 목이 부러진 채 마녀의 은신처에 쓰러져 있었던 겁니다.

"하지만 나는 여전히 어떻게 그럴 수 있었는지 잘……." 벤저민 경은 혼란스러운 듯 더이상 말을 잇지 못했다.

그때 갑자기 복도에서 전화벨이 울려 모두가 몸을 움찔했다.

"경위, 당신이 받아보는 게 좋겠군요." 펠 박사가 말했다 "목사관으로 간 당신 부하의 전화일 겁니다."

손더스는 이제 자리에서 일어나 있었다. 통통한 턱살이 늘어진 모습이 마치 병든 개를 연상시켰다. 그가 입을 열었다.

"이런 터무니없는 소리가 다 있나! 이건 정말이지……."

어떤 면에서는 끔찍하기까지 한 목소리였다. 마치 그가 평소 내던 목소리를 우스꽝스럽게 흉내 내는 것 같기도 했다. 목사는 말을 맺지 못한 채 의자 다리에 발이 걸려 다시 자리에 주저앉고 말았다.

복도에서 제닝스 경위가 통화를 하는 소리가 들려왔다. 이

음고 그가 아까보다 훨씬 굳은 얼굴로 돌아왔다.

"다 끝났습니다, 박사님." 그가 말했다. "지하 저장고에서 발견했습니다. 부서진 오토바이 잔해가 거기 묻혀 있었답니다. 브라우닝 권총 한 정과 정원사용 장갑 한 켤레, 그리고 작은 여행 가방도 몇 개 찾아냈는데, 그 안에는……."

서장이 믿을 수 없다는 듯 중얼거렸다. "이 돼지 같은 놈……."

"잠깐만!" 교구 목사가 외쳤다. 그는 다시 자리에서 일어나 문을 할퀴어대는 사람처럼 한 손을 휘저었다. "당신들은 무슨 사연이 있는지 몰라. 아무것도 모른다고. 그저…… 그 일부만 추측하고 있을 뿐이지."

"무슨 사연이 있는지 모르고말고." 로버트 손더스가 으르렁거렸다. "그리고 이만하면 충분히 입을 다물고 기다린 것 같군. 나는 토머스에 대해 알고 싶은데. 그 애는 어디 있지? 네 놈이 그 아이도 죽였나? 이곳에서 얼마나 거짓 행세를 하며 살아온 거야?"

"그는 죽었어!" 교구 목사는 자포자기한 채 외쳤다. "나는 그 일과 아무런 관련이 없어. 그는 죽었고…… 하느님께 맹세코 난 그에게 아무 짓도 하지 않았다고. 난 그저 조용하고 평화로우며 존경받는 삶을 원했어. 그래서 그의 자리를 대신했을 뿐이야."

그의 손가락이 목적을 잃은 채 허공을 맴돌았다. "이것 봐요. 다 필요 없고 잠깐 생각할 시간만 주면 좋겠습니다. 그냥 여기 앉아 눈을 감고 생각 좀 하고 싶다고요. 너무 갑작스럽게 들통이 나다 보니……. 그래요, 진술서를 작성하겠습니다. 내가 말하지 않으면 절대로 모를 이야기까지 다 털어놓죠. 심지어 박사, 당신조차 모를 이야기까지 전부 말입니다. 여기 앉아 진술서를 작성할 테니 제발 이제 그만 멈추겠다고 약속해주지 않겠습니까?"

흡사 덩치만 큰 어린아이가 엉엉 울고 있는 꼴이었다. 펠 박사는 그를 주의 깊게 바라보다가 입을 열었다. "그가 해달라는 대로 해주는 게 좋을 것 같군요, 경위. 도망갈 수는 없을 겁니다. 그리고 원한다면 당신이 잔디밭에서 어슬렁거리며 지키고 있어도 되니까요."

제닝스 경위는 무덤덤하게 대답했다. "런던 경찰청의 윌리엄 경께서 내린 지시는 박사님 명령을 따르라는 것이었습니다. 좋습니다."

교구 목사가 자세를 추슬렀다. 기괴하리만치 우스꽝스러운 그 특유의 태도가 어느새 다시 돌아와 있었다. "아, 그리고…… 하나만 더 부탁합시다. 펠 박사, 당신은 특정 사안에 대해 내게 반드시 설명을 해주어야 합니다. 나도 특정 사안에 대해 당신에게 설명할 테니. 우리의 지난…… 우정을 고려해 다른 사람들은 잠시 물리고 나와 함께 앉아서 이야기 좀 나눌 수 없겠나?"

램폴의 입에서 이의의 말이 튀어나올 뻔했다. 하지만 "저 서랍 속에 총이 들어 있습니다!"라고 말하려는 순간, 그는 펠 박사의 시선을 눈치채고 입을 다물었다. 이 사전편찬자는 벽난로 옆에서 태평스럽게 담배 파이프에 불을 붙이며, 다들 자리를 비켜달라는 뜻으로 성냥불 너머 눈살을 찌푸렸다.

어느새 거의 어두워져 있었다. 로버트 손더스는 거친 욕설을 격렬히 내뱉으며 제닝스 경위와 벤저민 경의 손에 이끌려 밖으로 나갔고, 램폴과 도러시는 어둑어둑한 복도로 향했다. 그들이 마지막으로 본 것은 여전히 파이프에 불을 붙이고 있는 펠 박사와, 턱을 치켜든 채 냉담한 표정으로 책상을 향해 다가가는 토머스 손더스의 모습이었다.

문이 닫혔다.

살인자의 진술서

오후 6시 15분.

제닝스 경위 및 기타 관계자 앞. 이제 나는 펠 박사에게 모든 이야기를 들었고, 펠 박사 또한 나의 이야기를 모두 들었다. 나는 상당히 침착한 상태이다. 법률 문서를 작성할 땐 "심신에 이상이 없다" 혹은 그 비슷한 표현을 써야 한다는 생각이 들긴 하는데, 어쨌든 정해진 양식을 엄격하게 지키지 않더라도 괜찮을 것이다. 난 그런 건 잘 모르니까.

솔직하게 털어놓으려 노력할 작정이다. 이 글을 마친 뒤 총을 쏴 자살할 것이라는 점을 고려하면, 이는 내게 어려운 일이 아니다. 몇 분 전 펠 박사와 이야기를 나누는 도중엔 펠 박사를 총으로 쏴버리면 어떨까 하는 생각을 품기도 했다. 하지만 권총에는 총알이 딱 한 발뿐이다. 내가 그와 마주 앉자, 그는 자신의 목에 밧줄을 매다는 동작을 취해 보였다. 그 모습을 보자 교수형을 당하는 것보다 더 깔끔한 해결책이 있다는 사실이 떠올랐고, 그래서 그를 쏜다는 생각은 떨쳐버렸다. 고백하건대 나는 펠 박사를 증오한다. 내 정체를 폭로한 그를 진심으로 증오한다. 하지만 그 누구보다 나의 안녕이 더 소중하며, 난 교수형을 당하고 싶은 소망 따위는 품고 있지 않다. 교수형은 굉장히 고통스럽다는데, 불굴의 용기로 그런 고통을 감수할 자신이 내겐 없다.

이 말부터 시작하자. 공정한 시선으로 나 자신을 돌이켜보면, 마지막 남길 말은 다음과 같다. 세상은 나를 부당하게 이용해 먹었다. 나는 범죄자가 아니다. 나는 고등교육을 받은 남성으로, 어떤 사회에 들어가든 그 일원으로서 사회에 공헌할 수 있다고 믿는다. 지금껏 그러한 사실이 어느 정도 내게 위안이 되어주었다. 내 진짜 이름은 밝히지 않을 것이며, 내 배경에 대해서도 지나친 이야기는 삼갈 것이다. 내 과거를 파헤치는 일을 피하기 위해서이다. 하지만 한때 내가 실제로 신학생이었다는 사실만은 밝혀둔다. 내가 신학대학에서 퇴학당한 건 불운한 사정 탓이었다. 그러니까, 예쁘고 매력적인 여자의 애정 공세를 견디지 못해서 생긴, 천성적으로 혈기 왕성하고 건강한 청년이라면 누구나 말려들었을 법할 사정 때문이었던 것이다. 당시 내가 돈을 훔쳤다거나 다른 학우들에게 죄를 떠넘기려 했다는 혐의는 오늘 이 자리에서 단호히 부정하는 바이다.

그런 사정을 이해하지 못한 내 부모는 내게 조금의 연민도 보이지 않았다. 적어도 그 시기에는, 세상이 누구보다 사랑해마지않는 아들들에게 부당한 대우를 하고 있다는 생각을 하지 않을 수 없었다. 간단히 설명해보겠다. 나는 일자리를 구할 수 없었다. 나는 제대로 된 기회만 얻었더라면 급속도로 발전할 수 있는 재능을 타고난 사람이었다. 하지만 그런 기회를 얻지 못했고, 내게 주어진 거라곤 하찮은 기회들뿐이었다. 나는 숙모에게 돈을 빌려(그분은 오래전에 돌아가셨다. 편히 잠드시기를!) 온 세계를 떠돌기 시작했다. 나는 가난이 무엇인지 알게 되었다. 그래, 하루 종일 굶주린 적도 있었다. 그리하여 나는 지쳐버렸다. 나는 어딘가에 정착해 안락하게 지내기를, 다른 이들의 존경을 받으며 권력을 휘두르고 편안한 삶의 단맛을 느낄 수 있게 되기를 간절히 소망했다.

삼 년도 더 전의 일이다. 나는 뉴질랜드발 여객선에서 토머스 오들리 손더스라는 청년을 만나게 되었다. 그에 말에 따르면, 자기 숙부의 오랜 친구인 벤저민 아널드 경이라는 사람이 그와 일면식도 없음에도 불구하고 영향력을 발휘해 그에게 훌륭한 자리를 마련해주었다는 것이다. 나는 신학에 정통했기 때문에 오랜 여정을 거치며 그와 친구가 될 수 있었다. 그 일에 대해 자세히 설명할 필요는 없을 것이다. 그 불쌍한 친구는 영국에 도착한 지 얼마 지나지 않아 사망했다.

그때 내게 떠오른 유일한 생각은 나 자신을 실종 상태로 만들고 새로운 토머스 손더스가 되어 채터럼에 등장하자는 것이었다. 들통날 걱정은 하지 않았다. 나는 그의 개인사에 대해 그의 행세를 할 수 있을 정도는 알고 있었고, 그 숙부라는 사람은 절대로 오클랜드를 떠나지 않을 것이기 때문이었다. 물론 숙부와 서신 왕래는 계속 유지해야 했지만, 손더스의 여권에 적힌 서명을 훌륭하게 모방할 수 있을 때까지 연습을 거듭하고 편지 내용은 타자기로 적어 보냈기 때문에 들통날 위험은 없었다. 그는 이튼을 졸업했지만 신학 공부는 뉴질랜드에 있는 세인트바너버스 대학에서 마쳤으니 내가 그의 옛 친구와 마주칠 가능성도 별로 없을 듯했다.

이곳에서의 삶은 쾌적하고 목가적이되 자극적인 것과는 거리가 멀었다. 나는 신사다운 사람이었다. 그러나—다른 사람들도 마찬가지일 텐데—내가 되고 싶은 것은 부유하고 자유로운 신사였다. 그럼에도, 내 설교가 정말로 유익하고 진정성 있게 보이기 위해서는 그런 욕구를 억누를 필요가 있었다. 내 자존심을 걸고 말하건대, 그동안 나는 교구 재정을 투명하게 관리해왔다. 딱 한 번, 어떤 하녀가 자신을 강간했다며 추문을 일으키겠다고 협박을 하는 바람에 고통스러울 정도로 절박하게 돈이 필요했을 때, 정말로 딱 한 번 손을 댔던 것을 제외하면 말이다. 하지만 나는 좀더 즐거운 인생을 바랐다. 고급 호텔을 옮겨 가며 체류하고, 많은 하인을 부리며, 가끔씩 요염한 여자들과 즐기는 인생 말이다.

펠 박사와 대화를 나눈 끝에, 나는 그가 거의 모든 것을 알고 있다는 사실을 깨달았다. 티머시 스타버스가 친절하게도 앤서니 스타버스의 일지를 보여주었을 때, 나는 펠 박사가 삼 년도 더 지나 내놓은 것과 똑같은 추론을 해냈다. 마녀의 은신처에 있는 우물 안에 무언가 숨겨져 있는 게 틀림없다고 말이다. 만약 그곳에 돈이 될 만한 것들, 그러니까 보석이나 금괴 같은 것이 있다면, 나는 곧바로 목사직을 사임하고 사라져버릴 수 있을 터였다.

그 부분에 대해서 자세히 설명할 필요는 없을 것이다. 기회가, 사악한 기회가 또다시 찾아왔다고 해두자. 주님께서는 어째서 그런 일이 일어나도록 허락하셨을까? 나는 은닉처를 찾아냈고, 기쁘게도 그 안에는 보석 원석이 숨겨져 있다는 사실이 드러났다. 예전에 이런저런 일을 겪는 와중에 나는 런던에 사는 신뢰할 만한 남자를 하나 알고 지내게 되었는데, 그는 안트베르펜에 그 무엇보다 만족스러운 판매 루트를 설계할 수 있는 사람이었다. (이 '설계'라는 표현은 마음에 들지 않는다. 이 단어가 내 산문체에서 소위 '애디슨 스타일의 순수성'이라는 것을 파괴하기 때문이다. 하지만 그 부분은 일단 내버려두고 넘어가도록 하자.)

그 은닉처를 발견한 것은(나는 똑똑히 기억하고 있다) 10월 18일 오후였다. 그 비밀 장소에 무릎을 꿇고 앉아 밖에서 보이지 않도록 촛불을 가린 채 원석들이 들어 있는 철제 상자 뚜껑을 비틀어 열고 있는데, 우물 밖에서 무슨 소리가 들리는 것 같았다. 그때 밧줄이 흔들리면서 가느다란 다리 하나가 은닉처 입구에서 어른거리다 사라지는가 싶더니 다시 소리가 들렸다. 티머시 스타버스의 웃음소리가 분명했다. 그가 우물 안에서 무슨 일이 일어나고 있다는 사실을 알아차리고 아래로 내려와 무언가에 열중한 내 모습을 확인한 뒤 다시 위로 올라가며 웃음을 터뜨린 것이었다. 그는 항상 교회나 여타 신성한 것들에 대해 설명할 수 없는 혐오, 아니 증오를 품고 있었으며, 그러한 태도는 때로 거의 신성모독의 수준까지 나아가곤 했다. 그는 모든 사람을 통틀어 내게 가장 큰 해악을 끼칠 수 있는 사람이었다. 설사 내가 무엇을 발견했는지 알아차리지 못했다 할지라도(실제로 그가 알아차렸던 것 같지는 않다), 거기 있는 날 보고 터뜨린 웃음소리로 미루어 내 모든 희망이 송두리째 무너지리라는 사실은 자명했다.

여기서 내 성격 중 흥미로운 일면에 대해 언급하고 넘어가야 할 것 같다. 내가 반사적인 반응 수준을 넘어 완전히 이성을 잃은 상태에 이른 적이 몇 번인가 있으며, 또 타인에게 육체적인 고통을 가하는 것을 즐긴 일도 있다는 사실이다. 어린아이였을 때는 토끼를 생매장하고 파리의 날개를 뜯어버린 적도 여러 번 있었다. 성인이 된 이후 그런 성향은 종종 당혹스러운 행동으로 나타나곤 하는데, 나름대로 이를 숨기려 애를 쓰지만 그래도 가끔 그런 모습이 드러날 때가 있어 깜짝 놀라곤 한다. 사실 구체적으로 어떻게 행동했는지는 잘 기억나지 않는다. 어쨌든 이야기를 계속해보도록 하자.

위로 올라가보니 그는 우물 꼭대기에 선 채 나를 기다리고 있었다. 그의 승마복은 흠뻑 젖은 채였다. 그는 아까보다 훨씬 큰 소리로 웃으며 승마용 채찍으로 자신의 무릎을 때렸다. 그 귀중한 상자는 코트 안에 넣고 단추를 단단히 잠근 상태라, 내가 손에 들고 있던 것은 작은 쇠지렛대 하나뿐이었다.

그는 점점 소리 높여 웃다가 내게서 거의 등을 돌렸고, 그때 내가 그를 후려갈겼다. 그를 여러 차례 가격하면서, 심지어 그가 쓰러진 후에도 멈추지 않으면서 나는 희열을 느꼈다. 그땐 아직 완전히 무르익은 상태가 아니었으나, 이내 내 계획이 구체적인 형태를 갖추기 시작했다. 목이 부러져 죽는다는 스타버스 가문의 전설을 유용하게 써먹어보자고 다짐한 것이다. 나는 쇠지렛대로 그의 목을 부러뜨리고 땅거미가 내리는 덤불 속에 그를 처박은 다음 휘파람을 불어 말을 근처로 불렀다.

밤이 지나는 동안 내 마음도 진정이 되었다. 그런데 그가 죽지 않았으며 나를 만나고 싶어 한다는 소식을 듣게 되었으니, 당시 내가 얼마나 겁에 질렸는지는 쉽게 상상할 수 있을 것이다. 조금 전에 듣기로는, 펠 박사가 처음 나를 의심하게 된 것이 바로 이 점, 그러니까 티머시 스타버스가 나와 단둘이 이야기해야 한

다며 자신이 누워 있는 침대로 나를 불러달라고 요청한 일이었다고 한다. 그와 대화를 마친 후 나는 당연히 동요했고 그런 심정을 거의 숨길 수 없었으니, 펠 박사의 눈에 띄지 않고 넘어갈 재간이 없었던 것이다.

티머시 스타버스가 내게 했던 말을 짧게 요약하면, 일전에 펠 박사가 우리 모두를 앞에 두고 이야기한 대략적인 얼개와 거의 일치한다. 즉, 그는 내 죄목을 적은 진술서를 교도소장실 금고에 넣어두어 살인죄로 유죄판결을 받게 되리라는 생각이 삼 년 내내 내 머릿속을 떠나지 않게끔 만들 생각이었다. 그에게서 이런 얘길 들을 때만 해도 어떻게 해야 할지 구체적인 방안은 떠오르지 않았다. 그에게 달려들어 목을 졸라버릴까 싶기도 했지만, 그래봐야 그가 비명을 질러 곧바로 체포될 게 뻔했다. 나는 아직 삼 년의 시간이 남아 있으니 그의 마수에서 벗어날 방법을 분명히 찾을 수 있으리라 생각했다. 그리하여 그와의 대화를 마치고 다른 사람들이 있는 곳으로 돌아가서는 일단 그들의 마음속에 그 노인네가 미쳤다는 믿음을 심어주려고 공들여 행동했다. 혹시라도 그가 죽기 전에 나를 고발할지도 모르니까.

그 종이를 훔쳐내기 위해 짜낸 여러 계획들을 일일이 언급할 필요는 없을 것이다. 어차피 그 계획들은 모두 흐지부지되었다. 일이 잘 풀렸으면 나는 목사직을 사임하고 채터럼을 떠날 수도 있었을 테지만, 이젠 그저 무력한 꼴이 되고 말았다. 사실 삼 년이면 링컨셔 주에서 멀리 떨어진 곳까지 가기에 충분한 시간이다. 하지만 그런 도주를 감행할 수 없게 하는 너무도 강력한 이유가 있었다.

만약 내가 사라져버린다면 토머스 손더스를 찾기 위한 수사가 시작될 것이고, 결국 진짜 토머스 손더스가 사망했다는 사실이 밝혀지는 것은 불가피했다. 물론 내가 토머스 손더스에 대한 정보를 제공해서 수사를 중단시킬 수도 있겠지만, 그건 교도소장실 금고에 들어 있는 내 살인 혐의가 나를 옭아매지 않을 때, 그러니까 내가 그저 사제의 직무에서 물러난 토머스 손더스로 지낼 수 있을 때나 가능한 일이었다. 하지만 내가 도망자 토머스 손더스의 신분으로 지내야 한다면 그들은 오클랜드에서 온 진짜 성직자에게 무슨 일이 일어났는지 알아낼 것이었고, 나는 그를 살해했다는 혐의를 뒤집어쓰게 될 터였다. 어느 쪽이 됐든 나는 살인 혐의를 받을 처지였다. 유일한 방책은 금고에서 그 종이를 훔치는 것이었다.

그리하여 나는 마틴 스타버스가 미국으로 떠나기 전에 그의 절친한 친구가 되는 작업에 착수했다. 자만심에서 하는 말은 아니지만, 나라는 사람의 인격이라면 내가 택한 그 누구와도 믿음직한 친구가 되기에 충분하다고 감히 말할 수 있으리라 생각한다. 어쨌든 그렇게 마틴에게 접근했는데, 알고 보니 그는 다소 자만심이 강하고 고집불통이지만 그 점을 제외하면 굉장히 싹

싹한 청년이었다. 그는 그 금고 열쇠나 요구 조건 등, 자신의 스물다섯 번째 생일 밤에 수행해야 하는 의무에 관련된 이야기를 내게 모조리 들려주었다. 그때만 해도 아직 이 년 후의 일이었건만 그는 무척 불안해하고 있었다. 시간이 지나고 그가 미국에서 보낸 편지를 통해 난 그의 공포가 거의 병리적인(이런 표현을 사용해도 되는지 모르겠지만) 수준으로 발전했다는 사실을 알게 되었고, 한편 그의 사촌 허버트가 자신보다 여러 모로 더 뛰어난 마틴에게 헌신적인 태도를 보인다는 사실은 모르는 사람이 없었으니, 이 두 가지 상황을 내게 유리하게 이용할 수 있으리라는 생각이 떠올랐다. 물론 내 목적은 그 종이를 손에 넣는 것이었다. 그렇게 하려면 어쩔 수 없이 마틴을 죽여야 했는데, 이는 불행한 일이 아닐 수 없었다. 사실 나는 그 청년을 좋아했으니까. 게다가 그에 따른 필연적인 결과로 그의 사촌 허버트 역시 죽어야 했는데, 그렇게 되면 내 입장이 위태롭게 되리라는 것은 뻔한 일이었다.

내 계획이 마틴의 공포심과 허버트의 영웅 숭배 기질에 기반하고 있다는 사실을 밝힌 바 있지만, 그 외에도 계획의 세 번째 요소가 있었다. 바로 이 두 청년들의 전반적인 체구와 외모가 놀라울 정도로 닮았다는 점이었다. 멀리서 보면 두 사람을 쉽게 구분할 수 없을 정도였다.

나는 그들과 속을 터놓으며 미리 생각해둔 계획을 밝혔다. 마틴이 그런 철야 임무 같은 두려운 일을 반드시 겪을 필요는 없다. 지정된 날 밤이 되면, 두 사람 모두 저녁 식사를 마치자마자 각자의 방으로 돌아가야 한다. 이는 둘 중 하나가 그 속임수를 누설하는 일을 막기 위해서다. 마틴은 누구에게도 방해받고 싶지 않다는 뜻을 확실히 밝혀야 한다. 그리고 허버트는 마틴의 옷으로 갈아입고, 마틴은 허버트의 옷으로 갈아입어야 한다. 철야 임무가 끝나고 두 사람이 다시 본래 신분으로 돌아갈 때 시간 낭비를 피하기 위해, 허버트는 미리 자신과 마틴의 옷가지를 각각 위아래 한 벌씩 가방에 싸서 마틴에게 주어야 한다. 마틴은 그 가방을 허버트의 오토바이 뒤에 실은 다음, 즉시 오토바이를 타고 뒷길을 통해 목사관으로 향해야 한다. 적당한 시간이 되면 허버트는 마틴의 열쇠를 가지고 교도소장실로 가서, 스타버스 가문의 전통에 의해 정해진 지시에 따라 행동해야 한다.

이것이 내가 그들에게 수행하라고 지시한 계획이었다. 내 진짜 계획은 전혀 달랐지만, 일단 이 이야기부터 더 이어가도록 하자. 12시 정각이 되면 허버트는 교도소장실을 나서고, 마틴은 목사관에서 자신의 옷으로 갈아입고 있다가 시간에 맞추어 오토바이를 몰고 교도소 앞 도로까지 와서 허버트를 기다려야 한다. 그런 다음 허버트에게 열쇠와 램프, 그리고 철야 임무를 마쳤다는 증거를 건네받아 도보로 스타버스 저택으로 돌아와야 한다. 허버트는 오토바이를 타고 목사관으로 향해 그곳에서 옷을 갈아입은 다음, 자신의 사촌이 시련을 겪어야 하는 날 밤 심란한 심정을 달래기 위해 한적한 곳으로 드라이브를 갔다가 돌아오는 사람 같은 모습으로 귀가해야 한다.

내 진짜 계획은 물론 이런 것이었다. 첫째, 나를 위한 완벽한 알리바이를 마련한다. 둘째, 마틴을 살해한 것이 허버트의 소행으로 보이도록 만든다. 이를 위하여 나는 가문에 대한 그들의 자부심을 끝까지 이용했다. 그런 자부심 또한 그 나름대로 존경스러운 감정이라 할 수 있다. 나는 가문의 엄격한 규칙을 어긴다고 해서 그 정신이 보존되지 않는 건 아니라는 이야기를 넌지시 던졌다. 허버트가 금고 안에 들어 있는 철제 상자를 열더라도, 그 안의 내용물을 절대 살펴보지 않으면 괜찮을 거라고 말이다. 대신 그는 내용물을 모조리 자신의 주머니 속에 집어넣고 12시 정각에 교도소 앞에서 마틴과 만나 그에게 전달해야 한다. 마틴은 스타버스 저택으로 돌아와 내용물을 살펴볼 수 있을 것이다. 만약 다음 날 페인이 금고 안 철제 상자에서 꺼내지 말아야 하는 것까지 꺼냈다고 이의를 제기한다 해도 그냥 실수였다고 말하면 된다. 어쨌든 그는 시련을 감당하고 목적을 달성했기에, 즉 교도소장실에서 시간을 보내는 임무를 마쳤기에, 그가 저지른 짓은 무해한 실수에 불과할 것이다.

내 행동 방침은 명확했다. 9시 30분을 막 지나 마틴이 목사관에 도착하면 그곳에서 그를 처리할 생각이었다. 아무런 고통 없이 죽일 수 없다는 게 유감스럽긴 하지만, 그래도 쇠지렛대로 한 대 내려친 뒤 그의 목을 부러뜨리고 다른 상처들을 내는 동안 그는 줄곧 의식을 잃은 채일 터였다. 그런 다음 그의 시체를 차에 실어 누구의 눈에도 띄지 않고 마녀의 은신처로 운반한 다음 우물 아래 가져다 놓는다. 책력에 따르면 그날은 날이 흐리고 비가 와서 습할 거라고 했는데, 나중에 보니 실제 날씨도 그와 다르지 않았다.

일을 마친 다음, 나는 펠 박사의 집으로 가야 했다. 이미 함께 모여 교도소장실 창문을 감시하자는 제안을 해두었던 참이었다. 내가 봤을 때 이보다 나은 알리바이를 만들 수는 없을 것 같았다. 자정이 되어 교도소장실에서 불이 꺼지면, 그걸 지켜보던 사람들의 불안함도 가라앉을 것이고, 다들 마틴이 철야 임무를 마친 뒤 무사히 귀가했으리라 생각할 터였다. 나는 그 직후에 움직이면 되었다. 허버트라면 교도소 앞에서 충분히 오래 기다려줄 테니까. 자신의 사촌을 만나지 못한 채 자리를 뜰 리가 없었다. 내가 좀 지체하더라도 큰 문제는 없을 것이다. 나는 펠 박사의 집에서 자동차를 타고 허버트가 있는 곳으로 간 뒤, 불행하게도 목사관을 비운 사이 마틴이 술을 너무 많이 마셔 인사불성이 되었으니(평소 그의 처신으로 미루어 충분히 신빙성 있는 진술이었다) 나와 함께 목사관으로 가서 도러시 스타버스가 걱정하기 전에 그가 제 발로 집에 돌아갈 수 있도록 도와주자고 말해야 했다.

그는 열쇠와 램프, 그리고 철제 상자에 들어 있던 내용물을 가지고 나와 함께 목사관으로 가게 될 터였다. 그에겐 속임수를 쓸 필요가 없었다. 총알 하나면 충분했다. 이후 날이 밝기 전에 교도소로 돌아가 허버트가 빠뜨린 것은 없는지 확인할 수 있을 것이다. 원래는 그가 발코니 문을 열어두게끔 따로 구실을 생각해내려 했지만, 그가 의혹을 품을 수도 있기에 그 일은 내가 직접 하기로 마음먹고 있었다.

실제로 일어난 일을 굳이 요약해 말할 필요는 없을 것이다. 어떤 경우에 있어서는(이 얘기는 해야겠다) 내 계산이 빗나가긴 했지만, 침착한 태도가 나를 위험한 상황에서 구하지 않았나 싶다. 내가 패배한 것은 순전히 운이 나빠서였다. 허버트가 갈아입을 옷을 가방에 싸는 모습을 집사에게 들키면서 도주 의혹을 불러일으킨 것이다. 사람들이 허버트라고 생각했던 마틴도 오토바이를 타고 뒷길을 내려갈 때 다른 이들의 눈에 띄고 말았는데, 그것이 허버트가 달아났다는 의혹을 더욱 짙게 만들었다. 또 허버트가 마틴인 척하며 저택을 나서는 순간, 도러시 스타버스가 복도로 나오는 일이 발생했다(예상하지 못한 우연이었다). 하지만 그는 상당히 떨어진 거리에서 침침한 조명 아래 뒷모습만 보일 수 있었고, 입을 열어야 했을 때는 그저 술에 취한 양 아무 말이나 중얼거린 다음 정체가 들통나지 않은 채 빠져나왔다.

두 사람의 신분이 바뀐 사이, 둘 중 누구라도 다른 사람과 대화를 나누거나 정면으로 부딪친 적은 한 번도 없었다. 버지가 자전거용 램프를 가지고 마틴의 방으로 갔을 때도, 그는 자신이 밝혔듯이 그 램프를 누구에게도 건네주지 않았다. 그저 문 앞에 램프를 내려놓았을 뿐이다. 그리고 자전거용 램프를 가지러 가는 길에 오토바이를 타고 떠나는 마틴의 모습을 봤을 땐 밤이 깊어 오토바이에 누가 타고 있는지 제대로 보지 못했다.

나는 마틴에게 치명적인 일격을 가했다. 이제 와서 털어놓자면, 그런 짓을 하면서 주저하지 않은 건 아니다. 그가 무엇보다 두려운 것으로부터 자신을 구해주었다면서 눈물이 그렁그렁한 채 내 손을 붙들고 감사의 인사를 전한 직후였기 때문이다. 하지만 독한 술이 담긴 디캔터로 몸을 굽히고 있던 그에게 강한 타격을 날리는 순간 강한 흥분을 느꼈음을 고백하지 않을 수 없다. 그는 체중이 굉장히 적게 나갔고 나는 완력으로는 손에 꼽히는 사람이었기에, 그 이후 일은 아무 어려움 없이 해치울 수 있었다.

나는 주목나무관 뒷길을 통해 교도소 인근까지 가서 시체를 발코니 아래 우물 옆에 가져다 놓은 다음, 펠 박사의 집으로 돌아갔다. 우물가에 꽂혀 있는 쇠꼬챙이에 시체를 꿰어놓으면 보다 현실적인 상황을 연출하는 동시에 앤서니의 죽음에 대한 해묵은 전설을 더욱 강화할 수 있지 않을까 생각하기도 했지만, 그런 모습이 오히려 지나칠 정도로 그럴듯하게 보일 것 같은데다 스타버스 가문의 저주에 필요 이상의 현실성을 부여하는 것 같아서 그 계획은 결국 포기했다.

내 유일한 걱정은 허버트가 스타버스 저택에서 무사히 빠져나올 수 있느냐 하는 것이었다. 죽은 사람에 대해 나쁜 말을 하고 싶지는 않지만, 그는 비상 상황이 닥쳐도 발 빠르게 움직이지 못하는 둔하고 멍청한 녀석이었다. 심지어 내 계획에 따라 움직이는 와중에도 자꾸만 반대 방향으로 튀어 마틴과 심한 논쟁을, 거의 악다구니처럼 보일 정도의 격론을 수차례 벌이곤 했다. 어쨌든 펠 박사의 말에 따르면, 나는 그의 정원에서 11시 종이 치기를 기다리는 사이 꼬리를 밟혔다. 그는 내가 동요하는 모습을 보고, 또 그 중요한 순간에 "허버트는 저택에 있답니까?" 같은 굳이 할 필요가 없는 질문을 던지는 걸 보고 짐작했다고 한다. 하지만 당시 나는 감정적으로 엄청난 긴장 상태에 놓여 있었고, 그나마 밖으로 드러낸 징후는 딱 예상했던 정도였다고 감히 주장하고 싶다.

이제 나를 무너뜨린 그 악마적인 우연이 가져온 또 다른 결과에 대해 이야기해보자. 물론 이는 십 분 빠르게 맞춰져 있던 시계 얘기다. 한동안 나는 허버트가 램프를 십 분 일찍 꺼버린 이유에 대해 고심했다. 그가 실제 시각으로 거의 11시 정각이 됐을 무렵 교도소장실에 도착한 점을 감안하면, 그런 짓을 한 것이 선뜻 이해가 가지 않았다. 하지만 펠 박사가 스타버스 저택에서 하인들에게 질문을 던졌을 때 그 질문에 대한 답을 짐작할 수 있었다. 허버트가 가지고 있던 시계의 시간이 빨랐던 것이다.

마틴의 방에서 대기하는 동안, 그는 방에 있는 시계만 쳐다보고 있었다. 앞서 그는 자신의 시계를 확인한 뒤 하녀에게 저택의 모든 시계를 제대로 맞춰놓으라고 명령했고, 그녀가 자신의 지시대로 했으리라 생각했을 것이다. 하지만 펠 박사가 알아낸 것처럼 마틴의 방에 있던 커다란 시계는 정확한 시간을 가리키고 있었기에 허버트는 제때 스타버스 저택을 나설 수 있었다. 하지만 교도소장실에서 볼 수 있는 시계는 자신의 것뿐이었고, 그가 잘못된 시간에 그곳을 떠난 것은 그렇게 설명이 된다.

그래도 이 시점까지는 내 계획에 아무런 실수가 없었다. 하지만 순전한 우연 탓에 그 젊은 미국인(그에게 최대한의 경의를 표하는 바이다)의 감정적인 긴장 상태가 위험한 수준까지 치솟아 버렸다. 그는 목초지를 건너 달려가기 시작했고, 나는 그를 만류하려 애를 썼다. 만약 그가 교도소를 나서는 허버트와 마주치기라도 하면 그야말로 모든 계획이 실패로 돌아갈 것이기 때문이었다. 그랬기에, 나는 그를 제지하려 해봐야 소용없다는 걸 알면서도 그의 뒤를 쫓았다. 성직자가 모자도 쓰지 않은 채 시골에서 즐겁게 뛰노는 꼬마처럼 폭풍우 속을 쿵쿵거리며 달려가는 모습은 그야말로 볼만했을 것이고, 그런 모습이 펠 박사의 눈에 띄지 않았을 리 없다. 그러나 내 정신은 다른 문제에 온통 쏠려 있었으니, 이윽고 내가 바라마지않던 일이 일어났다. 그 미국인이, 교도소 정문 방향이 아닌 마녀의 은신처 쪽으로 달려갔던 것이다.

그 모습을 보자 하나의 영감이 떠올랐다. 자랑은 아니지만 이는 내 타고난 기질의 일부다. 어떻게 하면 위기를 내게 유리한 상황으로 바꿀 수 있는지 알아차리는 능력 말이다. 나는 교도소 정문을 향해 달려갔다. 양심에 아무런 거리낌이 없는 사람이라면 자연스럽게 취할 만한 행동이었다. 앞서 허버트에게 교도소로 향할 땐 반드시 램프를 켜고 불을 비추어야 하지만, 밖으로 나올 땐 절대로 램프를 켜서는 안 된다고 단단히 일러둔 터였다. 길가에서 마틴과 만나는 모습을 외부인이 보고 의심을 품을 수도 있다면서 말이다.

죽을힘을 다한 끝에 시간을 정확히 맞추어 도착할 수 있었다. 밤이 깊어 어두웠고 비까지 내리는 바람에 그 미국인은 길을 잃었고, 그 틈에 나는 허버트를 만났다. 그가 문서를 가지고 있다는 사실을 확인한 다음 나는 폭풍 속에 그대로 선 채 그에게 짧게 설명했다. 얼마나 창의력 넘치는 거짓말이었는지! 그가 시간을 잘못 봐서 십 분 일찍 나왔고, 따라서 마틴은 아직 목사관에서 나오지 않았다는 얘기였다. 그리고 더 나아가, 감시하는 사람들의 의혹이 점점 커지고 있으며 그 의혹은 전적으로 우리에게 쏠려 있다는 말도 덧붙였다. 나는 그에게 길을 빙 둘러 목사관으로 달려가라고 말했다. 이어 그가 들고 있던 램프를 켤지도 모른다는 생각에 진심으로 겁이 난 나머지, 수풀 속에 던져버릴 생각으로 그의 손에서 램프를 확 잡아당겨 빼앗았다.

그런데 그 순간 예의 창의적인 통찰력이 다시 한번 번뜩이더니 보다 나은 계획이 떠올랐다. 번개가 번쩍이는 탓에 그 미국인은 아무것도 제대로 볼 수 없을 터였다. 그리하여 나는 램프를 짓밟아 박살낸 다음 서둘러 그가 있는 곳으로 다가가며 램프를 우물 근처에 던져놓았다. 이런 위기 상황에서 사람의 두뇌는 무언가를 구상하는 데 있어 놀라울 정도의 신속성과 예술성을 발휘하기 마련이다.

이제 내겐 더이상 두려울 것이 없었다. 허버트는 도보로 이동할 것이었다. 그 미국인이 마틴의 시체와 맞닥뜨리지 않기란 불가능해 보였지만, 만약 그렇게 되지 않으면 내가 직접 그 시체에 걸려 넘어질 작정이었다. 게다가 손이 닿는 곳에 자동차가 있는 사람은 나 하나뿐이니 의사에게 가든 경찰에게 가든 채터럼에는 내가 가게 될 터였다. 즉, 허버트보다 먼저 목사관에 도착해 있을 시간은 충분했다.

일이 계획대로 풀렸는지 말할 필요가 있을까? 그날 밤 나는 인간이 할 수 있는 이상의 일을, 그것도 더없이 차분하게 수행해냈다. 일단 마틴을 살해하자 그를 죽인 행위가 내게 설명하기 어려운 자극제로 작용해 다른 십여 가지 일을 모두 해치우도록 떠밀었던 셈이다. 나중에 경찰서장에게 말했듯이, 나는 마클리 박사에게 가기 전에 목사관에 들렀다. 비옷을 꺼내려고 집에 들르는 것은 꽤 자연스러운 행동으로 보였을 것이다.

시간을 조금 지체한 터라 허버트 앞에 섰을 땐 조금도 머뭇거리지 않았다. 그에게 가까이 다가붙어 몸에 총구를 밀착시켜 쏘는 편이 소음을 줄일 수 있다는 점에서 보다 현명한 선택이었을 테지만, 목사관은 외딴곳에 위치해 있기에 리볼버에서 나오는 총성이 다른 사람의 귀에 들릴 위험은 그리 크지 않았다. 게다가 그 순간에는 어느 정도 거리를 둔 채 서서 그의 미간을 맞히는 것이 좀더 즐겁겠다는 생각이 들기도 했다.

그렇게 일을 마친 뒤, 나는 비옷을 찾아 입고 차를 몰아 마클리 박사와 함께 교도소로 돌아갔다.

이후 벌어진 우리의 악전고투도 1시 무렵에는 전부 끝났다. 내게는 새벽이 오기 전까지 일을 마무리할 수 있는 몇 시간의 여유가 있었다. 나는 방을 꼼꼼히 정리하면서 즐거움을 느끼는 사람이기에, 모든 것을 깔끔하게 정리해야 한다는 생각도 전혀 압박으로 느껴지지 않았다. 허버트의 시체는 지하 저장고에 (적어도 당분간만이라도) 숨겨놓을 수 있었다. 그의 오토바이와 여행 가방, 그리고 마틴에게 사용했던 흉기도 같은 곳에 숨겼다. 하지만 내 집 안만큼은, 말하자면 파리가 미끄러질 정도로 깔끔하게 정리해야 했다. 마틴 스타버스의 살해 혐의를 그의 사촌에게 뒤집어씌우려는 생각이었으니 어떠한 단서도 남겨서는 안 되었다.

그렇게 모든 일을 그날 밤 전부 처리했다. 시체가 굉장히 가벼웠기 때문에 중노동이라 할 만한 일은 아니었다. 이동 경로도 철두철미하게 꿰고 있어서 램프를 켤 필요조차 없었다. 그동안 나는 혼자서 수없이 교도소를 드나들곤 했다. 교도소 담장 위에 올라서보기도 했고(그런 모습이 눈에 띄지 않았을까 두렵긴 했다) 적절한 인용구를 중얼거리며 그 역사적인 복도를 걸어보기도 했기 때문에 어둠 속에서도 어디로 가야 할지 훤했다. 스타버스 가문의 열쇠가 내 손에 들어왔으니, 이제 교도소장실 안으로도 들어갈 수 있었다. 발코니로 통하는 문이 그동안 내내 잠겨 있었는지 아니면 열려 있었는지 몰라 어찌해야 할지 확신할 수가 없었지만, 열쇠가 내 손에 들어온 마당이니 어찌 됐든 그 문을 열어놓았다. 계획이 완성되는 순간이었다.

한 가지 더. 나중에 나는 문서가 들어 있던 금고 안의 철제 상자를 우물로 떨어뜨렸다. 내가 죽여버린 티머시가 거기다 교활한 악마의 계략을 꾸며놓은 것은 아닐까 의심스러워서였다(아니, 무서워서 그랬던 것은 절대 아니다). 그저 또 다른 문서가 상자 속 비밀 공간 같은 곳에 존재하는 것은 아닐까 걱정이 되었고, 그래서 모든 것을 확실히 해두고 싶었을 뿐이다.

어젯밤에 내가 붙잡힐 뻔했던 기억을 떠올리니 실소가 나온다. 나는 펠 박사의 집에 사람들이 모였다는 사실을 알고 불안한 마음에 적절히 무장을 한 채 마녀의 은신처에서 그들을 지켜보았다. 그러다 누군가 내 앞을 가로막는 바람에 총을 발사했는데, 오늘 그 사람이 고작 집사 버지였다는 사실을 알게 되자 다행이라는 생각이 들었다. 이 이야기의 첫머리에서 모든 것을 솔직하게 털어놓겠다고 밝혔지만, 이제 나는 그 발언을 철회하는 바이다. 딱 하나 솔직하게 말할 수 없는 부분이 있기 때문이다. 심지어 몇 분 뒤에는 나 자신의 관자놀이에 리볼버를 들이대고 방아쇠를 당기리라는 사실을 알고 있음에도 말이다.

밤이 되면 가끔씩 사람들의 얼굴이 떠오른다. 어젯밤에도 한 사람의 얼굴이 보였는데, 그 얼굴을 보니 일순 용기가 꺾이고 말았다. 여기서 그 사연에 대해 논하지는 않을 것이다. 그런 이야기는 내 계획의 훌륭한 논리 구조를 방해하기 때문이다. 여기까지가 내가 참고 말할 수 있는 전부다.

자, 내 이야기도 이제 거의 막바지에 다다랐다. 앞서 언급한 다이아몬드 중개인 친구와의 거래는 만족스럽게 마무리되었다. 의심을 사는 일을 피하기 위해, 거래는 몇 년에 걸쳐 조금씩 진행했다. 모든 준비를 마친 셈이었다. 그러다가 이 전부를 뒤흔든 악마 같은 우연이 절정에 이르렀다. 내 '숙부'라는 사람에게서 십 년 만에 처음으로 영국을 방문하겠다는 편지를 받은 것이다. 나는 조용히 체념하며 상황을 받아들였다. 간단히 말하자면, 지쳐버렸다. 나는 지나치게 오랫동안 싸워왔고, 이제는 그저 채터럼을 떠나고 싶다는 마음뿐이었다. 그래서 숙부가 방문한다는 소식에 다른 상세한 이야기를 덧붙여 온 마을에 거리낌없이 퍼뜨리고 다녔다. 동시에 얄팍한 꾀를 부려, 그를 만나러 가라고 벤저민 아널드 경을 강하게 밀어붙였다. 그러면 그가 내 요청을 거절하면서 자신 대신 나더러 가라고 할 것이 뻔했기 때문이다.

나는 모습을 감추어야 했다. 삼 년 동안 나는 우연이라는 것에 대해 곰곰이 생각해보았다. 우연은 내게 악의적인 전환점을 가져오곤 했고, 그리하여 아무런 위험 없이 매끄럽고 둥글기만 한 인생은 더이상 내게 중요하지 않은 것으로 만들어버렸다.

펠 박사는 친절하게도 내게 권총을 남겨놓고 떠났다. 사실 아직 그 권총을 사용하고 싶지 않다. 그자가 런던 경찰청에 발휘하는 영향력이 지나치게 큰 것 아닌가 하는 생각도 든다.

차라리 아까 그를 총으로 쏴버렸으면 얼마나 좋았을까. 막상 죽음이 코앞에 닥치니, 고작 몇 주 남지 않은 일이라면 교수형 정도는 감내할 수 있을 거라는 생각도 든다. 하지만 램프 불빛이 지나치게 밝지 않은 이곳에서 신사적인 모습으로, 그러니까

적절히 우아한 방식으로, 적어도 좀더 보기 좋은 옷을 입은 채 자살하는 쪽이 좋을 것이다.

설교문을 작성할 때 도움을 주었던 유창한 글솜씨가 이제 내 펜을 저버린 것 같다. 내가 신성모독 행위를 저지른 걸까? 아니, 나 같은 사람들에게 그런 일은 불가능하다고 스스로에게 당당히 말할 수 있다. 비록 내가 서품을 받지는 않았지만(달리 말하자면 서품을 받을 가능성이 높았다고 할 수도 있지만), 그럼에도 불구하고 내가 지켜야 하는 계율은 그 무엇보다 공인된 명령이었다.

내 계획 어느 부분에 결함이 있었을까? 나는 펠 박사에게 물어보았다. 그와 독대하고 싶었던 건 바로 이 때문이었다. 듣자하니, 나에 대한 그의 의심이 확고해진 것은 바로 내가 사람들의 머릿속에서 의혹을 지우려 지나치게 경솔하게 행동했던 순간, 그러니까 티머시 스타버스가 임종 직전에 집안의 누군가가 자신을 죽였다고 털어놓았다는 이야기를 전했을 때였다. 나는 분명 경솔했지만, 최소한 일관성은 있었다. 만약 내 인생에 기회가 주어졌더라면, 내 뛰어난 재기에 운이 조금만 따랐더라면……. 그 재기만으로도 나는 위대한 사람이 아니었던가. 이제 나는 간신히 종이에서 펜을 떼어놓으련다. 다른 것을 집어들어야 하기 때문이다.

나는 모든 사람을 증오한다. 할 수만 있다면 온 세상을 없애버렸을 것이다. 이제 나 자신을 쏘아야 한다. 나는 신성모독을 저질렀다. 사실 지금까지 진심으로 주님을 믿은 적이 없지만, 이 순간 나는 기도하고 또 기도한다. 하느님, 저를 굽어살펴주소서. 더이상은 쓸 수 없을 것 같다. 속이 메스껍다.

토머스 손더스

그는 총을 쏘지 못했다. 사람들이 서재 문을 열었을 때, 그는 자신의 관자놀이를 향해 총구를 반쯤 올린 채 몸을 떨고 있었다. 방아쇠를 당길 용기가 없었던 것이다.

작가 정보

존 딕슨 카

John Dickson Carr

애거사 크리스티, 엘러리 퀸과 함께 추리소설 황금기를 이끈 존 딕슨 카는 불가능 범죄, 밀실 트릭, 역사 미스터리부터 평전과 비평에 이르기까지 다양한 활약을 보인 미국 최고의 미스터리 작가 중 한 사람이다.

1906년 펜실베이니아에서 태어난 그는 어린 시절을 워싱턴에서 보냈다. 독서를 좋아했던 아버지의 영향을 받아 어릴 때부터 책을 좋아했는데, 프랭크 바움의 '오즈의 마법사' 시리즈, O. 헨리, 코넌 도일, 펠 박사의 모델이기도 한 체스터턴, 『생각하는 기계』의 자크 푸트렐, 『노란 방의 비밀』의 가스통 르루, 캐럴린 웰스의 밀실 미스터리 같은 작품들을 독파했다. 역사소설이나 모험소설에도 마음을 빼앗겼는데, 알렉상드르 뒤마의 『삼총사』는 특히 좋아하는 작품이었다.

1927년 8월, 카는 유럽행 배에 올라 파리를 중심으로 삼 개월 동안 유럽에 머무른다. 그 기간에 역사소설을 썼지만 작품이 마음에 들지 않아 불쏘시개로 썼다고

전해진다. 파리 유학을 마치고 미국으로 돌아온 카는 파리를 무대로 한 '앙리 방코랭' 시리즈의 한 편을 써서 필명으로 발표하는데, 이 작품은 데뷔 장편 『밤에 걷다』(1930)의 원형이 되는 소설로 문제편과 해답편으로 나뉘어 두 달 동안 연재되었다. 카는 이 중편 작품을 다시 써 대형 출판사에 투고한 끝에 1930년 2월 '밤에 걷다'라는 제목으로 영국와 미국에서 동시 출판되었다. 미국에서는 두 달 만에 7쇄를 찍는 기염을 토한다.

카가 묘사하는 작품 속 세계는 미국인이 그렸다고는 생각할 수 없을 정도로 영국적인데, 이것은 그가 1933년 영국에 간 이후 그곳에서 오랜 세월을 보내고 커다란 애정을 쏟았기 때문이다. 카의 작품은 당시 미스터리 비평의 일인자였던 도러시 세이어스에게 인정받아 미국인으로서는 처음으로 영국추리작가클럽Detection Club에 입회를 승인받는 영예를 얻기도 한다.

밀실 미스터리와 불가능 범죄의 대가

수수께끼로 가득 찬 퍼즐 미스터리를 좋아하는 독자라면 정교하게 구성된 카의 독창적 이야기를 좋아하지 않을 수 없다. 상식적으로 도무지 일어날 수 없는 사건과 기발하고 정교한 트릭에 정통한 그는, 범인이 누구인가whodunit보다는 어떻게 범죄가 벌어졌는가howdunit에 초점을 맞춘 작가다. 추리소설에서 가장 어려운 분야로 밀실을 꼽은 그는 특히나 밀실 미스터리에 정통하여 '밀실의 카'라고 불리기도 한다.

카는 호러와 오컬트에 심취해 종종 미스터리에 고딕적 분위기를 혼합시켰다. 그의 작품에는 오래되고 으스스한 저택 같은 기괴한 장소, 늪, 잘린 머리, 수상한 공작과 공작 부인, 창백한 신부, 박쥐와 밤에 날뛰는 짐승 등이 등장한다. 이러한 요소들은 『화형 법정』(1937), 『밤에 걷다』 등에서 발견된다. 그가 어쩌면 추리소설과 부합하지 않을 법한 초현실적인 요소를 작품에 끌어들인 것은 합리적 추리를 극대화시키기 위한 하나의 방법으로도 보인다.

하지만 이러한 트릭과 독특한 분위기는 뛰어난 연출력과 스토리텔링 능력이 아니었다면 빛을 발하지 못했을 것이다.

카의 탐정들

존 딕슨 카가 창조한 탐정 중 가장 잘 알려진 인물은 법학 박사이자 왕립역사학회 회원이며 런던 경찰청의 명예 고문인 기디언 펠이다. 펠 박사가 처음 등장한 『마녀의 은신처』(1933)는 독자 사이에서도 평가가 높은 작품이다.

『세 개의 관』(1935)은 밀실 미스터리 인기투표에서 단독 1위에 오른 장편이다. (그 외에는 『구부러진 경첩』(1938)과 『유다의 창』(1938)이 각각 4위와 5위에 뽑혔다). 두 개의 불가능 범죄가 이야기의 중심에 자리 잡고 있는 『세 개의 관』은 카가 고안한 수많은 수수께끼 중에서도 가장 복잡하며 교묘한 것으로 알려져 있다. 또한 흡혈귀 전설과 생매장, 그림의 비밀 등 부차적인 수수께끼가 더해져 최대의 효과를 발휘한다. '밀실 강의'라고 붙여진 17장의 장난기와 독자를 향한 서비스 정신, 많은 곳에 숨겨진 복선과 서술의 함정 등 모든 것이 밀실물의 최고봉이라고 하기에 모자람이 없는 작품이다.

부처상을 닮은 거구의 법정 변호사 헨리 메리베일 경도 유명하다. 메리베일 경 시리즈는 '카터 딕슨'이라는 이름으로 발표됐는데, 가장 유명한 작품은 『유다의 창』이다. 또 다른 주인공으로는 불가능 범죄를 전담하는 런던 경찰청의 D3과 소속 형사인 마치 대령도 있다. 카의 탐정은 다른 등장인물과 마찬가지로 비현실적일 만큼 화려한 구석이 있다. 파이프로 담배를 피우고 갈색 머리카락과 수염을 가진 마치 대령은 단편에만 등장한다.

시리즈 탐정이 등장하지 않는 것으로는 『화형 법정』과 『황제의 코담뱃갑』(1942)이 대표작으로, 모두 명작이라는 칭호가 아깝지 않은 장편이다. 과거와 현재 사건의 교차와 결말의 반전이 이 장편들의 특징으로 모든 작품을 통틀어 가장 강렬한 인상을 남긴다. 『황제의 코담뱃갑』은 추리소설의 여왕 애거사 크리스티도 혀를 내둘렀다는 심리 트릭으로 유명하다.

역사 미스터리

존 딕슨 카가 남긴 또 하나의 위대한 업적이라면 역사 미스터리라는 새로운 장르를 개척한 것이다. 역사 미스터리에는 해결되지 않은 역사적 사건의 진상을 추리하거나 사실을 어느 정도 살려 독자적인 이야기를 만들어내는 두 가지 형식이 있는데, 카는 양쪽에서 모두 선구라고 할 수 있는 작품을 써냈다. 많은 사람들이 이 시기 카의 작품 수준이 낮아졌다고 이야기하곤 하지만, 이런 그의 영향으로 이후 조지핀 테이의 『시간의 딸』(1951)과 같은 작품이 태어날 수 있었다.

말년에 이르러 필력이 떨어진 것은 사실이나, 카는 루스 렌들이나 피터 러브시 같은 작가의 재능을 가장 빨리 간파하고 따뜻하게 격려하기도 하는 등 신인 발굴과 미스터리 비평에도 크게 기여했다. 1949년에는 도일의 유족이 공인한 평전 『아서 코넌 도일 경의 생애The Life of Sir Arthur Conan Doyle』를 써서 베스트셀러 작가의 반열에 오른다. 1954년에는 이 평전 집필 당시 친해진 도일의 아들 에이드리언 코넌 도일과 함께 『셜록 홈즈 미공개 사건집』(1954)을 펴냈다. 에드거상을 수상한 코넌 도일 평전을 비롯해 사십 년에 걸친 미스터리 저술에 대한 공로를 인정받아 그는 1970년에 에드거상 특별상을 수상했다.

미스터리 강국으로 알려진 일본에서도 존 딕슨 카의 영향을 받은 작가들이 탄생했다. 주로 본격 추리 작가들로, 우리에게도 잘 알려진 '소년 탐정 김전일'의 할아버지 '긴다이치 코스케' 시리즈를 내놓은 요코미조 세이시, 『문신 살인 사건』의 다카기 아키미쓰, 야마구치 마사야를 비롯하여 『점성술 살인 사건』의 시마다 소지와 '관' 시리즈의 아야쓰지 유키토도 카로부터 직간접적인 영향을 받았다. 하지만 장점으로 손꼽히는 밀실 트릭이나 오컬트적 분위기 때문에 오히려 다소 마니아 취향의 작가라는 인식이 강하다.

한국에서 존 딕슨 카는 애거사 크리스티나 코넌 도일에 비해 대중적 인기가 떨어지는 편이다. 그가 미스터리 장르 세계에 끼친 영향력과 업적으로 보자면 평가를 제대로 받지 못하고 있다 할 수 있다.

그는 1977년 폐암으로 사망했다.

작품 목록

존 딕슨 카로 발표한 소설(이하 '역사 미스터리'까지)

Poison In Jest (1932)

The Emperor's Snuff-Box (1942) - 『황제의 코담뱃갑』(이동윤 옮김, 엘릭시르 펴냄, 2014)

The Nine Wrong Answers (1952)

Patrick Butler for the Defense (Detective Patrick Butler) - 1956

Most Secret (1964)

The Hungry Goblin: A Victorian Detective Novel (1972, 윌키 콜린스가 탐정으로 등장)

앙리 방코랭 시리즈

It Walks By Night (1930) - 『밤에 걷다』(임경아 옮김, 로크미디어 펴냄, 2009)

Castle Skull (1931)

The Lost Gallows (1931)

The Waxworks Murder (1932, 미국판 제목은 The Corpse In The Waxworks)

The Four False Weapons (1938)

기디언 펠 박사 시리즈

Hag's Nook (1933) - 『마녀의 은신처』(이동윤 옮김, 엘릭시르 펴냄, 2022)

The Mad Hatter Mystery (1933)

The Blind Barber (1934)

The Eight of Swords (1934)

Death-Watch (1935)

The Hollow Man (1935, 미국판 제목은 The Three Coffins) - 『세 개의 관』(이동윤 옮김, 엘릭시르 펴냄, 2017)

The Arabian Nights Murder (1936) - 『아라비안 나이트 살인』(임경아 옮김, 로크미디어 펴냄, 2009)

The Burning Court (1937) - 『화형 법정』(유소영 옮김, 엘릭시르 펴냄, 2012)

To Wake the Dead (1938)

The Crooked Hinge (1938) - 『구부러진 경첩』(이정임 옮김, 고려원북스 펴냄, 2009)

The Black Spectacles (1939, 미국판 제목은 'The Problem Of The Green Capsule') - 『초록 캡슐의 수수께끼』(임경아 옮김, 로크미디어 펴냄, 2010)

The Problem of the Wire Cage (1939)

The Man Who Could Not Shudder (1940)

The Case of the Constant Suicides (1941)

Death Turns the Tables (1941, 영국판은 'The Seat of the Scornful'라는 제목으로 1942년 출간)

Till Death Do Us Part (1944)

He Who Whispers (1946)

The Sleeping Sphinx (1947)

Below Suspicion (1949)

The Dead Man's Knock (1958)

The House at Satan's Elbow (1965)

Panic in Box C (1966)

Dark of the Moon (1968)

역사 미스터리

The Bride of Newgate (1950)

The Devil in Velvet (1951) - 『벨벳의 악마』(유소영 옮김, 고려원북스 펴냄, 2009)

Captain Cut-Throat (1955)

Fire, Burn! (1957)

Scandal at High Chimneys: A Victorian Melodrama (1959)

In Spite of Thunder (1960)

The Witch of the Low Tide: An Edwardian Melodrama (1961)

The Demoniacs (1962)

Papa La-Bas (1968)

The Ghosts' High Noon (1970)

Deadly Hall (1971)

카터 딕슨으로 발표한 소설(이하 '헨리 메리베일 경 시리즈' 포함)

The Bowstring Murders (1934)

Fear Is the Same (1956)

Drop to His Death (1939, 존 로드와 합작. 미국판 제목은 'Fatal Descent')

헨리 메리베일 경 시리즈

The Plague Court Murders (1934)

The White Priory Murders (1934)

The Red Widow Murders (1935)

The Unicorn Murders (1935)

The Punch and Judy Murders (1936, 미국판 제목은 'The Magic Lantern Murders')

The Ten Teacups (1937, 미국판 제목은 'The Peacock Feather Murders')

The Judas Window (1938, 미국판 제목은 'The Crossbow Murder') - 『유다의 창』(임경아 옮김, 로크미디어 펴냄, 2010)

Death in Five Boxes (1938)

The Reader is Warned (1939)

And So To Murder (1940)

Murder in The Submarine Zone (1940, 미국판 제목은 'Nine - And Death Makes Ten'. 'Murder in the Atlantic'라는 제목으로도 출간된 적 있음)

Seeing is Believing (1941, 또는 'Cross of Murder')

The Gilded Man (1942, 또는 Death and The Gilded Man)

She Died A Lady (1943)

He Wouldn't Kill Patience (1944)

The Curse of the Bronze Lamp (1945, 영국판은 'Lord of the Sorcerers'라는 제목으로 1946년 출간)

My Late Wives (1946)

The Skeleton in the Clock (1948)

A Graveyard To Let (1949)

Night at the Mocking Widow (1950)

Behind the Crimson Blind (1952)

The Cavalier's Cup (1953)

단편집

The Department of Queer Complaints (1940, 카터 딕슨) - 『기묘한

사건 사고 전담반』(임경아 옮김, 로크미디어 펴냄, 2010)

The Third Bullet and Other Stories of Detection (1954)

The Exploits of Sherlock Holmes (1954, 에이드리언 코넌 도일과 공저)

- 『셜록 홈즈 미공개 사건집』(권일영 옮김, 북스피어 펴냄, 2008)

The Men Who Explained Miracles (1963, 펠 박사 및 메리베일 경 등장)

The Door to Doom and Other Detections (1980, 라디오 극본 포함)

The Dead Sleep Lightly (1983, 라디오 극본)

Fell and Foul Play (1991)

Merrivale, March and Murder (1991)

논픽션

The Murder of Sir Edmund Godfrey (1936)

The Life of Sir Arthur Conan Doyle (1949)

미국 작가가 탄생시킨 영국 탐정

번역가 이동윤

> 그는 굉장히 비대했으며, 걸음을 옮길 땐 두 개의 지팡이에 의지하곤 했다. 앞쪽 창문에서 비쳐 드는 햇살에, 희끗희끗하니 커다란 대걸레 같은 그의 짙은 머리칼이 전장에서 나부끼는 깃발처럼 흩날렸다. 평생에 걸쳐 그렇게 위풍당당한 모습으로 흩날렸을 터였다. 그의 커다랗고 둥그런 얼굴은 홍조를 띠었고, 몇 겹이나 접힌 턱 위쪽으로 씰룩거리는 듯한 미소가 떠올라 있었다. 무엇보다 두드러지는 것은 그의 눈에 어린 광채였다. 그는 넓은 검정 띠로 고정한 안경을 쓰고 있었는데, 커다란 머리를 앞으로 숙일 때마다 안경 너머로 두 눈이 반짝였다. 펠 박사는 맹렬하게 전투를 벌일 수도, 장난스럽게 싱긋 웃을 수도 있는 사람이었고, 어떻게 그럴 수 있는지 그 두 가지 태도를 동시에 취하기도 했다. (본문 11쪽)

존 딕슨 카를 대표하는 탐정들 중에서도 첫손에 꼽을 수 있는 기디언 펠 박사의 모델이 '브라운 신부' 시리즈로 커다란 족적을 남긴 G. K. 체스터턴이라는 사실은 널리 알려져 있다. 기디언 펠 박사가 처음 등장하는 이 작품에서 찾아볼 수 있는 그에 대한 묘사는 영락없는 체스터턴의 모습이다. 커다란 덩치와 걸걸한 말투, 고전 문헌의 인용을 즐기는 화법 같은 펠 박사 특유의 면모는 체스터턴을 거의 그대로 이식했다고 해도 과언이 아니다. 그뿐일까. 풍부한 지식과 경험을 기반으로 직관에 의지하는 펠 박사의 추리 방식을 보면, 펠 박사는 체스터턴의 명탐정 브라운 신부의 직계 제자라 할 수 있다.

프랑스를 배경으로 하고 앙리 방코랭이 주인공으로 등장하는 초기 작품들에서 이미 존 딕슨 카의 스타일은 확립되어 있는데, 그 분위기와 플롯에서 가스통 르루의 영향력이 짙게 드리워져 있다는 사실을 알 수 있다. 그러한 맥락에서 카가 르루의 『노란 방의 비밀』(1907)을 높이 평가한 것도 당연하다 볼 수 있겠다.

반면 영국을 배경으로 펼쳐지는 기디언 펠 박사의 활약상은 다름 아닌 체스터턴에 대한 존경과 헌사의 반영일 것이다. 심지어 『마녀의 은신처』(1933) 속에는 펠 박사가 해버퍼드 대학에서 강의를 한 적이 있다는 대목도 있는데, 해버퍼드 대학은 존 딕슨 카의 모교이니, 카는 체스터턴을 자신의 문학적 스승 같은 존재로 여겼을지도 모른다고 짐작할 수 있다.

실제로, 탐정소설의 계보를 짚어보면 체스터턴은 그의 직계 스승이라 할 수 있다. 탐정이 추리의 재료로 활용하는 모든 단서가 독자들에게도 공정하게 제공되어야 한다는 페어플레이 법칙을 최초로 언급한 작가 중 한 명이 바로 체스터턴이기 때문이다. 19세기를 지나 체스터턴의 브라운 신부의 시대에 접어들면서, 탐정소설은 범죄를 조사하는 과정을 따르기보다는 탐정과 독자 양쪽에게 공정하게 주어진 단서에 의해 미스터리를 해결하는 양식을 확립하게 된다. 그리고 존 딕슨 카는 그 누구보다도 미스터리의 페어플레이 정신을 확고히 지지했던 작가였다.

미국 작가가 그리는 영국의 미스터리

존 딕슨 카는 미국 작가임에도 불구하고 영국 작가로 인식될 정도로 영국에서의 족적이 뚜렷하다. 펠 박사가 등장하는 첫 작품 『마녀의 은신처』와 다음 작품 『모자 수집광 사건The Mad Hatter Mystery』(1933)에서 엿볼 수 있는 영국에 대한 묘사는 마치 이 나라에 대한 찬가처럼 보일 정도이다.

카는 대학 졸업 이후 프랑스, 영국, 독일, 이탈리아 등 유럽 대륙 각지를 여행하다가 끝내 영국인 아내를 만나 영국에 정착했다. 카가 영국에 자리를 잡던 시절에 대한 기록을 살펴보면, 당시 그의 심리 상태는 『마녀의 은신처』의 태드 램폴에게 전적으로 투영되어 있다고 해도 과언이 아니다. 실제로 그는 말년에 작성한 서신에서 1927년에 도러시 스타버스를 꼭 닮은 영국 여성을 만난 일화를 언급한 적이 있다. 『마녀의 은신처』에서 도러시가 추리력에서 펠 박사를 한발 앞선 적도 있다는 점을 고려하면, 그녀의 모델은 카의 아내 클래리스 클리브스라고 추측할 수 있지 않을까?

카의 작품에 등장하는 영국에 대한 묘사는 구체적이면서도 동시에 제한적인데, 그의 작품 속에는 당시 영국을 휩쓸던 대공황의 면모가 전혀 드러나지 않는다는 점에서 특히 그렇다. 동시대의 미국 작가들이 어떤 식으로든 대공황의 엄혹함을 작품 속에 녹여냈던 것과는 대조적으로, 의도적으로 외면했다고 봐도 좋을 정도이다.

대신 그는 영국 미스터리의 전통적인 무대 배경을 충실하게 계승, 발전시키는 데 주력했다. 『마녀의 은신처』의 고즈넉한 시골 마을과 옛 교도소 건물, 『모자 수집광 사건』의 런던탑, 『세 개의 관』(1935)의 중산층 저택과 같은 무대 배경을 이전 세대 작품들보다 더 큰 스케일로 훨씬 정교하게 다루기 시작한 것이다.

카는 이러한 무대 위에서 자신만의 스타일을 발전시켜나갔다. 영국 추리소설에서 전통적으로 사건을 해결하는 추리 방식은 증거에 대한 과학적이고 논리적인 접근이었다. 하지만 그로부터 카가 적극적으로 받아들인 것은 정교한 알리바이의

구축 정도였고, 그보다는 밀실 살인으로 대표되는 불가능 범죄 트릭을 정교하게 구성하는 방식을 계속해서 탐구해나갔다.

결과적으로 이러한 접근은 상당한 성과를 거두었다. 이전까지는 밀실 살인과 불가능 범죄 같은 트릭은 장편보다는 단편에서 써먹기 용이하다는 인식이 강했지만, 이러한 요소들이 장편에서도 핵심 소재로 자리매김할 수 있게 되었다. 이것이 바로 존 딕슨 카가 추리소설사에 남긴 가장 커다란 성취일 것이다. 그리고 여기서 카를 대표하는 또 다른 특징, 바로 오컬트적인 요소가 중요하게 작용한다.

오컬트적인 요소와 이를 사용하는 방식

존 딕슨 카는 여러 작품 속에서 신비하고 초자연적인 분위기를 극 전반에 깔아놓고, 그러한 불길한 힘에 의해 발생한 것처럼 보이는 불가능 범죄를 제시한다. 이렇게 오컬트적인 요소를 전면에 내세우면서 얻을 수 있는 장점이 두 가지 있는데, 하나는 작품의 이야기를 풍성하게 만들 수 있다는 것이고, 다른 하나는 불가능 범죄 혹은 밀실 트릭을 사건의 핵심으로 삼을 수 있는 당위성도 획득할 수 있다는 것이다.

덕분에 카의 작품들은 다른 작가들의 미스터리와는 사뭇 다른 방식으로 문학적인 효과를 달성한다. 대부분의 장편 미스터리에서는 극의 긴장감을 유지하기 위해 반드시라고 해도 좋을 정도로 후반부에 추가적인 살인 사건이 발생하기 마련이지만, 카의 작품은 동시대의 다른 작품들에 비해 등장하는 살인 사건의 수가 비교적 적은 편에 속한다. 작품 전반에 깔린 신비하면서도 불길한 분위기 탓에 살인을 남발하지 않고도 이야기를 풍성하게 이끌어갈 수 있는 것이다. 심지어 『마녀의 은신처』에서처럼 작품 말미에 용의자가 두어 명 밖에 남지 않은 순간에도 누가 범인일까 하는 조마조마한 긴장감이 전혀 흐트러지지 않는다.

미스터리 황금기 작가 중에서도 존 딕슨 카를 단연 최고의 스토리텔러로 꼽을 수 있는 이유가 여기에 있다. 카의 작품은 단순히 독자들에 대한 도전에 그치지 않고 탐정소설의 이야기 자체가 흥미진진하게 다가오는데, 이는 작가가 그려내는 그로테스크한 분위기, 초자연적인 존재에 대한 암시, 전설과 과거 사건에 대한 묘사, 무대 배경에 대한 자세한 설계 등이 결합된 결과물이다.

오컬트의 기원은 중세까지 거슬러 올라갈지언정, 카의 작품들 속에 실제로 영향을 끼치는 오컬트적인 요소는 비교적 가까운 과거, 활자의 보급으로 오컬트 관념들이 대중들에게 전파된 시기에 형성된 개념에 기반을 두고 있다. 따라서 마녀사냥, 흡혈귀, 되살아난 시체, 환상 속의 동물 같은 요소들이 등장인물에게 미치는 영향은 상당히 직접적이고 구체적이다.

그런 모습은 『마녀의 은신처』, 『모자 수집광 사건』, 『해골 성Castle Skull』(1931) 같은 작품들처럼, 땅 위에 단단히 뿌리를 내린 건축물과 결합되어 등장하는 모습을 봐도 알 수 있다.

그리하여 카의 작품 속에서 오컬트적인 요소는 외적으로는 불가능 범죄가 발생하는 당위성으로 작용하지만, 내적으로는 등장인물을 강하게 속박하는 인습에 가깝게 묘사된다. 그리고 작품 말미에 사건이 해결되면서 비로소 인간의 악의가 드러나게 되면, 그러한 악의야말로 초자연적인 공포보다 더 무섭다는 사실이 밝혀진다. 그렇게 사건이 해결되고 나면 속박은 마침내 해소된다.

이러한 요소에 대한 카의 집착은, 그가 추구하는 미스디렉션을 가장 효과적으로 구현해낼 수 있는 재료가 오컬트였기 때문이었는지도 모른다. "일단 증거를 제시하고 나면, 허용되지 않는 것은 거의 없다", "거짓말은 모두 진실처럼, 진실은 모두 거짓말처럼 말하라" 같은 말을 남긴 것에서도 알 수 있듯, 카는 모든 작품 속에서 독자들의 시선을 다른 곳으로 돌리기 위해 온갖 수단을 사용했다. 그 재료는 사랑 이야기이기도 했고, 코미디이기도 했으나, 무엇보다도 오컬트의 세계이기도 했다.

존 딕슨 카는 오컬트를 단순한 흥밋거리, 혹은 작품을 풍성하게 하는 장치로만 여긴 것은 아닌 듯하다. 카는 비교적 진지하게 마녀의 존재에 대해 탐구했던 시기도 있었다고 하는데, 그러한 모습은 『화형 법정』(1937)과 『구부러진 경첩』(1938)에 반영되어 있다.

카의 작품 중 가장 충격적일 『화형 법정』은 오랫동안 논란거리가 되어왔는데, 작가 본인도 애초에 가명으로 발표하려고 했던 것을 보면 스스로 그러한 논란을 예상했던 것 같다. 하지만 작품 발표 후 제기된 논란은 카의 예상을 뛰어넘는 수준이었다. 삼십 년이 지난 후에도 항의 편지가 도착했다는 일화가 있을 정도다. 그래서인지 이후 두 작품 『네 개의 가짜 무기The Four False Weapons』(1938)와 『죽은 자를 깨우다To Wake the Dead』(1938)에서는 오컬트적인 요소가 거의 드러나지 않는다. 하지만 오컬트에 대한 카의 애정은 쉽게 사그라지지 않았고, 다음 작품인 『구부러진 경첩』에서 살짝 억누른 형태로 계속해서 이어진다.

『화형 법정』이 가장 큰 논란거리가 되었던 까닭은, 상당수 독자들이 이 작품 속 미스디렉션이 가리키는 지점이 탐정소설의 영역을 뛰어넘었다고 받아들였기 때문일 것이다. 하지만 카는 작품 속에 단서를 모두 심어놓은 이상, 가장 가능성이 적은 결말도 충분히 제시할 수 있다고 믿었던 것 같다. 그에게 있어 탐정소설은 리얼리즘보다는 두근거리는 모험담 쪽에 더 가까웠던 것이다. 그는 『세 개의 관』의 그 유명한 밀실 강의 대목에서 펠 박사의 입을 빌려 이렇게 항변한다.

> "하지만 이 점만은 확실히 해둬야 하는 것이, 조금이라도 선정적인 내용을 좋아하지 않는 몇몇 사람들이 자신의 취향이 곧 법이라고 우기기 때문이오. 그들은 '있음 직하지 않다'라는 표현으로 비난의 낙인을 찍어버린다오. 그렇게 그들은 별생각 없는 사람들에게 '있음 직하지 않다'라는 것이 곧 '나쁘다'라는 그릇된 믿음을 심어주지.
> 자, '있음 직하지 않다'라는 표현은 어떤 경우든 추리소설을 비난하는 용도로 사용해서는 안 된다, 이렇게 지적하는 것은 사리에 맞다고 할 수 있소. 불가능성에 대한 희구야말로 우리가 추리소설을 좋아하는 가장 큰 이유 중 하나이기 때문이오."[1]

카에게 있어 불가능이란 폄하가 아닌 희구의 대상이었던 것이다. 아무렴, 그는 자타가 공인하는 불가능 범죄의 대가가 아니던가.

1 『세 개의 관』, 이동윤 옮김, 엘릭시르 펴냄, 2017, 357~358쪽.

- 트렌트 최후의 사건 — 에드먼드 벤틀리 지음 / 유소영 옮김
- 우리는 언제나 성에 살았다 — 셜리 잭슨 지음 / 성문영 옮김
- 구석의 노인 사건집 — 에마 오르치 지음 / 이경아 옮김
- 나의 로라 — 비라 캐스퍼리 지음 / 이은선 옮김
- 오시리스의 눈 — 리처드 오스틴 프리먼 지음 / 이경아 옮김
- 영국식 살인 — 시릴 헤어 지음 / 이경아 옮김
- 요리사가 너무 많다 — 렉스 스타우트 지음 / 이원열 옮김
- 화형 법정 — 존 딕슨 카 지음 / 유소영 옮김
- 붉은 머리 가문의 비극 — 이든 필포츠 지음 / 이경아 옮김
- 어두운 거울 속에 — 헬렌 매클로이 지음 / 권영주 옮김
- 가짜 경감 듀 — 피터 러브시 지음 / 이동윤 옮김
- 환상의 여인 — 윌리엄 아이리시 지음 / 이은선 옮김

||| 미스터리 책장 전체 목록 |||

- 철교 살인 사건 — 로널드 녹스 지음 / 김예진 옮김
- 조심해, 독이야! — 조젯 헤이어 지음 / 이경아 옮김
- 마녀의 은신처 — 존 딕슨 카 지음 / 이동윤 옮김
- 밀랍 인형 — 피터 러브시 지음 / 이동윤 옮김
- 벨벳 속의 발톱 — 얼 스탠리 가드너 지음 / 하현길 옮김
- 흑백의 여로 — 나쓰키 시즈코 지음 / 추지나 옮김
- 법정의 마녀 — 다카기 아키미쓰 지음 / 박춘상 옮김
- 새벽의 데드라인 — 윌리엄 아이리시 지음 / 이은선 옮김
- 세 개의 관 — 존 딕슨 카 지음 / 이동윤 옮김
- 내 무덤에 묻힌 사람 — 마거릿 밀러 지음 / 박현주 옮김
- 독 초콜릿 사건 — 앤서니 버클리 지음 / 이동윤 옮김

- 살인해드립니다 — 로런스 블록 지음, 이수현 옮김
- 엿듣는 벽 — 마거릿 밀러 지음, 박현주 옮김
- 상복의 랑데부 — 코넬 울리치 지음, 이은선 옮김
- 특별 요리 — 스탠리 엘린 지음, 김민수 옮김
- 처형 6일 전 — 조너선 래티머 지음, 이수현 옮김
- 소름 — 로스 맥도널드 지음, 김명남 옮김
- 그리고 누군가 없어졌다 — 나쓰키 시즈코 지음, 추지나 옮김
- 제비뽑기 — 셜리 잭슨 지음, 김시현 옮김
- 시간의 딸 — 조지핀 테이 지음, 권도희 옮김
- 황제의 코담뱃갑 — 존 딕슨 카 지음, 이동윤 옮김
- 힐 하우스의 유령 — 셜리 잭슨 지음, 김시현 옮김
- 유괴 — 다카기 아키미쓰 지음, 이규원 옮김

옮긴이 이동윤

서울대학교에서 사회학을 전공했다. 미스터리 애독자인 그는 고전부터 현대, 본격 추리부터 코지까지 폭넓은 미스터리를 독자에게 소개하기 위해 번역가의 길을 선택했다. 옮긴 책으로 앤서니 버클리의 『독 초콜릿 사건』, 피터 러브시의 『가짜 경감 듀』, 루이즈 페니의 『치명적인 은총』, 루스 렌들의 『활자 잔혹극』 등이 있다.

마녀의 은신처
HAG'S NOOK

초판 발행 2022년 12월 15일

지은이 존 딕슨 카 | 옮긴이 이동윤

책임편집 김유진 | 편집 임지호 | 외주교정 홍상희
아트디렉팅·표지디자인 이효진 | 본문디자인 유현아
저작권 박지영 형소진 이영은 김하림
마케팅 정민호 이숙재 박치우 한민아 이민경 안남영 왕지경 김수현 정경주
브랜딩 함유지 함근아 김희숙 고보미 박민재 박진희 정승민
제작 강신은 김동욱 임현식 | 제작처 천광인쇄사

펴낸곳 (주)문학동네 | 펴낸이 김소영
출판등록 1993년 10월 22일 제 2003-000045호

주소 10881 경기도 파주시 회동길 210
문의 031-955-2637(편집) 031-955-3578(마케팅) 031-955-8855(팩스)
전자우편 editor@elmys.co.kr | 홈페이지 www.elmys.co.kr

ISBN 978-89-546-9848-1 03840

엘릭시르는 출판그룹 문학동네의 장르문학 브랜드입니다.

잘못된 책은 구입하신 서점에서 교환해드립니다.
기타 교환 문의 031) 955-2661, 3580